集人文社科之思　刊专业学术之声

集 刊 名：关键词
主办单位：武汉大学文学院
　　　　　国家社科基金重大项目 "中国文论关键词研究的历史流变
　　　　　及其理论范式构建" 课题组

KEYWORDS No.1

主　　任　于 亭
主　　编　李建中
副 主 编　高文强　程 芸　袁 劲
编　　委（以汉语拼音为序）

曹顺庆	程 芸	党圣元	方维规	高建平	高文强
古 风	胡亚敏	黄 擎	蒋述卓	李春青	李建中
李 立	李 松	李小兰	刘春阳	刘金波	刘 石
汪涌豪	王怀义	王先霈	吴建民	吴中胜	于 亭
余来明	袁济喜	袁 劲	詹福瑞	张金梅	张 晶
张永清	朱志荣				

本期编辑　刘纯友　吴煌琨　袁 劲

第一辑

集刊序列号：PIJ-2023-479
中国集刊网：www.jikan.com.cn/ 关键词
集刊投约稿平台：www.iedol.cn

关键词

Keywords No.1

【第一辑】

要籍叙录与成果总目

李建中 主编

社会科学文献出版社

SOCIAL SCIENCES ACADEMIC PRESS (CHINA)

国家社科基金重大项目
"中国文论关键词研究的历史流变及其理论范式构建"（项目编号：22&ZD258）
阶段性成果

武汉大学自主科研项目（人文社会科学）
"中国文论关键词研究成果总目与要籍叙录"研究成果

"中央高校基本科研业务费专项资金"资助
（supported by "the Fundamental Research Funds for the Central Universities"）

关键词： 授渔·启钥·寻根

李建中

（武汉大学文学院）

　　几度春秋，几经周折，海内外第一部以"关键词"为刊名的学术集刊终于问世！《关键词》关注海内外关键词研究的最新动向，刊发关键词研究（尤其是中国文化及文论关键词研究）的最新成果，为学者及广大读者提供学术交流平台，为中国学术统其关键，管其枢机，吐纳珠玉，卷舒风云。

　　文献学意义上的"关键词"，是现代学术书写的必备元素，其功能有三：一是为作者示其纲目，二是助读者察其要义，三是供检索者寻其线索。学术研究意义上的"关键词"，则是一种比喻或象征的说法，喻指重要的、核心的词语，亦即雷蒙·威廉斯《关键词：文化与社会的词汇》所说的"重要且相关的词"，"意味深长且具指示性"。

　　笔者所领衔的学术团队长期从事中国文化及文论关键词研究，总结归纳出"关键词"的两大要点：一是对"概念""术语""范畴""命题"的统称，二是兼具"研究对象"和"研究方法"双重属性。就称名而言，"关键词"这个"名"是舶来的（译自keywords），但"关键词"以及"关键词研究"的"实"却是古已有之，故无须拘泥于雷蒙·威廉斯的界定或《关键词：文化与社会的词汇》一书的译介，此前与此后的中国文论概念、术语、范畴、命题研究皆可纳入关键词研究的视野。就属性而论，汉语内含一套有关语言（言）、文字（书）、指称（名）如何呈现本体（道）、观念（意）以及现象世界（物）的阐释学方法。

关键词具有鲜明的跨学科特征和方法论意义，对于诸多学科或领域的学术研究而言，关键词"何为"和"为何"？也就是说，关键词的功能和价值何在？借用《周易》的话语方式，或可曰"关键者，象也；象也者，像也"。关键词是一种"象"（象征性言说），而所谓象征性言说也就是通过取像、摹像或拟像来言说。本文尝试用"网罟""府库""根株"三种"像"，来喻示关键词的三种"象"（三大功能及价值）：授渔、启钥和寻根。

关键词是网罟

《周易·系辞上》说"《易》有圣人之道四焉"，其一为"以制器者尚其象"；《系辞下》为"尚象"之道举例："作结绳而为网罟，以佃以渔，盖取诸《离》。"《离》之像如网之眼，制器者摹拟其像，发明了猎兽捕鱼的网罟。在"像"与"象"的意义上说，关键词是学术研究的网罟，学术研究的体系构建（织网结网）和话语实践（撒网收网）都离不开关键词。关键词是对概念、术语、范畴和命题的统称，特定学科所使用的"概念""术语"为经纬交织或纵横交错之网线或条目，"范畴"为网中之纽结或节点，"命题"则为网上之纲维。无经纬、纽结和纲维则不能成网罟，无网罟则何谈以佃以渔？对于体系构建而言，关键词的功能是织网结网；对于话语实践而言，关键词的功能是撒网收网。

以中国文论关键词为例。文论关键词首先是一套话语体系，它奠定了中国文论学术体系的根基，构筑起文艺学学科体系的大厦。中国文论有大量的概念和术语，如文、道、体、性、骨、风、象、意、阳刚、阴柔等；在关键词的网罟中它们交织成众多的范畴，如文道、体性、风骨、意象、刚柔等；概念、术语和范畴在不同的语用和语境中又生成具有纲领和体要价值的命题，如文以载道、立象以尽意、词以境界为最上等。当我们阐释和使用范畴时，必然会关联诸多相生相立、相济相悖的概念和术语；当我们阐释和使用命题时，又必然会牵动一系列的范畴、概念和术语。关键词作为理论体系的"网罟"，将经纬、纽结和纲维弥纶统摄，缀为一体，提纲挈领，纲举目张。

理论体系的功能和效用，除了繁荣学术还能提升教学，实现学科培育、学术传承和立德树人之目标。关键词作为理论体系的"网罟"，兼具"授人以鱼"与"授人以渔"之双重功效：前者指教师向学生讲授作为研究对象的关键词，亦即将自己用关键词"网罟"所收获的"鱼"反哺教学；后者指教师向学生讲授作为研究方法的关键词，亦即将自己"织网结网"和"撒网收网"的方法传授给学生，学生不仅能在学术研究中使用这些方法，而且在日后的职业生涯乃至日常生活中也会用到这些方法。笔者在所供职的高校主持通识教育，创设基础通识必修课"人文社科经典导引"，用的就是关键词方法：以"人"为元关键词的跨学科经典导读。导读经典时，启发学生从不同学科领域的经典中提炼出与"人"相关的关键词，并建构起完整的学术及话语体系，比如由《论语》的"仁性"、《庄子》的"天性"和《坛经》的"悟性"结撰成儒道释融通的学术及话语体系，启人心智，育人德性，又可见关键词"网罟"无论在学术研究还是学术教育层面皆具"授渔"之功。

关键词是府库

"关键词"译自 keywords，但严格说来，"关""键"这两个汉字与 key 这个英语单词在语义上并不对等。汉语"关键"的本义是关锁、键闭，并无"钥匙"之义；而 key 的基本义是钥匙，用作不及物动词指"使用钥匙（开启门锁）"，只有在用作及物动词时才有"（用钥匙）锁上"的义项。① 但用作及物动词的 key 又有与"锁上"相反的引申义（向……提供解决的线索，调节……音调而使其和谐），类似于古汉语的反训。关于古汉语的"关"，许慎《说文解字》称"关，以木横持门户也。从门，关声"；关于"键"，《说文解字》有"键，铉也"，"铉，所以举鼎也"。后来段玉裁将"关"和"键"的关系表述为"门之关犹鼎之铉"。"关"之内关门户与"键"之外键鼎耳，所"关"所"键"之物，一定是非常重要非常宝贵的。老子讲"国之利器不可以示人"（《老子》第三十六章），孔子也讲"唯名与器不可假于人"（《资治通鉴·周纪一·威烈王二十三年》），故须关锁之，键闭之，"关键"之本义，以关锁键闭喻指珍藏宝物的紧要处所，与"键铉""鼎扃""枢机"等词同义或近义。

《文心雕龙·神思》有"神居胸臆，而志气统其关键；物沿耳目，而辞令管其枢机"，文学创作如此，学术书写亦然：学术研究的体系建构和话语践行，落到实处均须以"辞令"（词）为"枢机"（关键），即以关键词为府库。任何一项学术研究，当探索尚在进行之时，其目标或结果是未知的，恰如关锁或键闭在府库之中的宝物，等着探索者去开启。由此可知，"关键词是府库"兼具双重意涵：就汉语"关键"一语的关锁键闭义而言，关键词是藏宝的府库，是尚待开启的意义世界；就英语 key 的启钥解码义而言，学术研究之中的关键词诠解与阐释是一个启钥解码的过程，最终目标是开启理论体系及话语实践的意义世界。

"关键"之所以关键，其主体性缘由也是双重的，由双边（两端）形成：一边因其宝贵而关锁之、键闭之，另一边同样是因

---

① 关键与 key 的不对等移译，详见李建中《键闭与开启：中国文论的关键词阐释法》，《甘肃社会科学》2016 年第 1 期。

其宝贵而开启之。汉语"关键"与英语 key 的相济相悖，铸成"关键词"的语义张力。当今学界中国阐释学的关键词研究，中国社会科学院大学张江教授的"阐释学五论"殊可关注。"五论"涉及汉语阐释的十个关键词，其中《"阐""诠"论》所述兼具"关键"之键闭义与"key"之开启义。《说文解字》："诠，具也，从言，全声。""具"的甲骨文为双手捧鼎，其语象与"键"相似。《说文解字》："阐，开也，从门，单声。"其语象与"关"相对，与 key 相通。诠，强调的是具有，是边界，是键闭与关锁；阐，强调的则是开启，是分判，是释放与衍生。无"诠"则无由筑库蓄宝，无"阐"则无由开库探宝。对于中国阐释学的体系构建而言，关键词研究既是蓄宝亦是探宝：能否成功，则取决于研究者的"启钥"之力。

关键词是根株

《文心雕龙·序志》篇在谈到"经"与"文"的关系时以树木的根株与枝条为喻，"唯文章之用，实经典枝条"，而作为刘勰论"文"之根本路径的宗经、征圣、原道则是"振叶以寻根"。华夏文明是参天大木，"三极彝训，其书曰经"，阐释"天""地""人"三个元关键词永恒之道的圣人经典，是大木的主干和根柢，后世各体文学则是大木的繁枝茂叶、累累果实。同样的道理，学术研究的理论体系是大木，而其中的关键词则是大木的主干和根柢。这是因为，任何一个学科门类、任何一个学术领域、任何一种话语行为，都需要一整套的概念、术语、范畴和命题来构筑和生成，否则就成了无本之木。

关键词是学术研究的根株，没有关键词主干的挺拔、根柢的檠深，也就没有学术研究的枝峻叶茂、花繁果硕。对于理论体系的建构而言，关键词研究是寻根，是强基，是固本。以人文学科为例。汉语语境下的人文研究，其知识学依据及谱系是经史子集。经史子集作为人文学科文献分类的传统方法和学术研究的古典范式，其系列关键词构筑成现代学科、现代学术和现代话语的根株。首先，"经""史""子""集"四个关键词，是学科门类之根，孳乳出现代中国的哲学、史学、文化学和文学；其次，出自《四库全书总目提要》的四大命题（经学之"词以通道"、史学之"考镜源流"、子学之"博明万事"和集部之学的"别裁真伪"），培育出学术研究的路径之根；最后，刘勰根据经史子集话语行为所总结出来的四项原则（释名章义、原始表末、敷理举统和选文定篇），则衍生出现代学术话语生产的方法论之根——哲学本于"字"，史学据于"事"，文化学辨于"义"，文学明于"诗"。站在现代学术、学科和话语的高处振叶寻根，则能从经史子集的关键词系列中，寻找到理论体系之学科门类、学术路径和话语方式的根株。

构建具有中国特色、中国风格和中国气派的三大体系，是时代赋予我们的使命。三大体系之中，"学科体系"强调的是立德树人，是各个专业门类的人才培养和学科建设；"学术体系"强调的是学术研究，是各个学术领域的探索与创新；"话语体系"强调的是关键词，因为"话语体系"所包含的话语行为实乃"关键词行为"，"话语体系"落到实处即为"关键词体系"，故对学科体系和学术体系而言，话语体系（"关键词体系"）是落脚处和根柢处。关键词，作为理论体系及话语实践的"网罟""府库""根株"，在方法、规律和本体相交融的层面，对我们上下求索、不辱使命具有"授渔"之效、"启钥"之功和"寻根"之力。

·方法论：中国文论关键词研究五人谈·

建构概念的意义世界：中国现代化进程中概念史研究的思考
……………………………………………………… 余来明 / 2
中华思想文化术语与当代文明互鉴 ……………… 袁济喜 / 10
"范畴"内涵的旧解与新诠 ………………………… 陈玉强 / 16
作为关键词的命题 ………………………………… 张　晶 / 24
关键词建构三大体系 ……………………………… 李建中 / 30

·学者论·

为中国文论研究铺垫厚厚的基石
　　——评汪涌豪先生的范畴研究 ………………… 吴中胜 / 41
推动中国文论充满活力地面向未来
　　——评古风先生的关键词研究 ………………… 孙盼盼 / 51

·要籍叙录·

对象与方法：从《文心雕龙札记》与《文学研究法》看中国
　　文论关键词现代研究的发端 ………………… 吴煌琨 / 66
朱光潜《诗论》论"诗"之体、境、声 …………… 李培蓓 / 82
方孝岳《中国文学批评》关键词研究的纵挑、横推与比较 … 李　猛 / 101
钱锺书《谈艺录》文论关键词研究的学、悟、通 … 戴雨江 / 115
朱自清《论雅俗共赏》关键词研究的立场、视域和方法 …… 雷娇娃 / 136
游艺体道：宗白华的"散步式"文论关键词研究 ………… 李美如 / 154
词以通道：《文心雕龙创作论》的关键词研究 …………… 刘文翰 / 172

周振甫文论关键词研究的"例话"范式 ……………… 朱钰森 / 193

·成果总目·

《文学评论》相关论文（1957—2022）

　　…………………… 刘纯友　戴雨江　彭　博　整理 / 210

《文艺研究》相关论文（1979—2022）

　　…………………… 吴煌琨　刘文翰　雷娇娃　整理 / 230

《文学遗产》相关论文（1954—2022）

　　…………………… 李　猛　黄秀慧　尚　晓　整理 / 244

·学术动态·

国家社会科学基金重大招标项目"中国文论关键词研究的历史

　　流变及其理论范式构建"开题 ……………… 吴煌琨 / 263

·中华字文化大系（第二辑）出版预告·

"韵"的概念史与研究史 ……………………… 黄金灿 / 265

稿　约 ………………………………………………… / 283

　　编者按：为集中探讨"关键词"的名与实、古与今、通与变等论题，《关键词》创刊号推出特稿"中国文论关键词研究五人谈"，邀请著名学者中国传媒大学张晶教授、中国人民大学袁济喜教授、武汉大学余来明教授、河北大学陈玉强教授和本刊主编李建中教授，围绕中国文论概念、术语、范畴、命题研究的分型与统合，回顾历史，解析现状，展望未来。

建构概念的意义世界：中国现代化进程中概念史研究的思考[*]

余来明

（武汉大学中国传统文化研究中心）

概念史研究以关键概念为中心，通过考察概念生成、演变过程中语义的变迁，揭示深层的历史文化内涵。概念关注的不仅是语词层面含义的历史变化，更重要的是由此观照与之连接的社会、思想、文化的演进与发展。就像清学代表人物戴震所说的："经之至者道也，所以明道者其词也，所以成词者字也。由字以通其词，由词以通其道，必有渐。"[①] 考其字义源流，以求得对经义思想的理解。戴震虽是就经学研究而言，但对时下之文化史研究来说也颇具启示意义。英国历史学家彼得·伯克也说："在任何时候，语言都是一个敏感的指示器，能表明文化的变迁，虽然并不只是个简单地反映。"并且认为"借用外来词汇和用法的语言史是有启发意义的"[②]。法国著名年鉴学派史学家马克·布洛赫则更强调在词义追索过程中对历史文化语境的考察："每一个重要的术语，每一次独具特色的文风转变，都有助于加深人们对历史真相的认识，但要做到这一点，就必须将语言现象与一定

---

[*] 本文为教育部人文社会科学研究重点基地重大项目"中国学术话语古今演变研究"（22JJD750042）、国家社科基金人才项目"中国现代学术话语的生成与建构"（22VRC181）阶段性成果。文章在《"历史文化语义学"研究方法举隅——以"文学"概念为例》的基础上有所修订和扩充，参见《武汉大学学报》（人文科学版）2011 年第 6 期。

[①] 戴震：《与是仲明论学书》，载《戴震文集》卷九，中华书局，1980，第 140 页。

[②] 〔英〕彼得·伯克：《语言的文化史：近代早期欧洲的语言和共同体》，李霄翔等译，北京大学出版社，2007，第 1 页。

的时代、社会或作者的习惯用法联系起来进行考察。"①

概念演变的历史及其所指示的意义世界，乃是概念史研究之于思想文化建构最重要的意义。从这个角度来说，现代著名史学家陈寅恪的名论"解释一字即是作一部文化史"，洵为由概念历史研究以探讨文化史演进最经典的表述。拙作《"文学"概念史》（人民文学出版社，2016）即遵循考词作史的学术路径，同时又吸收关键词、历史文化语义学等研究之理路，由探讨"文学"概念古今演绎、中西对接的历史脉络，展现与词义变迁、观念转换及历史书写等相关的历史图景。

一

概念史的研究，其重心之一是对概念在不同文化中意义的生成、演变等进行考索，以探究概念词义及其相关思想发生转变的历史进程。在历史文化的演进过程中，一个概念的生成与定型，所体现的并非只是静态的语言结构，其中还包含了历史演化的深层文化逻辑。在不同的语用背景和解释框架中，概念所指示的意义往往有不同的内涵。例如，时下为人们所习用而不察的"科学""民主""经济""革命""封建""共和""社会"等概念，在清末民初的历史语境中常具有多重含义，其现代意义的生成是在古今演变、中外对接的语用实践中体现其"话语"结构特征的。与概念词义演变相联系的，是在历史文化演进过程中社会、思想诸层面所发生的变化与转折。近些年来为学界所熟知的英国学者雷蒙·威廉斯的关键词研究，实际上只是他探讨英国社会文化转型的基础性工作，其将考察关键词意义的变化作为探究社会转型和文化变迁的解码器："我称这些词为关键词，有两种相关的意涵。一方面，在某些情境及诠释里，它们是重要且相关的词。另一方面，在某些思想领域，它们是意味深长且具指示性的词。它们的某些用法与了解'文化''社会'（两个最普遍的词语）的方法息息相关。对我而言，某些其他的用法，在同样的一般领域里，引发了争议与问题，而这些争议与问题是我们每个人必须去察觉的。对一连串的词语下注释，并

---

① 〔法〕马克·布洛赫：《历史学家的技艺》，张和声等译，上海社会科学院出版社，1992，第122页。

且分析某些词汇形塑的过程，这些是构成生动、活泼的语汇之基本要素。在文化、社会意涵形成的领域里，这是一种纪录、质询、探讨与呈现词义问题的方法。"① 雷蒙·威廉斯另有《文化与社会》（中译本，高晓玲译，吉林出版集团有限公司，2011）一书，以"工业""民主""阶级""艺术""文化"等英国18世纪下半叶至20世纪中叶思想、文化中极具影响的观念为主题，探讨英国现代文化观念、社会政治、经济结构的变迁。因此我们可以看到，他对关键词研究的定位是：对一种词汇质疑探询的记录。② 记录词汇在历史演变中含义的变化，必然会对其背后所蕴含的历史文化内涵有所揭示。透过语义的窗口，剖析概念生成、发展的时代性因素，可以从中发掘广义历史文化意涵。

从方法论上来说，历史视野中的概念史研究，与哲学层面的观念研究在出发点上虽有相似之处却并不相同。概念史研究以历史进程中的重要概念为考察窗口，侧重概念演绎的历史维度，以此对概念古今演变、中西对接中所包含的历史文化内涵做深度发掘。哲学层面的观念研究则以观念本身的理论思辨见长，对各历史时期观念，较注重意识层面的联系与差异，而少关注历史演变的进程。正如英国学者罗杰·豪舍尔所说："观念史力求找出（当然不限于此）一种文明或文化在漫长的精神变迁中某些中心概念的产生和发展过程，再现在某个既定时代和文化中人们对自身及其活动的看法。"③ 梁启超对清末语境中"革"字释义的辨析，直观地展示了近代中西接触中概念史研究的基本理路："'革'也者，含有英语之 Reform 与 Revolution 之二义。Reform 者，因其所固有而损益之以迁于善，如英国国会一千八百三十二年之 Revolution 是也，日本人译之曰改革，曰革新。Revolution 者，若转轮然，从根柢处掀翻之，而别造一新世界，如法国一千七百八十九年之 Revolution 是也，日本人译之曰革命。"④ 梁启超对"革"字的含义

---

① 〔英〕雷蒙·威廉斯：《关键词：文化与社会的词汇·导言》，刘建基译，生活·读书·新知三联书店，2005，第7页。
② 〔英〕雷蒙·威廉斯：《关键词：文化与社会的词汇·导言》，刘建基译，生活·读书·新知三联书店，2005，第6页。
③ 转引自〔英〕以赛亚·柏林《反潮流：观念史论文集》卷首序言，冯克利译，译林出版社，2002，第5页。
④ 中国之新民（梁启超）：《释革》，《新民丛报》第22号，1902年11月15日。

的考论，只是彼时中—西—日文化互动的历史语境中新语输入的一例。在近代知识转换过程中，以中国古典词对译西方概念的情形颇为普遍，而其间释义的演变，又往往与历史、文化、思想等多层面的意涵密切相关。

二

从世界文明的发展来看，凝结现代知识、观念的概念和术语的散播，与欧洲自 18 世纪末 19 世纪初开始的殖民扩张有着不可分割的联系。自工业革命尤其是第二次工业革命之后，欧洲诸国凭借先进的科学技术在世界范围内迅速崛起，与之伴随的新知识、观念也随之向世界其他地方不断扩散，由此形成了绵延至今的现代化浪潮。在此进程当中，标示新的思想、知识、观念以至生活方式的概念、词语也以汹涌的态势出现在不同的文化当中。追寻这些概念在不同文化间所做的跨语际旅行，以及在此过程中知识、观念、思想等领域所发生的交错变化，是我们以"概念"视角进行文化史、思想史研究最重要的指向。其间不仅包括了同一概念在不同文化中词义和思想内涵的同与异，也包括对其进入不同文化过程中发生变化的过程、原因等内容的考察。

从总体上看，语义的迁延不仅包括词汇在同一文化内部的历史变迁，还包括词汇在不同文化间所做的"跨文化旅行"。就中国而言，近现代无疑是语义发展最具活力和创造性的阶段之一。王国维谈及近代新语的繁盛说："近年文学上有一最著之现象，则新语之输入是已。"[①] 不仅文学领域，近代历史文化各领域的发展历程，在一定程度上都是近代新语的创制演变过程；近代中国各种新思想、新事物、新技术层见叠出，是通过不断生长的新语汇、新名词予以表达的。用费正清的话说，即"每一领域内的现代化进程都是用各该学科的术语加以界说的"[②]。近现代出现的大批名词、语汇，有的是重新创制（如对译西方概念）的，有的是从日本直接引进的，有的则

[①] 王国维：《论新学语之输入》，载《王国维全集》第一卷《静安文集》，浙江教育出版社、广东教育出版社，2010，第 126 页。该文原载于《教育世界》第 96 号，1905 年 4 月。

[②] 〔美〕费正清、刘广京编《剑桥中国晚清史》下卷前言，中国社会科学院历史研究所编译室译，中国社会科学出版社，1985，第 6 页。

是通过对旧语词进行改造和转化得到的。可以说，近代社会新语系统的不断扩充和膨胀，是近代中国历史文化发展的重要标志。

19世纪与20世纪之交，随着西学东渐潮流的日益高涨，一方面，为了应对日逐而新的思想文化发展状况，大量日译汉字新语涌入中国："事物之无名者，实不便于吾人之思索。故我国学术而欲进步乎，则虽在闭关独立之时代，犹不得不造新名。况西洋之学术骎骎而入中国，则言语之不足用，固自然之势也。"① 既有的语言体系无法满足对新事物、新思想、新观念的指称，新名的引入也就成为必然趋势。另一方面，大量日译汉字新语的涌入，必然对传统的话语结构和学术体系形成巨大冲击，短时间内不可避免地出现"失语"现象。张之洞曾如斯表达对新语输入的看法：

> 古人云：文以载道。今日时势，更兼有文以载政之用。故外国论治论学，率以言语文字所行之远近，验权力教化所及之广狭。除化学家、制造家及一切专门之学，考有新物新法，因创为新字，自应各从其本字外，凡通用名词，自不宜剿袭挦杂。日本各种名词，其古雅确当者固多，然其与中国文辞不相宜者，亦复不少。近日少年习气，每喜于文字间袭用外国名词谚语，如团体、国魂、膨胀、舞台、代表等字，固欠雅驯；即牺牲、社会、影响、机关、组织、冲突、运动等字，虽皆中国所习见，而取义与中国旧解迥然不同，迂曲难晓。又如报告、困难、配当、观念等字，意虽可解，然并非必需此字，而舍熟求生，徒令阅者解说参差，于办事亦多窒碍。②

在清末民初新语涌入的时代背景下，张之洞的这番话难免会显得"不合时宜"；然而时至今日再来看中国传统文化之传承，民族精神之延续，其所说又颇有几分道理。对于身处传统语境中的晚清士人来说，许多由日本输入的汉字新语，字形虽与中国古典词并无二致，其义却"与中国旧解迥然不

---

① 王国维：《论新学语之输入》，载《王国维全集》第一卷《静安文集》，浙江教育出版社、广东教育出版社，2010，第127页。
② 张之洞等：《奏定学堂章程·学务纲要》，《中国近代教育史资料汇编·晚清卷》第一册，上海教育出版社，2007，第402～403页。

同"，"迂曲难晓"也在情理之中。与之相反，百年以后，对于已经熟习此类词"新义"的今人来说，其在中国古典中的真解大多已不甚了了。由此出发，研究者如果以今时之义度古人之见，导致误识也便是势所必然。在此情况下，对今时习见惯用的某些观念进行辨析，考其源流，探讨其中的宛委曲折，也就显得十分必要。

梁启超立足社会文化的变迁，从"言文一致"的角度出发，认为"新名词"的出现及其使用是历史文化发展的必然趋势："社会之变迁日繁，其新现象、新名词必日出，或从积累而得，或从交换而来。故数千年前一乡一国之文字，必不能举数千年后万流汇沓、群族纷拿时代之名物、意境而尽载之、尽描之，此无可如何者也。言文合，则言增而文与之俱增。一新名物、新意境出，而即有一新文字以应之。新新相引，而日进焉。"① 梁启超肯定"新名词"的理由十分简单：事物是不断发展的，随着新事物的不断出现，原有的语汇无法满足表达的需要，而要想做到"言文一致"，"文"尽其"言"、尽其"物"，则必将要有"新名词"产生对新名物予以描述。至于"新名词"的来源，既可以是完全借自其他语言的外来词，也可以是衍出新意的古典词。

清末民初是中西文化接触和近代知识转型的重要时期，传统知识话语在与西方话语对接过程中发生了意义的转换，而其间转换的关键，与某些核心概念的内涵及外延的变化密切相关。通过考察概念在不同语境中的词义变化，能窥见词义变迁背后蕴藏的丰富社会文化内涵。章太炎曾援引日本学者武岛又次郎《修辞学》的论述，认为："外来语，破纯粹之国语而驳之，亦非尽人理解；有时势所逼迫，非他语可以佣代，则用之可也；若务为虚饰，适示其言语匮乏耳。新造语者，盖言语发达之端，新陈代谢之用也。今世纪为进步发见之时，代有新事物，诚非新造语不明。然其用此，或为华言虚饰，或为势不可已，是有辨矣。"② 近代以降，西方学术文化大量输入中国，其内容大大超出了传统概念体系和学术体系所能容纳的范围。

---

① 中国之新民（梁启超）：《新民说》第十一节《论进步》，《新民丛报》第10号，1902年5月15日，第4页。
② 章太炎：《訄书·订文第二十五·正名杂议》（重订本），载《章太炎全集》第三册，上海人民出版社，1982，第227页。武岛又次郎《修辞学》由东京博文馆于明治三十一年（1898）出版。

在此背景下，借用日译汉字新语和创造新语表述新事物、新观念乃是必然之事。

三

相比以术语为中心的意义考索，概念史的研究更加注重对词义变迁背后社会文化历史内涵的辨析。从中国文化变迁的历史进程来看，中国近代以降所掀起的史无前例的"话语革命"，不仅使文化在外在层面诸如物态、制度、风俗等方面产生了根本性变化，同时还使反映文化内在结构的思维方式、价值体系等方面出现与文化传统背道而驰的深刻的裂痕。近代中国社会新语的大量创制，以最为直观的方式反映了传统文化发展的近代转换。近现代思想文化的发展历程，由于大量术语系的出现而有了不同的路向。在近代中国，新名词、新概念的形成和传播，从深层结构上影响人们的知识谱系、人生信仰、思维方式和价值观念，对传统文化的内核形成了强有力的冲击。那些被统称为"现代性"的因素，即是随着不断产生的新语而变得日渐丰富并逐步凸显出来的。在此基础上形成的近代历史文化的话语体系，成为构筑近代历史的重要内容。

作为后发型现代化国家，中国的现代化进程受多重因素影响，近代西方文明的输入为其中重要方面。在此背景下，中国现代学术体系的建构也受其影响，无论是学术分科还是观念都不可避免地带有明显的"西方化"色彩。在现代知识建构和话语体系形成中发挥权力作用的，是清末民初居于优势地位的"西学"。大量西学术语尤其是日译汉字新语的涌入，对传统的话语结构和学术体系形成巨大冲击，短时间内出现"失语"现象。然而不能否认的一点是：在汉语历史语境中形成的新概念和新术语，与其对应的西方概念、术语之间不仅词形有异，在意义内涵上也存在"落差"。严复在1902年写给梁启超的信中谈到自己翻译所谓"艰大名义"时曾说："盖翻艰大名义，常须沿流讨源，取西字最古太初之义而思之，又当广搜一切引申之意，而后回观中文，考其相类，则往往有得，且一合而不易离。"①

---

① 严复：《与梁启超书（其三）》，载王栻主编《严复集》第三册，中华书局，1986，第519页。

又曾自道术语厘定之不易："一名之立，旬月踟蹰。"① 严译名词尽管大多未能成为现代学术的通行概念和话语，却从一个侧面表明，现代学术话语在其生成、演变、定型过程中曾经历复杂的意义重建，中、西概念也经由翻译而形成多重的"现代性"关联。从这一层面上说，概念史的研究可以为探寻历史深处五彩斑斓的图景打开广阔窗口，也能够为思考中华文明的未来进程提供历史的借镜。

作者简介：余来明，武汉大学人文社会科学杰出青年学者，中国传统文化研究中心教授、副主任，台湾研究所所长。入选国家"万人计划"青年拔尖人才、领军人才，中宣部文化名家暨四个一批人才。著有中英文著作《"文学"概念史》《建构中国文学话语》《从南京到北京》及 *The Discovery of Chinese Literature* 等。

---

① 严复：《〈天演论〉译例言》，载王栻主编《严复集》第五册，中华书局，1986，第 1322 页。

中华思想文化术语与当代文明互鉴[*]

袁济喜

（中国人民大学国学院）

中华思想文化是中国传统文化的结晶，也是中华文明的重要内容。当前中华文化与世界文化交流与互鉴时，面临着译介与传播上的诸多障碍，除了文化因素与思维方式的差异外，在彼此的对接与译介上，存在着许多的差异。这就需要我们从两个方面入手：其一是将古老的中华思想文化内容从术语、范畴、关键词方面加以整理与研究，转化成现代形态；其二是将其术语化，以利于与各国文明与文化上的互鉴。

术语作为一般的名词概念，原本指技术范畴。通常认为，术语原本来自西方的话语范畴，并非中国文化的产物。术语（terminology）是在特定学科领域用来表示概念的称谓的集合，是指通过语音或文字来表达或限定科学概念的约定性语言符号，是思想和认识交流的工具。但是术语这一概念在不同的国度由于文化传统的不同而有着不同的指称。中国古代一向认为，形而上者谓之道，形而下者谓之器。具体的器物可以用术语来界定与指称，而形而上之道则是超验的精神实体，因而难以用名词术语来规定。老子《道德经》第一章就指出："道可道，非常道；名可名，非常名。"认为作为本体的道是不可言说、无法指称的。老子《道德经》第四十一章还指出："大方无隅，大器晚成，大音希声，大象无形。道隐无名。"因此，对于形而上之道的术语，人们对于其命名只是相对的，与作为器的命名的术语有所不同。中华思想文化术语属于道器合一的范畴，因此，对于其命名与判

---

　　* 本文在《论中华思想文化与文艺术语的特质》的基础上有所修订和扩充，参见《甘肃社会科学》2017 年第 1 期。

断显然是宽泛意义上的指称，不同于技术范畴的术语。在释义上与理解上，显然具有较多的阐释空间，这虽然增加了解释的难度，但也留下了阐述的智慧。这种两面性是我们都要充分考虑到的。同时，在阐释的同时，使中国固有的思想文化形态通过术语这个平台，得以与各国文化对接与传播，滤除中国传统文化中的一些过于神秘与难解的因素，这也是十分必要的。

中华民族是世界上唯一的文明传统没有中断而生生不息的民族。雅斯贝尔斯在《历史的起源与目标》一书中认为，公元前 800 年至公元前 200 年是人类文明的"轴心时代"，是人类文明的创建与高峰阶段，当时希腊、中国、印度等产生了一批伟大的思想家。这个人类文明崛起的年代的重要标志，是诞生了一批伟大的思想家，他们凝聚了各自民族的思想精华与智慧，汲取了前人的思想成果，创建了新思想成果，影响到这个民族的思想文化传统，形成了万古不息的生命力。以孔孟老庄为代表的先秦诸子，便是这个轴心时代的中华文明的标志性人物。

在孔子思想中，文艺术语成为重要的内容，比如六艺之教、诗书礼乐、兴观群怨、文质彬彬、尽善尽美、中和为美、思无邪等，成为孔子思想的重要范畴与术语，也是孔子仁学思想的重要内容。宗白华先生在《艺术与中国社会》一文中指出："中国古代的社会文化与教育是拿诗书礼乐做根基。"[1]

以老庄为代表的道家人物，则对中国文艺思想的深层观念进行了重构。如果说，孔孟沉迷于对夏商周文明的修复与传承，那么，老庄则认为礼乐是压制人性的器物，他们对于文艺的看法，以人性的本真与自然为最高目标。基于此，他们的文艺术语，以自然、真、素、性情、天乐、天籁、大象无形、大音希声等为内容，影响到中华文艺术语的审美理想；中华文艺术语的内质，是以道家思想为支撑的。他们与儒家的文艺术语，呈现出互融互补的态势。[2]

历史上的每一次思想文化领域的变革与进步，都伴随着思想文化术语的翻新与代谢。20 世纪初，王国维在《论新学语之输入》中指出："近年

---

[1] 宗白华：《美学与意境》，人民出版社，1987，第 237 页。

[2] 参见《中华思想文化术语》编委会编《中华思想文化术语·文艺卷》，外语教学与研究出版社，2021。

文学上有一最著之现象，则新语之输入是已。"① 中华文艺术语在历史的发展过程中，不断吸纳外来的思想文化，进行翻新与创造。例如，六朝时代的文气、气韵、神思，唐宋时代的兴寄、妙悟，明清时代的性灵、格调、神韵这些术语，都受到外来佛教思想的影响，至于王国维的境界说，更是受到西学的浸润。今天，中华思想文化术语在传播过程中，一方面会影响域外，另一方面也必然受到外来文化的影响，形成新的术语内容。中华文明的生命力，恰恰在于它善于吸纳外来文化的自信与能力。

现在我们所说的中华思想文化术语，实际上是中外合流的产物，是运用现代科学技术的标准化与古典学术相结合的思想文化产物。例如，风骨这一术语，在古典学术中，是指一种刚健有力的审美风格，古代文论自身对它的解释，例如刘勰《文心雕龙·风骨》受到特殊的话语形态的影响，始终是汗漫不清的，这就需要我们将其用相对清晰的现代术语的形态加以整理，这样才能译介到国外，传播到国外去，扩大中国思想文化的影响力。如果没有对术语与范畴的现代整理与诠解，以古释古，那就无法使中华文化走向世界，实现文明互鉴。

另外，中国古代的文艺术语，受到文艺创作本身特性的制约，加上中国文化惯于采用情感与意象的描述，存在许多神秘与模糊的思维方式，因此，运用现代术语对之进行研判与定位，往往接近于现象描述而无法精确地将本质与现象全部加以反映出来。这一点与自然科学的术语的描述完全不同，譬如，神韵、意境、滋味、妙悟这些术语受到道家与佛教思想的影响，本身就是以排斥认识论为前提的。因此，我们对于文艺术语的撰述与解读，应当留有充分的空间与余地，摆脱苏联文艺理论依附于哲学认识论的套路。

中华思想文化术语博大精深、源远流长。我们比较一下中华思想文化术语库与西方思想文化术语库，可以发现一个基本的事实：自孔子之后，历经先秦两汉、魏晋六朝，再经唐、宋而至元、明、清，中华思想文化体系中的术语不断发展与丰富，生生不息，形成了令人叹为观止的宝库，无论是其数量还是内涵的丰富性，都是西方文艺术语所无法比拟且难以望其

---

① 王国维：《论新学语之输入》，《王国维全集》第一卷《静安文集》，浙江教育出版社、广东教育出版社，2010，第126页。

项背的。现在我们已经收集与整理出版的成果就相当可观。

中华思想文化术语的整理与研究要考虑中国固有的学术形态。中国传统学术文化从目录学分类来说，分为经、史、子、集，大体上对应于现代学科意义上的文、史、哲。四部的形成可以溯源到魏晋时期。《隋书·经籍志》的编撰，便采用了经、史、子、集的分类方式，自唐代以至清朝，经、史、子、集一直是我国古代目录分类的主要形式。关于集部的区分，《隋书·经籍志》分为楚辞、总集、别集。《四库全书总目提要》则分成楚辞、总集、别集、诗文评、词曲。这是发展变革的产物。中国古代文艺术语除了集部之外，还大量保留在经部、史部与子部之中：儒家的十三经之中，有许多文艺术语，比如美刺比兴，风教、乐教与诗教，温柔敦厚，中和为美等；子部中的《老子》《庄子》《墨子》《韩非子》《淮南子》《吕氏春秋》《抱朴子》《金楼子》中也有大量精彩的文艺术语；史部中的《文学传》《文苑传》《礼志》《乐志》，还有各种文学家传，如《宋书·谢灵运传》等，都留存有许多文艺论述与术语、范畴。现在我们编的许多古代文论与古代美学资料选，大都采自这些典籍。由此，我们可以断定中国文艺术语是通贯经史子集的，也是融入现代学科领域文、史、哲三科的。

从目录分类的角度回顾中国文艺术语的存留状况，我认为有两个方面的益处。其一，它提醒我们，研究中国固有的文艺术语，应当跳出西方思想文化的樊篱，不要以西方的学科尺度来看待中国既有的思想文化，尤其是文艺术语与范畴。其二，中国原有的经史子集分类，虽然可以对应现代从西方传来的文、史、哲分类法，但是我认为它是貌合神离的。中国古代的文艺思想，与哲学思想、史学思想，以及宗教思想文化，有着千丝万缕的联系，它更强调内在的有机联系，这种思想特色与分类标准，在《文心雕龙》这部号称体大思精的文艺学经典中得到彰显。所以，有人经常称中国古代文艺学是一种大文学视野与杂文学观念。国学大师章太炎在他的《国故论衡》《国学讲演录》中阐述得最清楚。它可以提醒我们，不要将中国文艺术语从整个中国思想文化中割裂开来，要从整体上去看待中国文艺术语的思想文化内涵。它是与政治哲学、人生哲学密切联系起来的。

因此，中国古代文艺术语从结构来说，是从天地人三者关系中衍生出来的产物，它的一级术语与范畴既有关联，又有区分。有的术语是与哲学、史学所通用的，可以将其视为一级术语，比如道、性、体、气、文、质、和、情、心、意、风、清、自然、雅、命、素、悟、真、善、美、味等。这些术语出现在文艺学经典中，并没有加上特定的前置语，比如《文心雕龙》《诗品》《画品录》《画山水序》《书论》等。我们不能人为地将这些通约与通用性的术语列入某个学术与学科的专属领域，不容他人染指，这样做显然是不符合中国思想文化术语基本事实的，也是与学术规范相悖的。另一种是属于二级术语范畴，一般为组合型术语，例如文道、文笔、文气、文采、文华、文质、意象、意境、情景、物境、气韵、气象、兴象、兴寄、兴味、兴趣、传神、神韵、韵味、滋味、畅神、妙悟、神思、风骨、清朗、逸品、气骨、雅俗、风雅、风教、野逸、涵泳、闲远、温柔敦厚等。

这些交叉性的术语，融合了经史子集各部的内容，体现出中华文艺术语的灵活多变性，以及从相邻思想文化领域汲取滋养的生成与发展特点。比如神思，既源自《周易》《庄子》等典籍，又汲取了佛教的重神思想，结合文艺构思的特点，形成一个颇有创意的术语与范畴。再如意境也是将老庄及《周易》学说与外来的佛教境界说嫁接而来的，近代王国维的境界说更是将中国古典诗学与西方美学相连接而创造出来的。这种创新，彰显了中华思想文化兼收并蓄、博大精深的魅力。鲁迅先生曾经非常欣赏中国历史上汉唐时期的这种"拿来主义"。中国文艺术语正体现出这种兼容并包之胸襟与勇气。

由于文艺创作的基本特点是个性化、形象化与情感性，各门艺术的门类技巧不同，因此，文艺术语与哲学术语与史学术语的抽象性、概括性有着很大的不同，除了上述两类之外，还有着鲜明的描述性与形象性，许多是采用命题方式来表述的。比如知人论世，以意逆志，有我之境、无我之境，大象无形、大音希声，超以象外、得其环中，神以物游，意在笔先，气韵生动、经营位置、随类赋彩，迁想妙得，情中景、景中情，胸有成竹，思与境偕，诗中有画、画中有诗，等等，这些与古代哲学的性、命、义、气、道、器、心、理等术语的表述方式不同。中国文艺术语是道器结合的产物，有的侧重道，有的侧重器，中国古代文艺学既注重道的范畴，也重视对具体的创作技巧的探讨，反对坐而论道式的空谈。我们在选择与阐释中国文艺术语时，应当充分顾及这一特点。

中国思想文化中的文艺术语，相对于其他领域的术语，具有以下功能与特点。第一，它可以洞悉人们内心深处的情感、意绪，从而了解这个民族中的人们的想法，了解中国文化的深层结构。中国自古以来就有诗言志、诗缘情的术语，无论是言志还是缘情，都认为人们最内心深处的想法，不是哲学观念，不是高堂讲章，而是通过言志缘情的诗歌与其他文艺形态得以抒发与表达。孔子曾说，诗可以怨。所谓怨，就是通过诗歌的方式来怨刺上政，即对统治者进行批评与讽刺。后来，这个怨还包含人生的各种不幸与痛苦。我们可以说，中华思想文化的奥秘，恰恰在于文艺心理与文艺术语，例如兴寄、寄托、幽情单绪、荒寒、疏野、冲淡、旷达、悲慨、一画、无声之乐、声无哀乐，这些奇特的文艺术语，相对于性、理、天理、人欲、太极、性命等这些理学术语，更能折射出封建士大夫的内心世界。第二，文艺相对于其他领域的思想文化来说，直接表达出我们这个民族的思维方式与性格特征。中国文艺讲究"温柔敦厚"，以"乐而不淫，哀而不伤""思无邪"为中和之美，既有其合理性，也有其缺陷。鲁迅先生在1906年写的《摩罗诗力说》中，就对这种"思无邪"的诗教说进行过批评，认为其表现了中国人保守落后的思想性格。因此，整理这些文艺术语，有助于我们对中华思想文化进行全面的分析与反思，推陈出新。第三，重新整理与阐释这些文艺术语，有助于全面了解它与中华思想文化术语之间的联系，从而推动整个中华思想文化术语的传播。

作者简介：袁济喜，中国人民大学杰出学者特聘教授，北京大学美学与美育中心客座教授，北京市文史研究馆馆员，北京市优秀教师。主要从事中国古代文论与美学、魏晋南北朝文学研究。

"范畴"内涵的旧解与新诠

陈玉强

（河北大学文学院）

自 20 世纪初期"中国文学批评史"学科建立以来，范畴一直是研究的核心所在，相关研究成果斐然可观。然而"百年来的范畴研究，似是在一种概念尚模糊、理论认识尚未十分明晰的状态之下展开的"[①]。这并不是说学界对"范畴"缺乏定义及理论阐释，而是说这些定义和阐释具体运用到范畴、概念、术语的甄别上，存在操作上的困境。

一般认为范畴是具有普遍性的概念。"概念是表示事物类别的思想格式，而范畴则指基本的普遍性的概念，即表示事物的基本类型的思想格式。"[②]"表示普遍联系和普遍准则的概念才称为范畴。"[③] 问题是"普遍性"如何界定？是指以词语形态呈现的范畴在文献中出现的频繁性，还是指其中理论蕴含的普适性？抑或二者皆有，又或是另有玄妙？这些似乎难以量化衡定，因而范畴的甄别标准就显得模糊而主观。具体到中国文论范畴，若是强求所谓的"普遍性"，就会面临这些范畴在使用上的随意性及内涵上的模糊性之挑战。罗宗强先生曾指出，中国文论里具有类似范畴特质的用语可能有上百个，其中不少带有随意性，其使用既不普遍，频率也不见得很高。关键的是，古人在使用它们的时候，并没有对其概念内涵进行严格的界定，而且往往事后再使用的时候，语义也不一定连贯。对于这样一些

---

① 罗宗强：《20 世纪古代文学理论研究之回顾》，罗宗强编《古代文学理论研究》，湖北教育出版社，2002，第 41 页。

② 张岱年：《中国古典哲学概念范畴要论》，中国社会科学出版社，1989，自序第 2 页。

③ 汪涌豪：《中国古代文学理论体系·范畴论》，复旦大学出版社，1999，第 5 页。

语词，"我们是称这一些为术语呢？还是称它们为概念？还是称它们为范畴呢"①？另外一个问题是，在这些性质界定困难的术语、概念、范畴中，我们要挑选哪些作为范畴研究的对象呢？归根结底，这些问题属于范畴的甄选问题。如此看来，"范畴"的定义既非不言自明，也并非泛言可明。显然，推进范畴研究的前提是对"范畴"的内涵进行学术史梳理，并在前人研究的基础上提出具有可操作性的新阐释。

一

"范畴"一词出自《尚书·洪范》，箕子以"洪范九畴"回答周武王所问治国安民之道。洪，大也；范，法也；畴，类也。洪范九畴就是九类治理天下的大法。故而"'范畴'一词原意是归类范物，且具有价值规范、制度法则的意义"②。近代以来，"范畴"用于对译亚里士多德创造的 κατηγορια 一词。亚里士多德的《范畴篇》是哲学范畴理论的起源，其后康德、黑格尔、列宁等人均对"范畴"有所阐释。亚里士多德所说的"范畴"究竟指什么？根据《范畴篇》所述，其要点有三。

第一，范畴不是复合词，而是非复合词。亚里士多德认为语言的表达或者是复合的，比如"人跑""人得胜"；或者是简单的，如"人""牛""跑""得胜"。前者的语言形态是命题，后者的语言形态才是范畴。

第二，并非所有的非复合词都是范畴，《范畴篇》所归纳得出的范畴只有十个，而一切非复合词都可以归属到这十个范畴里去。亚里士多德将这十个非复合词视为语言分类上最高的"属"（genus），其上没有更高的"属"；"属"之下有"种"（species），其数量并非无限，但又是不确定的；"种"之下则是"个体"，即个别事物，如个别的人、个别的马，其数量是无穷的。这十个非复合词是最高的"属"也即"范畴"。正如亚里士多德《论题篇》所说："我们必须区分范畴的种类，以便从中发现上述的四种述语。它们的数目是十个，即本质、数量、性质、关系、何地、何时、所处、

① 罗宗强：《20 世纪古代文学理论研究之回顾》，罗宗强编《古代文学理论研究》，湖北教育出版社，2002，第 41 页。
② 成中英：《创造和谐》，东方出版社，2011，第 53 页。

所有、动作、承受。……论证所归依以及所出发的东西就是这些，也就是这么多。"① 亚里士多德明确指出"范畴"只有十个。据辛普里柯俄斯（Simplicius，约 490～560 年）《〈范畴篇〉评注》介绍，在 6 世纪之前，西方学界对《范畴篇》是有不同命名的，有的称为《论十个属》，也有的称为《十范畴》。② 由此可见西方早期大都认为《范畴篇》所谓"范畴"即是最高的"属"，数量是十个。当然，对此也有不同的看法。珀尔菲琉斯（Porohyry，约 234～305 年）认为，希腊文"范畴"的词源是"控诉"，控诉就是依照某种意义"宣示"事物，就是说出对事物有意义的表达，因此，所有简单的有意义的表达，当它被说出来并宣示它所指称的事物时，就被称为"范畴"。③ 这种由词源学推论而来的"范畴"，数量庞大，实际上与《范畴篇》所论的作为最高"属"的"范畴"，并不是一回事，因此受到辛普里柯俄斯等人的批判。

第三，《范畴篇》是在逻辑学层面论述"范畴"，重点探讨的是语词及其分类，具有"工具性"而非"形而上学"性。虽然亚里士多德将十范畴视为最高的"属"，它们也的确概括了一些共相、普遍性的因素，但是它们却被亚里士多德视为"第二实体"，因而并不具备形而上学的含义。事实上，《范畴篇》把具体的个体视为"第一实体"，而把"种"和"属"视为"第二实体"，这与亚里士多德《形而上学》所论完全相反，后者是将"属""种"等具有一般性的东西视为第一实体，而个别的具体的东西则是第二实体。要之，《范畴篇》是在逻辑学意义上阐释范畴的含义，从认识论上来看，人们的认识是从具体可感的个别事物开始的，进而认识其共相、普遍性。基于此，《范畴篇》把具体的个体视为"第一实体"。这也意味着《范畴篇》对范畴的探讨欠缺形而上学性。

《范畴篇》是《工具论》中的一篇，《工具论》一共六篇。《范畴篇》与《工具论》中的其他五篇共同构成亚里士多德的逻辑学体系。其分工如下：作为开篇的《范畴篇》讨论简单词项，接着由《解释篇》讨论简单命

① 苗力田主编《亚里士多德全集》第一卷，中国人民大学出版社，1990，第362～363页。
② 参见〔古希腊〕亚里士多德著，溥林译笺《〈范畴篇〉笺释：以晚期希腊评注为线索》，华东师范大学出版社，2014，第87页。
③ 参见〔古希腊〕亚里士多德著，溥林译笺《〈范畴篇〉笺释：以晚期希腊评注为线索》，华东师范大学出版社，2014，第90～91页。

题，再由《前分析篇》讨论推论，而《后分析篇》则讨论证明，最后由《论题篇》和《辩谬篇》讨论辩证法。① 《范畴篇》讨论的重点就是语词，而非事物；十范畴是关于语词的分类，而非关于事物的分类。尽管语词指称事物以及关于这些事物的概念，但是《范畴篇》将讨论范围限定在逻辑学层面，而非存在论层面。例如，对于十范畴中的"性质"范畴，亚里士多德重点探讨"性质"范畴在逻辑学上的定律，其中一条定律是"两个相反者中，如若其一是性质，那么另一也是性质"。他以"公正"和"不公正"举例，认为"公正"一词在逻辑学上不能归入"数量""关系"或其他范畴，只能归入"性质"范畴，那么"公正"的反义词"不公正"也同样应归入"性质"范畴，而其他一切属于性质范畴的相反者也都遵循这个规律。② 显然这里"性质"范畴只有逻辑学上的含义，并没有形而上学的含义。亚里士多德《范畴篇》把具体的个体视为"第一实体"，体现了客体性原则，具有朴素唯物论的特点。

康德批判发展亚里士多德的范畴论，在认识论层面主张范畴是主观"思维形式"③，即知性的先天概念。范畴并非从自然中派生出来的，而是向自然颁布先天法则的概念。康德认为亚里士多德没有区分感性范畴与知性范畴，十范畴是偶然捡拾起来的，在范畴类型上是混杂的。康德所谓"知性"（verstand）是与感性相对应的"理智"，即运用先天的知性范畴（如必然性）整理和综合特殊的、没有联系的感性材料，使之成为具有规律性知识的能力。康德认为知性范畴是先验的，它们凌驾于感性材料之上，是形成逻辑判断的前提。每一个逻辑判断必然包含一个范畴，比如"太阳炎热导致蜡块融化"，包含着"原因性和从属性"（因果性）范畴。没有这一范畴的先验存在，就无法形成上述逻辑判断。在形成判断之前，知性范畴已经静态地存在于主体意识之中，它们是人心固有的东西，与客体没有关系，由此可见康德的范畴论具有主观唯心主义的特点。康德采纳亚里士多德十范畴中的量、质、关系，认为这三个范畴才是知性范畴，另外增加一个

① 参见〔古希腊〕亚里士多德著，溥林译笺《〈范畴篇〉笺释：以晚期希腊评注为线索》，华东师范大学出版社，2014，第86页。
② 参见苗力田主编《亚里士多德全集》第一卷，中国人民大学出版社，1990，第31页。
③ 〔德〕康德：《纯粹理性批判》，邓晓芒译，人民出版社，2017，第162页。

"模态"范畴。由此他发展出四组十二个知性范畴：量的范畴（单一性、多数性、全体性）；质的范畴（实在性、否定性、限制性）；关系的范畴（依存性与自存性、原因性和从属性、协同性）；模态的范畴（可能性—不可能性、存有—非有、必然性—偶然性）。① 康德的范畴理论确立了认识论中的主体性原则，虽然属于先验唯心论，但他将人作为认识的主体，这标志着近代主体意识的觉醒，具有一定的合理成分。

从亚里士多德到康德，范畴或被视为最高的十个"属"，或被认为是主观思维形式的十二个知性范畴，其数量是极为有限的。

二

中国学界对"范畴"的定义大都是以经由黑格尔提出、列宁发展的"纽结"说为逻辑起点。黑格尔在《逻辑学》第二版序言中指出："在这面网上，到处都结着较强固的纽结，这些纽结是精神的生活和意识的依据和趋向之点，它们之所以强固而有力，要归功于这一点，即假如它们呈现于意识之前，它们就是精神本质的自在自为的概念。"② 这种精神本质之自在且自为的概念就是范畴，它们是自然现象之网上的纽结，是精神的依据和归趋。黑格尔批判康德主观唯心主义的范畴论，认为范畴是一种客观精神，先于物质世界而存在；范畴之所以是自然现象之网上强固而有力的纽结，是因为其先于人的意识，乃自在自为的绝对理念。显然，黑格尔的范畴论具有客观唯心主义的特点。

列宁《哲学笔记》中有一篇《黑格尔〈逻辑学〉一书摘要》，专门摘抄、评述黑格尔《逻辑学》一书。其中，列宁对上段所引黑格尔的原文进行了摘抄，并对之加以评论："如何理解这一点呢？在人面前是自然现象之网。本能的人，即野蛮人没有把自己同自然界区分开来。自觉的人则区分开来了，范畴是区分过程中的一些小阶段，即认识世界的过程中的一些小

---

① 参见〔德〕康德《纯粹理性批判》，邓晓芒译，人民出版社，2017，第56页。
② 〔德〕黑格尔：《逻辑学》，杨一之译，商务印书馆，1966，第15页。

阶段，是帮助我们认识和掌握自然现象之网的网上纽结。"① 列宁从辩证唯物主义立场阐释并纠正黑格尔的范畴论，认为自觉的人将自身和自然界区分开来，并把自然界作为认识对象；人对世界的认识存在阶段性，在认识世界的不同阶段形成了诸多范畴，它们好比自然现象之网的网上纽结，帮助人们认识和掌握自然现象。

列宁的这段阐释要点有二：其一，列宁认为范畴是人在认识世界的过程中形成的，而不是黑格尔所说的先于人而存在的；其二，列宁接受黑格尔的"纽结"说，认为范畴是帮助我们认识和掌握自然现象的中心环节，因而范畴具有关键性、普遍性的特点。这就是说，并不是任何概念都可以称为范畴，只有具有"纽结"性质的概念才是范畴。抛开黑格尔唯心主义的一面，他认为范畴是"本性、独特的本质以及在现象的繁多而偶然中和在倏忽即逝的外表中的真正长在的和实质的东西"②，具有一定的合理性。列宁对范畴的经典论断就是在阐释和批判黑格尔的范畴学说的基础上形成的。

中国学界对于"范畴"的界定大都是以"纽结"说为出发点，即认为范畴是能体现本质、具有普遍意义的概念。把范畴界定得比一般概念更高级，这固然能显示范畴作为"纽结"的特点，但是也会带来范畴认定上的困境，正如前文所言"普遍性"在具体操作层面很难用量化指标加以衡定。对于此种困境，有学者认为应回到亚里士多德对范畴的界定上来，认为"范畴的本义乃是指各种不同种类的说明事物之词（'谓词'）"，只要符合这个条件，就算是范畴，故而范畴"与其使用人数的多少无关，与其使用时间的长短无关，也与其理论价值的高低无关"，因此"特定学科的术语、概念和范畴在外延上是基本一致的"。③ 此种界定与前文所举珀尔菲琉斯的观点相近。这种界定与亚里士多德《范畴篇》的原意究竟是否相符，历来是有争议的，珀尔菲琉斯的观点就颇受批判。抛开这种观点是否是《范畴篇》原意的争议，其中蕴含的启示是不容忽视的：第一，其中包蕴着对

① 〔苏〕列宁：《哲学笔记》，中共中央马克思恩格斯列宁斯大林著作编译局译，人民出版社，1956，第90页。
② 〔德〕黑格尔：《逻辑学》，杨一之译，商务印书馆，1966，第14页。
③ 姚爱斌：《"范畴"内涵重析与中国古代文论范畴研究对象的确定》，《文艺理论研究》2008年第1期。

"普遍性"的解构，如此一来，的确不必再困惑于何谓范畴这个问题；第二，其显示出重新界定"范畴"的学术努力。这两点是我们重新阐释"范畴"的重要出发点。

三

综合考虑"范畴"内涵的已有阐释及其哲学依据，结合中国文论的特殊性，笔者认为范畴是揭示规律的词语；"规律"落实在文论领域指"文学规律"，因而文论范畴就是揭示一定文学规律的词语。此说吸收黑格尔、列宁的"纽结"说，又不必拘泥于宽泛而难以把握的"普遍性"。以是否揭示一定文学规律为衡定是否为文论范畴的标准，相对更具可操作性。

我们对于"范畴"一词的定义，既要考虑它在国外被阐释的历史及其中的共性因素，也要考虑中国传统文化和思维方式的特殊性。康德虽然有意避免对范畴下定义，他认为"这样一些定义只会使眼光偏离研究的重点"[1]；然而事实上，西方从柏拉图时代就奠定了以"概念界定—逻辑推衍—理论建构"为特点的理性思维方式，康德的著述也不例外。而中国古代文论以"象喻"思维为特点，重感受性、形象性，这必然导致相关范畴呈现多义性、模糊性、随意性的特点[2]。那些"带着随意性的，并不普遍也不经常被使用"，"他们在使用它的时候，既未作认真的概念内涵的严格界定，事后也未曾有意义连贯地使用"[3] 的用语，只要它们揭示了一定的文学规律，就可以视之为文论范畴。

亚里士多德、康德讲的范畴，是用于涵括万物万象的少数几个词语，中国文论范畴显然不可能以之为定义的准则。黑格尔、列宁讲的范畴是具有"普遍性"的"纽结"，中国文论范畴以之为定义范本，这固然具有了定义的经典性，但也造成了范畴甄别的困境。事实上，中国文论范畴有着具

---

① 〔德〕康德：《纯粹理性批判》，邓晓芒译，人民出版社，2017，第 58 页。
② 蔡锺翔、陈良运《中国美学范畴丛书·总序》将中国传统美学范畴的特点概括为：多义性和模糊性、传承性和变易性、通贯性和互渗性、直觉性和整体性、灵活性和随意性。参见蔡锺翔《美在自然》，百花洲文艺出版社，2001，总序第 2～3 页。
③ 罗宗强：《20 世纪古代文学理论研究之回顾》，罗宗强编《古代文学理论研究》，湖北教育出版社，2002，第 40 页。

体学科的特殊性,它们不具备存在论意义上的普遍性,只在本学科或邻近学科具有部分共性。以模糊性、多义性、随意性著称的中国文论范畴大多揭示的只是文学规律的某个阶段性的部分特征,然而它们依然是中国文论观念之网上的"纽结"。因此,我们对中国文论范畴的定义只能对"普遍性"进行部分解构,而不能完全与之脱钩。如果把一切说明性词语视为范畴,或将导致范畴研究的细琐、格局的低下,范畴研究最终将面临存在必要性的责难。在中国文论领域来谈论范畴,必然要探讨其中包蕴的文学规律,这就离不开对共性的探讨。

当下的中国文论范畴研究存在范畴甄别的困境,又面临术语研究、命题研究、关键词研究的挑战。梳理"范畴"的旧有内涵,对之进行符合学理的重新诠释,并持开放、包容的态度,以相近的学术话语为镜,自照罅隙,方能走出日渐僵化的研究范式,重新唤醒范畴研究的活力,在学术话语的竞争中开拓范畴研究的新格局。

作者简介:陈玉强,河北大学文学院教授,博士生导师。著有《古代文论"奇"范畴研究》《中国美学"狂怪"范畴研究》等。

作为关键词的命题

张 晶

（中国传媒大学人文学院）

命题是一种普遍存在的判断形式，从逻辑学的角度看，只要有判断，就有命题的存在。比如说："当他想某个东西时，他就是想一个存在的东西。"（柏拉图《泰阿泰德篇》）这就是一个命题。在哲学、美学、心理学、文化学等诸多学科中，都有许多命题构成学科的体系。我们这里所谈论的则是作为关键词的命题。从这个意义上看，不是所有命题都可以进入关键词序列，甚至大多数命题都不能进入关键词序列。而在关键词的意义上，命题的功能或重要性，就是特别值得我们探究的。

既云"关键词"，就不是泛泛的词语，而是在社会文化中起着关键作用的话语，不仅是使用频率特别高，而且其语义具有深刻的历史感，甚或颇有歧义或争议。关键词有多种存在形式，如概念、范畴、俗语、成语及命题等。看起来"关键词"的涵盖面非常广，它们在社会文化中成为具有活性的因素。"关键词"的倡导者雷蒙·威廉斯这样表述道："我所收集的每一个词在某些时刻里或是在某些讨论过程里，的确曾经引起我的注意：对我而言，其本身的语义问题似乎与当时讨论时所出现的语义问题息息相关。我所做的不只是收集例子、查阅或订正词汇特殊的用法，而且是竭尽所能去分析存在于内部——不管是单一的词或是一组习惯用语——的争议问题。我称这些词为关键词，有两种相关的意涵：一方面，在某些情境及诠释里，它们是重要且相关的词。另一方面，在某些思想领域，它们是意味深长且具指示性的词。"① 威

---

① 〔英〕雷蒙·威廉斯：《关键词：文化与社会的词汇》，刘建基译，生活·读书·新知三联书店，2016，第28~29页。

廉斯对"关键词"的阐发对我们从关键词的意义上理解命题，是有重要意义的。我们在这里所说的"命题"，也是侧重于思想文化领域。

从哲学的或文学艺术的命题来看，命题与范畴的关系最为密切。这是基于 20 世纪末到 21 世纪初这个阶段的研究状况而言的。范畴研究曾经是文论或美学研究的基本范式，很多学者在范畴研究中取得了很高的成就。如由蔡锺翔先生在百花洲文艺出版社所主持编撰的"中国美学范畴丛书"，就包含了国内一批卓有成就的中青年美学家和文艺理论家的 20 种著作，如蔡锺翔的《美在自然》、袁济喜的《和：审美理想之维》、涂光社的《原创在气》《因动成势》、古风的《意境探微》、张晶的《神思：艺术的精灵》等。蔡锺翔还和汪涌豪、涂光社两位教授在《文学遗产》杂志上发表了《范畴研究三人谈》（2001 年第 1 期）。但当时的范畴研究就已经在很多时候包含了命题。著名学者成复旺教授主编的《中国美学范畴辞典》，就有众多的美学命题，如"言之无文，行而不远""大象无形""知人论世""境生于象外""不是此诗，恰是此诗"等，这些都是命题而非范畴，这是可以明确的。韩林德先生著《境生象外：华夏审美学与艺术特征考察》一书，是有将范畴和命题分论的意识的，他认为："在中国古典美学形成和发展的历史长河中，一代代美学思想家和文艺理论家，在探索审美和艺术活动的一般规律时，创造性地运用了一系列范畴和命题。"[1] 在这里，韩先生已将"范畴"和"命题"并举，察觉到了二者的差别。我们看他所举的例子，包括"道""气""象""神""妙"等，以及"情"与"景"、"言"与"意"、"阳刚之美"与"阴柔之美"、"立象尽意"、"得意忘象"、"传神写照"、"迁想妙得"、"气韵生动"等，其中，"立象尽意"之后的都属于命题，前面的则都是范畴。韩先生指出，这些范畴和命题，既有所区别，又相互联系、转化，形成一种关系结构，共同构建起中国美学的理论体系。而中国古典美学史，就是这一系列范畴、命题的形成、发展与转化的历史。[2] 韩先生的这些观点，颇为明确地阐释了范畴和命题在中国美学体系中的建构功能。

---

[1] 韩林德：《境生象外：华夏审美学与艺术特征考察》，生活·读书·新知三联书店，1995，第 1 页。

[2] 参见韩林德《境生象外：华夏审美学与艺术特征考察》，生活·读书·新知三联书店，1995，第 1 页。

范畴是命题的基础，是构成命题的基本要素。有的命题包含了范畴，有的则并无这种关系。如言和意，是一对范畴，而"言不尽意"，则为命题。很明显，"言不尽意"这个命题是包含"言意"这对范畴的。同样的，形与神，是一对范畴，而"以形传神"则是一个命题，而且后者包含了前者。"和"是一个范畴，而"和为贵"则是一个命题。这都是命题包含了范畴的例子。也有很多命题是并不包含范畴的。如"读万卷书，行万里路"，并不包含范畴。"己所不欲，勿施于人"是一个伦理学的命题，它并不包含范畴。从语法上看，范畴往往是一个单词或复合词，如意象、感兴、中和、教化、法度、本色等；命题则是一个有意义的短语，在其内部，有着相对复杂的语法关系。与范畴相比，命题的长处在于可以明确表达主体的意志、判断或价值取向，从而成为某个思想体系的核心部分。道和自然，都还是范畴，而《老子》所说的"人法地，地法天，天法道，道法自然"，就是一个系统性的命题。

在关键词的意义上来说命题，就不是一般性的命题，而是在社会文化中出现频次颇高的命题。这种命题反映了一个历史时期人们的思想倾向、价值态度，同时，也表达着人们对于社会生活的立场、观点。当然，这些命题本身，也有着历史性的渊源及不同理解。命题的一个突出特征，应该是其客观性或真理性。在这个意义上，命题有着深刻的认识论性质。命题应该真实地反映一定的社会生活真实，如某哲学教科书所指出的："事实无非是一个真命题，是真理，这真理是某些命题具有而别的命题所不具有的简单的、不可分析的和可直观想象的性质。一切知识，甚至感官知觉得来的知识，都无非是命题的被认识的东西。"①

命题的客观性或真理性，应该是命题的基本特征之一。如果是歪曲地描述现实，那么，你提出的这个命题就是伪命题。建立在客观真实的基础之上的命题，方可以称为真命题，也才可能成为社会文化的关键词。如《周易·系辞》中所提出的"穷则变，变则通，通则久"，就是真实地反映了历史发展的客观规律的命题。

命题的另一个特征在于它的价值取向性，鲜明地表达主体的认识和观

---

① 《哲学百科全书》第五卷，转引自孙小礼主编《科学方法》，知识出版社，1990，第220页。

念。命题的判断，往往都明确地体现着这种价值取向性。与概念、范畴相比，命题在思想构成方面最为突出的作用恐怕正在于此。如在中国哲学领域中的"和实生物""和而不同""慎终追远"等，都是有着明确的价值取向、思想观点的命题，这些命题在思想文化体系中起着链条的作用。如社会治理和法学方面的"防民之口，甚于防川""水能载舟，亦能覆舟""民为邦本"等，都是表达了尊重人民的某种意愿的观念。

无论中外，真正有价值的命题，都应该是某种思想立场的表达。如马克思在《1844 年经济学哲学手稿》中所提出的"劳动创造了美，却使劳动者成为畸形"就是揭露异化劳动的命题。康德的美学命题如"那规定鉴赏判断的快感是没有任何利害关系的""美是那不凭借概念而普遍令人愉快的""美是一对象的合目的性的形式，在它不具有一个目的的表象而在对象身上被知觉时""美是不依赖概念而被当作一种必然的愉快的对象"①，构建了康德的美学大厦。笛卡尔的"我思故我在"，是关于他的唯理主义最为明确而简洁的命题。卡西尔认为，"符号化思维和符号化的行为是人类生活中最富于代表性的特征"② 是他表述其符号论哲学思想的命题。克罗齐的"直觉是表现，而且只是表现"③ 是他的美学思想最集中的表达。德国哲学家布伦塔诺主张意识的统一体，他提出："真正的统一体也不能被复合体所取代。"④ 这是表达其心理学立场的根本命题。

现象学的创始人胡塞尔以意向性为现象学的核心观念，他提出了这样的根本性命题："一般而言，每一实显性我思的本质是对某物的意识。"⑤ 这个命题奠定了现象学哲学的始基。现象学哲学家、美学家杜夫海纳认为感性的呈现是艺术的本来标志："艺术的特点就在于它的意义全部投入了感性之中；感性在表现意义时非但不逐渐减弱和消失；相反，它变得更加强烈、更加光芒四射。"⑥ 我们可以看到，西方哲学美学中的这些命题，都代表了

---

① 〔德〕康德：《判断力批判》，宗白华译，商务印书馆，1996，第 40、57、74 页。

② 〔德〕恩斯特·卡西尔：《人论》，甘阳译，上海译文出版社，1985，第 35 页。

③ 〔意〕克罗齐：《美学原理》，朱光潜译，商务印书馆，2012，第 13 页。

④ 〔德〕弗兰兹·布伦塔诺：《从经验立场出发的心理学》，郝亿春译，商务印书馆，2017，第 187 页。

⑤ 〔德〕胡塞尔：《纯粹现象学通论》，李幼蒸译，商务印书馆，1996，第 105 页。

⑥ 〔法〕米盖尔·杜夫海纳：《美学与哲学》，孙非译，中国社会科学出版社，1985，第 31 页。

思想家哲学家的核心观念。

中国的思想文化命题，在形式上也许更为简赅，而其价值取向性尤为鲜明。如"诗三百，一言以蔽之，曰：思无邪！"（《论语·为政》）"民为贵，社稷次之，君为轻。"（《孟子·尽心下》）"功遂身退，天之道也。"（《老子》第九章）"致虚极，守静笃。"（《老子》第十六章）"生生之为易。"（《周易·系辞上》）"仁义礼智，非由外铄我也，我固有之也。"（《孟子·告子》）"万事莫贵于义。"（《墨子·贵义》）"诚者，天之道也。"（《中庸》）"格物致知。"（《大学》）"神用象通，情变所孕。"（《文心雕龙·神思》）"情往似赠，兴来如答。"（《文心雕龙·物色》）"凡象，皆气也。"（《张子正蒙·乾称》）"仁者，以天地万物为一体。"（《二程集》）"诗有别材，非关书也；诗有别趣，非关理也。"（《沧浪诗话》）再如王阳明的"心即理""致良知"（《大学问》）等。其思想的指向性都是有很强的针对性的。涉及文学艺术的命题大多数在语言形式上则更为整饬。如"言不尽意""气韵生动""以形写神""传神写照""不平则鸣""独抒性灵，不拘格套""外师造化，中得心源"，等等。因其语言形式的整饬，所以，更易在文艺领域中流传使用。

命题的思想倾向与价值取向之鲜明突出，形成了命题在关键词序列中的一个重要功能，那就是建构功能。西方的哲学美学的重要命题，往往能成为某一哲学家的思想体系的核心观念，如笛卡尔的"我思故我在"，黑格尔的"美是理念的感性显现"，叔本华的"意志与表象的世界"，克莱夫·贝尔的"艺术是有意味的形式"，都是其思想体系的集中表达。对这些核心命题的理解，也即对其整体思想体系的把握。

中国命题在其长期流变发展中经历了经典化的过程，往往成为某一思想传统的标志。命题在中国文艺思想史上起到重要的建构作用。如道家崇尚自然的思想，延续几千年而不坠，成为中国美学的一个非常鲜明的传统。《老子》提出的"道法自然"的命题，一直在中国文艺理论史上是最重要的观念之一。魏晋南北朝时诗论家钟嵘提出"自然英旨，罕值其人"（《诗品序》）的命题，同样为后世所赓续。大诗人李白，提出了"天然去雕饰"的命题，晚唐诗论家司空图作《二十四诗品》，其"自然"一品有"俯拾即是，不取诸邻"的命题，该命题形成了中国美学的特定价值取向。

中国的命题还有一个明显的特征，那就是它的自明性。对于中国的思想文化传统而言，很多命题之所以能够成为社会文化的关键词，并非刻意求取，而是因为其在传播中得到了最为广泛的认同。其中的很多命题，得到了思想文化界的高度认同，而且代代相传。在其递嬗过程中，意涵会随时代有所新变，命题本身便成了"源头活水"。其中的一个重要原因在于中国的这些命题具有内涵上的自明性，无须深文周纳，即可洞照其义。这就给命题作为关键词提供了充分的理由。

中华优秀传统文化的传承与发展，是建设中国特色学科体系、学术体系、话语体系的必由之路，是我们必须担负的历史责任。关键词对于三大体系建设的意义是非常重要的，具有明显的时代意义。命题作为关键词的一个类型，需要深入整理和体系化，如是，可以使关键词的学理性得到充实与提升。

作者简介：张晶，中国传媒大学文科资深教授、人文学院院长，中国文艺评论（中国传媒大学）基地主任。

关键词建构三大体系

李建中

（武汉大学文学院）

关键词，已然由文献检索的元素衍生为学术研究的枢机：既可分为概念、术语、范畴、命题四种形态，又可整合为"对象"与"方法"两种属性。随着关键词研究的成果越来越多，所涉及的领域越来越广，所探讨的问题越来越深入，所具有的地位越来越重要，故而"关键词"与"三大体系"（学科体系、学术体系、话语体系）之关系也开始受到学界关注。

"学科体系"中的任何一个学科，既有自己专用的一套概念和术语，也有与其他学科（或曰"跨学科"）共用的范畴和命题；"学术体系"中的任何一项学术研究，离开了概念、术语、范畴、命题，既无法讨论任何问题，更无法划定任何领域；"话语体系"中必不可少的话语行为，诸如话语言说、话语叙述和话语阐释等，说到底是一种关键词行为。一言以蔽之：没有关键词，便无从谈三大体系。在这个意义上说，是关键词建构起三大体系。

关键词如何建构三大体系？理解并阐释这一问题，对于当今时代"三大体系"的建设，对于当下学界"关键词研究"之研究，均具有重要的理论价值和实践意义。而对这一问题的回答，或者说对这一谜底的解开，依然需要借助 keywords 这一枚 word's key。

一 关键词与学科体系

"学科"本身就是一个关键词，它的最简语义为"分科治学"。"分科治学"也是一个关键词，其语义兼容了古代、近代和现代：治学，古已有之；

分科，始于近代，成于现代，而见疑于当代。20世纪初，当我们用汉语"大学"移译西语"university"时，实际上已经认可了"分科治学"的近代理念，或者说是将近代西方"university"文理分科的义项移入《礼记》以"明明德、新民、止于至善"为宗旨的"大学"这一关键词。王国维《奏定经学科大学文学科大学章程书后》称"《系辞》《上下传》实与《孟子》、《戴记》等为儒家最粹之文学"，又称"周、秦诸子，亦何莫不然"①，看上去是要模糊文学与经学、子学的区别，或者说是要打通文学与经学、子学，实际上是要将中国传统的经学和子学纳入"文学"这一学科领域，用现在的话说，王国维是在搞学科建设，是在建构学科体系，是在借用中国传统的学术资源建设现代意义上的"文学"学科。

就"文学"的学科建设和学科体系建构而言，20世纪上半叶的学者，用得较多的一个关键词是"经史子集"。经史子集既是传统学术的知识学依据和文献学、目录学方法，同时也是前学科时代的学术类分或者说"准学科"类分。大体上说，经、史、子、集依次构成哲学、史学、文化学和文学这四大现代学科的学术传统和话语资源。就集部之学与文学的关系而言，朱自清《诗文评的发展》认为《四库全书总目提要》的集部各条，从一定程度上说，已不失为系统的文学批评，并称郭绍虞、罗根泽和朱东润三位先生的《中国文学批评史》具有"从新估定"《总目》集部"诗文评"的价值，从而将"诗文评"这一"集部的尾巴"提升为"一门独立的学科"。②

按照今天的学科类分，朱自清所说的"诗文评"这门"独立的学科"，实际上只是"文学"大类门下的一级学科"汉语言文学"属下的二级学科"文艺学（或曰"文学理论"）"属下的一个研究方向：中国古代文论（或曰"中国文学批评史"或"中国文论"）。其线性标示为：文学（大类门）→汉语言文学（一级学科）→ 文艺学（二级学科）→中国古代文论（学科方向）。这种逻辑严密、等级森严的学科层级，其利弊可谓一枚硬币的两面：分科教学和治学，同时构成现有"学科体系"的优长与短板。

"学科体系"的第一关键词是"立德树人"，学科体系的建设，既是分科治学，也是分科育人，即在不同的专业领域为中国的社会主义事业培养

---

① 周锡山编校《王国维集》第四册，中国社会科学出版社，2012，第14页。
② 朱自清：《朱自清古典文学论文集》下册，上海古籍出版社，1981，第547、543~544页。

德才兼备的接班人。随着科学技术的高速发展和人类社会复杂化程度的加深，科学（包含人文科学）和社会的复杂性与个体能力和智慧的有限性，决定了专业分类以及社会分工的必要性。从技能培养和职业准备的角度论，分科治学、分科育人是合理的甚至是必需的。而以"立德树人"为关键词的学科体系和学科建设，所树之人既学有专攻更止于至善。这个"至善"是"明明德"之后所达到的境界，也是"新民"所需要的"备善"或"兼善"。在这个意义上讲，学科体系中的"专"应该与"通"相融合：就科研而言，是"分"学科与"跨"学科的融通；就教学而言，是专业教育与通识（博雅）教育的融合。

　　章太炎先生的弟子，山西大学教授姚奠中先生在追忆他的中国文学史研究和教学的经历时说："有的青年喜欢问：'先生，您研究的哪一段？'这一问，问住了，无法答。其实是不能这样问的。"① 为什么不能这样问？你能问章太炎先生研究哪一段吗？能问黄侃先生研究哪一段吗？不仅不能问"哪一段"，甚至连"哪个学科"也是不能问的。章、黄、姚三位大先生，皆是四部兼通的大师级学者。一流大学肩负着培养国家栋梁、领袖人才的使命，肩负着造就拔尖人才、学术大师的重任。大学教育若分段、分科过严过细，何来领袖？又何来大师？当下高校的学科建设，力推"新文科""新工科""新医科"等，所谓"新"实为"跨"，实为拆除学科壁垒之后的通识即博雅教育。再往深处看，这个"新"和"跨"，实则为后学科时代在一个更高的层面对前学科时代的"反（返）者道之动"。

　　说到前学科之"返"，需要重释《庄子·天下篇》的两个关键词：方术与道术。方术者，一方之术，一得之见，一家之说，一派之论。故庄子所说的"方术"，类似于我们今天的分科治学，类似于学科体系中某一个学科属下的不同分支或流派。道术者，大道之术，大用之术，大通之术，大人之术。"道术"在"方术"之前或之上，是天下所有"方术"的"源"和"元"，是所有"方术"的价值观和方法论。如果说"学科体系"是一棵参天大树，那么"道术"就是"根"和"本"，"方术"则是"枝"和"末"。在庞大的现代学科体系中，有一些学科（如文史哲，如数理化）是

---

① 《姚奠中论文选集》，山西人民出版社，1988，自序第3页。

本根或道术，应用性、工具性较强的学科则是末叶或方术。这样说，丝毫没有给学科分高低、别贵贱的意思，而是强调学科的不同特性。就"立德树人"这一根本目标而论，所有学科的价值都是一样的：在不同学科的大学课堂上，教师与学生共同"定义明天"；走出课堂、走向社会之后，拥有不同专业背景的同学共同"书写明天"。从"定义"到"书写"，学科体系建设的重要使命和途径，就是从中华传统文化资源中吸纳"兼"之精华，赓续"兼性智慧"[1]，铸成当代大学生"理兼天人"的价值观、"情兼生死"的人生观和"事兼知行"的方法论。

二　关键词与学术体系

"学术体系"与"学科体系"有时候很难区分，这就好比一幢房子："学科体系"是这幢房子的整体和外观，"学术体系"则是这幢房子的根基和高度。上一节，我们谈到诸多的关键词（如"学科""分科治学""分科育人""大学""立德树人""道术""方术""兼性智慧"等），如何建构起现代大学的学科体系；这一节我们来讨论哪些关键词建构起当代中国的学术体系，或者说，由关键词所构建起来的学术体系如何制约并决定着学科体系的根基和高度。

还是从笔者所熟悉的"文学"说起。作为学科体系，"文学"是一个学科门类，是一级学科之上的大类；作为学术体系，"文学"是一个核心概念，是一个在历史流变中不断变更语义的关键词。朱自清《什么是文学》认为"文学"就在"经史子集"之中："在中国的传统里，经史子集都可以算是文学。"[2] 钱基博《中国文学史》也指出："近世之论文学，兼及形象，是经子史中之文，凡寓情而有形象者，皆可归于文学，则今之所谓文学，

---

[1] 关于"兼"这个关键词的阐释，请参见笔者的系列论文：《兼性思维与文化基因》（《光明日报·国家社科基金专版》，2020 年 12 月 16 日）、《中国文论的经学范式》（《武汉大学学报》2020 年第 4 期）、《经史子集与中国文论的兼性阐释》（《社会科学》2021 年第 3 期）、《从间性到兼性：文学理论主体性的当代转换》（《江海学刊》2022 年第 1 期）、《〈文心雕龙〉的兼性智慧》（《江淮论坛》2022 年第 1 期）、《中国文学观念的兼性特征》（《湖北大学学报》2022 年第 2 期）、《兼：大学通识教育的中国方案》（《黄冈师范学院学报》2022 年第 5 期）。

[2] 朱自清著，王丽丽编《朱自清学术文化随笔》，中国青年出版社，2000，第 234 页。

兼包经子史中寓情而有形象者，又广于萧统之所谓文矣。"他又说："所谓文学者，用以会通众心，互纳群想，而兼发智情；其中有重于发智者，如论辨、序跋、传记等是也，而智中含情；有重于抒情者，如诗歌、戏曲、小说等是也。"① 钱基博既谈到"文学"与四部的关联，也谈到"文学"观念的兼性特征，如兼及、兼包、兼发、会通众心、互纳群想等。

包括"概念"在内的关键词，构成学术体系的理论内核，且"概念"的语义演变又构成学术体系的流变历程。"文学"这一概念，其语义从来就不是固定的、一成不变的。古典时代，孔子的"文学"是"文献之学"，刘勰的"文学"是"文章之学"。近现代，章太炎的"文学"与"文字学"相提并论而无所不包，黄侃从《文心雕龙》释出"文实有专美"，鲁迅从域外拿来"文学的自觉"。20世纪近百年的"文学"概念诠释史，其主流倾向是用从西方舶来的"名"应对中国的"实"，责"实"以"名"之后，将"文学"一分为二：合于外来之"名"者称为纯文学（或"文"或审美的文学），溢出外来之"名"者称为杂文学（或"笔"或实用的文学）。循着"纯""杂"二分的逻辑，必然导出这样的问题："文学"在中国是从什么时候开始变"纯"的，也就是"文学"在中国是从什么时候开始"自觉"或者"独立"的。这个问题从上个世纪讨论到这个世纪，老问题未解决，新问题又出现了：网络文学、非虚构文学乃至 ChatGPT 4.0 填出的词写出的诗、编纂出的小说和剧本算不算"文学"？文化研究"浸入"文学之后导致文学的破界或突围，界外或围外的文学还是不是"文学"？文学及文论关键词之中有大量的"文化与社会的词汇"②，这些词还是不是"文学"关键词？

提出并思考这些问题，有助于我们接近"学术体系"的核心：如何理解并诠释学术体系中的"概念"？对概念的阐释，只有进入历史才是有效的，换言之，只有借助概念才能理解历史。文学学科的"文学"如此，历史学学科的"人民"和政治学学科的"革命"亦然。上古时代，"人"与"民"是两个不同的等级，"人"是竖生的、直立的、独立行走的，是揖让

---

① 钱基博：《中国文学史》，中华书局，1993，第3页。
② 本世纪国内学界兴起的"关键词热"，源于英国文化研究学者雷蒙·威廉斯的《关键词：文化与社会的词汇》。

的、有教养的、文质彬彬的；"民"则是以锥刺目的奴隶，男奴为"臣"，女奴为"妾"。孔子所处时代，在"位"而非"德"意义上，"人"是君子，"民"是小人。周子时代的"民胞物与"，则开始弥合或超越"民"与"人"的裂痕和缝隙。到了20世纪后半叶，改革开放之前的"人民"是不包括"地、富、反、坏、右"五类分子的；改革开放之后，先是为前四类摘帽，后又为第五类平反，这五类人又重新回归"人民"。没有抽象的、一成不变的"人民"，只有具体的因时而变的"人民"。

"革命"亦然。《周易》中《革》卦中的"革命"与我们今天所习用而不察的"革命"有着极大的语义差异。"经"之卦辞的界定为"己日乃孚"，"己日"为适当其时，把握时机；"乃孚"为取信于人，推行正道。"传"之"《象》曰"对"革命"的诠解有三：一是"水火相息"，在自然语境下，水火相长，交互变革，"天地革而四时成"；二是"二女同居"，在（人类）生活语境下，两女子同居一室，双方志趣不合，终将生变，"己日乃孚，革而信之"；三是"汤武革命"，在（社会）政治语境下，商汤、周武变革夏桀、商纣的王命，"顺乎天而应乎人"。①政治学领域，"革命"是一个使用频率非常高的关键词，就世界范围来讲，英国革命、美国革命、法国革命、俄国革命、中国革命……能指相同，所指相异。汉娜·阿伦特《论革命》从不同层面辨析法国革命与美国革命的区别，指出美国革命乃"有限君主制之遗产"，其目标是"以自由立国"；法国革命则是"绝对主义"之遗产，其宗旨是"人的解放"。②就国家或民族范围而论，即便是同一个国度之内，其"革命"的所指也是因时而异的。比如近现代中国，先有以推翻帝制为宗旨的辛亥革命，后有以打倒军阀为目标的国民革命，再后来是以建立人民共和国为理想的新民主主义革命。虽同为"革命"，但其性质、旨归、方式、效果都是迥然有别的。跨学科而论，"革命"之所指更为复杂：文艺复兴是艺术革命，宗教改革是神学革命，启蒙运动是思想革命，蒸汽动力是工业革命，日心说挑战地心说是范式革命，ChatGPT的出现是智能革命……

"文学""人民""革命"这三个关键词，既可以放在不同的学科领域

---

① 参见黄寿祺、张善文《周易译注》，上海古籍出版社，1989，第405～406页。
② 参见〔德〕汉娜·阿伦特《论革命》，陈周旺译，译林出版社，2011，第123～140页。

中讨论，也可以在"跨"或"超"学科的视域下探索：后者所内蕴的兼性思维和跨界阐释，对于学术体系的建构和建设尤其具有理论价值和实践意义。如果说兼性智慧、博雅教育对分科治学、分科育人的超越，极大地促进了新时代学科体系的构建和发展，那么兼性思维和跨界阐释则有助于学术体系的探索性建设和创新性建构——后者同样可以从中国四库学中吸纳兼性智慧。四部虽说是学术分类的方法，但四库馆臣却以"兼"为关键词。"经史子集"作为学术文献的分类方法在 4 世纪的东晋已经出现①，而作为传统学术的知识谱系和学术范式则是古已有之②。时至 18 世纪，《四库全书》及《四库全书总目》一经问世，便成为中国乃至世界学术史上最为宏大的兼性文本。《四库全书总目·卷首》"凡例"自述云"阐明学术，各撷所长；品骘文章，不名一格"，并期望兼收并蓄，如渤澥之纳众流，如此才不乖于《四库全书总目》这个名目。③ 经史子集不仅是文献意义上的兼收并蓄，更是学术意义上的海纳百川，举凡哲学、历史、文化、文学皆在其兼收与兼和的范围之中。

王国维曾说："异日发明光大我国之学术者，必在兼通世界学术之人，而不在一孔之陋儒固可决也。今夫吾国文学上之最可宝贵者，孰过于周、秦以前之古典乎？"④ 笔者认为，在王氏所说的"周秦以前之古典"与"异日兼通世界学术"之间，正是流淌在中华文明五千年的长河之中的中国传统学术之"兼性"。黑格尔说，在哲学里，过去的传统，"并不是一尊不动的石像，而是生命洋溢的，有如一道洪流，离开它的源头愈远，它就膨胀得愈大"⑤。"兼性"，作为当代中国学术体系的传统资源，作为学术体系建构的一个核心关键词，它的方法、价值和学术影响力、生命力正与日俱增，既可通变古今，亦能中西互鉴，更有望惠及人类。无论是学术体系、学科体系，还是下面要谈到的话语体系，三者的共同特征是既"人"为，也为"人"。作为学术创造的主体，"人"一身而兼数任，"人"是兼性主体；作为学术创造的目的，"人"所获之"益"是多元的，"人"为与为"人"的

---

① 东晋荀勖《中经新簿》已经有"四部"分类之法。
② 参见拙文《经史子集与中国文论的兼性阐释》，《社会科学》2021 年第 3 期。
③ 永瑢等：《四库全书总目》上册，中华书局，1965，卷首第 19 页。
④ 周锡山编校《王国维集》第四册，中国社会科学出版社，2012，第 13 页。
⑤ 〔德〕黑格尔：《哲学史讲演录》第一卷，贺麟、王太庆译，商务印书馆，2021，第 8 页。

学术也是多元的。

三　关键词与话语体系

有学者指出，20世纪最后三十年发生在哲学领域的"语言学转向"，表现为三种不同的倾向：德国的概念史研究，英国剑桥学派的政治思想研究和作为社会理论的雷蒙·威廉斯的关键词研究，法国福柯以话语为中心的学科史研究。[①]前两种倾向表现为关键词对学科体系和学术体系的建构，第三种倾向则表现为关键词对话语体系的建构。福柯认为"话语之外无他物"[②]，此话虽失之于夸张和武断，但放在"关键词与话语体系"之关系这一特定领域而论又是可以成立的。三大体系之中，"学科体系"和"学术体系"二者与"关键词"虽然关系密切却不能等同，而"话语体系"与"关键词"是可以等同的：落到文本的实处，话语行为就是关键词行为，话语体系即为关键词体系。

中国学术话语体系的历史之源和逻辑之元皆肇始于《周易》。《庄子·天下篇》讲"易以道阴阳"，《周易·系辞上》讲"一阴一阳之谓道"。两个"道"，前者为动词，后者为名词：《周易》的话语行为就是阐释"阴""阳"这两个关键词，《周易》的话语体系建构于对"阴""阳"这两个关键词的阐释。《周易》如何道"阴""阳"？其释词路径可概括为：两爻→八卦→六十四别卦→十翼。"两爻"指"阴""阳"这两个元关键词，这两个高度简约化、符号化和抽象化的关键词，乃是《周易》所有关键词的原初符号和根本元素，也是《周易》话语体系的解释元点。"八卦"由"两爻"多种或多次组合而成，通过"近取诸身"和"远取诸物"，构建出一套完整自洽的象征性话语体系。"六十四别卦"，则既是对"两爻"的再次交合，同时也是对"八卦"的重新排列与组合，从而打造出一个更加复杂、庞大的以"阴阳"为根柢的话语体系。"十翼"作为对《易经》的"传"，《彖传》和《象传》是借对"六十四别卦"的诠释而通达"阴阳"，而《文言》和《系辞》，以及《说卦》《序卦》《杂卦》则开启了易道之门，也就

---

① 参见方维规《什么是概念史》，生活·读书·新知三联书店，2020，第14、39页。
② 方维规：《什么是概念史》，生活·读书·新知三联书店，2020，第189页。

是《周易·系辞上》所说之"鼓天下之动者存乎辞"①，亦即《文心雕龙·原道篇》所云"辞之所以能鼓天下者，乃道之文也"②。所谓"辞"，既指"阴""阳"这两个《周易》的元关键词，也指《周易》的经与传在阐释"阴""阳"所营构的卦爻辞、彖辞、象辞与文言和系辞，还包括后代对《周易》的元关键词、核心关键词和为数众多的概念、术语、范畴与命题的诠释和理解。

《周易》以及后世易学用"阴""阳"这两个元关键词所建构起来的话语体系，层级井然而逻辑谨严，视野宏阔又路径清晰，为我们今天运用关键词构建话语体系，奠定了哲学基础，提供了历史镜鉴，而且在"范式"意义上建立了知识学依据。《文心雕龙》之所以要"位理定名，彰乎大《易》之数"，其知识学依据就在于包括《周易》"辞动天下"在内的经史子集的四部之学的释词理念和方法。《文心雕龙·序志篇》所提出的"原始以表末，释名以章义，选文以定篇，敷理以举统"四项基本原则，在话语方式上与经史子集息息相关："释名以章义"是"字以通词、词以通道"的经学、小学式方法；"原始以表末"是"辨章学术、考镜源流"的史学式方法；"敷理以举统"是"博明万事，适辨一理"的子学式方法；"选文以定篇"则是"讨论瑕瑜，别裁真伪"的集部之方法。

关键词对话语体系的建构，既是方法论的也是价值论的。要论证这一点，还是要回到"兼"和"经史子集"这两个关键词。从《周易》到《四库全书》，中国文化的话语体系可以用"一生二，二生三，三生四"来表述。一为道，二为阴阳，三为"阴阳＋兼（和）"，四为经史子集。《周易》的"一阴一阳之谓道"亦为"弥纶天地之道"，弥纶者，兼和也。"阴""阳"如何"弥纶"天地之道？或者说，"阴""阳"何以能够"兼和"？因其从根本上说，"阴""阳"同出"一道"，或者说"一道"贯通"阴""阳"。正如"二（阴阳）"之所以能生"三（兼和）"、"三（兼和）"之所以能生"万物（四部）"，从根本上说是因为"一（道）"生"二（阴阳）"。就"四部兼备"这一中国式话语体系的兼性特征而言，文体论的"四部兼备"源于方法论的"两端兼和"，方法论的"两端兼和"源于价值

---

① 阮元校刻《十三经注疏》，中华书局，2009，第 171 页。
② 刘勰著，范文澜注《文心雕龙注》，人民文学出版社，1958，第 3 页。

论的"一道兼通"。话语体系的兼性特征，其理论的进路是从价值论的"天行一道"到方法论的"兼和两端"再到文体论的"体备四部"；而"体备四部"中由"四"而"二"、由"二"而"一"的溯源，正是对兼性建构之"一""二""四"的逆向确证。借用《诗经·秦风·蒹葭》的诗句，前者是"溯游从之"，后者是"溯洄从之"。"四部兼备"源于"两端兼和"，"两端兼和"源于"一道兼通"——这一中国式话语体系之兼性特征的"溯洄从之"，不仅总体性地体现于经史子集四部，而且分别呈现于各部之中。借用《四库全书》藏书阁"七阁"之命名，或可将"体备四部"依次概括为经正文宗、史溯文源、子拓文渊与集汇文澜。

经史子集的兼性阐释所形成的学术话语完整而系统，而经史子集又内蕴各有特色的话语体系，包括认知路径、理论面向、主要流派、基本范畴、核心命题、常用方法以及典型案例等。如对经学的话语体系来说，其认知路径是思想史语境下的"道沿圣以垂文，圣因文而明道"，其理论面向是文学理论批评的"征圣宗经"以及经典阐释的"敷理举统"，其主要流派是对峙与互通的汉学与宋学，其基本范畴是道、圣、经、文，其核心命题是字以通词、词以通道，其常用方法是文以载道、通经致用、以意逆志、立象尽意等。又如史学话语体系的基本范畴是史才、史学、史识和史德，基本方法是举本统末、知人论世、尚友古人和察古鉴今；子学话语体系的基本范畴是立言、忘言、博物和游艺，其基本方法是见仁见智、非乐非命、解老喻老和寓言储说；集部之学话语体系的基本范畴是文章、文体、文脉和文事，基本方法是选文定篇、寻章摘句、敷理举统和得意会心。在曲折而漫长的历史演变中，经史子集的话语行为和范式，既有着内部的话语融通，又面临外部的话语博弈，二者合力之下，逐渐形成关于中华文明思维方式与阐释理论的一个宏大话语体系。该话语体系，既有别于现代学术的专业主义式"分科治学"，从而避免滑向方术式的端性思维；又有别于后殖民主义式的"以西律中"，从而避免陷入单边式的强制阐释；还有别于西方理论的独断性形而上学以及从理论到理论的"话语游戏"，从而避免沦为"无文学的文学理论"。

关键词"兼"和"经史子集"，不仅建构起话语体系，而且从整体上建构起三大体系。概言之，以经史子集为知识学谱系的兼性思维，是世界文明的"中国基因"，是知识考古学意义上的"本然之中国"；以兼性思维为方法或路径的兼性阐释理论是"中国智慧"，是中西文化比较意义上的"相对之中国"；以"兼""通""中""和"等中华文化元关键词为核心理念和意义世界的话语体系体现了"中国特色"，是话语重构和范式重建意义上的"必要之中国"。说到底，以关键词建构三大体系，要在镜鉴西方、通变传统的基础上标举学科、学术和话语的"中国性"。

为中国文论研究铺垫厚厚的基石

——评汪涌豪先生的范畴研究

吴中胜

（赣南师范大学文学院）

摘　要：在近三十年的中国文论范畴研究专家当中，汪涌豪先生毫无疑问是取得独特成就的一位。他提出的《二十四诗品》的作者问题，是一个具有颠覆性意义的问题。学界尽管绞尽脑汁，至今也百思不得其解，其中的二十四个关键词是否在唐代出现也成了学界悬案。汪先生对关键词的理论和个案都有深入研究，理论上，对古代文论范畴的统合、联通、集束、序列诸关系作了明晰论断。个案上，对"圆""涩""老""嫩""才""闲""躁""法""声色""局段"等此前学界关注较少的范畴进行了深入梳理。从《范畴论》到《中国文学批评范畴及体系》，汪先生的范畴研究一步步地走来，目标高远而又脚踏实地。

关键词：中国文论；汪涌豪；范畴研究

　　如果我们把中国文论研究比作一项工程，则范畴研究就是这项工程的基础。20世纪90年代中期，学界在热烈讨论"古代文论的现代转换"的问题。但后来论争慢慢平息下来，因为大家觉得，与其空谈阔论，不如坐下来认真清理家底。从哪里开始清理呢？范畴研究无疑是个好的突破口，因为一个个范畴就是古代文论这个大厦的基石。弄清楚了这一块块基石，古代文论固有的丰富和灵动就自然凸显出来了，古代文论特有的民族根性和诗性言说也自然凸显出来了。这方面研究有独特成就的当然要推汪涌豪先生了。

一 《二十四诗品》的作者问题

1994 年和 1995 年，陈尚君和汪涌豪两位先生，分别在古代文论年会和唐代文学年会上提出一个具有颠覆性意义的观点：《二十四诗品》的作者不是唐代的司空图。一石激起千层浪！要知道，此前有多少文论教材、多少学术著作、多少学术论文都毋庸置疑地认为，《二十四诗品》的作者就是司空图。陈、汪二人的观点一出，这些著述都得重新思量了。我们知道，署名司空图的《二十四诗品》用二十四首诗描述了二十四种境界，这二十四种境界就是二十四个文论范畴：雄浑、冲淡、纤秾、沉著、高古、典雅、洗炼……从这个意义来说，关于《二十四诗品》作者的研究也是范畴研究的应有之义。因为《二十四诗品》的作者问题关涉到这二十四个文论范畴是否在唐代出现。将近三十年过去了，关于《二十四诗品》的作者现在仍然是一个悬而未决的问题，如果没有确凿的书证，这个问题的讨论很难有质的突破。现在看来，这个问题将长期是古代文论研究界的"斯芬克斯之谜"！一个人能够大胆怀疑所谓的"常识"，提出一个让学界绞尽脑汁、百思不得其解的问题，这也是很有意义的，也是对学界的一大贡献。

二 范畴研究三人谈

汪先生与蔡锺翔、涂光社两位先生的"三人谈"，比较全面地展现了他对古代文论范畴研究的思考。2001 年《文学遗产》第 1 期发表三位先生的《范畴研究三人谈》，这次"三人谈"对古代文论范畴的研究现状、缺陷和突破口进行了深入讨论。我们认为，在古代文论范畴研究史上，这次"三人谈"具有里程碑式的地位，其中的许多观点至今仍然有指导性意义。

三位学者对此前的古代文论研究特别是范畴方面的研究做了扫描式的回顾和总结，目的是"希望能站在世纪之交学术演进的中间节点，在回看来路的基础上，对包括范畴研究何以成为热点等一系列问题，做出初步的论定"①。

① 蔡锺翔、涂光社、汪涌豪：《范畴研究三人谈》，《文学遗产》2001 年第 1 期。

到 21 世纪初，古代文论的研究走过将近一个世纪，经过学者们的努力，终于找到一个可以进一步推进研究的突破口，这就是"范畴研究"，为什么这么说呢？汪涌豪先生指出，由于从范畴视角研究古代文论，可以"最大限度地以纯净化的逻辑形式，再现古代作家、批评家的认识发展过程"①。对于范畴研究在中国古代文论体系建构方面的意义，汪先生有深刻而坚定的认识，他认为古代文论范畴是古代文学理论时空坐标系上的原点，也是古代文学理论知识网络上的纽结。围绕原点和纽结来组织和还原古代文学创造和审美发展的历程，最终能够构建起一种系统化的历史。② 汪先生认为，古代文论的范畴研究的受重视，"还与哲学界的倡导有关"，所以充分吸收其他领域的研究方法，也是古代文论研究的一个优良传统。

关于古代文论"史"的研究与"论"的研究关系问题，汪先生认为，古代文论"史"的研究和"论"的研究不可断然二分："批评史研究决不可以没有论，没有对一个批评家、批评主张产生原因以及横向挂连的系统分析，尽管事实上我们确实缺少这种论。范畴研究也绝不是已经富于史，故才需向论的一途转进，事实上它本身也存在一个历时研究十分薄弱的问题。"③ 今天我们回过头来看，近年来，古代文论的史料整理飞速发展，大部头的诗话、文话、小说话等史料文献系统整理出版，但论的方面却始终没有大的突破。究其原因，一是理论方法没有大的突破，二是对本土文论资料没有全面地梳理和把握。就范畴研究方面的不足，汪先生指出："从外在构成看，主要范畴研究多，次要范畴研究少。诗文范畴研究多，戏剧、小说范畴研究少。而从内在质性上看，则狭义诠释多，广义综括少。具体例释多，条贯归纳少。单个专论多，体系探索少。"④

关于古代文论范畴今后的研究取径，汪先生颇有预见性地指出，古代文论范畴研究，将在范畴序列的清理、范畴性质的界定、范畴指域的判明、范畴分布的了解、范畴层次的确立等几个方向，继续推进和拓展。⑤ 汪先生不仅为当时的古代文论范畴研究指明方向，其实，也是为自己的研究找到

---

① 蔡锺翔、涂光社、汪涌豪：《范畴研究三人谈》，《文学遗产》2001 年第 1 期。
② 参见蔡锺翔、涂光社、汪涌豪《范畴研究三人谈》，《文学遗产》2001 年第 1 期。
③ 蔡锺翔、涂光社、汪涌豪：《范畴研究三人谈》，《文学遗产》2001 年第 1 期。
④ 蔡锺翔、涂光社、汪涌豪：《范畴研究三人谈》，《文学遗产》2001 年第 1 期。
⑤ 参见蔡锺翔、涂光社、汪涌豪《范畴研究三人谈》，《文学遗产》2001 年第 1 期。

一个一路向上的路标。接下来的范畴研究，汪先生自己大致是朝这个路标走的。

三 范畴的统序

中国古代文论有没有体系？有的话，是什么样的体系？其特征如何？这些问题曾经困惑学界多年，也一度讨论得很热闹。近些年来，大家似乎又不想讨论或无法讨论了，一个重要的原因是讨论的各方运用的范畴（或概念、术语）不在同一个逻辑层面上。你说的"道"不是我理解的"道"，我说的"文"不是你理解的"文"，他说的"体"我们无法理解，我们说的"气"他无法理解，等等。因为大家不是在同一个逻辑层面上，所以真正的讨论很难开展。所以，与其驴唇不对马嘴地整体性讨论，还不如从一个个范畴入手，分析其结构和内涵。以此为基石，进而分析中国古代文论这座大厦的结构和特点，这似乎成为最扎实可行的研究路径。

汪涌豪先生对古代文论范畴统序特征的分析，深得古代文论要义，相关内容曾以单篇文章的形式发表于《文学评论》2000 年第 3 期，受到学界一致好评，并被收入罗宗强先生主编的《古代文学理论研究》。文章在梳理了古代文论的统序特征的基础上，对于范畴的统合、联通、集束、序列等诸关系展开了深入的讨论，并描述了"潜体系"状态下范畴之间的勾连关系。汪先生认为，古代文论的范畴"通常取一种推衍和发展原有基始性范畴和核心范畴的方式，范畴与范畴之间循环通释，意义互决，形成一个互为指涉，彼此渗透的动态体系"[1]。汪先生认为，古代文论的基始性范畴和核心范畴"有极强的能产性和衍生力"，从而生成古代文论范畴的一个个集群。[2] 在同一个集群内部，"许多衍生范畴也颇有活性"，"彼此牵涉""自由组合"，从而形成系列新范畴。以"风骨"为核心的范畴集群，就有"骨气""骨体""气骨""骨力"等范畴衍生出来，这些衍生范畴相互之间又彼此关联，再生出另一些新范畴，如"气力""风力"等。[3] 在集群与集群

---

① 汪涌豪：《中国古代文论范畴的统序特征》，《文学评论》2000 年第 3 期。

② 参见汪涌豪《中国古代文论范畴的统序特征》，《文学评论》2000 年第 3 期。

③ 参见汪涌豪《中国古代文论范畴的统序特征》，《文学评论》2000 年第 3 期。

之间，分别属于不同集群的核心范畴，又可与相邻范畴集群的范畴交合而形成新的范畴。以"气"和"神"两个范畴为例，它们是不同范畴集群中的核心范畴，以它们为中心，衍生拓展出一系列后序范畴。它们自己又相吸互融，重新组成新的范畴"神气"。相似的还有"趣味""兴味""俊逸""神韵"等范畴。可以说，汪先生对中国文论范畴的生成机理有清晰的把握和精准的描述。如果说"气""神""兴""味"等是"一级范畴"的话，由此衍生出来的"神气""兴味"等就是"二级范畴"。由文论范畴的"能产性""衍生性"，汪先生又进一步分析其"辐射面"和"覆盖性"。中国文论范畴并不排斥新思想，相反，它不断吸纳新思想，从而推动并诞生一系列新的范畴。相比而言，旧范畴涵盖、浓缩或超越了新范畴，如"境"对"象"，"逸"对"神"，"兴象"对"兴寄"，"意象"对"兴象"即如此，或涵盖，或浓缩，或超越。这样，中国文论范畴就形成一个序列：有"先生与后出之区分"，有"统属关系"，有"上位与下位的不同"。这是一个"动态的充满衍生力和开放性的范畴系统"。①

　　汪先生还深入分析了中国文论范畴统序特征的"连锁性"和"序列化"。所谓"连锁性""指新衍生出的范畴，意义之间环环相扣，层层深入展开"。如以"象"为核心的范畴，衍生出"兴象""意象""无象之象"等概念、范畴②；以"味"为核心的范畴，衍生出"兴味""神味""味外味"等概念、范畴③；以"虚"为核心的范畴，衍生出"虚灵""虚机""虚神"等范畴④；以"圆"为核心的范畴，衍生出"清圆""圆劲""圆紧"等范畴⑤。一环串着一环，与原范畴相比较，后起的范畴明显有意义上的补充、发展和深化。所谓"序列化"，即中国文论范畴"呈现为相关概念、范畴各成条块排列的有序样态"，形成"前位范畴"和"后位范畴"⑥。如以"简"为核心范畴的系列当中，"简直""简切""简正"是"前位范畴"，"简古""简妙""简拔"则是后位范畴。又形成"上位范畴"和"下

① 参见汪涌豪《中国古代文论范畴的统序特征》，《文学评论》2000 年第 3 期。
② 汪涌豪：《中国古代文论范畴的统序特征》，《文学评论》2000 年第 3 期。
③ 汪涌豪：《中国古代文论范畴的统序特征》，《文学评论》2000 年第 3 期。
④ 汪涌豪：《中国古代文论范畴的统序特征》，《文学评论》2000 年第 3 期。
⑤ 汪涌豪：《中国古代文论范畴的统序特征》，《文学评论》2000 年第 3 期。
⑥ 汪涌豪：《中国古代文论范畴的统序特征》，《文学评论》2000 年第 3 期。

位范畴"，"上位范畴"又可称为"种范畴"或"母范畴"，它对"子范畴"或"后续范畴"有涵盖作用。如"境"是"上位范畴"，它可以涵盖"情境""物境""意境"等"下位范畴"①。又如"格"是"上位范畴"，它可以涵盖"气格""体格""格力""格致""格韵"等"下位范畴"②。在所有的范畴当中，有一类范畴不将其他范畴作为自己的存在依据，也不需要通过其他范畴来规定自己的性质和意义，这类范畴就是"元范畴"，如"道""气""兴""象""和"等，它们有着极强的指涉力和衍生力，包蕴着古人对天人、宇宙等问题古老而深刻的探索。③

汪先生在文中又谈及范畴序列的具体样态，主要有两种实现方式。一种实现方式是以一个起始范畴为开端，形成具有明显统属关系的范畴序列。如"悟"这个起始范畴，它可以"提携起一个意义密切相关的范畴系列"，如"体悟""渐悟""顿悟""妙悟""悟入"等。另一种实现方式是"吸纳与自体意蕴并非直接连属的另一些范畴，形成一个达到新的意蕴统一的范畴系列"④。如"神"吸纳"气"组成"神气"，吸纳"理"组成"神理"，吸纳"采"组成"神采"，吸纳"风"组成"风神"等，这些新组成的范畴"意义重点各不相同"。相比第一种实现方式，第二种实现方式情况更复杂。可以说，汪先生对范畴统序的研究有开创性意义，较早深入探寻范畴之间的先后层级关系，对我们进一步探究古代文论的范畴机理进而分析其体系有指导作用。

四 范畴个案研究

多年来，汪先生陆续发表系列范畴个案研究论文，结集为《中国文学批评范畴十五讲》出版。该书对"圆""躁""法""声色""局段"等此前学界关注较少的范畴进行了深入梳理，不仅思考这些范畴个案本身，还进一步拓展思考中国文论范畴普遍的思想资源、意义指述、耦合关系、主

---

① 汪涌豪：《中国古代文论范畴的统序特征》，《文学评论》2000 年第 3 期。
② 汪涌豪：《中国古代文论范畴的统序特征》，《文学评论》2000 年第 3 期。
③ 汪涌豪：《中国古代文论范畴的统序特征》，《文学评论》2000 年第 3 期。
④ 汪涌豪：《中国古代文论范畴的统序特征》，《文学评论》2000 年第 3 期。

体与客体、形式论等深层次共性问题。我们且看其中两例。

汪先生以"圆"探究中国文论的思想资源。"圆"范畴的意义指向涉及作品语言、体格、意境，"不同趣味的作家、批评家都认同其存在的合理与必要，与其根植传统、渗透着文化大有关系"①首先是"自然的启迪，大气运转和天地化育的昭示"，从而衍生出"圆象""圆精""圆苍"等下位范畴。其次是"佛教的义理"，由此衍生出"圆满""圆教""圆妙"等下位范畴。② 此外，还有理学家的"圆象太极说"。汪先生指出："看六朝以下'圆'在文学创作与批评中的表现，可谓处处能见到上述思想资源的沾溉。"③"落实到具体的音声字句"，有"声圆""字圆""句圆""语圆"等表述。强调"意旨或主旨的周洽完足，密合无间"，有"意圆""事圆""理圆"。指向作品整体，有"体圆""气圆""境圆"。推崇作品的体调风格，有"圆洁""圆妥""圆丽""圆畅""圆润"等。④ 汪先生指出："再引申开来说，在古代文论中，则不仅是'圆'一个范畴受到佛教、禅宗的影响……兼收并蓄了多种义理，涵盖了儒道释包括理学、心学诸家思想，因为上述思想历千余年的变化发展，互相参合影响，已很难做彻底的区隔，古人也无意做这种区隔。"⑤ 这明显是在举一反三、推而广之，着眼探寻范畴的共性机理。

汪先生又探讨了"躁"范畴的意味。这个题目本身就意味着颠覆性的思考，因为"在古代，按一般字面的理解，它无论从哪个意义上说都是一个贬义词，与相关贬义词构成的后序名言，通常都指向人性的缺陷与负面"⑥。然而汪先生认为，作家主体的"躁"，正是对环境的敏感反应和生命力、欲力超出了常人的表现。⑦ 所以，汪先生大胆地论断："对文学而言，说'躁'比'静'更具有本原意义是一点都不为过的。"⑧ 这就为"躁"成为文论范畴找到了充分的依据。如果说，范畴是中国文论大厦的基石，那

---

① 汪涌豪：《中国文学批评范畴十五讲》，华东师范大学出版社，2010，第41页。
② 汪涌豪：《中国文学批评范畴十五讲》，华东师范大学出版社，2010，第42页。
③ 汪涌豪：《中国文学批评范畴十五讲》，华东师范大学出版社，2010，第42页。
④ 汪涌豪：《中国文学批评范畴十五讲》，华东师范大学出版社，2010，第49页。
⑤ 汪涌豪：《中国文学批评范畴十五讲》，华东师范大学出版社，2010，第51页。
⑥ 汪涌豪：《中国文学批评范畴十五讲》，华东师范大学出版社，2010，第108页。
⑦ 参见汪涌豪《中国文学批评范畴十五讲》，华东师范大学出版社，2010，第112~113页。
⑧ 汪涌豪：《中国文学批评范畴十五讲》，华东师范大学出版社，2010，第115页。

么通过汪先生的分析，我们知道这一块块的基石不是模板生产出来的整齐划一的建筑材料，而是形状各异、性质有别的"这一块"基石。汪先生的范畴个案研究带我们领略了这一块块基石，从而使我们对中国文论大厦之基的丰富性和复杂性有更新鲜的体验。

五　范畴的理论体系

任何一门学问，个案性的研究只是基础，理论体系的建构才是最高境界。中国文论范畴的研究也是这样，建构中国文论范畴的体系一直是汪先生思考和努力的方向。2007年，王运熙先生领衔主编"中国古代文学理论体系"丛书，其中第二种就是汪涌豪先生所著《范畴论》，后经作者不断修订，易名为《中国文学批评范畴及体系》，多次再版，后者之于前者，是后出转精、更上一层的扎实掘进。

《中国文学批评范畴及体系》分七大章：第一章"范畴的哲学定义"，第二章"范畴的构成范式"，第三章"范畴的主要特征"，第四章"范畴与创作风尚"，第五章"范畴与文体"，第六章"元范畴：文学理论体系的枢纽"，第七章"范畴的逻辑体系"。基于多年来对范畴个案的扎实研究和理论探索，这部范畴体系研究的大著可谓水到渠成。

汪先生对范畴及其研究有深入的哲学思考，立足高远。该书的第一章就是"范畴的哲学定义"。范畴研究是一个哲学层面的问题，汪先生指出："文学批评范畴的发展历史是中国古代审美认识发展史的集中体现，一部哲学史、美学史和文学批评史，从这个意义上也因此可以说就是哲学范畴或美学、文学理论范畴发生发展的历史。"[1] 汪先生对范畴的哲学思辨贯穿全书。中国古代文论的范畴（尤其是"气""通变""味""意境""韵"等主要范畴）的产生和演变过程，往往隐藏着丰富而复杂的历史文化、哲学因素，这些要素塑造了它们深厚的理论内涵，以及多方位的理论指向和阐释功能。捧读《中国文学批评范畴及体系》，我们能强烈地感受到汪先生在哲学思辨上也颇用功力。如第二章第二节第三部分"对感官用语的援用"，

---

[1]　汪涌豪：《中国文学批评范畴及体系》，复旦大学出版社，2017，第20页。

谈到在西方的文论传统中，五官感觉是被排斥在美的领域之外的。旧本只举了康德、利普曼和哈曼为例来说明。新本增加了黑格尔的原话"至于嗅觉、味觉和触觉则完全与艺术无关"。更增加了一些反传统哲学的自然主义观点的分析，"对感官之于审美作用的讨论也都基本上被放置在如何获得美感的论说平台上，那些反映和描述感官经验的词语，并没有因此进入到美和审美理论范畴的系统当中"[1]。这样，立论就更为周圆，更具说服力。

该书体大思精的理论构架及所体现的学术雄心是一望而知的。具体到各章节，也是显而易见的。如第五章谈"范畴与文体"，分诗文、词、曲、戏剧、小说诸文体，所分类别几乎揽括了古代所有文体。每一类又按时代顺序分述其范畴的演进，如诗文类范畴，分"唐前文体探讨中基本范畴的确立""两宋诗文范畴创设的丰富""明清范畴诠释和运用的成熟"三个细目。接着，针对每一类文体范畴列举若干范畴做代表性个案分析，如词体范畴专门谈了"妥溜""涩""深静"三个范畴个案。然后，对每类文体范畴进行理论的总结和分析。这样，对每类文体范畴既有史的观照，又有典型分析，还有理论的总结和提升，理论的体系性便成为该书鲜明特色。

由于古代文论特有的言说方式，其范畴的内涵和外延有主观游离性的特点，这一特点也规定了其义项的丰富性。为了尽可能地穷尽这些义项，增加用例是必然的。这些用例大量地散见于历代诗话、词话、曲话、文评和小说评点之中，收集爬梳已有难度，更何况还要在此基础上考量分析、比较择优，作者用功之深，可想而知。举例来说，在论述"气"这个具有本原意义的范畴时，汪先生增加了古人鉴赏批评的所谓"观气"说，用例就是清人论庾信《春赋》时所言的"观其文气，略与梁朝诸君相似"。这个用例必须读倪璠《庾子山集注》才能得到。[2] 大量的范畴用例要从历代诗话、词话、曲话、小说评点中选出，而其中有许多书并没有现代点校本，找书也是要花相当多的时间的。其中甘苦怕不是什么"板凳冷坐"之类能说清楚的。

《中国文学批评范畴及体系》无疑为古代文论研究撑开了一片新天地。我们认为，古代文论范畴研究是一项还需不断掘进的事业。许多的范畴可

---

① 参见汪涌豪《中国文学批评范畴及体系》，复旦大学出版社，2017，第 44 页。
② 参见汪涌豪《中国文学批评范畴及体系》，复旦大学出版社，2017，第 417 页。

以在更为开阔的文化视野中来审视，因为中国古代文论与传统文化有千丝万缕的互动关系。古代文论范畴其实很少有纯粹的文学范畴，而更多的是义域更为广阔的文化范畴。就拿"野"这个范畴来说，汪先生着重分析了宋元人的"清野"风尚。① "野"是上古人类共同的生活之所，人与人本无高低贵贱之分、雅俗美丑之别，所谓"穴居而野处"是也。从这一点来说，"野性"是人之本性。只有当人类进入文明社会，种种礼仪成为一种普遍的行为规范时，"野"才成为粗俗、粗鲁、野蛮的代名词。孔子说："文胜质则史，质胜文则野。"（《论语·雍也篇》）此言就是对这一理念的经典表述。回归田野，就是回归人之天性，所以古代文学中有大量的关于"野趣"的描写。进入审美领域，就是所谓"野美"了。《二十四诗品》有"疏野"一品，刘熙载《艺概·诗概》也说："野者，诗之美也。"从"野性"到"粗野"再到"野美"，从自然属性到社会属性再到审美属性，就是"野"这个范畴的序统轨迹。古代文论的许多范畴都可做如此"文化观照"。做如此观照，我们的视野将更为开阔，范畴研究将得到进一步拓展。

汪先生曾引梁宗岱的一句话以为结语："所以我们的工作，一方面自然要望着远远的天边，一方面只好从最近最卑一步步地走。"② 对古代文论来说，"远远的天边"就是其理论体系，"最近最卑"就是其所述一系列范畴。从《范畴论》到《中国文学批评范畴及体系》，汪先生就是这样沉潜心灵一步步地走来，目标高远而又脚踏实地。汪先生在古代文论范畴方面的研究，将来是要写入本学科的学术史的！

作者简介：吴中胜，赣南师范大学二级教授、文学博士，全国优秀教师，江西省"双千计划"人选，江西省百千万工程人选，江西省政府特殊津贴专家，江西省先进工作者，中国《文心雕龙》学会常务理事，中国古代文学理论学会常务理事。

---

① 参见汪涌豪《中国文学批评范畴及体系》，复旦大学出版社，2017，第124~125页。
② 汪涌豪：《中国文学批评范畴及体系》，复旦大学出版社，2017，第587页。

推动中国文论充满活力地面向未来

——评古风先生的关键词研究

孙盼盼

（扬州大学文学院）

　　摘　要： 纵观古风先生的研究经历，可以发现他走的是一条由点到线再到面的学术道路。从20世纪80年代"美学热"开始，古风先生便以饱满的激情投入学术研究之中，持之以恒地致力于探寻中国传统文论及古典美学的"本""根""源"，既涉及"美学""文学""意境""诗言志""锦绣"等关键词的微观研究，又聚焦于传统文论话语"存活"问题的宏观研究，对中国文论的理论遗产、思想资源，以及现代性诉求作出积极而理性的回应。

　　关键词： 古风；美学；意境；话语；存活论

　　从20世纪80年代"美学热"开始，古风（原名古建军）先生便以饱满的激情投入学术研究之中，持之以恒地致力于探寻中国传统文论及古典美学的"本""根""源"，既涉及"美学""文学""意境""诗言志""锦绣"等关键词的微观研究，又聚焦于传统文论话语"存活"问题的宏观研究，对中国文论的理论遗产、思想资源以及现代性诉求做出积极而理性的回应。

一　挖掘"传统"的当代性价值

　　古风先生以当代眼光对文论资源、美学精神进行重点阐释，引入话语转换和体系建构的学术思维，重返历史语义场，力图发现文论关键词的理论价值和现实意义，深入研究和回答中国文论创新发展所面临的一系列问题。

（一）"诗言志"与中国文论

围绕"诗言志"这一关键词，古风先生在《"诗言志"的历史魅力与当代意义》（1991年）中论述了"志""言""诗"三个诗学范畴中积淀的文化信息和理论意义。"诗言志"不仅是一个基本关键词，开创了富有东方特色的诗学传统，而且还是一个元关键词，成为后世学者赋诗、论诗的圭臬，流衍出一个丰富的诗学意义系统。古风先生又撰写《建构"诗言志"的理论体系》（1997年），沿着"志—言—诗"纵向关系进行探讨，通过拆解关键词的核心字眼，重返"诗言志"所形成的历史语义场，结合历代诗学理论及批评实践，论述积淀在这一关键词之下的发生论、本质论、创作论、构成论、形态论、鉴赏论和功能论思想，提出了与之相适应的八种基本图式，建构出"诗言志"的思想体系、方法体系和知识体系。

古风先生围绕"诗言志"进行深度的溯源，撰写《从"诗言志"的经典化过程看古代文论经典的形成》（2006年），从关键词的经典化角度论述了"诗言志"说的相关问题。古风先生以青铜器铭文考证《尚书》成书年代，以纪史方式考证《尧典》的成篇年代，清楚阐述了"诗言志"之于文论经典的重要意义。商代是"诗言志"说的创立时期，产生了《尧典》这篇经典。从西周初年到东汉时期，"诗言志"说经过了三个时期的经典化，形成了《礼记》《毛诗序》两个经典文本。对于"诗言志"的经典载体来说，前者是一级经典文本，后者是二级经典文本，形成了"一宗二派"的文本系统。把这一问题置于文论史格局来看，精品的内质、阐释的空间、经典的载体、影响的延续、儒家的努力和政治的权力等，构成了"诗言志"和古代文论经典形成的主要途径。古风先生又撰写《"诗言志"的转换与当代文学理论建设》（2007年），从"转换"角度对"诗言志"的"再生"问题进行深入探讨。"诗言志"作为中国文论的经典命题，并没有随着古代的终结而终结，而是"转换"到现代文论体系之中了，具体表现为"原始说""政治说""人民说""体系说""特色说"等。

如何处理好"传统"与"现代"的关系，是摆在文论工作者面前的一个重要任务。古风先生强调，中国文论的转化与发展，要坚守本民族的理论特色，决不能选择"全盘西化"的方向，也不能陷于"固步自封"的窠臼，只能走"理论融合"与"观念会通"的道路。以"诗言志"为例的转换经验，为我们提供了重要的借鉴。

（二）美学传统与中国文论

长期以来，受到西方学科体系、学术体系和话语体系的影响，学界往往将中国传统美学置于西方文化背景和知识框架下进行所谓"现代性"的观照，强行推广"以西解中""以西释中""以西化中"的研究理念，致使对中国传统美学的理论价值和现实意义估计不足。在一段时间内，中国文论与传统美学被认为是"过时"的理论形态，一度陷入焦虑困境与"失语"危机之中。古风先生对"美""美学""美育""审美"等关键词的历史流变及理论构建进行深入研究，探寻中华美学精神之滥觞，活化传统美学的历史细节，挖掘传统美学之新的理论生长点。

古风先生在《中国古代原初审美观念新探》（2008年）一文中，对中国传统美学的元关键词"美"进行理论考察，展现"美"的生命力和影响力。"美"不仅涉及原初审美观念，更涉及复杂的汉字文化渊源和表义模式。对这一关键词的解读，历来有"羊大为美""羊人为美""羊女为美"等不同观点，分别从视觉美、味觉美、心觉美等不同侧面描述、反映与揭示着中国古代原初审美观念的本然状态。古风先生认为，中国古代原初审美观念的产生是复杂、多元的，它体现为"五觉"全美，即在视、听、味、心等诸觉维度上同步发生，任何一种感官都不能以偏概全涵盖全部的审美事实，只有将它们整合起来，才能全面地揭示出中国古代原初审美观念的丰富内涵。以"羊女为美"释"美"，还应包含以"女色、五色、文采、目观"为美等层次，此举充分显示了中国古代原初审美观念的特色。要做到整合这种观念，就需要深挖"美"的传统资源，对视觉美、味觉美及心觉美等不同的感官美做充分发掘与深入研究。

此外，古风先生还从"专书""专人"角度论及"美学"关键词，将之落实到文论史、美学史的交互之中，既还原了中国古典美学的底色和原色，大致绘制出"美学"关键词的理论谱系与建构路径，又回溯了中华传统美学的历史渊源及演变轨迹，深化了对美学精神和艺术传统的认识和理解。古风先生接连撰写了《〈诗经〉的潜美学思想》（1988 年）、《简论诗歌语言的审美性——在语言学与美学的交叉地带思考》（1988 年）、《庄子论美与审美的思想》（1989 年）、《姜夔诗歌美学思想初探》（1992 年）、《郭熙绘画美学思想简论》（1994 年）等系列文章，不仅注意到"美学"作为文论关键词的思想性、审美性、艺术性内涵，还注意到"美学"作为文论新范式的整体性、关联性、交互性特征。同时，古风先生循着"美—美学—美育"的关键词进路，把"美"引向社会人生，回应时代问题，深挖美育思想的内涵，强调美育思想的重要性，撰写了《蔡元培美育思想与新时期文化建设》（1989 年）、《蔡元培美育思想三题》（1994 年）。"美育"是一种深度的体验方式和独特的实践方式，由"传统性"过渡至"现代性"，既是传统美学资源的价值意义与文论话语体系的建构诉求相适应的关键点，也是传统美学思想参与建设中华美学精神的切入点。

中华美学精神是中华优秀传统文化在"美"这一关键词上的集中体现，蕴含着中华民族的审美趋向、情感脉络和价值认同，以及古人从文学艺术中所凝练出的实践经验、内在逻辑与理论范式。针对中国传统美学的创造性转化、创新性发展，古风先生引入"比较美学"的学术思维，既不简单复古，也不盲目排外，基于"比较思维"而探讨 21 世纪美学发展的新思路、新途径、新方法，展望了中国美学发展的新形势、新挑战、新机遇，撰写了《21 世纪：比较美学的世纪》（1996 年）、《关于"比较美学"的讨论》（1996 年）、《从比较视域看中国美学的基本特色》（2017 年）等文章。"比较"既是一个文论关键词，也是一种学术话语，更是一种思维方式、表述方式和建构方式。"比较美学"不是要取消个性，而是要"同中求异"与"异中求同"。如果缺少了比较，那么中外文论之间就无法有效地交流和融合，也就构不成世界美学的整体面貌。

古风先生认为，中国美学不同于西方美学，通过"比较"这一学术范式，有利于树立"中国美学"的旗帜。首先，古风先生基于"方法"这一关键词对中国古代美学研究进行整体检视，在《20 世纪中国古代美学研究方法的反思》（2008 年）中提炼出"借用法""解释法""归纳法""比较法""分析法""历史法"等方法，既有对美学发展历程的回顾与总结，又有对美学研究路径的反思与省察。其次，古风先生从"美学话语""美学思想""美学形态"三个角度强调了中国美学之于世界美学的独特贡献,确立了一种"从中国看世界,从世界看中国"的观照方式,撰写了《中国古代美学对世界美学的独特贡献》(2014 年)、《中国现代美学对于世界美学的贡献》(2014 年)。不同于以往学界大谈西方美学的"现代性"影响,古风先生认为中国美学的独特贡献也是不容忽视的。最后,古风先生抓住了"文献""学科"两个关键词,撰写《从文献、文献学到中国美学文献学》(2015 年)、《重新审视美学学科与中国美学问题》(2018 年),强调要全面梳理传世的历代文献,打捞和挖掘被遗漏的美学文献,加强对考古文献的研究和利用,以及对域外流散文献的收集和整理。中国美学的学科性质、研究对象、学科边界,中国美学与世界美学的关系等,都是我们需要重新思考和研究的问题。

中国文论研究要遴选出具有感染力、震撼力、穿透力的关键词,梳理语义脉络,凝练研究方法。自 20 世纪 90 年代起,古风先生就以关键词研究为方法介入中国传统文论研究之中,撰写了《说"趣"》(1990 年)、《山与中国文化》(1990 年)、《刘勰的"文思""意象"说》(1991 年)、《古代中国文艺理论的"味"》(1992 年)、《说"戏"》(1995 年)、《古老美学思想的再发现》(2002 年)等文章。无论是从关键词进入文论史、美学史、思想史,还是基于现代性、对话性和异质性确立关键词研究的维度,传统文论话语、古典美学精神都是中国文论建构必不可少的理论资源。

二 中华美学"意境"体系建构

从 20 世纪 90 年代开始,古风先生围绕"意境"一词下功夫,由关键词研究进入中国古代意境美学发展史,深入了解古代美学家的文化处境与精神历程。以"意境"为核心,以"专人"为路径,其撰写的《司空图的意境形态论》(1996 年)、《王夫之意境美学思想新解》(1996 年),分别论述了"意境形态论"与"意境方法论",为后续"意境"研究做了基础性铺垫。前者如司空图的《二十四诗品》,历来是一道"谜"式难题。古风先生认为司空图第一次建构了意境形态论体系,即结构形态论、风格形态论和韵味形态论。后者如王夫之的"情景交融"论,国内学界对于王夫之美学的研究，多停留于此。古风先生研读原典，认为王夫之从观察、创作和鉴赏的创作过程中，论述了意境的生成和结构问题；从哲学、心理学和诗学的学科视野中，把握住了意境的本质。王夫之的方法论对于我们今天的美学研究，依然具有重要的价值。古风先生《梁启超的"新意境"说》（1996 年）聚焦于"意境"的现代阐释，"新意境、新语句、古风格"之论既紧扣了传统性特征，回到中华美学原生形态和历史语境之中，又把传统理论话语带入现代文论建设语境中来，使富有阐释力和建构性的资源得到激活和释放。

古风先生从关键词研究视角审视"意境"一词的字面意涵、核心意涵、边缘意涵，以及历史性、变异性、关联性的语义特征，有意识地总结"意境"理论研究的思想资源、知识形态和方法体例，发表了《意境的泛化和净化》（1997 年）、《意境的"语象符号"阐释》（1997 年）等文章。古风先生从术语、内涵和操作三个方面，指出了意境的泛化现象，论述了三种净化措施。此举对于当前意境范畴的研究和运用，有一定的实践意义。对"意境"的营构过程，古风先生以语言符号释之，追其"根"，问其"柢"，深挖"意境"的符号信息。汉语语象符号，是以语言为材料，负载感性信息的符号。语象符号，包括音象符号、字象符号、句象符号和义象符号，是营造中国艺术意境，尤其是诗境、词境、曲境、赋境、文境和书境的主要媒介。古风先生《中古意境研究述评》（1997 年）梳理了中古时期"意境"理论的起源、演变和发展轨迹。魏晋是意境意识的觉醒时期，提倡在"意""境"关系中把握和阐释艺术问题，提出了"意象"范畴，产生了"象外"观念，将"境"引入文论领域，当作批评术语来使用；唐代完成了意境范畴创构，提出了"意境"范畴，阐释"意境"内涵，由"取象"转向"取境"；到宋代，意境范畴在文艺批评和理论领域被广泛使用，由诗论向文论、画论和书论扩展。

"意境"是一个最有生命力和最具现代化的关键词，"意境"研究在中国文论及美学研究中是研究最多、最热烈，也是最有成效的领域。古风先生《现代意境研究述评》（1997 年）对 1919 年至 1991 年"意境"研究的社会文化背景、发展概况、学科建构进行整体观照。现代视域下的"意境"研究受到文艺美学轴心的调节与反调节、外国文艺美学的大量输入和中国现代文艺美学的"西化现象"、中国传统文化的延续和复归的规定与制约，其现代遭际历经了转型、停滞、发展三个时期。最终，"意境"研究获得了全方位发展，呈现为多元的课题取向、多角度的学科视野、多方法的操作方式。古风先生为我们揭示了现代"意境"理论的研究状况，既有探源寻流的意境史研究，又有不同学科（哲学、美学、佛学、文化学、心理学）的意境研究；既有不同方法（比较法、系统法、符号法）的意境研究，又有文学、艺术的意境研究，或赏析，或评论，从微观到宏观，从个别到一般。此外，还有一个值得我们注意的现象，就是意境史上曾经出现过的一些术语，在现代意境研究中重新被使用。如境界、意境、物境、情境、心境、诗境、文境、画境等。一方面，"意境"研究以突飞猛进之势，创造出前所未有的繁荣景象；另一方面，意境研究及时地参与到建构中国传统文论、现代文论的话语体系中来。

"意境"并没有随着古代的终结而退出历史舞台，而是一直存活到现在，仍然保持着强烈的生命力。古风先生在《中国社会科学》1998 年第3 期发表《意境理论的现代化与世界化》一文，探讨"意境"研究的基本情形和特点。意境理论的现代化：一是以现代的眼光、意识和方法来研究意境；二是将"意境"建构在现代文艺理论体系中；三是将"意境"广泛地用于当代文论研究之中。意境理论的现代化就是"意境"的现代转换。其一，以现代思想"重写"传统，力求有所增值和发展。其二，以西方现代美学思想来阐释意境，注入外来观念。[1] 意境现代化的最高理想是实现对"意境"一词的重构：一是净化范畴，二是明确特点，三是意境话语场的建立和操作域的界定。古风先生梳理了意境理论在海外的接受情况，比较了外国文论中的意象、直觉、移情、象征、透射、世界、幽玄、韵味等关键词，并就意境理论的世界化提出了自己的一系列设想，高举"意境批评"的旗帜，建立"意境批评"的流派，确立意境理论在世界文论和美学中的地位。

进入 21 世纪之后，古风先生围绕"意境"研究的进路，继续思考并寻求多种阐释路径。其《意境与当代审美》（2001 年）论述了"意境"的关

---

① 古风：《意境理论的现代化与世界化》，《中国社会科学》1998 年第 3 期。

键词转向，通过近代学者梁启超和王国维的努力，完成了意境由近代向现代的转换，意境成为当代美学的一个重要关键词，在当代审美实践及美学体系的建构中发挥了重要作用。此外，古风先生遴选出"境象"作为研究对象，以关键词研究为操作方法，其与他人合作完成的《说境象》（2001年）从基本内涵、原初形式、境象思维、审美心理等方面彰显了中国古典美学的民族特色。在总结学界既有研究的基础上，古风先生引入学科建构及话语体系的新思考，从高站位、宽视野、大格局层面，对中国文论视域下的"意境"研究进行"问诊把脉"，探寻"意境"的生成逻辑、赓续历程与传承机理，反思 21 世纪以来"意境"研究的赓续、传承、阐扬、新变，撰写了《21 世纪意境研究的基本走向》（2002 年）、《现代意境研究的学科建构》（2002 年）、《关于当前意境研究的几个问题》（2004 年）、《2000 年以来意境研究的新进展》（2015 年）等文章。

除了一系列学术论文，古风先生还于 2001 年 12 月在百花洲文艺出版社出版了《意境探微》一书。该书是"中国美学范畴丛书"中的一种，是一部富有新意的专著，对"意境"做文论关键词的深度研究，共有三个部分。第一部分是"意境史"研究，对于"意境"范畴的形成和发展过程，进行较为全面和深入的论述，以把握和整合历史语境中的"意境"理论。对于学界常谈的王昌龄、皎然、司空图、王夫之和王国维等人，挖掘新资料，进行新论证，提出新观点；对于被"意境"研究者忽视的刘勰、普闻、谢榛、陆时雍和梁启超等人，指出其在"意境史"上的杰出成就和独特贡献。第二部分是"意境论"研究，围绕着"意境"的内涵和本质等难点问题，进行多学科、多维度、多层次的阐释和探讨。首先，在对于"意境内涵泛化现象"进行辨析、清理和净化的基础上，从符号学、诗学、美学和文化学四个学科的视野里，对"意境"内涵做了新阐释。其次，将"意境"本质的难题，分别纳入人与自然、原始与文明、传统与现代、中国与西方四个关系的维度中进行新论述。第三部分是"意境"学术史研究。既回顾了20 世纪的"意境"研究，清点了百年来"意境"研究的主要成果，指出存在的问题和困境，明确了进一步研究的面向，又对"意境"研究的发展趋势做了解说，提出了"意境"理论现代化、世界化和"意境学"建构的新观点。

古风先生围绕"意境"关键词而撰写的文章和专著，既是个人学术兴趣和学术能力的重要体现，也是中国传统文论、中国古代美学研究的重要进展，在某种程度上亦标志着现代"意境"研究进入了"学科建构"的重要阶段，从而助力"意境学""意境美学""意境学科"的形成。以"意境"研究为范例，古风先生将关键词研究路数拓展到"意象"研究之中，完成了《"意象"范畴新探》（2016 年）一文。"意象""意境"的渊源、内涵和功能不同，不是一个层级的概念。目前有研究者将两者等同，造成了"意象"和"意境"概念的混乱，我们应该及时澄清。中西"意象"范畴的间接关系是存在的。西方"意象"根源于"想象说"，发酵于现代诗歌革新思潮，实际上属于心理学的意象论，强调主体的内心感受；中国"意象"根源于"物感说"，发酵于乐诗文化，实际上属于审美学的意象论，强调的是主体与客体的交流和对话。中国美学建构的原点是人与物的审美关系，由此衍生出一系列概念、术语、范畴和命题，积淀为中国美学精神。

三　"以锦喻文"与中国文学批评

古风先生建构出"以锦喻文"的范式，诉诸历史语义和文化语境的理解，为探讨中国文学审美批评提供了新的观念、方法和入思路径。作为文化关键词，"锦绣"是中华传统文化的重要代表，其工艺、色彩、纹饰呈现出一种独特的文化魅力；作为文论关键词，"锦绣"是中国审美批评的核心概念，其本体、喻词、喻体展现出一种特殊的审美范式。为此，古风先生围绕"以锦喻文"撰写了四篇文章，一方面回到传统色彩观念的原生形态，确立了"色彩—织物—审美"的文化层次；另一方面则深入体认生活、艺术、文论之间的互动关系，挖掘与探索"以锦喻文"所具有的典范意义与规则意义。

古风先生《丝织锦绣与文学审美关系初探》（2007 年）探讨了"丝织锦绣"与"文学审美"的内在关系，为传统文论研究引入了外部的学术经验，深入思考"以锦喻文"的生成问题。"在中国传统文化体系中，丝织锦绣代表着我国一种古老的文明，一种审美文化精神，一种集体无意识的审美原型心理。丝织锦绣对于中国古代文学审美观念、文学创作、文学话语和文学批评等活动，起到了潜移默化的'催发'作用。"① 于是，"丝织锦绣"的一些关键词被借用到审美领域，成为文学审美的"语言模子"和"思维模子"。这种模式在中国文论史上是非常独特的。以"锦绣"为关键词，以"模子"为理论依据，古风先生进行文论视域内的个案研究，由关键词研究进入经典文论材料的现代阐释之中，撰写了《刘勰对于"锦绣"审美模子的具体运用》（2008年）一文。古风先生重点论述了关键词"美"与"锦"的审美关系、刘勰对于"锦绣"审美模子的具体运用，以及从"丝织锦绣话语"到"文论术语"的演化过程和规律等具体问题。刘勰继承前人的思想资源，以"锦绣"为"美"的典范，谈论文学审美问题。古风先生考察了《文心雕龙》中"美"字的使用情况，总共出现 63 次，主要谈论的是文章美。由于当时的艺术发展还不成熟，所以"锦绣"就被视为这个时代的"审美模子"，以"锦绣"为"美"便成为集体性的"文化记忆"。

根据古风先生的统计，刘勰《文心雕龙》各篇运用"锦绣"审美模子共达 48 次，促成了一系列"丝织锦绣话语"向"文论关键词"的演化。从关键词角度看，《文心雕龙》中的"丝织锦绣话语"是指产品名称，以及描述生产活动的字词。刘勰在全书 50 篇文章中使用了 59 个"丝织锦绣"关键词，分别是"文、章、采、彩、丽、丝、帛、红、经、纬、组、织、约、细、纯、纶、终、结、纤、纠、綷、纷、绘、缉、纭、纳、绎、纪、绝、纲、绪、统、绵、绚、素、纵、绩、编、缓、综、紫、绿、练、缕、缯、缝、纂、锦、绣、绮、缛、繁、缥、缈、黼、黻、缀、縠、杼轴"②。"丝织锦绣"关键词转化为《文心雕龙》的文论术语，经过了一个比较复杂的历史和逻辑统一的过程。古风先生将这个过程发掘出来，我们才得以看清"以锦喻文"的奥妙，以及刘勰的文论思想和风格个性。否则，我们怎么会想到这些文论关键词竟然与丝织锦绣有着密切关系。

2009 年 1 月，古风先生在《中国社会科学》发表了《"以锦喻文"现象与中国文学审美批评》一文，继续拓展和深化对"锦绣与文学的审美关系"的思考。"锦绣"是中华民族的一项伟大创造，对民族融合、文化发展和文化交流都有过重要作用。作为中华传统文化的关键词，"锦绣"不仅影

---

① 古风：《丝织锦绣与文学审美关系初探》，《文学评论》2007 年第 2 期。
② 古风：《刘勰对于"锦绣"审美模子的具体运用》，《文学评论》2008 年第 4 期。

响了人们的日常生活，培养了人们的审美观念，还扩展到社会意识形态的各个方面。在传统文论史上，存在一种强调"文采美"和"视觉美"的审美批评，通过运用"以锦喻文"范式而呈现出来。古风先生对"以锦喻文"的历史演变、学理基础、批评意义、批评范式的现代传承等问题进行论述。"以锦喻文"最初建立在"比喻"的机制上，逐渐演变为一种审美批评观念，既是一种批评现象，又是一种批评方法，还是一种批评范式，在传统文论、现代文论上都有具体的运用。以"锦绣"为参照物来批评文学，是跨越时空、影响深远的批评行为，既有普遍性，又具有影响力。从历史角度来看，"以锦喻文"现象肇始于汉代，形成于魏晋，唐宋有所开拓，明清有所发展。[①]"以锦喻文"已超越了"色泽之美"的层面，深入涉及文学的内在形态和篇章结构。以"锦绣"为载体，得益于锦绣与文学的内在密切关系，形成了"以锦喻文"的批评观念、批评现象、批评方法。

古风先生强调，现代文论对于"以锦喻文"的范式是有所传承的，多以"锦绣"为关键词来言说和评论诗歌、散文、小说和戏剧。只不过，在文论关键词的转换过程中，现当代文学批评对于"以锦喻文"采用了"隐性传承"的方式。古风先生认为是"文化记忆"或者说是"集体无意识积淀"起到了"隐性传承"的作用。由于锦绣满足了人们的视觉审美需求，成为"美物之首"，所以众人经常借"锦绣"来谈论视觉美问题。历代学者在运用"以锦喻文"范式时，实际上有一个强大的"磁场"存在，潜藏于众人心理结构的深处。[②]中国古代"以锦喻文"批评范式的众多关键词，如"文采""文章""绮靡""绮丽""华丽""纤丽""经纬"等，都还不同程度地存活在现当代文学批评的话语之中。

在"锦绣"与"文学"关系之研究中，古风先生还补充了对"五色为美"的相关性讨论，既以"色彩之源"探源"文化记忆"，又以"五色之美"解析"锦绣之喻"，进一步揭示了早期中国文化中"锦绣—审美—文章"的转换基础，完成了《"以五色为美"的原初审美观念探源》（2014年）一文。先民逐渐发现和掌握了一些"色彩"，一方面将"色彩"作为辨识事物的途径，达到"辨物居方"的目的，另一方面滋生出对于"色彩"

---

① 古风：《"以锦喻文"现象与中国文学审美批评》，《中国社会科学》2009 年第 1 期。
② 古风：《"以锦喻文"现象与中国文学审美批评》，《中国社会科学》2009 年第 1 期。

在感官上的快感和美感。在早期文化中，"五色"即红、黑、黄、白、蓝（青），乃是早期陶器和岩画中所出现的五种色彩。古风先生认为"五色说"约出现于夏代，可看作先民对彩陶用色的经验总结，由"目观为美"滋生出"五色为美"的原初观念。随着"五行说"的盛行，"五色说"衍生出丰富的审美内涵，构成了一个丰富的审美文化网络。先民眼中的"美感"就是对事物色彩的视觉快感，锦绣色彩最为丰富，也就成为"美"的范式。

四　中国文论"走出去"的新进路

在中国文论话语体系建构中，"传统文论"是一种流动性的话语，逐渐成为"现代文论"的话语基础和理论滋养。古风先生于 20 世纪 80 年代开始对中国文论的民族特色进行整体研究，以现代眼光审视传统文论，撰写了《试论中国古代文学理论的民族特色》（1986 年）。随着传统文论研究不断深入，如何确立传统文论的理论根基和言说立场？如何揭示传统文论的问题意识和内在理路？对此，古风先生以"走向""热点""问题"为关键词，在《中国古代文论研究的当代走向》（1994 年）、《新时期古代文论研究的十大热点》（1995 年）、《新时期古代文论研究的问题和对策》（1995年）中对中国古代文论研究进行诊断性评价，对于改变文论研究的现状，提高文论研究的质量，起到了积极的促进作用。

如何以"关键词"为路径介入中国现代文论的体系建构与话语转型之中？古风先生《从关键词看我国现代文论的发展》（2001 年）在对 20 世纪我国近百部文学理论教材予以整理的基础上，以教材中的"关键词"为研究对象，论述了现代文论发展的话语资源、"西化"的内在原因、西方文论话语翻译及"失语症"等问题。中国现代文论发展第一个时期的关键词有定义、特质、起源、情感、思想、想象、形式、国民性、人生、道德等。第二个时期的关键词有三大系列：一是以意识形态为核心，有经济基础、上层建筑、反映、社会性、阶级性、人民性、世界观、倾向性和社会生活等；二是以创作方法为核心，有形象思维、现实主义、浪漫主义、社会主义现实主义、风格、创作个性、流派、文学思潮、个性化等；三是以形象为核心，有性格、典型、真实性、艺术性等。第三个时期的关键词有文学活动、文学生产、文学消费、文学接受、作品、作者、读者、文本、话语、符号、期待视野、召唤结构、隐含的读者等。① 这些关键词源于欧美文论、苏联文论和西方现代文论，是我国现代文论的重要资源。古风先生认为中国现代文论话语之所以"西化"，是为了适应时代和满足文论建设自身的需要，从而恢复和重提过去的关键词，营造新的关键词，或是接纳相应的西方关键词。当传统资源不能满足当代发展的需要时，引进"他山之石"是势所必然的历史选择。这些关键词的引进是通过翻译实现的，将外国文论关键词翻译为中国文论关键词。尽管引进了大量的关键词，但是这些关键词大都已经"本土化"了，变成中国文论的具体血肉。

围绕"现代转换""文论话语""文学理论"等关键词，古风先生对中国古代文论的创新发展展开探讨，撰写了《中国古代文论的现代转换》（1996 年）、《20 世纪我国文学理论教材的主流话语论析》（2002 年）、《当前我国文学理论创新的话语策略》（2003 年）、《试析中国文论话语的重建》（2003 年）、《关于"文学理论学"及其他》（2007 年）、《话语、中国话语与文学理论的创新》（2010 年）等文章。古风先生认为中国古代文论的现代转换，既包括形式的转换，又包括内容的转换，主要有范畴的转换、观点的转换、方法的转换和体系的转换等。我们必须调整中西文论话语之间的错位现象，实现中国传统文论话语的现代转换，创建适应民族语言发展的文论话语体系。针对"文学理论"的概念问题，以及"文艺学"的泛化问题，古风先生提出"一学三支论"观点，即任何一个学科都有学科理论、学科批评和学科史，保持"文艺学"独立性，确定其学科边界，防止"文化研究"的收编。中国现代文学理论的创新首先是关键话语的创新，可沿着"个人—民族—国家—世界"层面进行。

在中国文论的民族化、西方化与世界化的交互中，如何从本土立场出发，建构中国文论话语体系？如何走向世界，贡献中国文论的智慧？如何在世界文论舞台上取得"中国话语权"？古风先生以解决"失语症"为底色，以"话语重建"为路径，与扬州大学文艺学专业的博士生合著了《中国文论"走出去"的若干问题探讨》（2010 年），将中国文论"走出去"问

---

① 古风：《从关键词看我国现代文论的发展》，《文学评论》2001 年第 5 期。

题首次明确提出，就中国文论"走出去"的历史和现状、方法和路径、障碍和对策，以及话语输出、对外翻译和经验教训等问题进行学理性的分析和探讨，为"提升中国文论话语权"绘制了可行的理论道路。中国文论具有西方文论不具备的开放性，加强"走出去"研究，可以帮助中西文论深度交流和相互阐发。国内学者要成为文论输出的主体，加强与域外学者的交流和合作，从"译""释""构"三方面，共同做好中国文论的"走出去"工作。所谓"译"，即重新翻译中国文论经典，"释"就是挖掘和提炼中国文论的现代价值，"构"就是重构中国文论的话语体系。

中国文论"走出去"的首先任务，便是要在"译""释""构"中回到文学理论自身，回到概念、术语、范畴、命题所积淀的"文学"这一关键词上来。为此，古风先生撰写了《1949 年以来文学观念的演变与文学的发展》（2010 年）。从广义的角度看，文学观念泛指人们对于一切文学问题的看法，如文学本质、文学特征、文学创作、文学体裁、文学批评等的看法；从狭义的角度看，就是特指人们对于文学本质的看法，换句话说即是文学本质观念。[①] 长期以来，中国传统文论话语处于边缘位置，这是客观存在的事实。但是，这种边缘化状况究竟如何，很少有学者对于这个问题展开具体研究。古风先生在《中国传统文论话语的边缘化状况调查报告》（2013年）中采用文献调查、数据分析和逻辑论证相结合的方法，从文论教材、文论选本和文论话语工具书三个方面，对 1901 年至 2000 年的文论关键词做了较全面的研究，发现传统文论话语退到边缘位置，而外来文论话语则占据了中心位置。古风先生围绕文论话语的"引进来"问题，撰写了《20 世纪外国文论话语引进状况的调查分析》（2015 年）。20 世纪是中国文论现代化的世纪，也是大量引进外国文论话语的世纪。据统计，20 世纪共引进外国文论话语 533 个，其中常用话语约有 162 个。中国文论现代化的一个特征，就是引进外国文论关键词，将其化为中国文论的理论资源，从而建构出新的学科体系、学术体系、话语体系。

中国现代文论在发展过程中，疏远了"传统"，甚至是搁置了"传统资源"。在一般的理论实践中，似乎只充盈着外来话语的声音。古风先生《中

---

① 古风：《1949 年以来文学观念的演变与文学的发展》，《学术月刊》2010 年第 3 期。

国传统文论话语存活论》（社会科学文献出版社，2013 年）以"中国现代文论中的古代范畴"为研究对象，在调查其存活状况的基础上，探讨其历史渊源、现代命运、存活状态、存活路径、现代转换和理论建构等问题。古风先生发现目前大约有 134 个传统关键词还存活在现代语境之中，常用关键词有 56 个。这是一个被学术界长期忽视的文艺学现象。实际上，传统文论话语并没有消亡，而是"存活"着，存活在汉字文献、高等教育、学术研究、文论翻译、古今转换、当代运用之中。古风先生在《中国传统文论话语的"存活"现象及其规律》（2013 年）和《"存活论"的基本要义及其学术贡献》（2015 年）中指出"隐性"是中国传统文论话语在现代语境中的实际处境和存活策略；"传承"才是实质和目的。"传承"并不是"复制"，而是"再生"。所谓"再生"，就是根据中国现代文论发展的实际需要，对于传统文论进行加工、改造和转化，使其成为重要的资源。首先，古风先生选择一些有代表性和权威性的文论选本、期刊和词典，以及文论家的论文和著作，对传统文论话语进行比较全面的调查、统计和分析，从而描述和总结蕴含其中的理论问题。其次，古风先生描述传统文论话语在当今语境中的存活状态，揭示其边缘化原因和隐性传承路径，论述传统与现代的关系、文论话语的创新，为重建中国文论话语提供一定的数据支持和理论参照。最后，古风先生选择"文学""言志""意境""美"进行研究，既注重其原始出处、基本内涵、历史演变和理论体系，又描述其在现代文论体系和美学体系中的存活状态；既探讨传统与现代之间的对接、转换的契机和路径，又关注文论关键词之间的遭际、翻译和对话。

一个民族有一个民族的文论关键词，一个国家有一个国家的文论关键词。文论关键词作为我们观测文学理论现象的窗口，也成为我们研究文学理论问题的切入点。古风先生的新视野、新方法和新观点，对于中国当代文论话语的重建和中国文艺学学术史的研究，都具有重要的学术参考价值。

作者简介：孙盼盼，扬州大学文学院讲师，硕士生导师。发表过《中国传统"辨体"思想与文体阐释的意义生成》等，著有《神：中华文化的幽情壮采》。

对象与方法：从《文心雕龙札记》与《文学研究法》看中国文论关键词现代研究的发端

吴煌琨

（武汉大学文学院）

摘　要：中国文论关键词的现代研究，分别以黄侃《文心雕龙札记》和姚永朴《文学研究法》为"对象"与"方法"两种研究取径之发端。两书著成于民国初年北大国文门内的桐城、《文选》派之争，观点虽有歧异，却共同体现出对《文心雕龙》等文论关键词古典资源的再利用。作为"以关键词为对象"取径的早期代表，《文心雕龙札记》从文论义理的阐释、语言学方法的运用和关键词问题的衍生三方面，为中国文论关键词现代研究塑造了典范。作为"以关键词为方法"取径的先驱之一，《文学研究法》则以古典文论关键词（尤其是桐城文论关键词）为划定文学学科、整理文论资料、激活文论传统的方法，参与了人文学术的现代转型。回望这两种研究路径，有助于以关键词建设当代中国文论话语体系与中国文学学科体系。

关键词：《文心雕龙札记》；《文学研究法》；文论关键词；现代发端

在中国人文学界，"关键词研究"通常被视为一种现代学术体制与西来研究方法结合的产物，尤其是雷蒙·威廉斯的《关键词：文化与社会的词汇》自20世纪90年代被介绍、翻译和引进中国以后，中国的文学、文化研究，更加自觉地采用"关键词"这一方法，从语词方面建立问题意识，取得了很大成就。回顾中国文论关键词研究的现代学术史，20世纪80年代以来的范畴研究和21世纪以来的命题研究，已经取得了一批体量丰富、意义重大的研究成果；而无须讳言的是，既有的研究成果受到了西方关键词研究"对象"与"方法"等方面的诸多影响。西方的语词研究范式，尤其是对雷蒙·威廉斯《关键词：文化与社会的词汇》的译介和思想史、观念史、概念史等研究模式的引入，触发了学界对关键词研究的方法论反思；而海外汉学的文论关键词研究，也从"他山之石"的角度，呈现出关键词个案研究独特的观照视域、学术理念和问题意识。

然而，"关键词研究"自有其本土历史渊源。中国文论关键词研究历史发端于"群经之祖"的《周易》：《周易》六十四卦，即为六十四个关键词；而关于六十四卦的爻辞、系辞等，就是对此六十四个关键词的研究。①古典时代的关键词研究，以汉语经典阐释学传统为根基，呈现出先秦元典、两汉字书、魏晋文评、唐宋诗话、明清评点的文本形式，面对当代西方文化研究所孕育的"keyword"理路，也有其自成一家、独树一帜的历史脉络。

实际上，不论古今中外，关键词研究天然兼具"对象"与"方法"的双重属性②。综览中国文论关键词研究现代学术史上的众多成果，也可以依据"对象"和"方法"将之分为两类。一类是"以关键词为对象"的历史语义学考察，着重梳理和阐释文论关键词的意义，关注文论关键词的创生与演变，细究词与词之间的内在联系。具体来说，包括概念、术语、范畴、命题等不同的研究形态。另一类是"以关键词为方法"的学术史反思，侧重反思、对话和转换，探究"关键词"作为方法的历史、现状及未来，揭示"关键词方法"的跨学科意义和当代价值。以述学文体而言，体现为序跋、书评、述评、笔谈与学术史等形式。如果我们"振叶寻根，观澜索源"，向前追索中国文论关键词研究现代历史的起源，那么诞生于 20 世纪初的两部文论经典《文心雕龙札记》和《文学研究法》，就分别代表了"以关键词为对象"和"以关键词为方法"两种研究取径的最初发端。

一　桐城、《文选》之争：关键词研究的古今之转

《文心雕龙札记》和《文学研究法》之间的关系是复杂的：就其相同处而言，两者同为北大国文门的课程讲义，成书时间接近；就其异处而言，

---

① 李建中：《前学科与后现代：关键词研究的前世今生》，《长江学术》2015 年第 4 期。
② 关于关键词研究的"方法"与"对象"双重属性，参见袁劲《对象与方法："关键词热"的冷思考》，《社会科学论坛》2017 年第 10 期。

二书又分别代表着民初北大桐城、《文选》派之争中对立双方的学术观点。所谓桐城、《文选》派之争，是 1914 年至 1919 年，发生于蔡元培治下北大国文门内的一场学术论争，发生论战的双方即是钱玄同所谓的"《选》学妖孽"《文选》派和"桐城谬种"桐城派。在学术史的延长线上审视民初桐城、《文选》派在北大国文门的冲突，从参与双方的学缘师承、学术根基和具体论点来看，实际上可以认为它是清代汉宋之争、骈散之争这两场旧论争的延续。《文选》派的黄侃、刘师培等以乾嘉汉学的文字、音韵、训诂之学为学术根柢，并不同程度地承袭了凌廷堪、汪中、阮元对"文"之范畴与"骈文"之意义的重新阐释；桐城派的林纾、姚永朴，则继承了方苞、姚鼐、曾国藩以降"义理、考据、辞章、经世"合一的学术思想，并在文论方面坚守唐宋古文运动的正统立场。[①] 《文学研究法》和《文心雕龙札记》近乎同时成书，又基本上与桐城、《文选》派之争的时间重合：《文学研究法》是桐城派学者姚永朴受聘于北大国文门后，为课程而专门拟订的讲义，1914 年 5 月完稿，1916 年由北京商务印书馆首次出版；《文心雕龙札记》则是黄侃受其师章太炎之托，接替北大国文门的《文心雕龙》课程后，随课程的讲授深入而逐渐增益完成的，完稿时间大约在 1914 ~ 1919 年，1919 ~ 1926 年部分篇目曾在杂志上发表，1927 年方由北平文化学社首次结集出版。[②] 因此，两部著作基本上能代表两派的理论观点，其行文中亦不乏针锋相对的观点、理念之争。

尽管桐城派与《文选》派各立门户，但双方的观点分歧中又有一致的学术趋向，即改造以经学为中心的古典人文学术，使之转化为现代高校建制下的"文学"学科。从制度层面上讲，1898 年京师大学堂创办之初，即设置有"文学"科目。1910 年京师大学堂改组为北京大学，建立起分科治学体制，正式成立中国文学门，中国文学的学科体制在北大建立起来。但就思想而言，"学科"体制和独立的"文学"学科主要是近代西学东渐大潮下从西方文明移植而来的新理念，"中国文学"作为一门独立学科，其学术

---

① 参见汪春泓《论刘师培、黄侃与姚永朴之〈文选〉派与桐城派的纷争》，《文学遗产》2002 年第 4 期。

② 李平：《〈文心雕龙札记〉成书及版本述略》，《安徽商贸职业技术学院学报》（社会科学版）2009 年第 1 期。

范式尚在草创之际，学科的基本观念、学术范畴、研究对象、研究方法等问题并不会因为体制上"中国文学门"的成立就迎刃而解。所以，桐城派与《文选》派双方所关切的共同问题，是"中国文学"学科学术范式的创建、基本观念的厘定与研究范畴的概括；而双方对于学科建制问题的探讨，又是借助中国文学学科建制自身的产物——教材或课程讲义（即姚永朴的《文学研究法》与黄侃的《文心雕龙札记》）来传达的。

清代癸卯学制《奏定大学堂章程》规定的中国文学门科目下，有"文学研究法"与"古人论文要言"两门课程，这是这两部著作成书的制度背景。对于占据了 8 个学时的"文学研究法"课程，《奏定大学堂章程》对其内容做出了全面的界定：既有文字、音韵、训诂的语文学基础，又有"记事、记行、记地、记礼仪、记表谱文体"的文章学应用；既有"文学与国家""文学与世界考古""文学与外交""文学与学习新理新法、制造新器"等宏大而应时的新问题，又有"盛世之文""有德之文""有实之文""有学之文"的传统文学价值导向。① 作为一份纲领性的"课程标准"，《奏定大学堂章程》所规定的全部的教学内容，自然不可能全部落实到姚永朴"文学研究法"的课程教学和讲义编纂中，但《奏定大学堂章程》的制度性引导，显然为姚著提供了成书方向。至于"古人论文要言"，《奏定大学堂章程》则规定称："如《文心雕龙》之类，凡散见子史集者，由教员搜集编为讲义。"② 除了明确以《文心雕龙》举例，别无更多细致的要求，因此《文心雕龙札记》的内容结构，能更多地体现黄侃个人的学术旨趣与治学路径。

值得注意的是，不论是黄侃还是姚永朴，论战双方不约而同地选择了《文心雕龙》作为话语资源和理论武器，争相对其进行阐释和再利用。相较而言，《文心雕龙札记》是以《文心雕龙》为研究对象。《文心雕龙札记》通过对刘勰所提出的理论命题进行解析与再阐发，开创了现代的、科学的《文心雕龙》研究，令《文心雕龙》的价值与意义得到重估。《文学研究法》则是以《文心雕龙》为研究方法。《文学研究法》的整体框架，基本借

---

① 参见《奏定大学堂章程（附通儒院章程）》，载璩鑫圭、唐良炎编《中国近代教育史资料汇编·学制演变》，上海教育出版社，1991，第 354～355 页。

② 《奏定大学堂章程（附通儒院章程）》，载璩鑫圭、唐良炎编《中国近代教育史资料汇编·学制演变》，上海教育出版社，1991，第 356 页。

鉴了《文心雕龙》的"文之枢纽""论文叙笔""剖情析采"结构，而每一篇章内的书写，又灵活运用了"释名以章义""选文以定篇"的论述方式，整部著作的论述行为与《文心雕龙》颇为类似。

那么，为什么双方同时聚焦于《文心雕龙》？就文论关键词研究史而言，这是因为《文心雕龙》作为一部文论元典，兼具了中国文论关键词研究的"方法与对象"的二重属性。

从"以关键词为对象"的角度来看，《文心雕龙》继承、阐释并创造性地提炼了如"神思""风骨""隐秀"等一系列具有民族特色与民族气派的中国文论关键词，在中国文论关键词研究的古典历史上，无疑具有里程碑的意义。对于《文选》派，《文心雕龙》本就是他们奉为典范的"六朝文章"，其重要性无须多言；对于桐城派，由于方苞、刘大櫆、姚鼐等桐城前辈已经提出了"义法""神理气味格律声色""阴柔阳刚"等标志性的文论关键词，作为后学的姚永朴在继承前贤、讲述发明之时，也必然要往前追溯《文心雕龙》的关键词理论阐述。再从"以关键词为方法"的角度来看，《文心雕龙》也体现了鲜明的关键词研究方法之自觉。就关键词群的整体架构而言，《文心雕龙》以"文之枢纽、论文叙笔、剖情析采"三大版块区分全书的四十九个关键词，而每一部分之内的各个关键词又有"纲领明""毛目显"的照应关系，形成了一个严密的关键词体系[1]；对于新旧转折之际，执着于寻找中国本土的"体系化"知识来对接西学的民国初期学人而言，这无疑是传统文论中一项重要的方法论资源。再就关键词个案的探究而言，《文心雕龙·序志》也提出了"原始以表末，释名以章义，选文以定篇，敷理以举统"[2]的"四项基本原则"，这种自觉且易于模仿的关键词研究方法，便于黄侃和姚永朴在"大学教材"这一新兴的特殊述学文体中，向考入大学的青年学子普及古典文学知识。

因此，中国文论关键词之"以关键词为对象"和"以关键词为方法"的两种取径发端于黄侃和姚永朴，并不是偶然的。在人文学术发生"古今

---

① 关于《文心雕龙》关键词的体系化特征，可以参考范文澜对《文心雕龙》的《原道》和《神思》篇注的两张图表。分别见刘勰著，范文澜注《文心雕龙注》，人民文学出版社，1958，第 4~5、496 页。

② 刘勰著，范文澜注《文心雕龙注》，人民文学出版社，1958，第 727 页。

之转"的大背景下，新成立的中国文学学科体系将何以自足，学术体系将如何自洽，尤其是话语体系应当如何兼容古今中西，这是关键词研究需要直面的迫切问题。也正因如此，黄侃、姚永朴虽在具体的论点上针锋相对，却以一种互补的形态同时开启了中国文论关键词现代研究的两种途径。

二　以关键词为对象：《文心雕龙札记》的词义阐释、词史溯源和词群衍生

《文心雕龙札记》虽以古典述学文体的"札记"命名，然而从其成书的背景来看，实质上是"古人论文要言"课程的教材讲义。故黄侃称："今为讲说计，自宜依用刘氏成书，加之诠释；引申触类，既任学者之自为，曲畅旁推，亦缘版业而散见。"① 《文心雕龙札记》的结构遵循《文心雕龙》的篇目，对其进行随文立义式的诠释。从"研究对象"的层面来看，《文心雕龙札记》研究的主要是《文心雕龙》的篇名及其所指称的文学理论问题，亦即刘勰所遴选出的四十九个文论关键词（虽然他并未全部加以研究）。因此，黄侃《文心雕龙札记》堪称中国文论关键词现代研究之"以关键词为对象"治学路径的早期代表。具体来说，《文心雕龙札记》关键词研究主要从三个方面为此路径导夫先路。

第一个方面，《文心雕龙札记》将关键词研究的重心，放在了文论义理的阐释发明上，从而赋予"关键词"以"关键性"。《文心雕龙札记》的义理转向，既昭示着古典"龙学"向现代"龙学"的范式革命，又意味着"文论关键词"之研究得以真正成立。② 关于《文心雕龙》一书的性质，黄侃《题辞及略例》开宗明义："论文之书，鲜有专籍。"③ 故《文心雕龙札记》之作意，是将《文心雕龙》视作一部"论文"之作，再发明其中义理，这与古典"龙学"以校勘、释义、训诂的解经之法读《文心雕龙》产生了根本性的区别。《文心雕龙札记》把研究重心放在了文论义理上，并且以阐

---

① 黄侃：《文心雕龙札记》，上海古籍出版社，2000，第 1 页。
② 参见李建中、罗柠《世纪"龙学"的四大名著及理论范式》，《中外文化与文论》第 47 辑，四川大学出版社，2020，第 140～151 页。
③ 黄侃：《文心雕龙札记》，上海古籍出版社，2000，第 1 页。

释《文心雕龙》五十篇篇名的形式来结构全书，可以说为"词"的研究注入了"道"的意蕴，也就是使"关键词"之"关键性"得以成立。如在《风骨》篇中，黄侃对《文心雕龙》中历代聚讼纷纭的"风骨"关键词，给出了清晰的定义：

> 二者皆假于物以为喻。文之有意，所以宣达思理，纲维全篇，譬之于物，则犹风也。文之有辞，所以摅写中怀，显明条贯，譬之于物，则犹骨也。必知风即文意，骨即文辞，然后不蹈空虚之弊。……《风骨》篇之说易于凌虚，故首则诠释其实质，继则指明其径途，仍令学者不致迷罔，其斯以为文术之圭臬者乎。①

黄侃阐释"风骨"关键词时提出的"风即文意，骨即文辞"，是对"风骨"的一种清晰有力的辩说方式，它实质上先将"风骨"分解为"风"与"骨"两个关键词，并分别规定其论域（"情""意"与"文""辞"）；再综合起来，说明风骨之实质，在于"意辞"之"合于法式"。黄侃对"风骨"关键词的研究，具有两个层面的意义：从学术的生命力而言，黄侃的阐释开启了现代"龙学"对"风骨"关键词的研究史，使之成为中国文论关键词研究史上一大重要论题，激发了"龙学"界乃至整个中国文论学界经久不衰的讨论与思考②；而从阐释的公共性而言，黄侃将"风骨"从一个抽象缥缈、主观随意性强的范畴，具体到明确的意义所指和作用领域中，使围绕"风骨"关键词的学术讨论能够有的放矢、落在实处。

《文心雕龙札记》对文论关键词的研究，也不仅止于《文心雕龙》的篇名关键词。采用"随文立义"的体例，《文心雕龙札记》对于《文心雕龙》行文中涉及的、富于理论内涵的范畴和命题，也同样加以阐释，如《神思》篇释"神与物游""陶钧文思，贵在虚静""杼轴献功"，《体性》篇释"才有天资，学慎始习"，《通变》篇释"叁伍因革，通变之术"，等等，行文精要，点到即止，于发明理论亦颇有卓识远见。

---

① 黄侃：《文心雕龙札记》，上海古籍出版社，2000，第101页。
② 童庆炳曾梳理"风骨"关键词的现代研究史，总结了自黄侃后"龙学"家关于"风骨"的十种不同阐释。参见童庆炳《〈文心雕龙〉"风清骨峻"说》，《文艺研究》1999年第6期。

第二个方面，《文心雕龙札记》的关键词研究，重视语言学路径的考察梳理，以展开"词史"的溯源。身为一代小学大师，黄侃最突出的学术贡献在"小学"，即所谓"古声十九类之学"和"古韵二十八部之目"①，在关键词研究的过程中，他自觉地接续了清儒"字以通词，词以通道"的语文学路径，将文字、音韵、训诂之学运用于关键词的训释之中。在《练字》篇中，黄侃借阐释刘勰之意，从理论层面着力强调了"字"在文学研究中的重要性，并把训诂之学和论文之学有机地结合起来：

> 文者集字而成，求文之工，必先求字之不妄……今欲明于练字之术，以驭文质诸体，上之宜明正名之学，下亦略知《说文》《尔雅》之书，然后从古从今，略无蔽固，依人自撰，皆有权衡，厘正文体，使不陷于卤莽，传译外籍，不致失其本来，由此可知练字之功，在文家为首要。②

黄侃不仅在理论层面强调"求字之不妄"的重要性，还在实践层面自觉地将"练字之术"运用于对《文心雕龙》关键词的阐释之中。如在《章句》篇，黄侃分九节论述"章句"，集中体现了他对清代汉学语文学知识与方法资源的主动运用：

> 一释章句之名，二辨汉师章句之体，三论句读之分有系于音节与系于文义之异，四陈辨句简捷之术，五略论古书文句异例，六论安章之总术，七论句中字数，八论句末用韵，九词言通释。③

第一节"释章句之名"，黄侃引《说文》分释"章""句"之部首、语源、语用，并引《毛诗注疏》《左传》《周礼》等经典中的语用案例，明辨言、句、章、篇之区别与关联。第二节考察"章句"作为解经文体关键词

---

① 李建中、罗柠：《世纪"龙学"的四大名著及理论范式》，《中外文化与文论》第47辑，四川大学出版社，2020，第141页。

② 黄侃：《文心雕龙札记》，上海古籍出版社，2000，第190~194页。

③ 黄侃：《文心雕龙札记》，上海古籍出版社，2000，第128页。

的历史、体式与学术品质。第三节论句读技巧，第四节陈辨句之术，第五节论古书文句异例，此三节为古典文献整理之基本方法与注意事项。第六节论文章之章法，第七节论句中字数，第八节论韵法，落脚在文章之"法度"层面，并由大及小而言之，与刘勰《文心雕龙·章句》正文相对应。第九节"词言通释"，则是针对"曰""粤""吁""为""已"等文言虚词的语义与语源，采《说文》《尔雅》及经典传注解说之。黄侃对《文心雕龙·章句》的解说，以一种富有层次感的方式，由语义而及语用，由字词、经传而及文章，再兼及与《文心雕龙》文义相关的文献、写作、训诂技术，集中体现了关键词研究的语言学路径。

第三个方面，《文心雕龙札记》体现了关键词研究的衍生性，使其具备了"词群"的延伸特质。《文心雕龙札记》既是《文心雕龙》既有关键词的阐释者，同时又是发明者，在阐释的过程中发明新的关键词，创造新的意义，并将其汇入关键词研究的学术史。如《原道》篇，黄侃在对刘勰"道"这一关键词的阐释中，提出了"自然之道"的新概念：

> 案彦和之意，以为文章本由自然生，故篇中数言自然，一则曰：心生而言立，言立而文明，自然之道也。再则曰：夫岂外饰，盖自然耳。三则曰：谁其尸之，亦神理而已。寻绎其旨，甚为平易。盖人有思心，即有言语，既有言语，即有文章，言语以表思心，文章以代言语，惟圣人为能尽文之妙，所谓道者，如此而已。此与后世言文以载道者截然不同。①

"自然之道"虽然确实是刘勰所用原话，但刘勰显然并未将其升华和总结为一个文论关键词。不妨说，这是黄侃在解读《文心雕龙》作意的基础上，提炼出的一个原创性概念。黄侃着重指出，刘勰的"道"绝不同于桐城派所崇的"文以载道"，后者带有外在的规约性，难免"胶滞而罕通"；而前者是发自人之思心的文章之"道"，由人之思心而及言语，由人之言语而成文章，是为质朴平易之道，亦是文章之公理。因此，这一概念是黄侃

---

① 黄侃：《文心雕龙札记》，上海古籍出版社，2000，第5页。

在桐城、《文选》派之争的历史语境中，借阐释《文心雕龙》"道"这一关键词而发挥所创设出来的新关键词，具有针锋相对的论战性质。

《文心雕龙札记》关键词研究的衍生性，还体现于黄侃所提出的新概念、新命题，在学术史上具有不断被继承、被发扬和被反驳的生命力。如前文所述，黄侃释"风骨"，就提出了一个重要命题"风即文辞，骨即文意"。韩经太认为，"若从对后人之影响巨大这一角度而言，黄侃《札记》之说《风骨》，当推第一"①，这便是对《文心雕龙札记》之衍生性的诠释。以下复举四例以证之。如《神思》篇释"神与物游"，曰"内心与外境相接"②，成复旺《神与物游：中国传统审美之路》则以"由形入神""缘心感物""以人合天""从观到悟"说之③，在黄侃之"内心外境"说的基础上做了扩充和发展。又如《神思》篇释"杼轴献功"，曰"文贵修饰润色"④，王元化《文心雕龙创作论》之《释〈神思篇〉杼轴献功说》明确否定这一说法，认为"杼轴"指的是文学的想象活动。⑤再如《体性》篇认为因文见人要参考"意言气韵"四要素⑥，才契合刘勰"因内符外"的意旨，童庆炳之《〈文心雕龙〉因内符外说》亦认可此说，并从"意识与无意识"的层面对黄侃之说加以补充⑦。另如《总术》篇曰"此篇乃总会《神思》以至《附会》之旨，而丁宁郑重以言之，非别有所谓总术也"⑧，认为"总术"并非一个独立的理论范畴，范文澜《文心雕龙注》亦承其"非有总术"之说。在这个意义上看，现代中国文论界绝大多数针对《文心雕龙》关键词的研究，都自然要从《文心雕龙札记》开始追溯和爬梳；《文心雕龙札记》在阐释《文心雕龙》时提出的新理论命题，又因其衍生性而具有旺盛的生命力，故《文心雕龙札记》在"以关键词为对象"的研究史上，具有连绵不绝的生生之功。

总体而言，《文心雕龙札记》以"词义"为本，重在还原和阐释《文心

---

① 韩经太：《中国文学批评史研究》，福建人民出版社，2006，第78页。
② 黄侃：《文心雕龙札记》，上海古籍出版社，2000，第93页。
③ 参见成复旺《神与物游：中国传统审美之路》，山东人民出版社，2007。
④ 黄侃：《文心雕龙札记》，上海古籍出版社，2000，第95页。
⑤ 王元化：《文心雕龙创作论》，上海古籍出版社，1979，第97页。
⑥ 黄侃：《文心雕龙札记》，上海古籍出版社，2000，第96页。
⑦ 参见童庆炳《〈文心雕龙〉因内符外说》，《福建论坛》（人文社会科学版）2001年第5期。
⑧ 黄侃：《文心雕龙札记》，上海古籍出版社，2000，第208页。

雕龙》关键词中蕴含的作者之意，体现了对文论义理的自觉关切；在方法运用上重视对"词史"的溯源，主动汲取训诂学资源，以此追溯关键词的语义源起；其在《文心雕龙》既有关键词基础上的衍生与创造，从学术史的眼光来看，又具备了"词群"的整体性视野，能够实现从刘勰到黄侃，再到后来的中国文论关键词研究学术史之贯通。据此而言，黄侃《文心雕龙札记》基本呈现了现代"以关键词为对象"研究取径的完整形态。

三　以关键词为方法：《文学研究法》的论域界定、文献整理和传统激活

对于中国文论现代研究史的"以关键词为方法"取径而言，《文学研究法》是其最早发端之一。《文学研究法》是桐城派作家系统阐述桐城派文论的唯一专著，也是一部处在新学与旧学之间的重要文论著作：就其"新"的一面来说，此书是为服务现代高校建制下"中国文学"学科的知识体系和教学体制而作的，其出发点和落脚点在于适应新式"文学"学科的需求；就其旧的一面而言，此书的写作主旨继承了桐城派的文章学传统，并且自觉地借鉴《文心雕龙》的体制，以及以传统文论关键词结构全书的方法。《文学研究法》分为四卷二十五篇，每篇以文论关键词命名。如以今天的文学理论来比照，第一卷为"本质论"，包括《起原》《根本》《范围》《纲领》《门类》《功效》等篇；第二卷为发展论和体裁论，包括《运会》《派别》《著述》《告语》《记载》《诗歌》等篇；第三卷为文学作品构成论，包括《性情》《状态》《神理》《气味》《格律》《声色》等篇；第四卷为风格论，包括《刚柔》《奇正》《雅俗》《繁简》《疵瑕》《工夫》等篇。① 《文学研究法》从方法论上借鉴了《文心雕龙》，并展现出鲜明的"以关键词为方法"的特色：它在理论架构上，明显学习了《文心雕龙》的"文之枢纽、论文叙笔、剖情析采"三分结构，在具体的关键词选取上亦与《文心雕龙》有潜在的呼应关系，如"运会"与"通变"，"性情"与"体性"，"疵瑕"与"指瑕"等。

---

①　以上划分参见杨福生《姚永朴〈文学研究法〉述论》，《北京大学学报》（哲学社会科学版）1998 年第 5 期。

　　首先,《文学研究法》通过对"文学"关键词的定义,来划分与界定"文学"的学科论域。自唐宋以降,韩、柳、欧、苏等古文家标举"文以载道","大文学观"也因势重新占据了中国文论史的主流地位,六经传注、佛道诸子乃至应用文体,均可入"文学"之列。可以说,"大文学观"是一种前学科时代的典型表征。而在中国文学学科初步建制的时代,人文学术从"道出于一"分化成"道出于多",即使姚永朴自觉承续了桐城派的文章学传统,也不得不就"文学是什么"的文学元问题展开探讨,从而划定文学作为一门"专业"的基本领域。《文学研究法》对"文学"关键词的研究,主要从"本质论"内的各个层次来展开。姚永朴说"文学",认为文学之根本在"明道、经世、涵养",纲领在"义法",门类有《古文辞类纂》所归纳的十三体,功效有"论学、匡时、纪事、达情、观人、博物",此为姚氏解释"文学"之大端。尤其在《范围》篇中,姚永朴提出,"文学之范围,有广义焉,有狭义焉"①,广义的"文学"涵盖六艺、诸子、诗赋一切以文字而成书者,而狭义的文学则专在集部。同时,姚永朴还特别从反面强调,文学家异于性理家、考据家、政治家、小说家——盖性理家重德行人伦,考据家重训诂注疏,政治家重事功致用,小说家则谬以诞妄纤巧。他认为,集部文章上承经、史、子之本原,为六经之余支与羽翼,共可分说理、述情、叙事三类:

　　　　大抵集中,如论辩、序跋、诏令、奏议、书说、赠序、箴铭,皆毗于说理者;词赋、诗歌、哀祭,则毗于述情者;传状、碑志、典志、叙记、杂记、赞颂,皆毗于叙事者。必也质而不俚,详而不芜,深而不晦,琐而不衰,庶几尽子史之长,而为六经羽翼。②

　　由此观之,姚著虽以"文学研究法"命名,然观其"文学"之旨意,比起西来的"literature",更接近于中国传统的"文章学";其所探讨的内容比起纯粹的"文学理论",含有更多的"写作方法"成分。但不论如何,《文学研究法》是近代第一部在中国文学学科建制下,对学科范式的基本建

---

①　姚永朴:《文学研究法》,时代文艺出版社,2019,第17页。
②　姚永朴:《文学研究法》,时代文艺出版社,2019,第22~23页。

设提出理论性反思的著作。它也体现出身处中国文学学科草创期的传统学者，虽然致力于向着西式的"纯文学"方向靠拢，但实际上仍不忘传统"大文学"的问题视域。

总体来看，姚永朴首先是以中国古代文论的文体论、创作论、风格论等关键词来描述"文学"之各个侧面，然后再以"文学"关键词之根本、纲领、范围、门类等各个方面要素的定位，来定义何为"文学研究"之"法"，以及"文学专业"何以存在的依据。考虑到梁启超 1902 年首倡"小说界革命"，王国维 1904 年著成《红楼梦评论》，1914 年的姚永朴仍明确排除"小说家"于"文学"范围以外，其态度有些偏于保守。但姚永朴界定"文学"的方式还是卓有新意的：在学科建制的作用下，姚永朴不得不"为学日损"，给"文学"的问题域"做减法"，这使得姚著具备了别异于古典混融一体思维方式的、明确精严的学术品质。

其次，《文学研究法》收集与整合了历代围绕中国文论关键词展开研讨的资料，构筑了关键词研究的知识支撑。陈平原在《现代中国的述学文体》中指出，民国初年中国文史学界述学文体的一大特点，是常在专著或论文中大段移录古人的著述、语录、文章，间杂以自己提要钩玄的评语。① 《文学研究法》也不例外。在《文学研究法》中，各篇章主要的内容，均是围绕本篇论述的文论关键词所收集整理的文论史上探讨这一问题的相关材料，另外还有精要的点评。其整合文论资料的体例大致有三种：或综合摘抄，从古今论文著述中摘取与本篇关键词相关的语录、篇章，进行内容整合与逻辑梳理，此种方法是《文学研究法》整合文献的基本方法，普遍运用于各篇之中；又或因人而录，如《诗歌》篇撮举王士禛、姚鼐论诗语；又或全文移录，如《运会》移录《文心雕龙·时序》，《刚柔》移录姚鼐《答鲁絜非书》，《状态》移录刘大櫆《论文偶记》等。

从关键词研究史的角度来看，姚永朴的贡献在于依据史料建立起了纵向上由古至今、横向上跨越经史子集的关键词知识体系。《文学研究法》之作品构成论、风格论部分，所讨论的"性情""神理""刚柔""雅俗"等，都是中国文论史上的重要理论范畴。而历代文人论者围绕这些关键词的讨

---

① 参见陈平原《现代中国的述学文体》，北京大学出版社，2020，第 21 页。

论，又都零散地分布在集部以诗文评为主、涵盖经史子集的广大知识领域内，故中国文论关键词的现代研究在起步阶段，一大紧急任务就是梳理和整合既有的文献资源。以《气味》篇为例，姚永朴释关键词"气"，先引曹丕《典论·论文》、刘勰《文心雕龙》之《风骨》《养气》、颜之推《颜氏家训·文章》、韩愈《答李翊书》、苏轼《潮州韩文公庙碑》、苏辙《上枢密韩太尉书》、刘大櫆《论文偶记》、姚鼐《与陈硕士书》、方东树《昭昧詹言》，以释文之因"气"盛而工；再引归有光《项思尧文集序》、王应麟《困学纪闻》、姚范《援鹑堂笔记》、姚鼐《与先石甫府君书》，以释文气之惧"伪"与"滑"。姚永朴又不止于征引一般意义的"论文"之作，而是把各种体式的作品及作品批评纳入关键词研究资料的范围中，如释关键词"味"，姚永朴分为"义味""韵味""异味"等二级范畴：释"义味"之厚，引孟、荀、韩诸子；释"韵味"之深，引韦庄诗《长安清明》《蹴鞠谱》及姚鼐《五七言今体诗钞》之评价；释"异味"之奇，则引庄子之寓言、屈子之神话，乃至于韩愈、柳宗元、苏东坡的怪奇诙谐之诗。由此，姚永朴对"气味"关键词的文学与文化历史做了充分的文献梳理。后世学者重审"气味"关键词的研究史时，也可以在姚著的文献基础上再进行资料的补充或义理的阐发。

最后，《文学研究法》还以关键词为路径，来激活与转化传统文论资源，使之能够榫接现代文学学科的专业需求。《文学研究法》在关键词研究方面最具有特色的一面，就是运用"旧话语"来回答"新问题"。所谓"新问题"，指的是在学科化的大背景下，作为"文学专业学者"要面对的"文学是什么""文学有何作用""文学的评判标准""文学研究的方法"等问题，这些问题已经事先由《奏定大学堂章程》所圈定，本就是《文学研究法》的题中之义。而所谓"旧话语"，则指的是本土传统所创生的一系列中国文论关键词，这里面既包括如"刚柔、神理、奇正、雅俗"等直接体现为章节标题的关键词，也包括前文所述"义法""明道""经世"等在具体论述中用来描述本章主题的关键词。

值得注意的是，姚永朴尤其着力于将桐城派文论的标志性关键词，转化到《文学研究法》的现代框架之下。清中期文论的关键词一大特色，是关键词与文派、诗派之间关联密切，如"神韵""格调""性灵""肌理"，既是标志性的文论关键词，又是奉行此理论追求的一学派之称名。桐城派虽是以地域、学缘称名，但并不乏与本派高度绑定的文论关键词，而这些关键词基本上被姚永朴化用到了《文学研究法》之中。如第一卷"文学本质论"之《纲领》篇开宗明义，曰"文学之纲领，以义法为首"，此用方苞之"义法"说，篇内又撮举姚鼐、方东树、张裕钊等桐城—湘乡派人物的"因声求气"论，对"义法"说加以补全。又如第二卷"文体论"部分，姚永朴融合了姚鼐《古文辞类纂》的"十三体"和曾国藩《经史百家杂钞》"三门十一类"的文体分类法，用曾国藩之著述、告语、记载三门，再由著述门中分出"诗歌"门，每门之下文体则兼用姚、曾之分类。再如第三卷"文学构成论"的后四章"神理、气味、格律、声色"之名，直接来源于姚鼐《古文辞类纂·序目》的"神理气味者，文之精也；格律声色者，文之粗也"。另外，姚永朴也并非完全拘泥于桐城派家法，而是借鉴了《文选》派的一些理论观点。如《起原》篇追溯"文"之发端，以证明"字"的关键性，曰："然则天地之元音发于人声，人声之形象寄于点画，点画之联属而字成，字之联属而句成，句之联属而篇成。文学起原，其在斯乎！其在斯乎！"① 又明确强调："欲由今溯古，以通其训诂，必自识字始。"② 这固然与《奏定大学堂章程》中对"文学与文字、音韵、训诂关系"的规定有直接关系，但也意味着姚永朴有意地向乾嘉汉学—《文选》派一脉学习，借鉴他们以语文学为根基的治学理路。

由于桐城派"文坛盟主"的历史和《文学研究法》作为课程主干教材的地位，姚著的继承之处远多于独创，尚古意识远多于开新，如上文提及的"六经羽翼""明道经世""义法"之类的说法，在帝制王朝已然终结且"经学"与"文学"分科而治的制度大背景下，难免显得不合时宜。但不可否认的是，面对学术范式因革的时代大潮，《文学研究法》并不止于将古典文论作为搜集、整理和批判的研究对象，而是始终致力于在传统文论关键词中发掘理论和方法的资源，来回应和解答文学研究所面临的新问题，在中国文学专业的草创阶段，就为构建本学科的学科合法性和话语独立性，提供了助力。

---

① 姚永朴：《文学研究法》，时代文艺出版社，2019，第4页。
② 姚永朴：《文学研究法》，时代文艺出版社，2019，第6页。

　　总体而言，《文学研究法》使用了"关键词"作为解决"学科合法性"这一重大问题的方法：《文学研究法》首先通过对"文学"关键词的定义，来划定文学学科的论域疆界；针对书中论及的关键词，《文学研究法》广泛收集历代的相关文论材料和文学作品，夯实文学学科的知识基础；同时，《文学研究法》还致力于激活传统文论中的关键词，使传统文论能作用于现代化的学科建设。

结　论

　　重审《文心雕龙札记》与《文学研究法》可以发现，中国文论关键词的现代研究从其起源处就面临着一个宏大而迫切的问题——如何从传统的学术资源中，形成具有普遍意义的学术话语和学术方法论，从而适应分科治学、中西对话的新时代。因此，对中国文论关键词现代研究的历史溯源，就不仅有"考镜源流，辨章学术"的学术史意义，更重要的是，一百多年前黄侃和姚永朴所面临的问题，在今天仍然需要中国文论研究者深度反思和继续探索。黄侃、姚永朴深厚的旧学功底和面对西学输入的应激心态，使他们几乎本能地转向自己熟悉的古典传统，借助古典文论关键词研究的成果来回答这一问题。时至今日，历经长时间、深层次中西人文学术交流的当代学界，或许能够而且应当以一种更为自觉和自信的态度承继"以关键词为对象"和"以关键词为方法"的本土脉络，从而更好地回答当代人文科学所面临的新问题，并以话语体系的建设，带动中国文学学科体系的革新与发展。

朱光潜《诗论》论"诗"之体、境、声

李培蓓

（武汉大学文学院）

　　摘　要：《诗论》所讲即关于"诗"的理论。为系统地说明"诗"，朱光潜分别从诗歌的外部和内部构建了体、境、声三个关键词群。朱光潜认为诗不是孤立的艺术，应该重视诗与相关艺术的关系，遂提出诗、乐、舞同源论，又通过诗与文、乐、画等艺术门类的比较，分析诗作为一种"体"如何发生、诗歌规范何以生成，并试图给出诗的准确定义。随后他又从"谐"与"隐"、"隔"与"不隔"、"有我之境"与"无我之境"三个方面讨论诗的内容与形式之关系，对诗这一文体作总体的文学分析，进一步阐释汉语语境中的"诗境"。根据诗、乐、舞同源的说法，声、顿、韵是乐与舞留存在诗体中的痕迹，兼具文学性与音乐性也就成为诗歌的本质特征。朱光潜分别从赋体带来的文学性影响和音韵带来的音乐性影响两个角度，分析在中国诗的发展历程中，声音和形式的创作规范何以形成，古诗又如何走上律诗的道路，以及中国的白话新诗应如何批判地继承律诗的创作规范。

　　关键词：《诗论》；朱光潜；诗体；诗境；声律

　　《诗论》原名《诗学通论》，是朱光潜在欧洲留学时基于国内西方文论作品译介热潮与新诗运动的背景写就的文艺理论著作，初稿写于1931年前后。1933年朱光潜回国，先后任教于北京大学、武汉大学，《诗学通论》作为中文系的课程教材面世，其内容根据当时的文学教育情况多次修改。最终于1943年由国民图书出版社以《诗论》之名正式出版，学界一般称为"抗战版"《诗论》。"抗战版"《诗论》共分十章，从诗歌与乐、舞的关系谈诗歌的起源，将诗置于文、乐、画、舞等其他艺术种类之间，在这些艺术种类的比较中探讨中国诗歌的特性与中国艺术的共性。朱光潜将"诗"定义为"有音律的纯文学",因此着重探讨了诗的语言、节奏、声韵等方面,兼论诗的境界和表现,以中西对比互鉴的视野与方法构建了中国的诗歌理论体系。1948年3月正中书局出版了朱光潜主编的"正中文学丛书",修订后的《诗论》也被收入其中,一般称其为"增订版"《诗论》。此版《诗论》在"抗战版"的基础上增收了《中国诗何以走上"律"的路》(上、下篇)和《陶渊明》三章,前者进一步强调了诗歌兼具文学性与音乐性的特征,后者则以传记体的形式从陶渊明的人格透视其"冲淡"的艺术风格。1984年7月生活·读书·新知三联书店重新整理出版《诗论》,学界一般将此版本称为"三联版"《诗论》。"三联版"《诗论》将《中西诗在情趣上的比较》和《替诗的音律辩护》两篇作为附录分别补入第三章"诗的境界——情趣"和第十二章"中国诗何以走上'律'的路(下):声律的研究何以特盛于齐梁以后?",进一步规定了"何为中国的诗",为"诗"辨体。1987年8月安徽教育出版社出版《朱光潜全集》系列丛书,此版本《诗论》被称为"全集版"《诗论》,同时是目前《诗论》的通行本。"全集版"《诗论》又将《诗学通论》初稿原有的《诗的实质与形式》和《诗与散文》与《给一位写新诗的青年朋友》一并作为全书的附录补入《朱光潜全集》第三卷,以对话的形式调和诗歌的内容与形式,突出声律对于诗歌之所以为诗歌的重要作用,讨论"诗为有音律的纯文学"这一观点的适用范围。

通观《诗论》的版本历变,朱光潜始终以"诗"这一文体为核心,试图用西方诗论来解释中国古典诗歌,在对中西诗论比较分析的基础上建立中国的诗论体系,填补中国古代诗歌理论的空白,并为中国新诗的发展指示方向。《诗论》通过剖析诸多与"诗"相关的关键词来构建中国诗论,以"诗"为中心,构建了三个关键词群:第一个关键词群探讨"何为诗",为"诗"辨体,朱光潜在诗、乐、舞、文、画的关系中确立"诗"的特性与地位;第二个关键词群探讨"诗之境",分别从诗的"谐"与"隐"、"隔"与"不隔"、"有我之境"与"无我之境"等方面进一步论述了汉语构建的"诗境",这是结合西方诗论与中国古代诗论作出的系统分析;第三个关键词群则聚焦于"诗之律",从声、顿、韵三个方面探讨诗的创作规范,深刻剖析了声律对中国诗的重要影响。朱光潜通过构建三个关键词群，兼通中西、古今的诗论与诗歌，同时融合文学、历史学、哲学、心理学等多个学科的知识，围绕关键词群提出了"诗境说""表现说""谐隐说""声律说"等重要的理论成果，为中国诗提供了丰富而立体的理论系统，打破了自古以来"有诗话而无诗论"的困境。《诗论》作为中西比较诗学的奠基之作，为中国文论开辟了崭新的道路，在方法和体例上都有很大的借鉴意义，为后来的诗学研究提供了范例。

一 诗之体：诗、乐、舞、文、画

《诗论》分别从诗的起源和诗的本质两方面分析"何为诗"，将诗置于诗、乐、舞、文、画等艺术门类中分析诗作为一种"体"如何发生、诗歌规范何以生成，并试图给出诗的准确定义。朱光潜的诗歌理论从诗的起源谈起，第一章"诗的起源"提出诗、乐、舞三者同源论，更多地从共性的层面探讨"何为诗"：远在文字形成之前就以三位一体的混合艺术形式出现于原始祭祀活动中，古诗之中的"重叠""迭句""衬字"都是诗、乐、舞同源的证明，"诗歌所保留的诗、乐、舞同源的痕迹后来变成它的传统的固定的形式"①。而在第五章"诗与散文"、第六章"诗与乐——节奏"和第七章"诗与画——评莱辛的诗画异质说"中，朱光潜又通过诗与文、乐、画三类不同却相近的艺术的对比，突出了诗在声律、音韵、表达方式等方面的特色。在第一级关键词群中，朱光潜举出乐、舞、文、画等与诗既相关联又相区别的艺术种类，探讨诗的本质特征，在围绕诗的关键词群中确立了诗的地位。朱光潜论诗往往采取"先破后立""化分为合"的方式，于诗与其他艺术的共性中见出诗的本质属性。朱光潜将诗置于与乐、舞、文、画的关键词群中也为"诗境说"提供了更大的阐释空间，同时突出了诗歌的节奏、声律等特质。

（一）诗、乐、舞同源论

朱光潜考察诗的起源时，抛弃了以现存文献中最早的诗为源头的做法，

① 《朱光潜全集》第三卷，安徽教育出版社，1987，第18页。

否定了西方诗源于《荷马史诗》、中国诗源于《虞书》的观点。《尚书·尧典》有言:"帝曰:'……诗言志,歌永言,声依永,律和声。八音克谐,无相夺伦,神人以和。'夔曰:'於,予击石拊石,百兽率舞。'"① 但记载的时间并不代表出现的时间,因此朱光潜大胆地将诗的起源时间大大提前,指出"诗"的起源早于诗体出现,甚至有早于文字出现的可能性。他认为要想弄清楚诗的真正起源,就要先了解诗的创作动机,了解了人类为何作诗之后,自然也就能推理出诗歌的起源。结合心理学的原理,人类作诗的动机无非"表现"自身的内心情感与"再现"外界事物的印象,而这两者都源于人类的求知天性。"严格地说,诗的起源当与人类起源一样久远。"② 站在人类天性表现的角度,朱光潜提出,神话中的酒神祭典演化出古希腊的诗歌、音乐和舞蹈,而《诗经》中的颂诗由周代祭祀时的舞曲演化而来,需要歌舞表演。如《乐记·乐象篇》曾记载:"诗,言其志也;歌,咏其声也;舞,动其容也;三者本于心,然后乐器从之。"③ 因此,他认为应当将诗置于原始社会诗、乐、舞三位一体的综合艺术中考察、探讨诗的诞生与分化,将诗从狭义的定义中解救出来。朱光潜此观点的提出一方面受到国内先秦诗歌研究特别是《诗经》研究的影响,另一方面受到莱辛等西方理论家观点的影响——诗、乐、舞同源论实际上成为打破中西语言隔阂的普遍观点。

朱光潜提出诗、乐、舞在起源时是三位一体的综合艺术,"声音、姿态、意义三者相互应和,相互阐明,三者都离不开节奏,这就成为它们的共同命脉"④,后来舞蹈率先分立,诗与乐则一直保持着紧密的联系,诗常可歌,歌常伴乐。朱光潜认为从性质上来说,诗与乐都属于时间艺术,而绘画和雕塑等则属于空间艺术。节奏在时间艺术中最为突出,又因音乐与诗歌从媒介上来说都借助声音,因此人们更容易在乐曲和诗歌的展开中体会到节奏。《诗论》中关于诗与乐的比较分析围绕"节奏"这一关键词展开。从性质上来说,朱光潜认为应当有主观的节奏与客观的节奏之分。客

---

① 孙星衍撰,陈抗、盛冬铃点校《尚书今古文注疏》卷一,中华书局,1986,第70~71页。
② 朱光潜:《朱光潜全集》第三卷,安徽教育出版社,1987,第13页。
③ 杨天宇:《礼记译注》,上海古籍出版社,2004,第487页。
④ 朱光潜:《朱光潜全集》第三卷,安徽教育出版社,1987,第122页。

观的节奏即其本身所具有的高低起伏、急徐长短，是客观存在的规律；而主观的节奏则指接受者所感受到的节奏，它不必以客观的节奏为基础，仅需要适应我们的某种"心理模型"。诗与乐的节奏即是主观的，是"心物交感"的结果，当外物的客观节奏符合心理模型时，"心理方面可以免去不自然的努力，感觉得愉快，就是'谐'，否则便是'拗'"①。诗与乐的差异也就在此显现：诗的节奏不可定，须受意义支配；而乐的节奏须固定，是纯形式的。但中国诗在歌颂时大多不依照意义而依照音节停顿，从这个角度来说，诗又不能与乐完全分离。朱光潜率先使用心理学的知识阐发诗、乐、舞同源的原因，是对此前研究的进一步推进，也正是由于《诗论》的流行，诗、乐、舞同源论得到学界的广泛认可，至今已成为文学理论知识。后来的学者还根据诗、乐、舞三者的关系提出了"乐、舞为主歌词（诗）辅之时期，诗、乐、舞并重时期，诗、乐、舞分化时期"等分期理论②。

诗、乐、舞同源不仅关系到诗歌的起源，还关系到诗歌的体裁。共同的起源使得诗歌在形式方面保留了许多音乐和舞蹈的痕迹，这些痕迹在漫长的演变过程中既成为诗歌的特色同时也构成了诗歌的形制。首先是"重叠"，即句章内容、结构的重复，以配合乐、舞的反复唱咏、动作。其次是"迭句"，即诗中的每章末尾都用同一句作结，与音乐中的合唱、舞蹈中的齐舞相对应。最后是"衬字"，即用语助词补足诗句，以保持整首诗形式的统一。又由于构成诗的文字可读、可唱，除了上述的形式须与乐、舞保持统一外，还需要押韵和停顿使得整个表演疏密得当、整齐流畅。"重叠""迭句""衬字"在中国诗作品中俯拾即是，从《诗经》创作时起便是诗歌创作的规范与法则。除此之外，诗中句与句、节与节之间的停顿也是早期为配合音乐和舞蹈表演而流传下来的不成文规定，中国诗从四言古诗到新诗的章句排布都依照此传统。在朱光潜创作《诗论》的年代，白话文运动对文学创作的影响很深刻，中国的新诗作品极力摆脱古典诗歌创作在形式上的限制，努力使得诗歌与日新月异的社会生活相契合，因此新诗自诞生以来就更重视意象情境的塑造，而忽视甚至反对字句的斟酌和押韵、停顿等音乐性节奏的追求。这固然可以有力地打破中国古典诗歌日益僵化的体

① 朱光潜：《朱光潜全集》第三卷，安徽教育出版社，1987，第 126～127 页。
② 李荀华：《诗乐舞三位一体的文化解读》，《中国文学研究》2009 年第 2 期。

制对文学发展的限制，但同时使新诗的发展失去了明确的方向。朱光潜在这样的背景下提出诗、乐、舞同源论，也有强调诗歌的声律、音韵、节奏之意，希望中国的新诗不要矫枉过正。

（二）从与文、画的比较中见出诗的特色

在进一步讨论"何为诗"时，朱光潜接续了诗、乐、舞同源论中的"综合艺术"视角，并不将诗与其他艺术相隔离，而是分别将诗与文、画两两对举讨论，在艺术种类间的同异较量中见出诗的特色。一般来说，"辨体"需重差异而轻类似，论"何为诗"自然要凸显诗体的特色，以将诗与其他艺术相剥离为目的。但朱光潜反其道而行之，采取"化分为合"的论述方式，从诗与其他艺术之间相似又相异的特征中分析"何为诗"，于艺术的共性中见出诗的独特所在。反对为突出各自的特色而机械地划分诗、文、乐、画等艺术种类的做法，分别从形式、节奏和美三个方面强调诗与文、画作为艺术的共通之处，在"求同存异"的比较中给出诗为"有音律的纯文学"这一定义，突出了诗歌是"文""声""义"三位一体的综合艺术。

朱光潜比较诗与散文，首先从音律、风格和实质（题材）三个方面澄清了将诗定义为"有音律的纯文学"并不十分准确，它只适用于一部分诗。朱光潜指出中国旧有"有韵为诗，无韵为文"的说法，似乎是否押韵是诗和文之间最直观的差异，但这种差异也只是相对的，如西方的自由诗和散文诗是"无音律的诗"，而中国的赋是"有音律的文"。而从风格上来说，一般认为诗偏重抒情，含蓄隽永；而文注重叙事说理，明白晓畅。但这也只是对刻板印象中的"典型诗"与"典型文"的概括，事实上诗与文之间并没有绝对的高下之分。朱光潜提出在这一问题上应遵从布封"风格即人格"的观点，不能将风格看作空洞的形式，它是作者人格在文学中的显现，"一切艺术到精妙处都必有诗的境界"[1]。而就实质，即诗与文的题材来说，一般总以"情"与"理"来统称二者之别，"散文求人能'知'，诗求人能'感'。……文字的功用在诗中和散文中也不相同。在散文中，它在'直述'，读者注重本义；在诗中，它在'暗示'，读者注重联想"[2]，但无论是

---

① 朱光潜：《朱光潜全集》第三卷，安徽教育出版社，1987，第111页。
② 朱光潜：《朱光潜全集》第三卷，安徽教育出版社，1987，第109页。

中国还是西方，都可以举出许多反例。既然诗与文在音律风格和实质（题材）上的差异都并非绝对，那么是否如克罗齐所认为的"诗"和"文"并无区别呢？朱光潜认为"就事实说，在纯文学范围内，诗和散文仍有分别"①，诗的音律价值在于节制情感和想象，诗歌的语言可以将意象与现实生活隔离，这样一来诗不仅可以写"美"，还可以写"丑"，"把平凡粗陋的东西提高到理想世界"②。可以说在朱光潜的文学观中，"诗"并不单指某种文体，有时指最高的、美的文学艺术形式。

如果说诗在媒介上因着文字的意义和声律而与文、乐同源，那么诗与画从媒介和表达上就有着根本的不同。诗以文字为媒介，画以形色为媒介；诗长于时间性的叙事，而画长于空间性的描绘。朱光潜以莱辛的"诗画异质"说为切入点来讨论诗与画的分野。根据莱辛的观点，画只适合于描绘空间性的物体，表现某一刻的画面；而诗则适合于叙述时间性的动作，对于宏大的空间性场面则显得苍白，所谓"诗中的画不能产生画中的画，画中的画也不能产生诗中的画"③。且莱辛一直站在"诗优于画"的价值立场谈论诗与画，强调诗能叙事而画只能刻画瞬间的场面："诗人让我们历览从头到尾的一序列画面，而画家根据诗人去作画，只能画出其中最后的一个画面。"④但莱辛的"诗画异质"说在解读中国画和中国诗时却失效了，对此朱光潜提出了"画可以叙述，诗可以描写"的观点：中国画特别是文人画的精神内核近似于诗，不追求传达具体的画面，而特别强调意义表征，具有极强的隐喻性；而"以静写动"是中国诗中很常见的写法，以意象暗示流动之美。两者也并没有高下优劣之分。诗虽然以文字为媒介，但这绝不代表诗与"纯形式"的"艺术美"相对立，反而形式的美和意义的表现在诗中共存，且并不因诗是时间性的艺术而厚此薄彼，正如朱光潜所言："艺术受媒介的限制，固无可讳言。但是艺术最大的成功往往在征服媒介的困难。"⑤

诗与画的关系是文学理论研究绕不开的话题，除了朱光潜，许多文论

① 朱光潜：《朱光潜全集》第三卷，安徽教育出版社，1987，第111页。
② 朱光潜：《朱光潜全集》第三卷，安徽教育出版社，1987，第121页。
③ 〔德〕莱辛：《拉奥孔》，人民文学出版社，1984，第74页。
④ 〔德〕莱辛：《拉奥孔》，人民文学出版社，1984，第76页。
⑤ 朱光潜：《朱光潜全集》第三卷，安徽教育出版社，1987，第150页。

家也试图借助西方文论探讨诗画关系，其中钱锺书的观点最具代表性的。钱锺书并不认同朱光潜对莱辛"诗画异质说"的批判，他指出莱辛强调的画家所捕捉的"片刻"正是中国画家所精心选取和设计的，为的就是引导观者展开无限的想象，使整个画作具有耐人寻味的意蕴。如黄庭坚在《题摹〈燕郭尚父图〉》中道："往时李伯时为余作李广夺胡儿马，挟儿南驰，取胡儿弓引满以拟追骑。观箭锋所直，发之，人马皆应弦也。伯时笑曰：'使俗子为之，作箭中追骑矣。'余因此深悟画格。"① 更强调诗与画之间的差异，虽然中国艺术素有"诗中有画，画中有诗"之说，却不能忽略"诗不成""画不就"的情况。朱、钱之间关于莱辛"诗画异质说"评价的差异一则由二者中西文论比较视野和态度不同造成，朱光潜深受西方文论的影响，有时不免有依照理论寻找论据之嫌，钱锺书则从中国艺术本身出发，坚持理论始终为文本服务；二则由二者著述方式的差异造成，朱光潜试图建立关于中国诗的理论体系，钱锺书则遵循了诗话随笔的体例，其理论随文而题，散见于评点之中。

二 诗之境：谐隐、表现、移情

在厘清诗的起源、指出诗的本质特征后，朱光潜将关注点放到了诗的境界上，分别从谐隐、表现和移情三个方面对诗的境界之产生、实现和分类作出相应的说明，进一步明确"何为诗"，特别是"何为中国诗"。这三方面都指向了诗的"情趣"与"意象"之间的关系："谐隐论"讨论的是诗的谐辞、隐语和纯粹的文字游戏这三种形式，"隔"与"不隔"、"有我之境"与"无我之境"则是朱光潜在改造王国维的理论的基础上，借助"表现论"和"移情说"进一步融合中西诗论，构建中国诗境理论体系的有益尝试。

（一）"谐"与"隐"

朱光潜认为诗歌利用语言文字构建了一个区别于日常语言的世界，而

---

① 钱锺书：《七缀集》，生活·读书·新知三联书店，2002，第49页。

其中最特别的方式就是"谐"与"隐"。德国学者将自然流露的诗称为"民间诗"，而将利用艺术的意识与技巧刻画美的形象的诗称为"艺术诗"。但朱光潜认为民间诗也不是全无技巧的，文字游戏就是它最传统也最常见的技巧，它分为三种："第一种是用文字开玩笑，通常叫做'谐'；第二种是用文字捉迷藏，通常叫做'谜'或者'隐'；第三种是用文字组成意义很滑稽而声音很圆转自如的团，通常无适当名称，就干脆地叫做'文字游戏'亦无不可。"① 朱光潜借《文心雕龙》的"谐隐类"诗歌提出"谐"与"隐"分别对应文字游戏中的"开玩笑"和"捉迷藏"，从谐辞、隐语与诗歌的发展、趣味以及美感之关系出发展开论证，进一步发展了刘勰的"谐隐"分类。除此之外，还有一种纯粹的文字游戏，它构成的同文字意义的关联较弱，仅依据文字本身声音的滑稽排列，自成一派，呈现一种特殊的美感。这种纯粹的文字游戏也是中国诗歌美的组成部分，对于注重意境情感而轻文辞技巧的新诗来说，具有不可替代的纠偏作用。

"谐隐"的文字游戏在中国由来已久，早在《诗经》《左传》《礼记》等先秦的文学作品中已频繁出现，至魏晋时期，"谐隐"之风尚广开，除诗歌外，还进一步扩展到赋、散文、小说、人物志等文学体裁，一时间"魏晋滑稽，盛相驱扇"②。而最早对"谐隐"进行系统性理论研究的是刘勰，他不仅区分了"谐"与"隐"，还分别给出了明确的定义："'谐'之言'皆'也，辞浅会俗，皆悦笑也。"③ 即言"谐"与"皆"的意义相近，是一种语言浅显通俗、意义通俗易懂的"大众文学"。朱光潜指出人对于"谐"的需要是原始而普遍的，因此这种文字游戏最富于社会性，是雅俗共赏的。"谐"有令读者发笑的作用，虽然谐语中带有嘲讽意味，但情感倾向却是爱恶参半的，因此并不令人生厌。对此朱光潜进一步明确了"谐"的对象："尽善尽美的人物不能成为谐的对象，穷凶极恶也不能为谐的对象。引起谐趣的大半介乎二者之间，多少有些缺陷而这种缺陷又不致引起深恶痛疾。"④ 文学作品中常常将容貌的丑陋、品格方面的亏缺和人事的乖讹作

---

① 朱光潜：《朱光潜全集》第三卷，安徽教育出版社，1987，第26页。
② 刘勰著，范文澜注《文心雕龙注》，人民文学出版社，1962，第271页。
③ 刘勰著，范文澜注《文心雕龙注》，人民文学出版社，1962，第270页。
④ 朱光潜：《朱光潜全集》第三卷，安徽教育出版社，1987，第27页。

为"谐"的对象。刘勰论"谐",注重其社会功用和价值意义,好的谐辞应当有匡正时弊的作用。朱光潜则站在心理学的角度更注重"谐"的审美价值,他提出"谐"具有"模棱两可性":无论是从情感倾向、美感,还是快感来说,"谐"都给人一种矛盾的感受,是"啼笑皆非"的。而诗歌中"谐"的精妙之处也就恰恰在于"能在丑中见出美,在失意中见出安慰,在哀怨中见出欢欣"①。

"隐"则不同,《文心雕龙·谐隐》云:"'遹'者,'隐'也。遁辞以隐意,谲譬以指事也。"② 韦昭注云:"廋,隐也。谓以隐伏谲诡之言,问于朝也,东方朔曰,非敢诋之,乃与未隐耳。"③ 对于隐语来说,文辞隐晦最为要紧,要表面不显而深思后意义全出为好,所以朱光潜论"隐",是从谜语的角度展开的,讨论的对象包括寓言谶语、童谣、谜语和讽刺诗。隐语对中国诗歌创作的主要影响有谜语入诗(尤见于咏物类韵文)、比兴和双关。与刘勰注重隐语的讽谏、教化功能,朱光潜更关注它的游戏性和阅读趣味:从创作的心理动机来说,谜语的作者根据游戏的本能将事物之间若即若离、似是而非的关系以隐晦的手段表达出来,并且期盼读者通过自己的文字找寻到他早已设置好的答案;而从阅读解谜的心理动机来说,读者受到好奇心的驱使不断思考、摸索,最终茅塞顿开,获得极大的快慰。这些谜语的创作原本无关任何社会意义与价值,是由潜藏于人类内心深处的游戏冲动引发的文字游戏,正如朱光潜在《文艺心理学》中所述:"艺术冲动是由游戏冲动发展出来的,因为艺术和游戏都要在实际生活中的紧迫中发生自由活动,都是为着享受幻想世界的情趣和创造幻想世界的快慰。"④

在刘勰的文学观中,根据文字音节诙谐而成的纯粹的文字游戏于国家社稷、民众道德无益,应当被排除在正统的文学之外,所谓"会义适时,颇益讽诫;空戏滑稽,德音大坏"⑤。朱光潜却发现这类文字游戏对中国新诗发展的独特价值,批判性地发展了刘勰的"谐隐说"。"重叠""接字""趁韵""颠倒""回文""排比"等词句技巧在中国诗特别是律诗中被许多名家

---

① 朱光潜:《朱光潜全集》第三卷,安徽教育出版社,1987,第30页。
② 刘勰著,范文澜注《文心雕龙注》,人民文学出版社,1962,第271页。
③ 刘勰著,范文澜注《文心雕龙注》,人民文学出版社,1962,第278页。
④ 朱光潜:《朱光潜全集》第一卷,安徽教育出版社,1987,第214页。
⑤ 刘勰著,范文澜注《文心雕龙注》,人民文学出版社,1962,第272页。

运用得炉火纯青，也构成了中国诗特有的艺术风貌，但自近代新诗发展以来，诗人多偏重意境的营构和情趣的传达，反而忽视了文辞的雕琢，文字游戏在新诗中几乎绝迹。这样一来，诗歌内容方面的意蕴虽然很足，却缺少了与内容相匹配的形式，"作品的丰富和美妙便不免大为减色了"①。因此，朱光潜提倡新诗创作要注重文字游戏，不要刻意将艺术的游戏冲动减去。

（二）"隔"与"不隔"

诗的境界是近代诗歌理论中的核心议题，先后有王国维、朱光潜、宗白华、钱锺书等人多次探讨。朱光潜在《诗论》中提出"诗境说"，借用了西方哲学中的情趣、意象、直觉、经验等概念，将"表现论"的内容引入境界说，在改造王国维的"隔"与"不隔"说的基础上进一步说明何为诗的境界。王国维在批评中国古典诗词时提出了"隔"与"不隔"的概念，并以此为诗词写作技巧高妙与否的标准：与景相交相融的作品谓之"不隔"，如陶渊明、谢灵运的诗，这也是诗词之妙处所在；而情胜于景或景遮掩情的作品被称为"隔"，如颜延年的诗、姜夔的词，这是诗词雕琢之感、匠气蔓延的源头。但王国维并未给"隔"与"不隔"下准确的定义，而是采用举例的方式试图让读者直观感受二者的分别和高下所在。

朱光潜改造了王国维的境界理论，不再探讨诗人的创作技巧，而是从情趣与意象的角度为"隔"与"不隔"下了较为明确的定义，借王国维之说将西方文论的观点嵌入中国诗论的体系："隔与不隔的分别就从情趣和意象的关系上面见出。情趣与意象恰相熨帖，使人见到意象，便感到情趣，便是不隔。意象模糊零乱或空洞，情趣浅薄或粗疏，不能在读者心中现出明了深刻的境界，便是隔。"② 以读者所见的情景关系肯定了"隔"与"不隔"作为判断诗文优劣的标准。接着他从"显"与"隐"的角度进一步分析了王国维"隔"与"不隔"的概念："王氏的'语语都在目前'地标准似太偏重'显'。……显则轮廓分明，隐则含蓄深永，功用原来不同。……写景诗宜于显，言情诗所托之景虽仍宜于显，而所寓之情则宜于隐。"③ 朱

① 朱光潜：《朱光潜全集》第三卷，安徽教育出版社，1987，第48页。
② 朱光潜：《朱光潜全集》第三卷，安徽教育出版社，1987，第57页。
③ 朱光潜：《朱光潜全集》第三卷，安徽教育出版社，1987，第58页。

光潜指出王国维所谓的"不隔"之诗如果是状物写景之诗，那么做到"不隔"就可以称得上是好诗，但如果在思想情致的抒发上过于"显"，那就不能算作好诗了；王氏所谓的"隔"之诗也有可能由于其在审美上恰巧需要"隐"而成为好诗。"显"与"隐"的程度、优劣因人而异，从这个角度上来判定诗歌的优劣是不合适的。

朱光潜对王国维境界论的改造，在学术史上引起了广泛的讨论。如钱锺书的批判："有人说'不隔'说只能解释显的，一望而知的文艺，不能解释隐的，钩深致远的文艺，这便是误会了'不隔'。'不隔'不是一桩事物，不是一个境界，是一种状态（State）……在这种状态之中，作者所写的事物和境界得以无遮隐地暴露在读者的眼前。作者的艺术的高下，全看他有无本领来拨云雾而见青天，造就这个状态。"① 认为"隔"与"不隔"并非艺术内容方面的问题，而是艺术技巧方面的问题，二者区分的关键并非在于情景关系、心物关系，而在于作者笔力。此外，宗白华也在论述歌德的诗歌之时借用了王国维"隔"与"不隔"的概念："他的诗中的情绪与景物完全融合无间，他的情与景同词句音节完全融合无间，所以他的诗也可以同我们读者的心情完全融合无间，极尽浑然不隔之能事。"② 宗白华将王国维的"不隔"扩充到三个层面：从作者的层面来说，主观心灵与客观世界合一即是"不隔"；从作品的层面来说，情与景、情景与词句音节的合一即是"不隔"；从读者的层面来说，读者的情感与心灵与诗歌的合一即是"不隔"。宗白华的"隔"与"不隔"说是最为包容的，王、朱、钱的观点均可在其中找到共通之处。

（三）"有我之境"与"无我之境"

朱光潜关于"诗境"的研究并未止步于此，他在"隔"与"不隔"、"显"与"隐"的讨论之上进一步探讨了王国维提出的"有我之境"与"无我之境"的分别。王国维的"有我之境"采用以我观物的方式，一切情、景均从"我"的视角展开，作者笔下的意象带有浓烈的主观色彩；而"无我之境"采用以物观物的方式，在诗中难以找寻到观看、体验的主体，

---

① 钱锺书：《写在人生边上 人生边上的边上 石语》，生活·读书·新知三联书店，2002，第95页。
② 宗白华：《艺境》，北京大学出版社，1999，第48页。

是作者跳脱情景关系，凝神静观所得，因此在王国维看来要高于"有我之境"。但与"隔"与"不隔"、"显"与"隐"的分析一样，王国维也采用了举例的方式区分"有我之境"与"无我之境"，而没有给出这两类诗境的明确定义，给之后的学者留下了进一步阐释的空间。

朱光潜引入"移情"的概念，彻底颠覆了王国维对二者的判断和命名：他认为王氏所谓的"有我之境"实际上是"无我之境"，也是"同物之境"，是作者对客观景物"移情"的结果，移情过程中已经实现了物我两忘、物我相融，作为审美主体的"我"实际上是不存在的，即叔本华所谓"消失自我"，因此朱光潜将这类诗境称为"无我之境"；而王氏所谓的"无我之境"则是"有我之境"，也称"超物之境"，诗中之境不是作者通过移情作用，而是通过审美活动后对客体的静观、回味得来的，实际上有"我"这一审美主体存在。此观点一出即引起了学界的广泛讨论，钱锺书认为"有我之境"与"无我之境"指的是诗歌内容方面的问题，涉及作者对情景关系、物我关系的处理，而"隔"与"不隔"则指的是诗人创作技巧方面的问题，朱光潜将之与"隔"与"不隔"放在一起讨论不妥。叶嘉莹、叶朗等学者则直接指出产生差异的原因在于"我"的定义：王国维之"我"是在审美关系中的主体，因此当移情作用发生时，主体赋予客体情感思想，产生了"物中有我"的结果，是"有我之境"，反之亦然；而朱光潜之"我"是单纯的物我关系中的主体，在这个关系中没有纯粹的审美主体或审美客体，因此当移情作用发生时，"我"的情感思想被注入"物"，超越了主客体二分的境界进入情趣与意象相契合的境界，此时"物我合一"，所以朱光潜将之称为"无我之境"或"同物之境"，反之亦然。[①] 需要指出的是，在朱光潜的"物我关系"中，无论哪一类诗境，"我"都一定存在，因为诗中一定有作者、读者的情感、思想的投射，"有我之境"与"无我之境"之间的差异仅在于情趣和意象的搭配不同，两者并非截然对立。

朱光潜的"诗境论"区别于王国维、宗白华等学者，不仅在方法上更加重视中西互鉴，模仿西方文论高度理论化的行文方式，试图建立关于中国诗境界的"科学"。在内容上，朱光潜也融合了西方美学的众多理论，以

---

① 参见叶朗著《中国美学史大纲》，上海人民出版社，2005，第 624～629 页；叶嘉莹：《王国维及其文学批评》，河北教育出版社，1997，第 198～208 页。

"表现论"和"移情说"为基础重新阐释中国诗境的产生条件、实现方式以及种类划分，将已有的关于境界的理论和概念串联成了一个整体。虽然其具体观点多受到国内学者的批评，但其为中国文论关键词建立体系的做法对后来的文学理论产生了巨大的影响。

三　诗之律：声、顿、韵

根据诗、乐、舞同源的说法，声、顿、韵是乐与舞留存在诗体中的痕迹，兼具文学性与音乐性也就成为诗歌的特征，朱光潜分别从赋体带来的文学性影响和音韵带来的音乐性影响两个角度分析在中国诗的发展历程中，声音和形式的创作规范何以形成，古诗又是如何走上了律诗的道路，以及中国的白话新诗应如何批判地继承律诗的创作规范。在所有以文字为媒介的艺术中，诗区别于其他文学体裁的本质特征就在于"声"：诗不仅可以诵，还可以配乐而歌，诗之美不仅体现于思想情感的"表现"之美，还体现于诵读、歌咏时和谐的音乐之美，可以说诗是音与义的完美结合；但散文、小说等题材便只能诵不能歌，甚至于诵也不是这些文体的主要欣赏方式，读者更习惯用眼睛"看"这些文学作品，视觉意义远大于听觉意义。所以朱光潜特别用三章的篇幅来分析诗的声、顿、韵，从律诗的声律角度分析中国诗特有的节奏和声韵，在与以英文诗为代表的日耳曼语系诗歌和以法文诗为代表的拉丁语系诗歌的对比中建立中国特有的声律体系。

（一）诗的文学性

中国诗的体裁经历了四言古诗到五言乐府诗再到七言律诗的变迁，"这两个大转变之中，尤以律诗的兴起最为重要；它是由'自然艺术'转变到'人为艺术'，由不假雕琢到有意刻画"①。朱光潜认为齐梁时代律诗的出现标志着"文人诗"的诞生，律诗相较于古诗和乐府诗的突出特征在于字句间意义的排偶和声音的对仗，这与汉魏六朝时期赋的流行有着莫大的关系，而赋对于诗的影响一直以来被学界忽视了。"赋"在中国文学中是一种特殊

---

① 朱光潜：《朱光潜全集》第三卷，安徽教育出版社，1987，第196页。

的存在，一般与楚辞被一同分为"辞赋类"，是一种介于诗与文之间的文体。但它本是诗的一种，班固曾在《两都赋序》中说"赋者，古诗之流也"①，将赋归于诗的分类之下；《汉书·艺文志》称"不歌而诵谓之赋"②，指出了赋"不可歌咏"的特征；《文心雕龙·诠赋》则点明了赋的主要特征为状物："赋者，铺也，铺采摛文，体物写志也。"③ 可见"赋"最早是指不可随音乐歌唱、只可诵读的状物诗，其特点为铺张华丽、杂沓多端。这与前文所述的抒情诗有很大的不同：在诗与画的比较中，诗被界定为时间性的艺术，与乐的性质更加接近，在作品中时间的流逝里体现出节奏之美，这里的诗主要指的是抒情诗；而赋作为专门状物写景的诗体，虽然总体上仍属于时间性艺术，但有了几分与画相同的空间性艺术的特质，"用在时间上绵延的语言表现在空间上并存的物态"④。

赋体追求内容的精致新颖、文辞的流畅富丽、语句的对称工整，因此对偶、用典和比喻等修辞手法成为创作的主流。在一般的文学理论中，学者们更多地讨论赋对于散文创作的影响，而忽略甚至否认赋对诗歌创作的影响："说魏晋以后的散文受辞赋的影响而讲音义排偶，多数人也许承认；说魏晋以后的诗受辞赋的影响而讲音义排偶，听者也许怀疑。"⑤ 对此朱光潜举出枚乘《七发》、班固《两都赋》、左思《三都赋》等汉赋普遍连用骈句，而汉诗仅偶有骈句的例子来证明汉代时骈句对偶的风气仅在赋体的创作领域流行，还未波及诗歌创作。在声音的对仗上也是如此，陆机的《文赋》和鲍照的《芜城赋》等已大体使用平仄对称的声调，但同时期的诗仍只注意尾字的平仄，"句内的对仗由'永明'诗人开其端倪，到隋唐时才成为律诗的通例"⑥。通过对作品的分析，朱光潜提出了一个非常重要的观点：赋在意义上的排偶和声音上的对仗都优先于诗。朱光潜就这两点进一步强调，"讲求意义的排偶在讲求声音的对仗之前……辞赋家先在意义排偶中见

---

① 萧统编，李善注《文选》，中华书局，1977，第21页。
② 班固撰，颜师古注《汉书》第六册，中华书局，1999，第1383页。
③ 刘勰著，范文澜注《文心雕龙注》，人民文学出版社，1962，第134页。
④ 朱光潜：《朱光潜全集》第三卷，安徽教育出版社，1987，第198页。
⑤ 朱光潜：《朱光潜全集》第三卷，安徽教育出版社，1987，第210页。
⑥ 朱光潜：《朱光潜全集》第三卷，安徽教育出版社，1987，第206页。

出前后对称的原则，然后才把它推行到声音方面去"①，这与赋"只能诵不能歌"的特征相对应，也就是说在赋的影响下，诗句中的文字意义得到了前所未有的重视，律诗的视觉价值逐渐被重视，诗的文学性特征也得到了极大的凸显。

中国诗发展到新诗的阶段，诗的文辞功底、内容意义依然最受重视，诗的主要流传方式仍是文字，因此视觉价值是新诗创作首先要考虑的。这也是朱光潜在《诗论》中屡屡提及赋对诗歌发展的影响之原因所在，新诗创作者不能因为使用白话而未使用文言就完全抛弃对于词句的斟酌和典故的选取，应当借鉴赋体入诗的经验创作出文辞优美、质量上乘之作。而除了诗的文义、文采外，由于句式、节奏和格律的自由，新诗创作还要考虑诗句间的排版美观，以错落有致为佳。但同时在白话文运动的推动下，新诗的阅读难度较古诗、律诗大大降低，因此诗的朗诵、表演也重新进入人们的视野，这就给新诗创作提出了更高的要求：文、声、义三者俱佳才能算作好诗，虽然新诗不再有严格的格律限制，但同样应该重视诗歌的音乐属性。

（二）诗的音乐性

就诗的音义关系而言，在诗的发展史上可以分为四个阶段。一是有音无义时期，这一时期的诗还没有与乐、舞分离，诗歌仅需要应和乐、舞的节奏，无须承担表意任务。二是音重于义时期，此时诗中的词皆可歌，但调为主，词为辅，词的意义和发音都需要迁就音乐，因此这时的诗多语言直白质朴、通俗易懂，文学价值并不高。三是音义分化时期，此时的诗开始脱离乐曲单独承担表意任务，这一时期也是"民间诗"演化到"艺术诗"的时期，此时出现了以民间流行诗为蓝本按曲填词的诗人，他们更加注重诗的文学性，因此起初大多数文人诗还可以唱咏，后来随着对词句的重视逐渐转入有词无调的时期。四是音义合一时期，在这一时期诗不可以歌唱了，但"音乐是诗的生命，从前外在的音调既然丢去，诗人不得不在文字本身上做音乐的功夫，这是声律运动的主因之一"②。在分析赋对律诗

---

① 朱光潜：《朱光潜全集》第三卷，安徽教育出版社，1987，第204页。
② 朱光潜：《朱光潜全集》第三卷，安徽教育出版社，1987，第220页。

产生的影响时，朱光潜注意到"作者不但求意义的排偶，也逐渐求声音的对称和谐"①，声律是诗区分于其他文体最显著的特征，由于诗与乐同源，诗歌在声音方面的追求就包含字与乐的和谐和字音本身的和谐两方面，即《汉书·艺文志》中"诗"与"歌"的分别："诵其言谓之诗，咏其声谓之歌。"②

　　为了弄清楚声律如何影响中国诗的创作，朱光潜取英文诗和法文诗作对照，分别从声、顿、韵三个方面细致分析了中国诗的节奏与声韵。首先是"声"。一般从音长、音高、音势和音质四个因素来衡量、分辨声音。诗的节奏也受一个或多个因素影响，以西方诗为例：古希腊诗和拉丁诗都注重音长，他们以固定的时间段落或"音步"为单位，以每一单位中音长的长短形成节奏；法语字音的轻重区别不大，法文诗的节奏起伏同时受音长、音高和音势的影响，用"顿"作为划分节奏的单位，每顿中字音数目不定；英语单词音节间的重音分明，因此英文诗以灵活的"音步"为单位，每个音步只规定字音数目，在音步之内轻音与重音相间形成节奏。但由于中国幅员辽阔、方言众多，每个地区、每个人的发音习惯有很大的差异，很难单纯根据四声来构成节奏，"四声最不易辨别的是它的节奏型，最易辨别的是它的调质或和谐性"③，因此在中国诗中，字音的和谐与音义关系的协调才是最重要的。其次是"顿"。既然中国诗的节奏不易根据四声判定，那么句读带来的停顿就成为节奏的重要依据。与英文诗的"步"和法文诗的"顿"不同的是，中国诗的"顿"绝不能先扬后抑，必须先抑后扬，并且不需要实际的停顿，只是在顿处略延长、提高、加重即可。而与"声"不同的是，读诗的"顿"注重声音上的整齐，是一种形式化的音乐节奏，有时会将意义连缀的词组切分成两个部分来读，不用刻意注重音与义的完美协调。最后是"韵"。"韵是歌、乐、舞同源的一种遗痕，主要功用仍在造成音节的前后呼应与和谐"④，"韵"对于中国诗节奏的意义类似于"顿"，为音节散漫、轻重不明的声音点明、呼应、串联上下关系，使之形成一个和

①　朱光潜：《朱光潜全集》第三卷，安徽教育出版社，1987，第204页。
②　班固撰，颜师古注《汉书》第六册，中华书局，1999，第1355页。
③　朱光潜：《朱光潜全集》第三卷，安徽教育出版社，1987，第167页。
④　朱光潜：《朱光潜全集》第三卷，安徽教育出版社，1987，第185页。

谐完整的曲调，从而使诗句成章。

诗与乐、舞分立后，诗歌与舞曲表演的关系渐弱，以至于许多诗不再能歌唱，这导致对诗歌文学性价值的重视逐渐超过了音乐性价值，我们提起诗歌首先想到的是文字而不是语言了。文字作为语言的痕迹可以离开情感思想而独立存在，语言却不同，它"是由情感和思想给予意义和生命的文字组织。离开情感和思想，它就失其意义和生命……语言对于思想情感是'症候'，文字对于语言只是'记载'"[①]。应用于日常生活和文学作品中的语言与人类的思想情感相连，是流动、灵活而富有生命力的；而字典中被孤立留存的文字则是零散、破碎、僵化的，它只能算作语言的记载，而不能算作语言的副本。而语言也分为"写的语言"（即书面语）和"说的语言"（即日常生活用语）。可以入诗的语言都是"写的语言"，是经过情思洗练裁剪后的，讲究语法和炼字；日常生活中使用的是"说的语言"，它们自由且直白，可以应对各种杂乱无章的情思，目的只是实现传达的便利。在"白话文运动"中，胡适等人就提出"写的语言"过于僵化死板，诗歌也应该用"说的语言"来写作，因为语言在说的过程中是不断流动的，而一旦被书写下来就成为固定的。对于这两种存在形式的语言，朱光潜提出："'写的语言'常有不肯放弃陈规的倾向……它是一种毛病，因为它容易僵化，失去语言的活性；它也是一种便利，因为它在流动变化中抓住一个固定的基础。"[②] 为书面中"写的语言"正名在当时是十分可贵的，因为他看到了"写的语言"不等于"死的语言"，它同样蕴含着人类的思想情感，不能因为"写的语言"有弊端就将它赶出文学领域。我们的文学与文化需要这些流动变化中的"固定的基础"来留存精神，这也正是关键词研究的意义所在。

结　语

《诗论》论"诗"的体、境、声三个关键词群看似是分立的，但它们之间实际上是互为表里的关系。朱光潜在诗与乐、舞、文、画的关系中提出了"诗、乐、舞同源论"，既解决了诗的起源问题，同时为"声律论"奠定

---

① 朱光潜：《朱光潜全集》第三卷，安徽教育出版社，1987，第98~99页。
② 朱光潜：《朱光潜全集》第三卷，安徽教育出版社，1987，第104页。

了基础；而关于诗与画、诗与文异同的分析则为"诗境论""谐隐论""表现论""移情说"等提供了实例，有力地摆脱了以往的文学观念中对"诗"的狭义理解。朱光潜关于"诗境"的理论聚焦于诗的"内容"与"形式"之间的关系，强调了诗是文、声、义合一的艺术，在证明诗来源于"三位一体"的综合艺术的同时，也凸显了"声"这一区别于其他文体的本质特征。最后关于声、顿、韵和律诗的分析同样佐证了"诗、乐、舞同源论"的合理性，为其提供了翔实的证据；在具体的论述中也时常可见"内容"（义）与"形式"（声）关系的探讨。这三级关键词群覆盖了朱光潜论诗的主要观点，同时与其理论体系基本相合，以关键词群来重新看待《诗论》可以从面面俱到的讲义内容中抽离出清晰的思路。朱光潜建立的三个关键词群以"和"为目标，统摄古今中外众多诗论观点，在弥合了新旧、中西诗论的裂隙的同时，提出了适用于中国诗的理论体系。

方孝岳《中国文学批评》关键词研究的纵挑、横推与比较

李　猛

（遵义师范学院人文与传媒学院）

摘　要：方孝岳《中国文学批评》是一部不以"史"为目标，而"以见解胜""以内行胜"的著作。其书选择历代最有影响、最有特色的批评家，既以中国文论关键词为对象，同时以关键词为方法，"立片言以居要"，以史的线索为经，以横推各家义蕴为纬，又融合比较视野，形成纵横交贯的批评路径。方孝岳圆融通达的批评眼光和批评标准，在20世纪早期中国文学批评史的建构中，可谓自成一家。

关键词：方孝岳；《中国文学批评》；义法；横推义蕴；比较研究

在 20 世纪上半叶出版的几部重要的中国文学批评史著作中，陈钟凡的《中国文学批评史》（1927，上海中华书局）被称为"开山之作"，郭绍虞的《中国文学批评史》（1934，上海商务印书馆）和罗根泽的《中国文学批评史》（1934，北平人文书店）被称为"奠基之作"，而朱东润的《中国文学批评史大纲》（1944，开明书店）、方孝岳的《中国文学批评》（1934，世界书局）、傅庚生的《中国文学批评通论》（1946，商务印书馆重庆出版）则被认为是"独辟蹊径""独具面目"之作，这些著作共同造就了 20 世纪中国古代文论学术史上极为辉煌的一页。相比另外几部著作，方孝岳的《中国文学批评》是一部没有以"史"冠名，且篇幅并不宏大（不足 18 万字），却自具特色、别成一家的著作。方孝岳著的《中国文学批评》（以下简称"方著"）在选材上，以史为线索，但不追求史的全面，而是选择最有影响力、最有特色的批评家来研究，尤其注重标新立异的见解；在方法上，

既注重文本归纳，更注重横向推阐、比较各家义蕴，同时对批评史中重要的概念、术语、范畴、命题进行阐释，作一家之言，尤其注重"立片言以居要"，实为主动运用关键词方法进行批评的力作。

现代意义的"关键词"（keywords）研究始于雷蒙·威廉斯1976年出版的著作《关键词：文化与社会的词汇》，这一著作曾于1995年在《读书》杂志上被推介，迟至2005年才被完整地译介到中国。所以，1934年出版的方著显然没有受到雷蒙·威廉斯的影响，而是因为中国历代文学批评中，向来也存在关键词的学术传统。"'关键词'一语虽说是舶来品，但包括概念、术语、范畴和命题在内的'关键词研究'却是古已有之。从先秦元典、两汉字书到六朝文评、唐宋诗话、明清评点，前学科时代的中国文论关键词研究，既有历时性层面的'批评文体'之异，又有共时性层面的'经史子集'之同。"① 方著批评的对象起于《尚书》，终于袁枚，分为上中下三卷，共45节，每节一题，每题"立片言以居要"，标题中明确以关键词入题的逾30节，其他并未以关键词入题的节名，通常也围绕某一个核心关键词进行义蕴的阐发。方孝岳《中国文学批评》的研究路径，有纵有横，也有比较交错，在20世纪上半叶的中国文学批评史著作中，实为一部以关键词方法进行著述的范例。

一 纵祧义法：方孝岳《中国文学批评》关键词研究之经

《广雅》云："庙、祧、坛、墠、鬼，祭先祖也。"② "祧"后来也指继承先代。方孝岳名时乔，又名乘，字孝岳，安徽桐城人，为清代散文桐城派鼻祖方苞后裔，学者方守敦之子，近代古文名家马其昶之婿。秉承家学渊源，方孝岳自幼热爱文史之学，具有非常扎实的古典文学基础。在《中国文学批评》一书中，方孝岳祧承桐城初祖方苞的"义法"论批评主张。"义法"作为方法，纵贯于全书的批评理路、选材眼光和品评标准之中，形成了有别于同时代另外几部文学批评史著作的鲜明特色。方著对于"义法"

① 李建中：《经史子集与文论关键词研究的古典范式》，《江西社会科学》2023年第5期。
② 王念孙著，钟宇讯点校《广雅疏证》，中华书局，1983，第289页。

论的推崇全书可见，且集中见于第四十二节"清初'清真雅正'的标准和方望溪的'义法论'"：

> 古文家对于文之技术，总以为不必多讲；以为但能有学养，则技术自然会好。有些人偶然也有说到技术上的问题，但往往又引起争端。望溪以为能够得一句话兼贯学养与技术，可以执简御繁，岂不更好。因此，他每每论文的时候，就有"义法"两个字提出来。望溪被后来人推为桐城文派的初祖，后来人所常说的"桐城义法"，即本于此。
>
> 望溪所说的"义法"，是从《史记·十二诸侯年表序》里抽出来的。《史记·十二诸侯年表序》里说："孔子论史记旧闻，次《春秋》，约其文，去其繁重，以制义法，王道备，人事浃。"望溪本深于《春秋》之学，所以就从这里面抽出"义法"二字，作文章法度的标准，拿"义法"二字，来推论《左传》、《史记》以及后世各家的古文。[①]

　　"义法"是方著第四十二节"清初'清真雅正'的标准和方望溪的'义法论'"的关键词，也是《中国文学批评》全书的关键词。方苞的"义法论"倡导"道""文"统一，他在《方苞集·十二诸侯年表序》中提出"义即《易》之所谓言有物也；法即《易》之所谓言有序也。义以为经而法纬之，然后为成体之文"[②]。作为桐城文派的嫡传后人，方孝岳对桐城义法的吸纳和推崇贯穿于他的批评理路和选材旨趣之中。《中国文学批评》全书45节不足18万字，每节少则千余言，多则上万字，单以篇幅而论，显然无法描绘中国文学批评的全貌，故而该书对"关键"的选取离不了"义法"二字。其选材也以"言有物""言有序"为内在的依据，以《尚书》的"诗言志"始，以袁枚的"性灵说"终，虽只有第四十二节以"义法"入题，但"义法"作为方孝岳批评的立足点和起始点，充分延续了桐城派的文学思想。方孝岳将自己对"桐城义法"的推崇融汇于文学批评体系之中，如第五节"古时对于理论文和'行人'辞令的批评"追溯了"义法"理论的源头："古书上论文的话，本来很多。像《周易·艮卦》说：'言有序。'

---

① 方孝岳：《中国文学批评》，生活·读书·新知三联书店，1986，第208页。
② 方苞：《方苞集·十二诸侯年表序》，上海古籍出版社，1983，第851页。

《家人卦》：'言有物。'《尚书·毕命》：'辞尚体要。'《左传》襄公二十五年引孔子的话：'言以足志，文以足言。不言谁知其志？言之无文，行而不远。'《论语》说：'辞达而已矣。'"① 又如，第六节"孔门的诗教"用了大量的篇幅，从孔子论诗的根本思想、《诗》的品类、《诗》的功用说起，提出"思无邪"一句是总论《诗》的思想，是"根本的要义"，"不但所录的诗是这样，他还希望读诗的人，也本着'思无邪'的眼光去看，做诗的人，也是本着'思无邪'的意思去做"②。对于儒家经典的学习与研究贯穿了方苞的学术生命，而作为嫡传后人的方孝岳回溯孔门诗教的精髓，也是其祧承义法的题中之义。

特别重要的是，方孝岳在第九节"扬雄与文章法度"中说到"用法"，提出"他既然一切要'用法应之'，所以就不肯追逐当时流俗的声气，自守清静寂寞了。清朝桐城古文家，讲究文章义法，曾经振起一时的风气；其实讲求文章义法的祖师，还应该推这位扬子云"③，将扬雄视为"义法"的祖师。到了第二十一节"蓄道德而后能文章是韩愈眼中的根本标准"又讲道："关于他（韩愈）的论文的话，可以分作两部分说。一种是讲文章的根本，一种是讲文章的技术，但他所说的两种，都是相互统贯的。"④ 通过韩愈的"以文为诗"，又把义法的精髓上下串联起来。方著还对宋亡时的批评家方回极为称道，如第三十三节"《瀛奎律髓》里所说的'高格'"全文一万多字，所占篇幅极大。方孝岳认为，"方回所最注意的是，'格高'二字，这是吕居仁所不曾说到的。所谓'格高'，是注意于意在笔先，先在性情学问上讲求的"，这是在说《瀛奎律髓》的"义"；方孝岳指出方回所建立的门户，是"一祖三宗"之说，以杜甫为祖，简斋、山谷、后山并为三宗，都在于"格高"二字；还讲到"法"："《律髓》又有'变体类'一卷，'拗字类'一卷，都是详论句调字法，更为精细。"⑤ 再如第三十七节"唐顺之的'本色'论和归有光的《史记评点》"说唐顺之的文章法度，说归有光评点《史记》的微言大义。据此可见，方孝岳把"义法"的精神，从对象和

---

① 方孝岳：《中国文学批评》，生活·读书·新知三联书店，1986，第20页。
② 方孝岳：《中国文学批评》，生活·读书·新知三联书店，1986，第26页。
③ 方孝岳：《中国文学批评》，生活·读书·新知三联书店，1986，第47页。
④ 方孝岳：《中国文学批评》，生活·读书·新知三联书店，1986，第88页。
⑤ 方孝岳：《中国文学批评》，生活·读书·新知三联书店，1986，第139页。

方法两方面通篇贯彻了。

　　方孝岳著书正处于动荡激变的时代，彼时的学者经历清末、五四不同阶段各种思想的冲击，主动以新思想、新视野和新方法研究传统的文学批评，开启了中国文学批评史最早的多元化建构。刘绍瑾在《二十世纪中国古代文论学术研究史》中描述了这个学术史上绚烂的时代："'重新估定一切价值'的怀疑、否定精神，带给他们的是重新审视传统、建立现代规范的胆识和勇气，而这一时期的开拓者们在具有深厚的国学基础的同时又大量吸纳、浸淫西方学说的知识结构和开放眼界，使他们的研究更如鱼得水。"① 方孝岳自然也是这"如鱼得水"的学者之一，他不但拥有深厚的国学基础，而且接受了严格的西式教育，故眼界和思想更为开阔。他在远挑桐城鼻祖方望溪的同时，不仅把"义法"作为研究对象，更将"义法"作为纵贯《中国文学批评》一书的方法论，这种以古阐古的方法，确立了其书"以内行胜"的特色。

二　横推义蕴：方孝岳《中国文学批评》关键词研究之纬

　　方孝岳《中国文学批评》最大的特点和贡献在于"以史的线索为经，以横推各家的义蕴为纬"的著述理念，尤其是"横推义蕴"，即不追求史的全面，而选择最有影响力、最有特色的批评家来研究，尤其注重标新立异的见解。贺根民在《方孝岳〈中国文学批评〉方法论发微》一文中指出："方孝岳《中国文学批评》和朱自清《中国文学批评研究讲义》素以横向研究见长。方著挖掘了批评学的潜在脉络，然后串联起各家义蕴而构成一个相对完整的体系。"② 方著在推阐方法上，善于发古代批评家之言所未尽，而且善于运用自己的一套术语、范畴，正所谓"循的是这一家自己的门庭蹊径，不是拿着某种现成的模式框架，把古人剪裁了往里面填"③。对此，刘绍瑾指出："也许，这些问题是否就是这些批评家最为重要的方面，人们

---

①　蒋述卓等：《二十世纪中国古代文论学术研究史》，北京大学出版社，2005，第31页。

②　贺根民：《方孝岳〈中国文学批评〉方法论发微》，《聊城大学学报》（社会科学版）2012年第1期。

③　舒芜：《重印缘起》，载方孝岳《中国文学批评》，生活·读书·新知三联书店，1986，第3页。

可能有各自的看法，但方著抓批评家的批评之'眼'、推阐'各家义蕴'的努力和用心，则是常明显的。"① 事实上，方著的横推义蕴也是一种关键词方法。《中国文学批评》全书分三卷不足 18 万字，内设 45 节，每节一题，每节一议，在这有限的容量内，方孝岳极善于抓住关键词，有针对性地将那些最有影响力、最富有特色的批评家以及各家最重要的批评理论进行横向的推阐，突出其批评理论的亮点。诸如以"赋家之心"论司马相如、以"文气"论曹丕、以"文心的修养"论陆机、以"时义"论《文选》、以"文德"论刘勰、以"单刀直入"论《诗品》、以"别裁伪体"论杜甫、以"富贵风趣"论晏殊、以"高格"论方回、以"本色"论唐顺之、以"兴观群怨"论王夫之、以"义法"论方苞、以"才子"论金圣叹、以"性灵"论袁枚等，尤其重视观点的首创性和独见性，可以说是处处抓住关键，诚如《文心雕龙·神思》篇所言之"神居胸臆，而志气统其关键；物沿耳目，而辞令管其枢机"，方孝岳正是以对一个个关键词的推阐，统领贯通其书的"枢机"。

（一）注重总集，疏通关键

方著的一大特色，是对总集的高度重视。方孝岳认为，总集的选录往往倾注了批评家的心血，因而他特别注重评价总集在中国文学批评上的意义，遇到总集，也总是不惜笔墨一家家横推阐释。他在"导言"中就直说："各人显出一种鉴别去取的眼光，这正是具体的批评之表现。再者，总集之为批评学，还在诗文评专书发生之先。"②

方孝岳评价总集之时，也总是以关键词入手。如第十四节"挚虞的流别论"，将挚虞推为后世批评家的祖师，指出挚虞的分类选录诗文，是"我国批评学的正式祖范"，而挚虞的流别论正是总集一类批评的关键之源。方孝岳认为："他所谓'流别'，是对于每种文体必推求他的发源，然后下溯他的变迁。根据原来创立那种文体的初意，和立言措辞的派头，来鉴定后人所作的是否合体。"又说："'流别'是很要紧的。太不顾'流别'的人，

---

① 蒋述卓等：《二十世纪中国古代文论学术研究史》，北京大学出版社，2005，第 57 页。
② 方孝岳：《中国文学批评》，生活·读书·新知三联书店，1986，第 4 页。

结果就有作诗作得像散文，作散文作得像诗的了。"① 其中，"流别"一词，可谓疏通上下的关键。在论述昭明《文选》之时，方孝岳抓住的关键词是"时义"，因为挚虞《文章流别集》失传，方孝岳以昭明太子的《文选》为"总集"的正式祖师，指出《文选》的总标准是"事出于沉思，义归于瀚藻"。毫无疑问，昭明《文选》是一部大书，方孝岳也说其"门庭广大"，不拘一派文章，也没有门户之见，甚至认为要认识中国文学，《文选》就是中心的标准。但方孝岳对《文选》并没有用太多的篇幅来进行评价，一是全书整体追求所致，二是他把《文选》的关键放在"时义"上，认为"知道'时义'，才可以算个通人"，也是抓住要害，别出蹊径。在评价刘勰的《文心雕龙》时同样如此，第十七节"发挥'文德'之伟大是刘勰的大功"开篇就说"《文心雕龙》，是文学批评界唯一的大法典了"，但方著此节对《文心雕龙》的论述篇幅不长，也是因为《文心雕龙》博大，确是一两部专书都说不尽的，而专注于"文德"这一关键词，是因为"魏文提出文气，沈约提出文律，彦和的'文德'说，正是'振叶寻根'的议论，高于一切了"②。方孝岳抓住"文德"也就是抓住了《文心雕龙》的关键，这也正是他横推的功力所在。其后以"才调观"论晚唐五代的《本事诗》和《才调集》，说《本事诗》"他的叙述，颇能描写作者各人的才调。唐代诗人的轶事，多赖以存留"③。以"才调"二字为关键，疏通晚唐的几部总集。又指出吕祖谦《古文关键》开启了后来的"评点之学"，而理学家真德秀的《文章正宗》核心关键词就是"穷理致用"，谢枋得的《文章轨范》把文章分为"大胆文"和"小心文"，各处评论都显得颇有特点。方著中对总集评论论述最多，最为讲求关键词方法的，莫过于第三十三节"《瀛奎律髓》里所说的'高格'"，方孝岳用"高格"疏通了《瀛奎律髓》的关键，特别指出方回所最注意的就是"格高"二字，且认为方回的"格高"与钟嵘《诗品》的"风力"二字相当，"方回所最注意的，是'格高'二字，这是吕居仁所不曾说到的。所谓'格高'，是注意于意在笔先，先在性情学问上讲究的……同时他又把'格高'二字，遍赞他所谓'三宗'……他讥评四灵、

---

① 方孝岳：《中国文学批评》，生活·读书·新知三联书店，1986，第59~60页。
② 方孝岳：《中国文学批评》，生活·读书·新知三联书店，1986，第73页。
③ 方孝岳：《中国文学批评》，生活·读书·新知三联书店，1986，第95页。

江湖诸诗人，都是本着这个观念"①。方孝岳通过"高格"二字疏通了《瀛奎律髓》，并为方回做辩护，认为周密《癸辛杂识》中说方回失节于元，"有十一可斩之说"不必可信，倒是方回所谓"立志必高""师传必真"，认为《瀛奎律髓》在我国批评界传授师法之真切详密，不做第二计。他对方回和《瀛奎律髓》的评价之高，推阐之详，可见一斑。

方孝岳在批评总集时，喜用关键词，善用关键词，通过关键词，他在批评对象与批评方法之间自由转换，既疏通各个总集所蕴藏的批评家的意图，又将自己的批评眼光、理论立场关联了起来。

（二）强调影响，狠抓关键

方著既不以史为目标，选材取材也不求全面，而是有自己的标准与体系。他特别注重文论观念的影响，选择一个时代最有影响力的作品，择其关键，逐一去推阐批评。如推举司马相如为西汉赋家第一，方孝岳就从《西京杂记》中爬梳出短短几句司马相如论作赋的理论，而后抓住其中最为关键的"赋家之心"进行推阐，从极少的材料中道出赋的伟大和司马相如的影响："赋这件东西，是一种很伟大的文学，上结《诗》《骚》之局，从'六义'中专抽出'赋'之一义来建立他的体裁，可以算是写实文学之大观。西汉的赋，如日中天，不但空前，而且绝后。"②

方孝岳批评不仅在于对史料的发掘，更注入了新的视角和新的观点，如第二十章"别裁伪体的杜甫"指出："'别裁伪体亲风雅，转益多师是汝师'，这两句是他浑身血脉所贯注的结晶点。大凡论文，最难得是这种圆融广大知古知今的精神。"③认为老杜自己当然是领袖，是风雅的英杰，但也认为不要看不起庾信，也不要看不起王、杨、卢、骆，而且爱古人的同时也不必薄今人。"我们以风雅为宗主，为裁别伪体的绳尺。有真面目的文章，就不是伪体。没有真面目的，虽天天讲风雅，也是伪风雅。这都是老杜的主张。"④又如说韩愈的"蓄道德而后能文章"："他所谓'惟其是'，

---

① 方孝岳：《中国文学批评》，生活·读书·新知三联书店，1986，第137页。
② 方孝岳：《中国文学批评》，生活·读书·新知三联书店，1986，第44页。
③ 方孝岳：《中国文学批评》，生活·读书·新知三联书店，1986，第86页。
④ 方孝岳：《中国文学批评》，生活·读书·新知三联书店，1986，第86页。

所谓'去陈言',所谓'气盛',都是说先从学养上有所得,然后自然能获得这种效果。"① 又说欧阳修是"文外求文":"欧阳修比较这些习气(指以文章做应酬品,上书投赠颂扬夸张之类)删除殆尽,他修《唐书》,又自己作了一部《五代史记》,上法《春秋》,可以算是'以文立制'了。"② 又说元好问以"悲歌慷慨"救南人之失:"是欲以雄阔自然之风,来救一班专讲格律的人的末路;江湖、四灵之小气,江西末流之生硬,他都一律厌弃。总而言之,好问是主张慷慨大方的真风骨,比较言盛唐而流于空壳无真味的明七子,确是好得多了。"③

方孝岳这样逐一鉴别、评论各家义蕴的短长,抓住各家的批评之"眼"去考察批评与创作之间的相互影响,进而阐释各批评家对时代的影响,其独特的批评眼光和狠抓关键的方法,也就自然地显露出来。

(三)注重风气,胜在关键

方著除注重影响外,还注重文学批评和文学创作风气的互相推动。如果说方著横推义蕴,突出了文论家的闪光点,那么注重风气的影响和意义,亦是方著别成一家的关键。方孝岳的注重风气,从论司马相如的"赋家之心"就可以看出,如第十节"扬雄、桓谭的文章不朽观",先指出扬雄对于荣利声名皆不屑,没有立功于当世的意思,可以说"文章不朽"观开端于扬雄;而桓谭又最佩服扬雄,延续了这一观点:"桓谭心中以为文章之传,不必借声名势利;文学的本身,毕竟能够自己表现出来,供人家鉴赏,好文章必有'贤智称善'鉴别他的价值的。"④ 扬雄和桓谭开文章"不朽"之风气,直接影响到了曹丕《典论·论文》那句"文章经国之大业,不朽之盛事",这"不朽"二字,足以作为后代文学批评的典范。又如,第十八节"单刀直入开唐宋以后论诗风气的《诗品》"认为钟嵘的《诗品》开始建立了严格的批评学。方孝岳用"清新自然"四个字总结《诗品》的特点,又说《诗品》指明诗是吟咏性情,出于人生遭际,下开唐宋诗话之风,影响

---

① 方孝岳:《中国文学批评》,生活·读书·新知三联书店,1986,第90页。
② 方孝岳:《中国文学批评》,生活·读书·新知三联书店,1986,第106页。
③ 方孝岳:《中国文学批评》,生活·读书·新知三联书店,1986,第149页。
④ 方孝岳:《中国文学批评》,生活·读书·新知三联书店,1986,第49页。

十分长远。再如，第十九节"从治世之音说到王通删诗"就说得更为详细了："所以往往一逢盛世开国的时候，都有厘正文体的举动。例如隋开皇四年令'公私文翰，并宜实录'的诏，唐宋的复古运动，清初清真雅正的标准，都是一种对于文学风气，大有影响的举动。"① 隋朝的王通作了一部《续诗》，虽然失传了，但王通的主张"典约有则之文章"，对唐初的学风和文体产生了十分深远的影响。方孝岳认为欧阳修是宋朝一切诗文风气的开道者，说欧阳修和梅尧臣一起开了宋诗的风气，关键就在于欧阳修与梅尧臣同爱"深远闲谈"的诗文创作和批评之气，而欧、梅的"深远闲谈"呼应晏殊的"富贵风趣"，对宋代的文风，也都是极有影响的。方孝岳也比较赞赏晏殊的"富贵风趣"，认为"只有天怀淡泊超然于实境之外的人，才可以安享富贵，领略富贵的趣味。晏殊对于富贵诗的批评，就是告诉我们这个道理"②。方孝岳推崇风气，也是逐一横推各家的风气及其影响，而且同样是通过关键词来凸显其对风气的关注，如前述的文章"不朽""清新自然""典约""深远闲谈""富贵风趣"。还有"本色""兴观群怨""神韵""清真雅正""性灵""才子"等也是如此。在推阐这些引领一时风气的批评家时，方著皆以关键词显出其特色与标准。

　　方孝岳著《中国文学批评》之时，自然不会接触到雷蒙·威廉斯的"关键词"研究法，但他循着中国文学批评的传统，对关键词方法的运用可谓驾轻就熟，这是因为"中国文学批评史在长期的历史发展过程中积累了一套独特的概念、范畴和关键词，其数量之丰富、涵义之深刻，绝对不会逊色于西方文论。这些概念、范畴和关键词从不同的侧面反映了历代理论家对文学创作和文学发展规律的认识。它们既是历代文论家们对中国文学创作实践经验的总结和概括，也是他们用以进行文学批评鉴赏的有效工具"③。方孝岳对关键词方法的熟练运用，并非循于西来之法，而是根于本土传统，这对实现传统关键词方法的现代转化，可提供十分积极的借鉴意义。

---

① 方孝岳：《中国文学批评》，生活·读书·新知三联书店，1986，第 82 页。
② 方孝岳：《中国文学批评》，生活·读书·新知三联书店，1986，第 104 页。
③ 胡红梅、胡晓林：《范式转换与批评史学科重构——试以关键词为纲撰写"中国文学批评史"》，《湖南科技大学学报》（社会科学版）2014 年第 4 期。

三 纵横比较：方孝岳《中国文学批评》关键词研究之网

深厚的国学根底给予方孝岳文化、学术的滋养，这为他的批评史研究奠定了坚实的学理基础。此外，方孝岳还接受过正规化的西式教育，相较于先人，新的思想和新的观念为他提供了更为广阔的学术视野。方孝岳于1911年就读于上海圣约翰大学附中，7年后毕业于上海圣约翰大学，在1920年任上海印书馆编辑后不久，又赴日本东京大学留学，并在日本留学的两年间翻译出版了《欧洲大陆法律思想小史》。方孝岳处在一个"西风劲吹"的时代，其人其书虽无意于打通中西，用西方文学观念作一本完整的文学批评史，但他的研究视野和观念，依然受到西方文学批评的影响，也不可避免地用到西方文学批评的术语、概念、范畴，这使其视野更为开阔。在《中国文学批评》一书中，我们可以看到"写实文学""情感""主体""客体""读者"这样的西方文学批评术语或概念。身处传统学术与现代理论的新旧相交之际，方孝岳与桐城派之先辈在批评的眼界上有所不同。舒芜在《舒芜晚年随想录》中曾言："我父亲讲中国古典文学，已经不是桐城旧派那种只讲'雅洁'而不免含糊笼统的风格，而是受过近代科学方法的训练，很重视条理化了。"① 尽管在《中国文学批评》一书中并没有出现中西比较的具体内容，但方孝岳的比较眼光和方法在这一部著作中还是清晰可见。这使该书在历史眼光与义法理路的经线和横推义蕴的纬线交相辉映的同时，加入比较的眼光，通过一个个关键词，将这经线纬线连成了一张学术之网，使这本从篇幅上并不宏大的著作相较于同时期的几部厚重文学批评史能够自成一家。

方著比较研究的特点是"立片言以居要"，即在经纬纵横的学术之网中，更为注重，或者说更有意识地厘清、疏通关键的术语、概念、范畴和命题，通过关键词比较出批评家及其理论的亮点。方孝岳在纵向的比较时注重异中取同，沿"义法"这一条脉络，先在《左传》的诗本事中做了铺垫，在孔门诗教部分追溯了源头，随后推举扬雄为"义法"的祖师，又通

---

① 舒芜：《舒芜晚年随想录》，人民文学出版社，2013，第150页。

过韩愈、方回、唐顺之、归有光，最后在方苞身上将这条纵向的"义法"线索贯穿，与较为松散的史的线索并列起来，并与各家的义蕴横推关联起来。方著比较的眼光也见于同中求异，通过比较推阐出各家的理论要点。如都是诗文评，相较于《文心雕龙》的体大思精，方孝岳认为《诗品》更注重单刀直入："但是像刘勰这种体大思精的著作，其中所包的头绪很多；虽然针对当时的话，但不是单刀直入的说法。和他同时，有一个单刀直入的批评家，就是钟嵘了。"①"单刀直入"正是对比《文心雕龙》与《诗品》之后得出的关键词，这一批评路径开了唐宋以后论诗的风气，影响深远。对于"复古"这个中国文学批评史上的重要关键词，方著先说"韩愈作文章，就主张要严格的复古了。他的复古，并不像苏绰、宋祁那种装模作样的复古，他是要先从道德学养上严格的取法圣贤，然后发为圣贤的文章"②。这里已做了一次比较，提出韩愈的"复古"取法圣贤，更为严格。又说"至于文章的气体，他比较喜欢'清奥'一路。'清奥'的境界，和李太白所谓'清发'，杜子美所谓'清新'，略有不同……'雅丽理训诂'，是他的目的，他心中似乎不但没有齐梁，汉以下都不放在眼里，要完全效法《诗》三百篇"③。这里又做了一次比较，提出韩愈所谓"清奥"的气体直追《诗经》的雅颂，和李白的"清发"、杜甫的"清新"都有所不同。又如韩愈与白居易同是复古，但韩愈是"文人心气上的复古"，白居易是"文学作用上的复古"。对比韩、白诗风之异，韩愈主粜涩，白居易重平易，笔调有别。韩愈心仪古人之德，是文人心气之复古；白居易的复古，是在文学作用上，称道民间疾苦，和韩愈一样是追崇孔门的诗教；但韩愈只学雅颂，白居易却只重国风，以讽喻时事为诗的正经。对于欧阳修的复古，方孝岳又通过比较得出结论："欧阳修的立论，比较韩愈还有更严的地方……所以欧阳修一谈到作文章，也就根本以文章为末务。对于技术上，毫无所陈，不像韩愈还有不少的文章格律之论。"④方孝岳对"复古"这个关键词的比较，确实做到了纵横交错，前后呼应。比较之下，明前后七子的"复

① 方孝岳：《中国文学批评》，生活·读书·新知三联书店，1986，第75页。
② 方孝岳：《中国文学批评》，生活·读书·新知三联书店，1986，第88页。
③ 方孝岳：《中国文学批评》，生活·读书·新知三联书店，1986，第91页。
④ 方孝岳：《中国文学批评》，生活·读书·新知三联书店，1986，第105页。

古"就显得有些走火入魔。"所以七子之诗,摹仿古人太过,都成了赝鼎了。文学作品至于使人看不见本人的心情面目,那还有什么价值?即使明朝人说话,说得跟唐朝人一样,又岂不自失其为明朝吗?"① 方著又用唐顺之、王慎中、归有光、茅坤等的别张异帜来比较李梦阳、何景明诸人。唐顺之以"本色"论针砭李梦阳一派,认为文章应该不拘一格,未必儒家的文章才有本色,但因为唐顺之深恶七子,未免批评太过。唐顺之的同道茅坤则有所不同,茅坤的复古态度是远尊司马迁而近爱欧阳修,与归有光一道,"此后的古文家,都隐隐奉此为归宿了"②。

方孝岳对于"复古"的纵横比较,足见其学术视野的开阔,其比较的方法,不但异中求同,同中求异,而且能在同一个主题中比较出各个批评家所特有的术语、范畴,又将其收束在自己的批评立场和审美意趣之内。这种网状的批评结构,结合了关键词的对象和方法,彰显了方孝岳批评的理路与风格。在可视为全书结语的第四十五节"眼力和眼界的相对论"中,方孝岳明确提出:

> 眼界宽,眼力也宽;时代愈新,"陈言"愈要铲净;这好像是人类普通思想上的定律……百年以来,一切社会上思想或制度的变迁,都不是单纯的任何一国国内的问题;而且自来文学批评家的眼光,或广或狭,或伸或缩,都似乎和文学出品的范围互为因果,眼中所看得到的作品愈多,范围愈广,他的眼光,也从而推广。所以"海通以还",中西思想之互照,成为必然的结果。③

方孝岳《中国文学批评》中确实没有中西文论关键词比较的案例,但他自幼受到国学的滋养,又兼具西学的视野和胸怀。具有现代性的批评体系和更具前瞻性的学术眼光,使得体量并不宏大的《中国文学批评》能够在 20 世纪中国文学批评史研究中占有一席之地。

---

① 方孝岳:《中国文学批评》,生活·读书·新知三联书店,1986,第 163 页。
② 方孝岳:《中国文学批评》,生活·读书·新知三联书店,1986,第 171 页。
③ 方孝岳:《中国文学批评》,生活·读书·新知三联书店,1986,第 227 页。

结 语

方著在中国文学批评学术史上的地位，已经得到了学界的普遍认可。如刘绍瑾指出："它们以各自所具有的鲜明特点在 20 世纪的中国古代文论研究的学术史上占有不可忽略的地位。"① 彭玉平也认为"在二十世纪中国文学批评学术史上，方孝岳的《中国文学批评》是不可忽略的一本，他与郭绍虞和罗根泽的批评史同在 1934 年出版，以此而共同形成了中国文学批评史研究的第一个高峰"②。方著在 20 世纪 30 年代出版后，又于 1986 年和 2006 年由生活·读书·新知三联书店两次再版，还在香港南国出版社（1973）和台湾庄严出版社（1981）分别出版。不过，方著自出版后在很长一段时间内声名不显，即至今日，于中国知网检索"方孝岳《中国文学批评》"，发现也只有为数不多的期刊论文和学位论文专门论及。可以说，对方著的探讨尚有很大的空间。

本文从关键词研究的角度，探究方著在方法论上的贡献：其以史为经，建立纵祧义法和横推义蕴的理论架构，具备纵横比较的交叉视野，特别是注重"立片言以居要"、紧抓批评之"眼"，这已是十分鲜明且成熟的关键词方法。"用关键词的方法研究中国文论，其实涉及古代训诂传统的现代通变（传统与当下）、西方文化关键词研究的中国实践（本土与外来）、从文化关键词到文论关键词的场域转换（理论与实践）等不同理论资源的整合。而且严格地讲，以探询历史语义和文化语境为旨趣的关键词研究具备相当自觉的方法论意识。"③ 方著在研究对象和研究方法上，可以视为关键词研究的典型范例；更重要的是，它的问世早于以雷蒙·威廉斯为代表的西方语词研究思潮，是植根于中国本土学术传统（尤其是桐城派）的关键词研究典范——这为我们在本土传统中寻找思想资源，构建中国文论关键词研究和中国文学批评史研究的新范式，提供了更多的可能。

---

① 蒋述卓等：《二十世纪中国古代文论学术研究史》，北京大学出版社，2005，第 52~53 页。
② 彭玉平：《方孝岳的中国文学批评研究》，《文艺理论研究》2008 年第 6 期。
③ 袁劲：《中国文论研究的关键词进路》，《江汉论坛》2023 年第 5 期。

钱锺书《谈艺录》文论关键词研究的学、悟、通

戴雨江

（武汉大学文学院）

摘　要：钱锺书的《谈艺录》是重要的文论关键词研究著作。不同于首尾一贯、框架分明的体系建构，此书以诗话札记的形式不断积累、修订而成，并于理论主张和批评实践方面体现了从"具体的文艺鉴赏和评判"研究关键词的旨趣，一定程度上弥合了文学与文论的鸿沟。面对丰富的古典关键词资源，钱锺书通过聚散为整、化虚为实、转识成知等方式由"学"入"悟"，抉发出古典关键词中的现代意蕴与普遍价值。"悟入"后的钱锺书既看到了文论关键词之间的"貌异心同"，又清楚地观照到"貌同心异"的现象，于"打通"之余尚能"知止"，穿梭往返于同中之异与异中之同，使得《谈艺录》成为关键词研究的典范。

关键词：《谈艺录》；关键词研究；具体批评；自觉意识；异同比较

　　钱锺书①的《谈艺录》是一部中西合璧、贯通古今的诗学论著。它以古典的形式容纳了现代的意涵，旁征博引，阐幽显微，沟通了中西古今共通的诗眼文心，被誉为"诗话的顶峰"②与"中国古典诗学的集大成和传统诗话的终结"③。此书不仅内含大量的诗文批评、笺释补注、诗艺探讨、史料钩沉，更蕴含着精彩丰富的释词实践经验，是中国文论关键词研究古今通

---

① 钱锺书先生的名字常被写作"钱钟书"，本文取前一种写法，但涉及引用文献时则遵循原作者的写法。

② 李洲良、王妍：《诗话的顶峰——钱钟书〈谈艺录〉的历史地位和治学启示》，《哈尔滨工业大学学报》（社会科学版）2001年第6期。

③ 陆文虎：《中国古典诗学的集大成和传统诗话的终结——读钱钟书〈谈艺录〉》，载《钱钟书研究采辑》（2），生活·读书·新知三联书店，1996，第77~85页。

变历程中的重要代表。且不说散落在具体诗文批评中的关键词研究①，仅从标题②来看，正文部分的《诗分唐宋》《黄山谷诗补注 附论比喻》《诗乐离合 文体递变》《性情与才学》《神韵》《模写自然与润饰自然》《妙悟与参禅》《说圆》《文如其人》《学人之诗》《随园主性灵》《随园深非诗分朝代》《随园论诗中理语》《代字》《以禅喻诗》《论难一概》等篇目，以及"附说"中的"西人言诗乐离合""退之以文为诗""西人论以文为诗""心与境""文如其人与文本诸人""得心应手""说理诗与偈子""山水通于理趣""六经皆史""神秘经验""声无哀乐"等条目，均以概念、术语、范畴或命题为研究对象。这些文章在生成过程、方法意识与精深程度等方面都独树一帜——归根结底，《谈艺录》中的关键词研究是"真积力久"的产物。钱锺书在谈论禅宗之"悟"时，曾发挥荀子之语说道："一切学问，深造有得，真积力久则入。"③ 若以此概括《谈艺录》的文论关键词研究，那么"悟入"的前提是"真积力久"的渊深学养，"悟入"的方式是聚散为整、化虚为实和转识成知，"悟入"的结果是洞彻"貌异心同"的文心诗眼与辨清"貌同心异"的细微差别，由学入悟，因悟而通。本文将首先分析"具体的文艺鉴赏和评判"在《谈艺录》文论关键词研究中的多维体现，继而关注钱锺书发掘古典文论关键词现代意蕴的自觉意识，最后探讨《谈艺录》在关键词异同比较上的杰出贡献。

一　从具体批评切入关键词研究

钱锺书曾自述其治学旨趣："我想探讨的，只是历史上具体的文艺鉴赏

---

① 周振甫曾与冀勤共同编过《钱钟书〈谈艺录〉读本》，把《谈艺录》的内容归入鉴赏论、创作论、作家作品论、文学评论、文体论、修辞、风格七大板块，每一板块下面又细分多条主题，除作家作品论外，其他板块似乎均可纳入关键词研究的范围。参见周振甫、冀勤编著《钱钟书〈谈艺录〉读本》，上海教育出版社，1992。

② 本书初稿写成时并未标目，小标题系周振甫所加。1948 年开明书店版的目录非常细碎详尽，每一小主题后都附有页码以供参阅，但大标题前头却不加数字。1984 年《谈艺录》补订本在中华书局出版后，目录才变成今天九十一则的面貌，删除了更细碎的枝蔓，概括更加简洁凝练，如第一则"诗分唐宋乃风格性分之殊非朝代之别"变为"诗分唐宋"。

③ 钱锺书：《谈艺录》，生活·读书·新知三联书店，2001，第 598 页。

和评判。"① 钱锺书的好友郑朝宗据此发挥称，"具体的文艺鉴赏和评判"是钱锺书不同于其他批评家的突出特点，可用来概括钱锺书所有的批评方法。② 而就《谈艺录》而言，具体的批评鉴赏构成了全书文论关键词研究的基础和出发点，并在文体形态、理论主张和批评实践三个方面都有鲜明的体现。

（一）文体形态

《谈艺录》并非从某一原点出发建立起的纲举目张、体系完备的理论大厦，而是"掎摭利病，积累遂多"③ 的诗话札记，其写作目的就是论诗谈艺。正文前的小序自述其创作缘由称：

> 余雅喜谈艺，与并世才彦之有同好者，稍得上下其议论。二十八年夏，自滇归沪渎小住。友人冒景璠，吾党言诗有癖者也，督余撰诗话。曰："咳唾随风抛掷可惜也。"余颇技痒。因思年来论诗文专篇，既多刊布，将汇成一集。即以诗话为外篇，与之表里经纬也可。比来湘西穷山中，悄焉寡侣，殊多暇日。兴会之来，辄写数则自遣，不复诠次。……因径攘徐祯卿书名，不加标别。④

这里两度提及"诗话"，并指出其功能是和友人"上下其议论"，写作过程为"兴会之来，辄写数则自遣，不复诠次"，同时明确将其和符合现代学术文体特质的"专篇"区分开来，从而复归了"居士退居汝阴而集以资闲谈也"⑤ 的诗话传统，是名副其实的"谈艺录"。

从"掎摭利病"的一面看，《谈艺录》中最先写成的作家作品论奠定了全书的基调。在《黄山谷诗补注》"补订"的最后部分，钱锺书回忆了阅读黄庭坚诗集的缘起、方法和目的：

---

① 钱锺书：《七缀集》，生活·读书·新知三联书店，2002，第 7 页。
② 郑朝宗：《再论文艺批评的一种方法——读〈谈艺录〉（补订本）》，《文学评论》1986 年第 3 期。
③ 钱锺书：《谈艺录·序》，生活·读书·新知三联书店，2001，第 1 页。
④ 钱锺书：《谈艺录》，生活·读书·新知三联书店，2001，第 1 页。
⑤ 欧阳修著，郑文校点《六一诗话》，人民文学出版社，1962，第 5 页。

及入大学，专习西方语文。尚多暇日，许敦宿好。妄企亲炙古人，不由师授。择总别集有名家笺释者讨索之，天社两注，亦与其列。以注对质本文，若听讼之两造然；时复检阅所引书，验其是非。欲从而体察属词比事之惨淡经营，资吾操觚自运之助。①

由此可见，钱锺书之所以阅读黄庭坚诗集，就是为了更好地理解古人在"属词比事"等文学技法上的苦心经营，裨益自身的诗歌创作。正是有了大学时期的扎实积累，钱锺书虽于留英期间"都抛旧业"，但归国后仍能"出乎一时技痒"写完《黄山谷诗补注》。② 这一补注和"陶潜、李长吉、梅圣俞、杨万里、陈简斋、蒋士铨等章节"③ 共同构成了《谈艺录》中最早写成的部分。它们都可列入作家作品论，其出发点均为"具体的文艺鉴赏和评判"，从而为《谈艺录》全书确立了基调。

就"积累遂多"来说，《谈艺录》的创作与修订跨越近半个世纪，淋漓尽致地体现了札记体写作的特点。《谈艺录》的写作酝酿于 1939 年夏，1942 年写成初稿，之后又经钱锺书"时时笔削之"④，最终在 1948 年由上海开明书店出版，修订的主要成果则以《补遗》形式附于书末。1979 年《管锥编》问世后，钱锺书又重新对《谈艺录》进行大幅修订，写成《谈艺录》（补订本），于 1984 年交由中华书局出版。之后他还进行了两次修订，1987 年重印时增加"补正"，1993 年第五次重印时添上"补正之二"。2001 年，生活·读书·新知三联书店又将所有的补订内容并入正文之中重排出版。⑤ 数次修订中，数 1984 年版的改动最大，钱锺书在该版《引言》中化用僧肇《物不迁论》之语感叹道："兹则犹昔书、非昔书也，倘复非昔书、犹昔书乎！"⑥ 就"非昔书"而言，补订部分体量与全书接近，在内容上亦多有增补修订，包括"提供更为翔实的例证说明原有观点""改变或修正所持之

---

① 钱锺书：《谈艺录》，生活·读书·新知三联书店，2001，第 79 页。
② 钱锺书：《谈艺录》，生活·读书·新知三联书店，2001，第 80 页。
③ 吴忠匡：《记钱锺书先生》，《随笔》1988 年第 4 期。
④ 钱锺书：《谈艺录·序》，生活·读书·新知三联书店，2001，第 2 页。
⑤ 参见《〈谈艺录〉重排后记》，载钱锺书《谈艺录》，生活·读书·新知三联书店，2001，第 855 页。需要指出的是，三联书店 2001 年版误把 1984 年修订本的出版时间写成 1986 年，2007 年第二版修正了过来。
⑥ 钱锺书：《谈艺录》，生活·读书·新知三联书店，2001，第 1 页。

论""引申出新的问题并加分析"① 三个方面；就"犹昔书"而言，补订本依然延续了原书"掎摭利病"的立场，依然体现着札记体"积累遂多"、精益求精的特质。《谈艺录》的文论关键词研究，便是以这样的形态在时间推移中不断展开深化的。

（二）理论主张

钱锺书认为"发大判断外，尚须有小结裹"②。"大判断"系宏观的理论透视，关注"造艺之本原"，"小结裹"指微观的文本批评，"侧重成章之词句"③。"小结裹"是"大判断"的前提、基础和例证，没有"小结裹"的"大判断"往往大而无当，也容易被"小结裹"所戳破。《读〈拉奥孔〉》云：

> 我们孜孜阅读的诗话、文论之类，未必都说得上有什么理论系统。更不妨回顾一下思想史罢。许多严密周全的思想和哲学系统经不起时间的推排销蚀，在整体上都垮塌了，但是它们的一些个别见解还为后世所采取而未失去时效。④

落实到文论关键词的研究中，便是要求把概念、术语、范畴和其所品评、指涉的具体文本结合起来理解观照，避免"盖勤读诗话，广究文论，而于诗文乏真实解会，则评鉴终不免有以言白黑，无以知白黑尔"⑤ 与"只读论诗文之语，而不读所论之诗文与夫论者自作之诗文，终不免佣耳赁目尔"⑥的情况出现。

从理论与批评统一、文论和文学结合的立场出发，钱锺书对一些广受历代学者瞩目的文论范畴进行了犀利的批评。例如，针对王士禛大力标举

---

① 侯体健：《〈谈艺录〉："宋调"一脉的艺术展开论》，《文学评论》2015 年第 2 期。
② 钱锺书：《谈艺录》，生活·读书·新知三联书店，2001，第 295 页。
③ "方回《瀛奎律髓》卷一〇姚合《游春》批语谓'诗家有大判断，有小结裹'；评点、批改侧重成章之词句，而忽略造艺之本原，常以'小结裹'为务。"参见钱锺书《管锥编》，生活·读书·新知三联书店，2007，第 1915 页。
④ 钱锺书：《七缀集》，生活·读书·新知三联书店，2002，第 34 页。
⑤ 钱锺书：《谈艺录》，生活·读书·新知三联书店，2001，第 451 页。
⑥ 钱锺书：《谈艺录》，生活·读书·新知三联书店，2001，第 484 页。

的"神韵"，钱锺书结合明清诗论和王士禛的《香奁诗》等作品，一针见血地指出"神韵说"提出的核心动因是"文饰才薄"："渔洋天赋不厚，才力颇薄，乃遁而言神韵妙悟，以自掩饰。一吞半吐，撮摩虚空，往往并未悟入，已作点头微笑，闭目猛省，出口无从，会心不远之态。……妙悟云乎哉，妙手空空已耳。"① 有人认为王士禛写诗如顷刻间筑成楼阁，钱锺书对此很不以为然，并通过"观其词藻之钩新摘隽，非依傍故事成句不能下笔，与酣放淋漓，挥毫落纸，作风雨而起云烟者，固自异撰"② 的具体鉴赏，指出"渔洋楼阁乃在无人见时暗中筑就，而复掩其土木营造之迹，使有烟云蔽亏之观，一若化城顿现"③，从而拨开了笼罩在"神韵"之上的层层烟雾。对于王士禛推崇的《二十四诗品》，钱锺书亦颇有微词。旧题司空图的《二十四诗品》历来被视作体现古代文论诗性特质的典范，它所描摹的二十四种风格或意境，也可看成对二十四个文论关键词的阐说。钱锺书却批评它"理不胜词"："藻采洵应接不暇，意旨多梗塞难通，只宜视为佳诗，不求甚解而吟赏之。"④ 他还引前人"犹以镜照人，复以镜照镜"⑤ 之喻，指摘《诗品》意旨模糊，就像用镜子照镜子，照了仍如未照，说了等同没说，诸种诗境的特质，仍停留于一片鸿蒙。因此《诗品》对于衡文谈艺无甚创获。

　　钱锺书的上述批评无疑具有警示意义。古人评论诗歌风格、摹状诗境，往往会用丰富的词汇进行铺陈、比拟，力图还原出超妙而不可捉摸的诗歌意境，言说难以言表的审美体验，其中便会使用到一些概念范畴。但论者或许并未很好地理解他们所使用的词汇，常常辞藻华丽而不知所云，加之词语本身复义多变，其结果便是"以其昏昏，使人昭昭"⑥。对此，钱锺书提醒我们：治文论关键词者，不能唯古人之语马首是瞻，而应回到具体的文艺批评实践中，勘察文学与文论之间的裂隙，检视创作与批评之间的距离，进而做出符合实际的评价。

---

① 钱锺书：《谈艺录》，生活·读书·新知三联书店，2001，第 276 页。
② 钱锺书：《谈艺录》，生活·读书·新知三联书店，2001，第 277 页。
③ 钱锺书：《谈艺录》，生活·读书·新知三联书店，2001，第 276 页。
④ 钱锺书：《谈艺录》，生活·读书·新知三联书店，2001，第 146 页。
⑤ 钱锺书：《谈艺录》，生活·读书·新知三联书店，2001，第 147 页。
⑥ 焦循撰，沈文倬点校《孟子正义》，中华书局，1987，第 981 页。

（三）批评实践

事实上，钱锺书既是这么说的，也是这么做的。从批评实践上看，他身体力行，坚持从具体的文学鉴赏出发研究文论关键词，从不架空立论，必以前人的文学作品或文论主张为支撑。《谈艺录》中的诸多篇目本不是关键词研究，却构成了关键词研究的必要前提，孕育着关键词研究的原始形态。

在许多情况下，某个关键词便是在具体的文本批评之中连带引申和抉发出来的。例如，在讨论"曲喻"之前，钱锺书先从黄庭坚"宣城变样蹲鸡距，诸葛名家捋虎须"一联的分析出发，指出"鸡距""虎须"（即"鼠须"）均为毛笔的代称，而前面却辅以"蹲"和"捋"两个动词，看似荒诞却饶有趣味，并排比黄庭坚诗中的类似现象，最终总结此类比喻的特征为"均就现成典故比喻字面上，更生新意；将错而遽认真，坐实以为凿空"①，不同于《大般涅槃经》《翻译名义集》中的"分喻"，而更接近英国玄学诗派的"曲喻"。

对于标题中明确标示为关键词研究的，钱锺书也是从对某个文论家具体观点的阐发或商榷开始的。如《诗分唐宋》从元人杨士弘的"异议"出发，申说"诗自有初、盛、中、晚，非世之初、盛、中、晚"，"唐诗、宋诗，亦非仅朝代之别，乃体格性分之殊。天下有两种人，斯分两种诗"的观点；②《诗乐离合 文体递变》一文的展开，恰恰是从对郑樵、焦循等人主张的批驳开始的。③

针对一些理论性质较强的关键词，钱锺书也会使用大量的文学实例作为支撑，将其具体化。如在言说"圆"这一重要范畴时，钱锺书把重心放在了对古今中外大量"圆"喻的分类汇总上，在义理阐说方面则仅简单勾勒其线索。他以"形之浑简完备者，无过于圆"④统领全篇，梳理了哲学和文学中用"圆"来形容事物的比喻。在哲学领域，圆可用来摹状道体之浑

---

① 钱锺书：《谈艺录》，生活·读书·新知三联书店，2001，第36页。
② 钱锺书：《谈艺录》，生活·读书·新知三联书店，2001，第3页。
③ 钱锺书：《谈艺录》，生活·读书·新知三联书店，2001，第93页。
④ 钱锺书：《谈艺录》，生活·读书·新知三联书店，2001，第329页。

圆、周普、透彻、超妙，还可形容体道哲人之完整自足，更可象征心灵之环形前进与哲学之螺旋上升。在文艺领域，"圆"的形象更加多样，寓意也更加丰富。钱锺书特意拈出了西方典籍中常见的"蛇咬尾"意象，并举大量例证，指出它可用来比喻高深的学问艺术、永恒的时间以及诗歌叙事的特征。而对于中国文论，钱锺书更是基于"好诗流美圆转如弹丸"之语，花两页篇幅列举从刘勰到曾国藩的诗文评中用珠宝、车轮、弹丸谈文论艺的比喻，最终得出"圆"为"词意周妥、完善无缺之谓，非仅音节调顺、字句光致"①的结论。除此之外，圆还可用以形容人品之劣、文品之优、谋篇布局之妥帖、诗歌创作之得心应手、悲欢喜怒之凝聚等，真可谓"圆之时义大矣哉"②。总之，倘若将上述对圆的阐说比作一个圆，那么说理的部分仅仅是最外层的轮廓，中间则由具体可感的实例所填充，《说圆》也由此"说圆"。

综上，《谈艺录》从具体的文艺批评切入文论关键词研究，为之后提出的视角新颖、见解深刻、透辟贴切、启人深思的观点奠定了坚实的基础。恰如《谈艺录》解释"悟"时所说："夫'悟'而曰'妙'，未必一蹴即至也；乃博采而有所通，力索而有所入也。"③所以蒋寅认为："钱钟书的所成，要在一个学字……钱钟书的学问是最本分最老实的学问……甚至可以说是最原始的学问。悟性那么高的他，总是用着最机械的归纳法。"④不过，归纳法的广泛运用虽然让《谈艺录》拥有了比肩词典的厚重，但要实现质的跃迁，不仅需要"学"的积累，更有赖"悟"的自觉。

二　发掘古典关键词的现代意蕴

《谈艺录》的关键词研究既是充分"具体"的，又是高度思辨的。前者是"学"，后者是"悟"。"学"与"悟"是一枚硬币的两面："论其工夫即是学，言其境地即是修悟。"⑤"学"与"悟"还是一个前后相继的过程，

---

① 钱锺书：《谈艺录》，生活·读书·新知三联书店，2001，第 336 页。
② 钱锺书：《谈艺录》，生活·读书·新知三联书店，2001，第 332 页。
③ 钱锺书：《谈艺录》，生活·读书·新知三联书店，2001，第 279 页。
④ 蒋寅：《〈谈艺录〉的启示》，《文学遗产》1990 年第 4 期。
⑤ 钱锺书：《谈艺录》，生活·读书·新知三联书店，2001，第 296 页。

"学"是"悟"的前提,"悟"是"学"的升华,正所谓"真积力久则入"①。从"学"到"悟"的转变,正是从自发积累到自觉总结的飞跃。

(一)聚散为整

中国古代批评文献中存在大量创作技法类关键词。这些诗法、诗格类词汇固然对具体的创作批评有切实的指导意义,但也存在芜杂烦琐、适用范围有限的弊端,以至于无法成为"关键"词,受关注程度也远远不及神思、风骨、意境等理论性质较强的范畴。面对此种困境,《谈艺录》的做法无疑具有启示意义。《黄山谷诗补注》在分析完"行布"这一关于诗歌结构安排的术语后,引康德和施莱尔马赫(钱锺书译为"希赖而马诃")之语说道:"古人立言,往往于言中应有之义,蕴而不发,发而不尽。康德评柏拉图倡理念,至谓:作者于己所言,每自知不透;他人参稽汇通,知之胜其自知,可为之钩玄抉微。希赖尔马诃亦昌言,说者之知解作者,可胜于作者之自知亲解。"② 在此观念的指引下,《谈艺录》谈论了诸多具有创作指南意义的概念、术语和命题,并从这些看似琐碎、陈旧的古典遗产中抉发出了足以贡献世界文论的现代价值,聚散为整,钩玄抉微,堪称关键词词群研究的典范。兹以《黄山谷诗补注》新补之陆续研讨的行布、炼字、句眼三个相互关联的术语为例。

"行布"是黄庭坚借华严宗词汇而品评书画、论文谈艺的术语,字面义为"行列布置"。但钱锺书并未囿于这样的注释,而是触类旁通,把黄庭坚的"行布"和《文心雕龙》中的"宅位""附会"、《文镜秘府论》中的"定位""布位"以及《潜溪诗眼》中的"布置"勾连起来,认为它们"同出而异名"③,从而穿透了关键词的外在形式而直接把握其概念本质。不仅如此,钱锺书在同义类聚的基础上更进一步,针对前人未说透处"引而申之,以竟厥绪"④,摘取了历代诗话中针对诗句位置安排所做的大量评论,并就部分未达一间的地方做出了精彩的补充。这些诗话往往会说某某诗句

---

① 钱锺书:《谈艺录》,生活·读书·新知三联书店,2001,第296、598页。
② 此处隐去了原书括号内的大量德语原文。钱锺书:《谈艺录》,生活·读书·新知三联书店,2001,第50页。
③ 钱锺书:《谈艺录》,生活·读书·新知三联书店,2001,第47页。
④ 钱锺书:《谈艺录》,生活·读书·新知三联书店,2001,第47页。

"若使置之断句尤佳，惜乎在第二语耳"，"以中间语作起步，倍见其超"，"以作发句无味，倒用作结方妙"，① 这都不约而同地说明了"诗句放对位置才能成就好诗"的道理，充当了"行布"一词的绝佳例证。

　　无独有偶，在黄庭坚诗中，与"行布"相关的词还有"安排一字有神"中的"安排"。两者虽然都是讲诗歌的结构布置，但"行布"是"句在篇中"，"安排"则为"字在句内"。② "安排一字"近似于"炼字"，但更强调字与句之间的和谐关系，突出"安排"与"安稳"，其难处"不尽在于字面之选择新警，而复在于句中之位置贴适，俾此一字与句中乃至篇中他字相处无间，相得益彰"，③ "盖非就字以选字，乃就章句而选字"④。钱锺书以此批评江西诗派过于强调炼字，却忽视了好字尚需好句的道理。之后他又广泛征引中西方类似表述以证成其说，最终钩玄提要道："盖策勋于一字者，初非只字偏善，孤标翘出，而须安排具美，配合协同。一字得力，正缘一字得所也。"⑤

　　所炼之字亦可成为一句之"眼"，于是对炼字的研究便自然引出了对诗中"句眼"的分析。钱锺书指出，"眼为神候心枢"盖"古来通论"⑥，无论佛典还是《存在与时间》《镜与灯》均有类似表述，所以人们常用"眼"来比喻最核心、最重要的部分。禅有禅眼，诗亦有诗眼，但句眼却并非江西诗派末流所津津乐道的对仗炼字，而是诗中耐人寻味的妙处，一为"死眼"，一为"活眼"。同理，"响"也并非仅指音量之大，更指诗语之妙，"盖谓句中字意之警策者方是'句眼'，故宜'响'读"⑦。文无定法，"眼"无定所，如此方为"活眼"；江西诗派锁死句眼的位置，不仅不符合苏轼、黄庭坚诗歌创作的既定事实，也限制了后来者写诗的自由。总之，在钱锺书的全面打捞与悉心拂拭下，诸如"行布""安排""句眼"的创作技法类关键词，又焕发出了新的光芒。

---

① 钱锺书：《谈艺录》，生活·读书·新知三联书店，2001，第48页。
② 钱锺书：《谈艺录》，生活·读书·新知三联书店，2001，第52页。
③ 钱锺书：《谈艺录》，生活·读书·新知三联书店，2001，第52页。
④ 钱锺书：《谈艺录》，生活·读书·新知三联书店，2001，第52页。
⑤ 钱锺书：《谈艺录》，生活·读书·新知三联书店，2001，第54页。
⑥ 钱锺书：《谈艺录》，生活·读书·新知三联书店，2001，第56页。
⑦ 钱锺书：《谈艺录》，生活·读书·新知三联书店，2001，第57页。

（二）化虚为实

除了具体细碎的技法术语，古代文论中还具有一些理论性质较强的范畴，它们通常具有多义性、模糊性、直觉性、整体性等特点①，如对"神韵""妙悟"等词的理解和表达本身就需要某种非理性的"悟"才能得其"神韵"。这样的诗性特质固然是中国古典美学范畴得以傲立于世界文论之林的身份标志，但也因其用语的模糊性和感悟的私人化而带来了理解的障碍，研究起来难免有"雾里看花，终隔一层"②之感。对此，《谈艺录》的关键词研究无疑具有化虚为实③、解蔽祛魅的功效。

就前文提及的"悟"来说，钱锺书认为这是一种学力积累到一定程度后产生质变的状态，所谓"除妄得真，寂而忽照，此即神来之候"④，乃人性所固有，只是在不同学派中会有不同表述。在此方面，他颇为称赏陆桴亭《思辨录》中"凡体验有得处，皆是悟。只是古人不唤作悟，唤作物格知至。古人把此个境界看作平常""人性中皆有悟，必工夫不断，悟头始出""悟亦必继之以躬行力学"⑤等表述，认为它们"洵为通人卓识"，但"惜其不知道家、法家等皆言此境，只是亦'别立名目'矣"⑥。悟有迟速快慢之分，有解悟证悟之别，但不论何种"悟"，都需要依赖后天的学习与思索："速悟待思学为之后，迟悟更赖思学为之先。"⑦"诗中'解悟'，已不能舍思学而不顾；至于'证悟'，正自思学中来，下学以臻上达，超思与学，而不能捐思废学。"⑧从此出发，他指摘王士禛的神韵说"将悟空诸依傍，玄虚倘恍，忽于思学相须为用之旨"⑨，批评袁枚的性灵说过于强调直抒胸臆，未能看清"悟妙必根于性灵，而性灵所发，不必尽为妙悟；妙悟

①　蔡锺翔、陈良运：《总序》，载蔡锺翔《美在自然》，百花洲文艺出版社，2001，第2页。
②　此为王国维评姜夔词之语。参见徐调孚校注《校注人间词话》，中华书局，2003，第20页。
③　郑朝宗认为"理论上除妄得真，化虚为实"是钱锺书"求实精神"的表现。参见郑朝宗《再论文艺批评的一种方法——读〈谈艺录〉（补订本）》，《文学评论》1986年第3期。
④　钱锺书：《谈艺录》，生活·读书·新知三联书店，2001，第798页。
⑤　钱锺书：《谈艺录》，生活·读书·新知三联书店，2001，第279页。
⑥　钱锺书：《谈艺录》，生活·读书·新知三联书店，2001，第812页。
⑦　钱锺书：《谈艺录》，生活·读书·新知三联书店，2001，第280页。
⑧　钱锺书：《谈艺录》，生活·读书·新知三联书店，2001，第281页。
⑨　钱锺书：《谈艺录》，生活·读书·新知三联书店，2001，第280页。

者，性灵之发而中节"① 的道理。

与此相仿，《谈艺录》对"神韵"的解说也格外重视学力与法度。前已引述钱锺书对王士禛为掩饰才力浅薄而故作神秘之语的犀利揭露，而单就"神韵"一词的概念界定来说，《谈艺录》也力图矫正王士禛对"神韵"的过度推崇，指出"无神韵，非好诗；而只讲有神韵，恐并不能成诗"②。为论证此点，钱锺书回到《沧浪诗话·诗辨》原文，经由"必备五法而后可以列品，必列九品而后可以入神。优游痛快，各有神韵"的推论，抽绎出"神韵非诗品中之一品，而为各品之恰到好处，至善尽美"的结论③，"神韵"由此获得了清晰的界定。除了对"神韵"的内涵进行推本溯源外，钱锺书还旁征博引，援引胡应麟、姚范、姚鼐等人的表述，有力地证明了"体格声调""字句章法"等基础功夫是达至"兴象风神""神理气味"的必由之路④。于是，神而明之、只可意会不可言传的"神韵"，便回到了可以实践操作的字句篇章上。

不唯"神韵"如此，"神韵"之"神"亦不"神秘"。"附说八"《神》将中国的"心""神""意"和西方的 mind、soul、spirit 等词联系起来考论，试图勾勒出中西对应的人性分类谱系。"Nous 也，Animus 也，Geist 也，Mind 也，皆宋学家所谓义理之心也。而 Psyche 也，Anima 也，Seele 也，Soul 也，皆宋学家所谓知觉血气之心，亦即……'养神'之'神'是也。"⑤ 这是人性二分法（dichotomy）的框架，但只能容纳表示"精魄"义的"养神"之"神"，而并不包含"精义入神"这种"超越思虑见闻，别证妙境而契胜谛"⑥ 的含义，故"神"的双重含义需在人性三分法（trichotomy）的框架中才能得到安顿。根据钱锺书所引的中西方典籍，人性可分上中下三等，大致对应直觉、知觉、感觉，而"神"之二义又分别对应知觉和直觉。至于文论中常出现的"神韵""诗成有神""神来之笔"等词，

① 钱锺书：《谈艺录》，生活·读书·新知三联书店，2001，第600页。
② 钱锺书：《谈艺录》，生活·读书·新知三联书店，2001，第128页。
③ 钱锺书：《谈艺录》，生活·读书·新知三联书店，2001，第129页。
④ 钱锺书：《谈艺录》，生活·读书·新知三联书店，2001，第130页。
⑤ 钱锺书：《谈艺录》，生活·读书·新知三联书店，2001，第132页。
⑥ 钱锺书：《谈艺录》，生活·读书·新知三联书店，2001，第132页。

"皆指上学之'神'，即神之第二义"①。总之，在钱锺书的擘肌分理、条分缕析之下，原本玄之又玄的"神"字类关键词，终于变得清晰明朗起来。

（三）转识成知

无论是聚散为整还是化虚为实，都是用后来者的眼光把古人表述中的未达一间处清晰透辟地阐发出来，实现从"自发"到"自觉"的转化。正如《读〈拉奥孔〉》所说：

> 倒是诗、词、随笔里，小说、戏曲里，乃至谣谚和训话里，往往无意中三言两语，说出了精辟的见解，益人神智；把它们演绎出来，对文艺理论很有贡献。……正因为零星琐屑的东西易被忽视和遗忘，就愈需要收拾和爱惜；自发的孤单见解是自觉的周密理论的根苗。②

此段内容道出了片段思想和周密理论的辩证关系。虽然钱锺书对理论体系充满警惕，但并不意味着他不要体系，他反对的只是脱离现实、叠床架屋的长篇大论。事实上，对于一些尚未理论化的"自发的孤单见解"，钱锺书反而主张把它们"演绎"成"自觉的周密理论"。在上述引文之后，《读〈拉奥孔〉》又以狄德罗的戏剧理论返照中国古谚"先学无情后学戏"，并引理论大师黑格尔之语，说明这种转"识"成"知"的必要：

> 这种回过头来另眼相看，正是黑格尔一再讲的认识过程的重要转折点：对习惯事物增进了理解，由"识"（bekannt）转而为"知"（erkannt），从旧相识进而成真相知。③

由此可见，对古典文论关键词的考辨，不应只停留于以古释古，还需发掘其中的现代意蕴。

类似的做法在《谈艺录》中屡见不鲜。例如，在分析李贺"笔补造化

---

① 钱锺书：《谈艺录》，生活·读书·新知三联书店，2001，第133页。
② 钱锺书：《七缀集》，生活·读书·新知三联书店，2002，第33~34页。
③ 钱锺书：《七缀集》，生活·读书·新知三联书店，2002，第35页。

天无功"一句时，钱锺书指出这一命题不仅是李贺作诗的核心追求，还触及了艺术与自然的关系问题，故而"于道术之大原、艺事之极本，亦一言道着矣"①。他接下来梳理了西方文论史上主张摹写自然与润饰自然的两大派别，并指出李贺诗对于后者"可以提要钩玄"②，从而把隐遁于诗句中的理论价值演绎了出来。又如"以俗为雅，以故为新"这一诗学命题，现在虽已广为人知，但在《谈艺录》（补订本）创作之前的时代，其知名度远不如梅尧臣的另一诗论"状难写之景，如在目前；含不尽之意，见于言外"③高，所以钱锺书便"拈出而稍拂拭之"④。他首先将其和俄国形式主义的"使熟者生"（defamiliarization）和"使文者野"（rebarbarization）⑤对应，称赞梅尧臣"夙悟先觉"⑥，然后又指出"以故为新"不只局限于遣词造句，还可拓展至选材取境，并征引歌德、诺瓦利斯、柯勒律治、雪莱、狄更斯、福楼拜、尼采、帕斯科利等人的有关表述作为旁证，由此揭示出"以故为新"的世界意义。可以说，钱锺书发掘古典文论之现代意蕴的做法，本身就是一种"以故为新"。

综上，在阐释学层面，钱锺书聚散为整、化虚为实、转识成知，"悟"出了古典文论关键词的现代意蕴。但"悟"不应只停留于洞明异中之同，还需辨清同中之异，不仅需要"透彻"，还应如《沧浪诗话·诗法》所言："辨家数如辨苍白，方可言诗。"⑦ 在这两方面，《谈艺录》堪称典范。

三　关键词之间的异同比较

凭借着扎实的学术积累与自觉的方法意识，钱锺书博参广考、阐幽显微，抵达了"悟入"之后的境界，看见了不同关键词之间的"貌异心同"⑧

① 钱锺书：《七缀集》，生活·读书·新知三联书店，2002，第182页。
② 钱锺书：《七缀集》，生活·读书·新知三联书店，2002，第183页。
③ 欧阳修著，郑文校点《六一诗话》，人民文学出版社，1962，第9页。
④ 钱锺书：《谈艺录》，生活·读书·新知三联书店，2001，第43页。
⑤ 钱锺书：《谈艺录》，生活·读书·新知三联书店，2001，第42页。
⑥ 钱锺书：《谈艺录》，生活·读书·新知三联书店，2001，第43页。
⑦ 严羽著，张健校笺《沧浪诗话校笺》，上海古籍出版社，2012，第490页。
⑧ 钱锺书：《谈艺录》，生活·读书·新知三联书店，2001，第310、761页。

与"貌同心异"①。刘知幾《史通·摸拟》云:"盖摸拟之体,厥途有二:一曰貌同而心异,二曰貌异而心同。"②"貌异心同"与"貌同心异"本是用以形容史书写作中仿效前人的两种情况,《谈艺录》则借来指称不同概念、术语、范畴、命题乃至观念主张之间的异同关系。兹分述之。

(一)貌异心同

《谈艺录》最核心的追求,就是打破语言、地域、时代、学科、宗派、文体等多方面的重重阻隔,把多个分散的、隶属不同语境的小关键词合并至更高层级的大关键词中,抉发出普遍共在的文心诗眼。钱锺书在序中论及全书宗旨时说:

> 凡所考论,颇采"二西"之书,以供三隅之反。盖取资异国,岂徒色乐器用;流布四方,可征气泽芳臭。故李斯上书,有逐客之谏;郑君序谱,曰"旁行以观"。东海西海,心理攸同;南学北学,道术未裂。……非作调人,稍通骑驿。③

"二西"指"耶稣之'西'"与"释迦之'西'"④,泛指外来典籍。对待它们不应"抱残守阙""绝之惟恐不甚",而应像李斯《谏逐客书》和郑玄《诗谱序》所言,汲取其中"行文论学"方面的"要言妙道",⑤正所谓"既济吾乏,何必土产?当从李斯之谏逐客,不须采庆郑之谏小驷也"⑥。而之所以能够沟通中外,是因为"思辨之当然,出于事物之必然,物格知至,斯所以百虑一致、殊途同归耳"⑦。因此,钱锺书的做法"非为调停,亦异

---

① 钱锺书:《谈艺录》,生活·读书·新知三联书店,2001,第64、323、587、660、745页。
② 刘知幾撰,浦起龙释《史通通释》,上海古籍出版社,1978,第219页。
③ 钱锺书:《谈艺录·序》,生活·读书·新知三联书店,2001,第1页。
④ 钱锺书:《管锥编》,生活·读书·新知三联书店,2007,第1054页。
⑤ 钱锺书:《写在人生边上 人生边上的边上 石语》,生活·读书·新知三联书店,2002,第228页。
⑥ 钱锺书:《管锥编》,生活·读书·新知三联书店,2007,第15~16页。
⑦ 此段内容为解释《周易·系辞》"天下同归而殊途,一致而百虑"、陆九渊"同此心,同此理"所发。参见钱锺书《管锥编》,生活·读书·新知三联书店,2007,第85页。

攀附"①，而是把本就相通的诗心文眼呈现出来，是谓"打通"②。这样的领悟由来已久，早在大学期间，钱锺书就已经在阅读黄庭坚诗集的过程中，"渐悟宗派判分，体裁别异，甚且言语悬殊，封疆阻绝，而诗眼文心，往往莫逆暗契。至于作者之身世交游，相形抑末，余力旁及而已"③。因此，即便是在进行诗集补注这种琐碎饾饤的工作时，他的笺释重心仍放在刘勰所说的"擘肌分理"和严羽所言的"取心析骨"上，从而和友人冒效鲁之父冒鹤亭《后山诗天社注补笺》"网罗掌故""征文考献"的传统做法大异其趣。④

"打通"的旨趣在《谈艺录》中有着鲜明的体现。全书屡屡出现"殊途同归""理一分殊""心同此理""莫逆相视""冥契"等表述。如《随园非薄沧浪》为破除袁枚的门户之见，提出了"悟乃人性所本有，岂禅家所得而私"⑤"子才不知禅，故不知禅即非禅，殊归一涂，亦不自知其非禅而实契合于禅耳"⑥"要言妙道，心同理同，可放诸四海者耶"⑦ 等看法。而在《白瑞蒙论诗与严沧浪诗话》中，钱锺书则先将白瑞蒙诗论溯源至德国浪漫派，认为两者"相视莫逆"⑧，"同出一本，冥契巧合"⑨，再将白瑞蒙和中国自严羽以来的神韵派的观点分条比较，数次出现"即此旨也"⑩"如符节之能合"⑪ 等语句，并最终总结称："盖弘纲细节，不约而同，亦中西文学之奇缘佳遇也哉。……仪卿之书，洵足以放诸四海、俟诸百世者矣。"⑫

又如《妙悟与参禅》一文分析"通禅于诗"，为了反驳冯班对诗禅之异的过分强调，特意拈出"参"与"悟"两方面谈论诗禅之通。就"参"而

---

① 钱锺书：《管锥编》，生活·读书·新知三联书店，2007，第720页。
② 此为20世纪80年代初钱锺书给郑朝宗的信，见郑朝宗《〈管锥编〉作者的自白》，载《海滨感旧集》，厦门大学出版社，2014，第80页。
③ 钱锺书：《谈艺录》，生活·读书·新知三联书店，2001，第80页。
④ 钱锺书：《谈艺录》，生活·读书·新知三联书店，2001，第80页。
⑤ 钱锺书：《谈艺录》，生活·读书·新知三联书店，2001，第598页。
⑥ 钱锺书：《谈艺录》，生活·读书·新知三联书店，2001，第601页。
⑦ 钱锺书：《谈艺录》，生活·读书·新知三联书店，2001，第603页。
⑧ 钱锺书：《谈艺录》，生活·读书·新知三联书店，2001，第780页。
⑨ 钱锺书：《谈艺录》，生活·读书·新知三联书店，2001，第786页。
⑩ 钱锺书：《谈艺录》，生活·读书·新知三联书店，2001，第786、787页。
⑪ 钱锺书：《谈艺录》，生活·读书·新知三联书店，2001，第788页。
⑫ 钱锺书：《谈艺录》，生活·读书·新知三联书店，2001，第791～792页。

言，诗和禅均有"活参""死参"之分。作诗有活句死句之分，读诗亦有活参死参之别：不会读诗，则活句可参死；会读诗，则死句可参活。李杜之诗本为"入神"之佳作，但如果像前后七子那样抄袭字句，便是将活句参死。与此相仿，禅宗之活参与句之死活无关，全看学人是否善参。禅宗活参可用诗句作为话头，恰如古人用诗可以断章取义，进行多样性的阐发。禅宗之活参讲究"当机煞活"、不执文字，而古人论诗"不脱而亦不黏，与禅家之参活句，何尝无相类处"①。就"悟"来说，诗和禅都是先学后悟，虽然归属不同，过程却一致，正所谓"用心所在虽二，而心之作用则一"②。禅宗有大悟与小悟，诗家亦有大判断和小判断。悟有快慢，作诗参禅皆同此理："诗人觅句，如释子参禅；及其有时自来，遂快而忘尽日不得之苦，知其至之忽，而不知其来之渐。"③ 至此，诗与禅在活参与悟入方面的相通之处，便已昭然若揭。

（二）貌同心异

然而，"打通"并非"混淆"，求同仍需辨异，为学贵在知止，于"貌异心同"外，尚需警惕"貌同心异"，否则便会有"调停""攀附""凑泊"的情况发生。诚如钱锺书晚年与张隆溪谈论比较文学时所言，"比较不仅在求其同，也在存其异"④。在《谈艺录》（补订本）中，他批评王国维套用叔本华的理论强行解说《红楼梦》，无异于"削足适屦""作法自弊"："夫《红楼梦》、佳著也，叔本华哲学、玄谛也；利导则两美可以相得，强合则两贤必至相阨。"⑤ 钱锺书提醒称："吾辈穷气尽力，欲使小说、诗歌、戏剧，与哲学、历史、社会学等为一家。参禅贵活，为学知止，要能舍筏登岸，毋如抱梁溺水也。"⑥ 此段内容于晚年写成，未尝不可视作钱锺书的夫子自道，隐然透露出些许自警之意。部分"钱学"论著只引前半段内容以诠解"打通"，却于后半段"知止"略去不看，未免有失审慎。

---

① 钱锺书：《谈艺录》，生活·读书·新知三联书店，2001，第295页。
② 钱锺书：《谈艺录》，生活·读书·新知三联书店，2001，第295页。
③ 钱锺书：《谈艺录》，生活·读书·新知三联书店，2001，第296页。
④ 张隆溪：《钱锺书谈比较文学与"文学比较"》，《读书》1981年第10期。
⑤ 钱锺书：《谈艺录》，生活·读书·新知三联书店，2001，第89页。
⑥ 钱锺书：《谈艺录》，生活·读书·新知三联书店，2001，第89页。

需要说明的是，钱锺书所存之异并非显而易见的地域、时代、家派、作者之异，而是看似相近但实则不同的"貌同心异"。仍以诗禅关系为例，钱锺书批评严羽"不涉理路，不落言筌"之语"以诗拟禅，意过于通"①，泯除了神韵和禅悟的区别。同样是对待语言文字，禅宗讲求破除理障法执，所谓见月亡指、舍筏登岸之喻，其大旨均为得意忘言，但诗歌却无法舍弃文字，因为它本就由文字组成，哪怕是玄妙的言外之意，也需要文字来寄寓，如同镜花水月虽可望而不可即，但仍需有水与镜作为映照花月的前提。因此，"诗中神韵之异于禅机在此；去理路言诠，固无以寄神韵也"②。文字对习禅者只是一种了悟的手段，所以不仅当灵活使用，更当用后即弃，否则便会留滞其中；但语言于诗歌却是安身立命的根本，神韵非文字无以承载，抛弃文字声音而追求悠神远韵的做法，就好像"飞翔而先剪翮、踊跃而不践地"③一样荒唐。类似的辨析在《谈艺录》中比比皆是，但最能体现钱锺书精审态度的，要数《随园论诗中理语》对"理趣"抽丝剥茧般的分析。

"理趣"是一个义旨精微、成分驳杂的诗论关键词，前人如严羽、李梦阳、胡应麟、沈德潜均已多少涉及理趣和理语的分别，虽不乏"诗不能离理，然贵有理趣，不贵下理语"④的真知灼见和清楚明白的摘句批评，但"仅引其端，未竟厥绪"⑤，理趣的具体内涵仍待发掘，理趣和言情、写景、说理、比喻、寄托的纠缠关系尚需廓清。在钱锺书看来，理趣是文学与哲学、情景与道理的结合。文学中言情写景，推崇以少总多、余味不尽，但"所言之不足，写之不尽，而余味深蕴者，亦情也、景也"⑥，与道理无涉；哲学说理则不然，因为理一分殊，故只需博观约取、执简驭繁。理趣则是两者的结合，在形态上与言情写理"举一反三"的结构相似，但"所举者事物，所反者道理，寓意视言情写景不同"⑦。道理仍需由形象来表达，否

① 钱锺书：《谈艺录》，生活·读书·新知三联书店，2001，第281页。
② 钱锺书：《谈艺录》，生活·读书·新知三联书店，2001，第281页。
③ 钱锺书：《谈艺录》，生活·读书·新知三联书店，2001，第282页。
④ 钱锺书：《谈艺录》，生活·读书·新知三联书店，2001，第646页。
⑤ 钱锺书：《谈艺录》，生活·读书·新知三联书店，2001，第648页。
⑥ 钱锺书：《谈艺录》，生活·读书·新知三联书店，2001，第652页。
⑦ 钱锺书：《谈艺录》，生活·读书·新知三联书店，2001，第653页。

则便只有理语而无理趣，丧失文学性。真正的理趣应该是黑格尔意义上的内容与形式的统一，例如"潭影空人心"可含摄五蕴皆空之义，"行到水穷处，坐看云起时"可证得"道无在而无不在"之境，正所谓"拈形而下者，以明形而上""举万殊之一殊，以见一贯之无不贯"①。不过，比喻、寄托也同样涉及内容与形式的结合，它们却和理趣"貌同而心异"②。无论是中国以《毛诗序》《楚辞章句》《四愁诗序》《金针诗格》为统系的"比兴"美刺之说，还是西方由斯多葛学派首开风气、但丁发扬光大的"寓托"（allegory）体，都是"言在于此，意在于彼，异床而必曰同梦，仍二而强谓之一；非索隐注解，不见作意"③。理趣则不然："理寓物中，物包理内，物秉理成，理因物显。赋物以明理，非取譬于近（Comparison），乃举例以概（Illustration）也。或则目击道存，惟我有心，物如能印，内外胥融，心物两契；举物即写心，非罕譬而喻，乃妙合而凝（Embodiment）也。"④ 至于英国玄学诗派的巧喻（conceits），则是"牵合漠不相涉之事，强配为语言眷属"的"以事拟理"，而非理趣的"即事即理"⑤。经过了以上几轮丝丝入扣的比较后，理趣的真义与特性，由此彰显无遗。

（三）同中之异与异中之同

当然，在实际考察中，貌异心同与貌同心异往往相互交织，同中有异，异中有同。钱锺书对此亦有清醒的方法论意识："既貌同而心异，复理一而事分。故必辨察而不拘泥，会通而不混淆，庶乎可以考镜群言矣。"⑥ 在"附说二十二"《神秘经验》一文中，钱锺书首先引经据典，得出"神秘经验初非神秘，而亦不限于宗教"⑦ 的结论，打通了凡俗之界，落脚点为同。其次，他又比较了"顺世学问"与"出世宗教"在神秘经验（"悟"）上的三处差异：第一，顺世学问"学思悟三者相辅而行，相依为用"，出世宗教

---

① 钱锺书：《谈艺录》，生活·读书·新知三联书店，2001，第653页。
② 钱锺书：《谈艺录》，生活·读书·新知三联书店，2001，第660页。
③ 钱锺书：《谈艺录》，生活·读书·新知三联书店，2001，第661页。
④ 钱锺书：《谈艺录》，生活·读书·新知三联书店，2001，第663页。
⑤ 钱锺书：《谈艺录》，生活·读书·新知三联书店，2001，第665页。
⑥ 钱锺书：《谈艺录》，生活·读书·新知三联书店，2001，第64页。
⑦ 钱锺书：《谈艺录》，生活·读书·新知三联书店，2001，第798页。

"不思不虑，无见无闻，以求大悟"①；第二，顺世学问经过思考学习而来的体悟，可以言传、实践，出世宗教隔断见闻获得的领悟，则只能默会自得；第三，顺世学问不隔绝外物，有思考之对象和领悟之主宰，而出世宗教则隔绝外物与内心之情欲，追求空无乃至走火入魔。但即便两者界限分明，最终仍同归于"悟"："出世宗教无所用心而悟，世间学问用心至无可用，遂亦不用心而悟。出世宗教之悟比于暗室忽明，世间学问之悟亦似云开电射，心境又无乎不同。"② 钱锺书进而总结道：

> 盖人共此心，心均此理，用心之处万殊，而用心之涂则一。名法道德，致知造艺，以至于天人感会，无不须施此心，即无不能同此理，无不得证此境。……心之作用，或待某宗而明，必不待某宗而后起也。③

万千差异，殊途同归；门户之见，遂成死灰。全书最后一则《论难一概》末尾亦称：

> 学者每东面而望，不睹西墙，南向而视，不见北方，反三举一，执偏概全。……知同时之异世、并在之歧出，于孔子一贯之理、庄生大小同异之旨，悉心体会，明其矛盾，而复通以骑驿，庶可语于文史通义乎。④

此段内容与序言遥相呼应，让全书形成首尾一贯的闭环。章学诚《文史通义·释通》云："通者，所以通天下之不通也。"⑤ 刘咸炘《识语》曰："不可通者各归其分，可通者归于大原；不可通者勿强通，可通者勿自蔽；乃先生学说之大本，亦即此所以名为通义也。"⑥ 或可"移笺"上述内容，亦

---

① 钱锺书：《谈艺录》，生活·读书·新知三联书店，2001，第806页。
② 钱锺书：《谈艺录》，生活·读书·新知三联书店，2001，第810~811页。
③ 钱锺书：《谈艺录》，生活·读书·新知三联书店，2001，第812页。
④ 钱锺书：《谈艺录》，生活·读书·新知三联书店，2001，第853~854页。
⑤ 章学诚著，叶瑛校注《文史通义校注》，中华书局，1985，第377页。
⑥ 章学诚著，叶瑛校注《文史通义校注》，中华书局，1985，第398页。

可收束《谈艺录》全书。

　　总之，从"具体的文艺鉴赏和评判"出发，钱锺书用一篇篇反复打磨的诗话札记，汇聚成皇皇五十万言的谈艺巨著，在理论和实践上都给《谈艺录》中的关键词研究打下了"具体"的烙印。基于深厚的学养，钱锺书又凭借着高度的方法论自觉，经由聚散为整、化虚为实、转识成知三方面的阐释，抉发出古典文论关键词的现代意蕴。"悟入"后的钱锺书，既洞见了文论关键词之间的"貌异心同"，又清楚辨明了其中的"貌同心异"，从而游刃有余于同中之异、异中之同。学而能悟，悟而能通，通而能止，斯乃《谈艺录》关键词研究之贡献。

朱自清《论雅俗共赏》关键词研究的立场、视域和方法

雷娇娃

（武汉大学文学院）

摘　要：《论雅俗共赏》呈现朱自清在20世纪40年代中后期关键词研究的立场、视域和方法。朱自清自觉以民主尺度评判古代，形成"为人民而学术"的批评立场。他以学术工作直面现实问题，在社会生活中寻找关键词，拓展了关键词研究的整体视域。为使学术工作更好地服务广大民众，朱自清探索了解释与批评关键词的多元方法，将文字考据与文体史、文艺心理学、艺论、文化研究相结合，清晰、明确、易懂地建立以人民为主的批评标准。

关键词：朱自清；《论雅俗共赏》；中国文论关键词

20 世纪 90 年代以来中国文学批评史学科的发展，促使学界重估朱自清的学术地位。通过考辨中国古代文论关键词的发展与流变，朱自清确立了中国文学批评横向研究和范畴研究的范式，这一判断已成为学界普遍共识①。与更为知名的《诗言志辨》类似，《论雅俗共赏》同为横向研究的代表作。该书为朱自清 20 世纪 40 年代中后期的文学批评实践成果，收入抗战后"关于文艺的论文十四篇"② 及作者自序一篇。但与《诗言志辨》不同

---

① 参见刘绍瑾《朱自清〈诗言志辨〉的写作背景及其学术意义》，载徐中玉、郭豫适编《古代文学理论研究》第二十二辑，华东师范大学出版社，2004，第 229 页；蒋述卓等《二十世纪中国古代文论学术研究史》，北京大学出版社，2005，第 81 页；黄念然《20 世纪中国古代文学研究史·文论卷》，东方出版中心，2006，第 114 页。

② 朱自清：《〈论雅俗共赏〉序》，载朱乔森编《朱自清全集》第三卷，江苏教育出版社，1988，第 217 页。

的是,《论雅俗共赏》并非学术专著,而是短篇文集,所收文章篇幅不等,长则 5000 余字,短则不足 1000 字,大部分篇幅介于 3000～5000 字。就写作时间而言,除《美国的朗诵诗》《常识的诗》两篇作于 1945 年、《论逼真与如画》为 1934 年已刊旧作的重写外,其余各篇均作于 1947 年下半年,皆见诸报章,1948 年 5 月由上海观察社结集出版,1983 年 12 月生活·读书·新知三联书店首推简体新版。

《论雅俗共赏》得名于集中收录的第一篇论文。朱自清将作于 1947 年 10 月的文章《论雅俗共赏》列于各篇之首,并以此为书名①,目的是表示自己"雅俗共赏"的批评立场:

> 所谓现代的立场,按我的了解,可以说就是"雅俗共赏"的立场,也可以说是偏重俗人或常人的立场,也可以说是近于人民的立场。书中各篇论文都在朝着这个方向说话。②

"雅俗共赏"是贯穿全书的思想线索,呈现抗战胜利后知识分子面对时代文化动向的全新思考。

全书各篇的编排体例"按性质的异同,不按写作的先后"③,大致可分为四类。第一类为中国古代文学批评研究,包括前四篇文章《论雅俗共赏》《论百读不厌》《论逼真与如画》《论书生的酸气》,是全书内容的核心与精华,展现出朱自清 20 世纪 40 年代中国古典文论关键词研究业已成熟的风范。第二类为现代诗歌、歌谣研究,包括《论朗诵诗》《美国的朗诵诗》《常识的诗》《诗与话》《歌谣里的重叠》五篇,论述现代诗歌向听觉性、常识性与明白如话等特点发展的新趋势,关注诗坛由雅趋俗的动向。第三类为语言研究,包括《中国文的三种型》《禅家的语言》《论老实话》三篇,强调白话文的口语化趋势,重视日常语用。第四类为作家研究,包括

---

① 为区分同名文章与文集,本文统一将文章称为"文章《论雅俗共赏》","《论雅俗共赏》"则指文集。

② 朱自清:《〈论雅俗共赏〉序》,载朱乔森编《朱自清全集》第三卷,江苏教育出版社,1988,第 218 页。

③ 朱自清:《〈论雅俗共赏〉序》,载朱乔森编《朱自清全集》第三卷,江苏教育出版社,1988,第 218 页。

《鲁迅先生的杂感》与《闻一多先生怎样走着中国文学的道路》两篇，表达了文人要自觉将文学与学术工作与时代接触、勇于承担时代使命的文艺与批评态度。其中第一类的四篇文章是典型的关键词研究，涉及"雅""俗""百读不厌""逼真""如画""酸"等批评用语，在学术立场、视域和方法上均有独特之处。从关键词研究的角度来看，朱自清自觉站在人民立场，将人民民主确立为新的学术立场；并以现实问题为导向，在日常生活中寻找介于书面语与口语之间的关键词，扩展了关键词研究的视域；还在精细考证的基础上着重解释与批评，发掘多元学术方法，为中国文论关键词研究提供了一种可以参照的典范。

一　立场："为人民而学术"的民主尺度

要准确认知《论雅俗共赏》在古代文论关键词研究中的特点和地位，必须首先明确其批评立场。朱自清在20世纪40年代后期自觉站在以人民为主的批评立场上，采用人民民主的新尺度，重新估定古代种种"批评的意念"① 的价值，试图建构"雅俗共赏"的中国文艺批评传统。

（一）"现代立场"向"人民立场"的深化

在《论学术的空气》中，朱自清借学术的京派、海派之争，指出了20世纪40年代动乱时代下"为人生而学术""为人民而学术"② 的新动向。他强调学者必须从学术的象牙塔中走出，正视现实人生，学术的前路也"不能一味的襞积细微，要能够'统其大义'，也就是'全体大用'"③。如此一来，学术才能在新的时代中得到更新，"新的学术空气……是流通的、澄清的，不至于使我们窒息而死于抱残守阙里"④。

---

① 朱自清：《〈诗言志辨〉序》，载朱乔森编《朱自清全集》第六卷，江苏教育出版社，1990，第129页。
② 朱自清：《论学术的空气》，载朱乔森编《朱自清全集》第四卷，江苏教育出版社，1990，第490页。
③ 朱自清：《论学术的空气》，载朱乔森编《朱自清全集》第四卷，江苏教育出版社，1990，第495页。
④ 朱自清：《论学术的空气》，载朱乔森编《朱自清全集》第四卷，江苏教育出版社，1990，第495页。

朱自清虽重视传统"意念"的考证与辨析，却绝非"历史癖与考据癖"①。20世纪20年代中期，他初入学术道路时便撰文批判新国学运动只懂钻研古史料的狭隘学术取向，呼吁既要知古，也要知今，强调学术需要有现代的精神与嗜好，进而将"现代与古代打成一片"的"通学"② 视作毕生的学术追求。到20世纪40年代中后期，中国"惨胜"③ 后的动乱现实与如火如荼展开的民主运动，使得朱自清意识到现实形势的紧迫性，"目下需要的正是救急，不过不是各人自顾自的救急"④。朱自清将早年重视"现代"的学术精神，深化为现实导向的批评立场；他认为，包括知识分子在内的所有人不能"只是站在自顾自的立场上说话，若是顾到大家，这些人倒是真正能够顾到眼前的人"⑤。朱自清切实体会到文艺批评工作为社会服务的迫切性，为此需要确定一个更加明确的标准和立场，而不能以"现代""现实"笼统概括。

1946年末复员后，朱自清根据时代大潮将学术研究的"大义"与"大用"落实为人民民主，将现代的立场等同于人民的立场，逐渐确立以人民为主的批评标准。在《什么是文学的"生路"?》中，朱自清明确提出自己对时代趋势与知识分子立场的看法：

> 这是一个动乱时代，是一个矛盾时代。但这是平民世纪。新文化得从矛盾里发展，而它的根基得打在平民身上……时代进一步要求他们（注：指知识阶级）自己站到平民的立场上来说话。⑥

---

① 朱自清：《论学术的空气》，载朱乔森编《朱自清全集》第四卷，江苏教育出版社，1990，第490页。

② 朱自清：《现代生活的学术价值》，载朱乔森编《朱自清全集》第四卷，江苏教育出版社，1990，第197页。

③ 朱自清：《论学术的空气》，载朱乔森编《朱自清全集》第四卷，江苏教育出版社，1990，第493页。

④ 朱自清：《论且顾眼前》，载朱乔森编《朱自清全集》第四卷，江苏教育出版社，1990，第519页。

⑤ 朱自清：《论且顾眼前》，载朱乔森编《朱自清全集》第四卷，江苏教育出版社，1990，第519页。

⑥ 朱自清：《什么是文学的"生路"?》，载朱乔森编《朱自清全集》第三卷，江苏教育出版社，1988，第165～166页。

"平民世纪"要求"新的'民主'的尺度"①。朱自清曾区分"标准"与"尺度"，相较于传统的不自觉的"标准"，"尺度"是配合生活需求自觉发展出的新标准，目前时代下最重要的尺度是"民主"②。

在 1948 年为郭沫若《十批判书》所作的书评中，朱自清也强调要站在"人民的立场"上批判古代。他借用冯友兰提出的"释古"概念，认为"释古"迥异于"尊古""信古""疑古"，既不盲信，也不一味猜疑，而是以现代人的立场客观地解释古代③。然而，解释只是第一步工作，在理解古代生活态度的基础上，朱自清还强调批判工作的重要性，认为"只求认清文化的面目，而不去估量它的社会作用，只以解释为满足，而不去批判它对人民的价值，这还只是知识阶级的立场，不是人民的立场"④。从"知识阶级的立场"到"人民的立场"，正是《论雅俗共赏》展现的朱自清 20 世纪 40 年代后期批评态度与学术立场的根本转向。

（二）《论逼真与如画》重写中的民主尺度

朱自清以民主为尺度，站在人民的立场上重新估定古代的种种批评意念，其古代文论关键词研究不再是历史主义的知识考古学，而是倾注了当代"活"的经验的建构性研究。从《论雅俗共赏》中收录的第三篇文章《论逼真与如画》的前后修改中，可以考察朱自清 20 世纪 40 年代中后期的关键词研究是如何自觉运用民主尺度的。

旧作《论"逼真"与"如画"》写于 1934 年⑤，后来 1948 年朱自清"重读那篇小文，仔细思考，觉得有些不同的意见"⑥，于是将旧作由 1500

---

① 朱自清：《文学的标准与尺度》，载朱乔森编《朱自清全集》第三卷，江苏教育出版社，1988，第 137 页。
② 参见朱自清《文学的标准与尺度》，载朱乔森编《朱自清全集》第三卷，江苏教育出版社，1988，第 130~137 页。
③ 参见朱自清《现代人眼中的古代——介绍郭沫若著〈十批判书〉》，载朱乔森编《朱自清全集》第三卷，江苏教育出版社，1988，第 202 页。
④ 朱自清：《现代人眼中的古代——介绍郭沫若著〈十批判书〉》，载朱乔森编《朱自清全集》第三卷，江苏教育出版社，1988，第 202 页。
⑤ 刊于《文学》1934 年第 2 卷第 6 期（《中国文学研究专号》），第 1031~1032 页，署名朱佩弦。
⑥ 朱自清：《〈论雅俗共赏〉序》，载朱乔森编《朱自清全集》第三卷，江苏教育出版社，1988，第 218 页。

字扩写至 5000 余字，并另加副题目"关于传统的对于自然和艺术的态度的一个考察"，强调从现代立场重新考察传统术语。对比修改前后的两个版本，重写版除增添大量佐证材料外，主要的变动在于对"如画"的爬梳剔抉更为详明，还明确提出了"雅俗共赏"的批评标准。

1934 年旧作的主体部分是论"逼真"，尤其详于辨析"逼真"与"自然"相通、不仅形似而且强调神似的语义特点，着重论述雅人士大夫超出常识外的批评标准；与此相反，论"如画"部分仅用约 200 字，认为"如画"论人、论天然时含义不确定，论诗文则意在具体、可感觉，分析着墨不多，立论也较为薄弱。① 二者篇幅失衡的原因与旧作行文仓促有关，但也能见出此时朱自清更重"逼真"而非"如画"的态度。

1948 年重写版《论逼真与如画》变动最大的还是对"如画"本义、变义、引申义的详细探讨，朱自清在重写作中明确了"如画"这一意念发生于以常识为主的欣赏标准。初唐以前，"如画"指人的容貌匀称分明，像人物画、故事画中的局部线条或形体，在唐代"如画"尚有写实意味，直到宋代受南派山水画与文人画的影响，"如画"才变为形容自然模仿艺术的境界，与实物相对，超出常识常理；但与绘画不同，文学中"如画"的语义仍兼有写实和境界两义②，保留了常识的语义。

朱自清在 20 世纪 30 年代中期已经意识到批评文学时"逼真"与"如画"并不矛盾，都只是分明、具体、可感觉的意思，但在 20 世纪 40 年代后期他的结论却更进一步，更明确地站在平民立场，强调"我们的传统的对于自然和艺术的态度，一般的还是以常识为体，雅俗共赏为用的。那些'难可与俗人论'的，恐怕到底不是天下之达道罢"③。在朱自清看来，常识的、写实的欣赏标准，也就是人民大众的欣赏标准。

无论是再次追索"如画"的常识性语义，还是将"逼真""如画"共同系于以常识为体的雅俗共赏的批评标准，都是自觉站在人民立场，以民主为尺度重估古代文化的价值、从现代立场出发了解传统的表现。从知识

---

① 参见朱自清《论"逼真"与"如画"》，《文学》1934 年第 2 卷第 6 期。
② 参见朱自清《论逼真与如画》，载朱乔森编《朱自清全集》第三卷，江苏教育出版社，1988，第 233~243 页。
③ 朱自清：《论逼真与如画》，载朱乔森编《朱自清全集》第三卷，江苏教育出版社，1988，第 243 页。

阶级到人民大众的立场的转变是朱自清对旧作产生不同意见，以至于需要重写以明志的根源所在。总体来看，朱自清在 20 世纪 40 年代中后期的学术工作有着明确的社会使命，"为人生而学术""为人民而学术"是理解以《论雅俗共赏》为代表的 20 世纪 40 年代中后期学术成果的重要出发点。朱自清自觉以人民立场与民主尺度重新观照、批评和估定古代文学与文化的价值，试图建构"雅俗共赏"这一平民时代的新尺度，以文学批评载"人民性"① 之道。

然而，"为人民而学术"的建构性研究，并不意味着必须以政治性、时代性需求湮没古代文论生成的真实历史语境，"求真"仍是学术研究的底线。朱自清并不认为个人立场与客观的研究态度是必然矛盾的：

> 说到立场，有人也许疑心是主观的偏见而不是客观的态度，至少也会妨碍客观的态度。其实并不这样。我们讨论现实，讨论历史，总有一个立场，不过往往是不自觉的。……立场其实就是生活的态度；谁生活着总有一个对于生活的态度，自觉的或不自觉的。……客观的解释古代，的确是进了一步。理解了古代的生活态度，这才能亲切的做那批判的工作。②

朱自清的学术研究遵循严格的语义考据与语境还原方法，使得他一定程度上能够避免将现代人的经验和愿望强加于古代，从而相对客观地解释传统；而只有理解古人的生活态度，才能进一步自觉站在人民立场上以民主的尺度重新评判古代文化的价值。虽然朱自清由于受"五四"一代根深蒂固的文学进化论观念及抗战后文艺大众化的时代潮流的影响，在文章中对文学的口语化趋势、俗文学地位等问题有过分乐观的态度和略失审慎的判断，但整体而言，求真致知的客观态度仍是其关键词研究的底色。

---

① 朱自清：《论严肃》，载朱乔森编《朱自清全集》第三卷，江苏教育出版社，1988，第 141 页。
② 朱自清：《现代人眼中的古代——介绍郭沫若著〈十批判书〉》，载朱乔森编《朱自清全集》第三卷，江苏教育出版社，1988，第 203 页。

二　视域：寻找社会与生活的关键词

朱自清向人民立场的转变使其 20 世纪 40 年代后期学术成果《论雅俗共赏》在研究视域上得到调整和扩展。朱自清不再以中国文学批评史为本位，从古代文论学科内部寻找重要术语，而是立足实际语境，以现实问题为导向，在社会文化与日常生活中寻找关键词。

（一）视域调整：从学科本位到问题导向

纵观朱自清 20 年学术历程，其学术研究有明显的阶段性、连续性与体系性。20 世纪 20 年代初期，朱自清逐渐由新诗、白话散文创作转向现代诗学研究。在清华执教后朱自清正式开始学者生涯，1925～1931 年他在诗学研究的基础上将学术版图扩展至新文学研究与歌谣研究。1932 年从英国访学归来后，朱自清又回溯至古典诗学，开始自觉以意念考辨的方法进行古代文学批评研究①，"诗论释辞"课题便是这一时期学术取向的代表。虽因抗战爆发被迫中断研究计划，朱自清一直到 1943 年才完成《诗教说》和《诗正变说》，1944 年又对"诗论释辞"的四篇论文都进行了补充、修订甚至重写②；但从研究课题和范围上看，1947 年正式出版的《诗言志辨》体现的仍是他 20 世纪 30 年代至 40 年代前中期的学术兴趣，也即从构成"诗文评的源头"③ 的批评意念出发，寻出其发展、演变的轨迹，以此阐明和建构中国文学批评史。

因此，《诗言志辨》选择"诗言志""诗教""比兴""正变"作为阐释对象，关注中国传统文学批评的开山纲领及其细目，其出发点和落脚点都是为了建立中国文学批评史新学科，"阐明批评的价值，化除一般人的成

---

① 王晓东：《从文人到学者：学术视野下的〈朱自清全集〉重修刍议与校补》，《淮阴师范学院学报》（哲学社会科学版）2015 年第 4 期。

② 王晓东：《从〈诗言志说〉到〈诗言志〉——朱自清"诗言志"研究"重写"的学术史考察》，《宁波大学学报》（人文科学版）2018 年第 5 期。

③ 朱自清：《〈诗言志辨〉序》，载朱乔森编《朱自清全集》第六卷，江苏教育出版社，1990，第 129 页。

见，并坚强它那新获得的地位"①。朱自清前期的学术路径可称为以中国文学批评学科为本位的"探原立论"②，其研究视域相对应地聚焦于中国文学批评中传统的、核心的、源头性的意念。

1946年复员前后，朱自清学术视域的调整可以从该年所作的两篇文章中体察。两文都提及价值重估问题，表述方式却存在微妙差异，透露出朱自清中国文学批评的视域逐渐从以学科为本位向以现实问题为导向转移。在《诗文评的发展》中，朱自清的"从新估定一切价值"③ 指的是用现代文学的评价标准（早期主要来自西方观念）来重新估定中国传统文学批评即诗文评的价值。朱自清立足于自古未有的新学科的建立，关注各种纲领性的批评意念，是为了建立中国文学批评史的新系统。以学科为本位重估传统的价值，是他此前近20年的学术工作的整体取向。

然而在《论学术的空气》中，朱自清借美国学者拜喀尔的"象牙实验室"④ 一词批评埋头书斋、逃避现实的学术态度，指出时代需要"重行估定知识或学术的价值。这种估价得参照理论与应用，现实与历史，政治与教育等等错综的关系来决定"⑤，显然这已经超出了中国文学批评史的学科范围，而以社会现实生活的需求为参照系。朱自清对价值重估的不同解释，显示出这一时期朱自清思想正处于转向期，他逐渐意识到动乱时代下知识分子必须走出象牙塔，以学术批评工作自觉承担起社会赋予的使命。

于是，朱自清20世纪40年代后期的文论关键词研究不再以中国文学批评史学科为本位，而是立足于如何解决实际接触的现实问题。以文章《论雅俗共赏》为例，朱自清选择"雅""俗"这两个关键词，将中国的文体演变建构成从"雅俗分赏"至"雅俗共赏"的发展史。朱自清的学术工作常

---

① 朱自清：《〈诗言志辨〉序》，载朱乔森编《朱自清全集》第六卷，江苏教育出版社，1990，第129页。
② 朱自清：《评郭绍虞〈中国文学批评史〉上卷》，载朱乔森编《朱自清全集》第八卷，江苏教育出版社，1993，第196页。
③ 朱自清：《诗文评的发展》，载朱乔森编《朱自清全集》第三卷，江苏教育出版社，1988，第24页。
④ 朱自清：《论学术的空气》，载朱乔森编《朱自清全集》第四卷，江苏教育出版社，1990，第493页。
⑤ 朱自清：《论学术的空气》，载朱乔森编《朱自清全集》第四卷，江苏教育出版社，1990，第493页。

有其具体的思想文化语境，如《诗言志辨》处理的是 20 世纪 30 年代初文坛的热点议题"言志"与"载道"的关系①；而 1947 年的中国更多面对着抗战以来的通俗化运动，以至于不辨雅俗的大众化运动，朱自清的写作意图显而易见，他试图通过回溯与建构历史脉络，来解释文坛新动向的合理性与必然性。其中见出 20 世纪 40 年代中国动荡不安的社会现实与轰轰烈烈的民主运动对大时代中知识分子思想倾向逐渐民粹化与激进化的影响②，也透露出《在延安文艺座谈会上的讲话》对中国文艺界震动的余波。

朱自清在 1935 年曾言"我不是谈政治伦理，而是谈语言文字"③，但文章《论雅俗共赏》显然既谈"语言文字"，又谈"政治伦理"。朱自清从现实问题中拈出"雅""俗"一对关键词，并非主要出于对中国文学批评史学科自身的考量，而是有其明确的现实指向。《论百读不厌》更是直接受到赵树理《李有才板话》讨论会的启发，解放区文学创作中产生了新主题、新人物、新语言，必然要求新的艺术鉴赏标准，正是从这个角度，朱自清精心挑选出"百读不厌"这一关键词，指出消遣和趣味并非评判文学价值的唯一标准，从而为解放区文学的严肃性和可读性正名。《论书生的酸气》中对"酸"的讨论直接针对知识分子的历史定位与时代使命，朱自清强调紧迫的社会压力下近代知识分子应"洗尽书生气味酸"④，自觉承担时代赋予的使命，走向前去，走进人群。从中可知，朱自清 20 世纪 40 年代后期文论关键词研究的学术视域有明显的调整，他从当时文艺大众化潮流中遇到的实际问题出发，试图以自己的学术批评工作促进社会发展，从学理的角度阐释新时代需要何种文学标准。

（二）视域扩展：从专业术语到日常用语

批评工作以现实问题为导向，这一调整必然要求朱自清扩展学术视域，

---

① 参见刘绍瑾《朱自清〈诗言志辨〉的写作背景及其学术意义》，载徐中玉、郭豫适编《古代文学理论研究》第二十二辑，华东师范大学出版社，2004，第 222～226 页。

② 参见许纪霖《朱自清与现代中国的民粹主义》，载陈平原等编《学人》第十三辑，江苏文艺出版社，1998，第 250～260 页。

③ 朱自清：《白话与文言》，载朱乔森编《朱自清全集》第八卷，江苏教育出版社，1993，第 199 页。

④ 朱自清：《论书生的酸气》，载朱乔森编《朱自清全集》第三卷，江苏教育出版社，1988，第 245 页。

跳出中国文学批评的单一学科，在日常生活与时代文化中寻找关键批评用语，寻找"活"的语言，稽古揆今，揭示当今时代人民大众文化心态转变的历史根基与脉络。朱自清关键词研究视域的扩展既可以从不同时段学术成果之间的纵向对比中寻找线索，又可以从同一时期不同性质与用途的学术著述的横向比较中窥得一隅。

20 世纪 30 年代的关键词研究文章《论"以文为诗"》在诗、文的文体史中追索了"以文为诗"意念的生成脉络，而《中国文学批评研究讲义》[①]（后文略称为《讲义》）则记录了朱自清 20 世纪 40 年代关键词研究的系统化成果，将繁芜、艰深的文论关键词纳入清晰的框架中，论述与梳理中国古代文学的本体和文学批评概念。与二者相比，面向人民说话的文章《论雅俗共赏》有意避开过于艰深的专业批评用语，从现实生活的日常语用中遴选关键词，扩大研究范围，将俗文学、民间文学等传统诗文领域无法涵盖的文化内容纳入其中，凸显了雅俗共赏的学术宗旨。

在《论"以文为诗"》中，朱自清选取"以文为诗"这一传统、典型的中国古代文学批评范畴，以此论述中国文体的俗化、散文化趋势。朱自清重视古文运动，尤推韩愈，喜爱宋诗[②]，他指出"以文为诗"这一意念折射出宋代基本确立了诗文界限的文学史事实，其原因在于宋代古文发达，平易畅达、简洁明快的散体古文占据主导地位。宋诗也受其影响，多为集抒情、描写、叙事、议论于一体的沉着痛快之作。在现代这一文体散文化的发展趋势则表现为现代散文（包括小说）的高度发达，与现代诗歌相比受众更为广泛。全文虽未出现"俗"字，但强调文体发展的散文化、平民化趋势的意念已呼之欲出。[③]

与作于 1939 年的《论"以文为诗"》纵向对比，文章《论雅俗共赏》在继承以往学术思考的同时，选择了"雅""俗"这对更为生活化、时代化

---

① 《中国文学批评研究讲义》为朱自清在西南联大讲授《中国文学批评研究》（1945～1946年）的课堂笔记整理稿，记录者为当时的中文系三年级学生刘晶雯。该笔记内容较为完整，曾由朱自清亲自批阅，对了解朱自清的学术研究有较大的参考价值。

② 王瑶：《念朱自清先生》，载朱金顺编《朱自清研究资料》，北京师范大学出版社，1981，第 34～35 页。

③ 参见朱自清《论"以文为诗"》，载朱乔森编《朱自清全集》第八卷，江苏教育出版社，1993，第 305～306、308～310 页。

的关键词。朱自清在文章《论雅俗共赏》中将宋代古文"好易"的趋势与宋诗"做诗如说话"的风格概括为"雅俗共赏",点明了文体的"俗"化趋势,并认为这是文学发展的大路。"雅""俗"问题的讨论延续了朱自清20世纪30年代文体史分析的思路,并深化了文体散文化的论点。

虽然两篇文章基本观念相通,问题域也有重叠之处,但从关键词涉及的领域来看,"雅""俗"这对关键词显然能容纳更多类型的文体,也更贴近人们的日常文化生活。传统意念"以文为诗"涵盖的文体范围过于狭窄,于是朱自清跳出诗、文领域,选取"雅""俗"这对日常批评用语,从而拓展了文体范围,其论述既涵盖诗、文这类传统雅文体的俗化趋势,又涉及语录、笔记、传奇等新文体的发展,还论及说话、章回小说、杂剧、诸宫调、传奇、皮簧戏等各类俗文化形式的演变。这些"俗"文化才是普罗大众平日更熟悉、更享受的文化生活内容,比以诗、文为代表的雅文化更贴近人们的日常生活。朱自清还由文体的发展引出欣赏标准由"雅俗分赏"至"雅俗共赏"的变化,自觉的文体意识融化在娓娓道来的叙述中,"雅""俗"两个关键词既有以词通史的学术价值,又有近于日常生活的大众立场;既是朱自清早年学术兴趣与基本观念的延续,也展现出20世纪40年代中后期学术视域的扩展与深化。①

《论雅俗共赏》面向民众日常生活的研究视域也与其写作目的与刊载方式相匹配。该文集中的文章大都刊于大众文艺刊物②,在社会上拥有广泛的读者群体,自然需要注意关键词的"俗"的维度。同期的《讲义》仅面向中文系学生,故而着重辨析中国古代文论内部的专业术语,在具体论述与材料征引时也侧重其语义的专业性一面。如"品目"一章论"表明文学价值之德性词"③,朱自清选取的"顺逆""诚伪""雕率""浑划""风神""刚柔""奇正"等21对关键词,均为中国文论常用之书面批评术语。虽同

---

① 参见朱自清《论雅俗共赏》,载朱乔森编《朱自清全集》第三卷,江苏教育出版社,1988,第219~225页。

② 据朱自清文末自注,《论雅俗共赏》各篇曾刊于以下刊物:《观察》、《文讯》月刊、天津《民国日报》文艺副刊、《世纪评论》、《时与潮文艺》、《文聚》、北平《华北日报》文学副刊、北平《华北日报》俗文学副刊、《清华学报》、《世间解》月刊、《周论》、《燕京新闻》副叶、《文学》杂志。

③ 刘晶雯整理《朱自清中国文学批评研究讲义》,天津古籍出版社,2004,第169页。

为"表明文学价值之德性词"，《论雅俗共赏》选取的"逼真""如画""百读不厌""酸"等批评用语（二书皆论"雅""俗"，但阐释方法不同，见后文）在语用性质上却介于专业术语和一般词汇之间。二者横向对照不难看出《论雅俗共赏》在日常生活中选取关键词的独特学术视域。

"求真""化俗"曾被朱自清用来形容禅家语录①，同样也可以作为《论雅俗共赏》关键词研究的注脚。"化俗"意味着学术视域的调整与扩展，"文艺理论当有以观其会通；局于一方一隅，是不会有真知灼见的"②。朱自清自觉选取人们日常熟知的介于口语与书面语、日常用语与专业术语之间的批评意念，以《论雅俗共赏》这一学术成果成功展现出关键词研究极富弹性的研究视域。他强调从现代文化与时代生活的视角观照古代文论，认为学术研究"不以古代为限，而要延展到现代。讨论到古代的时候……着重语言和文学在整个文化里的作用，在时代生活里的作用，而使古代跟现代活泼的连续起来"③。朱自清以现实问题为导向，在日常生活与文化中寻找关键词，并用细致的考据功夫加以梳理和澄清，其广阔的研究视域正能鉴照出中国古代文论关键词研究中往往为研究者所不察或无意为之的部分。

三 方法：关键词解释与批评的多元路径

朱自清的关键词研究向来重视考据的功力和语义分析的方法，但在20世纪40年代中后期，朱自清试图以文艺批评工作直面活生生的社会问题，直接向更为广大的受众说话，于是学术方法的改变成为题中应有之义。向人民立场的转变，对学术研究的价值判断维度提出了更高的要求。立足考据而不止考据，朱自清将历史语义学与文体史、文艺心理学、艺论、文化研究相结合，探索了多样化的解释路径，担负起时代赋予学术的批判使命。

---

① 朱自清：《论雅俗共赏》，载朱乔森编《朱自清全集》第三卷，江苏教育出版社，1988，第220页。
② 朱自清：《〈谈美〉序》，载叶至善等编《朱光潜全集》第二卷，安徽教育出版社，1987，第100页。
③ 朱自清：《〈文学与语言〉发刊的话》，载朱乔森编《朱自清全集》第四卷，江苏教育出版社，1990，第464页。

（一）立足考据，不止考据

在批评方法上，朱自清尤为强调分析意义的重要性，"文学批评里的许多术语沿用日久，像滚雪球似的，意义越来越多。沿用的人有时取这个意义，有时取那个意义，或依照一般习惯，或依照行文方面，极其错综复杂。要明白这种词语的确切的意义，必须加以精密的分析才成"①。从语用学角度关注词语在使用中的多义性质，这是朱自清关键词研究方法论的学理基础。

一方面，对关键词意义的分析应该"一个字不放松，像汉学家考辨经史子书"②；另一方面，传统考据学方法已无法满足学术研究的时代需要。对此，朱自清专门区分了意义学与考据学的研究范围和旨趣：

> 现在文字学……比起专守许慎《说文解字》的时代有了长足的进步……注重活的现代语，表示我们学术的兴趣伸展到了现代……形态也罢，语音也罢，训诂也罢，文法也罢，都是从历史的兴趣开场，或早或迟渐渐伸展到现代，从现代的兴趣开场伸展到历史的，似乎只有所谓意义学。③

"意义学"为同代学者李安宅所创，用以代指英国理论家瑞恰慈、奥格登的语义分析理论，朱自清以此强调要通过解释与批评的方法从古老的语言材料中重新发现和提炼现代价值。

在《文学与语言》的发刊词中，朱自清更明确了新的学术宗旨和现代立场，与此对应的是将方法调整为"忽略精细的考证而着重解释与批评"④，通过现代立场的"解释和批评"，能够拉近古代语言与文学研究和时代的距

---

① 朱自清：《诗文评的发展》，载朱乔森编《朱自清全集》第三卷，江苏教育出版社，1988，第30页。

② 朱自清：《〈诗言志辨〉序》，载朱乔森编《朱自清全集》第六卷，江苏教育出版社，1990，第129页。

③ 朱自清：《语文学常谈》，载朱乔森编《朱自清全集》第三卷，江苏教育出版社，1988，第171～172页。

④ 朱自清：《〈文学与语言〉发刊的话》，载朱乔森编《朱自清全集》第四卷，江苏教育出版社，1990，第464页。

离，使现代人对古代文化产生亲近感。由此可见，在考据基础上探索关键词的多种解释方法与批评路径，成为朱自清20世纪40年代后期的总体学术方法。

朱自清自觉适应时代需求调整学术方法的痕迹，可从未收入《论雅俗共赏》文集中的《"好"与"妙"》中发见。同为考释中国文论传统用语的文章，《"好"与"妙"》写于1947年，与《论雅俗共赏》集内多数文章写作时间相近。虽然该文同样展现了"雅俗共赏"的批评立场，朱自清却未将其收入集中，这一选择相当值得深思。文中朱自清认为"好"是"雅俗共同的批评用语"①，而源于《老子》的"妙"则是"士大夫或雅人一般常用的，主要的审美的评语"②，俗人只说"妙不可言""莫名其妙"等带有讽刺意味的词组。虽然朱自清也注意从日常语用的角度辨析"好"与"妙"的语义变化，但总体来看《"好"与"妙"》所运用的仍是爬梳剔抉的考据学功夫。尤其在说明"妙"的语义流变时，广泛引用老庄、易学、小学、佛经、史书文苑、诗话等文字材料，取材范围广，兼释"玄妙""神妙""微妙""妙才""奇妙""妙心""妙悟""妙境"等双音词，还涉及"神""道""象"等相关意念，语义考辨全面且细致③，或许反而成为朱自清认为该文不够雅俗共赏的原因。

以考据方法为主的学术研究，不能适应已经扩大的读者受众群体。朱自清曾提到自己的文章"青年人不容易看懂"④，于是他不断训练自己"写得快些，随便些，容易懂些"⑤。因而，在考据基础上，探索关键词的多种解释方法与批评路径，更加清晰、易懂地建立以人民为主的批评标准，才是《论雅俗共赏》展现出的方法路径与学术取向，也是20世纪40年代后

---

① 朱自清：《"好"与"妙"》，载朱乔森编《朱自清全集》第八卷，江苏教育出版社，1993，第362页。
② 朱自清：《"好"与"妙"》，载朱乔森编《朱自清全集》第八卷，江苏教育出版社，1993，第366页。
③ 参见朱自清《"好"与"妙"》，载朱乔森编《朱自清全集》第八卷，江苏教育出版社，1993，第364~373页。
④ 朱自清：《〈标准与尺度〉自序》，载朱乔森编《朱自清全集》第三卷，江苏教育出版社，1988，第113页。
⑤ 朱自清：《〈标准与尺度〉自序》，载朱乔森编《朱自清全集》第三卷，江苏教育出版社，1988，第114页。

期朱自清中国文论关键词研究的创新之处。

（二）《论雅俗共赏》的四种批评范式

文章《论雅俗共赏》《论百读不厌》《论逼真与如画》《论书生的酸气》便是运用新学术方法的具体批评实践。四篇文章在内容上分别论及文体、文学效果、文艺标准、文学主体心态；在方法上，实践了关键词研究中历史语义学与文体史、文艺心理学、艺论、文化研究的结合路径；虽不及专著《诗言志辨》精密完善，却折射出历史语义学研究的不同面向，在批评方法的多样性上尤有范式意义。

第一篇文章《论雅俗共赏》以文体史通关键词，从文体由"雅"变"俗"的历史脉络中剖析"雅俗共赏"这一新批评标准的生成理路。朱自清《讲义》中也有论及"雅""俗"，但《讲义》主要运用传统考据学方法，引余冠英所论"雅"有八义，"雅"本"夏"，又有"大""正""和""深""精""高""闲""厚"之义，兼释"都雅""正雅""文雅""典雅""雅致""雅重""深覆典雅""雅人深致"等"雅"的双音节词和多音节词①，形成关键词的词群考据。与之对比，文章《论雅俗共赏》的方法差异清晰可见。朱自清解释关键词时，不再主要依靠字义考据，而是在文体史语境中解释"雅""俗"意念的生成逻辑，进而不同于传统的阐释学路径。

第二篇文章《论百读不厌》以文艺心理学通关键词，采取文艺心理学的理论资源，从艺术欣赏与快感的角度阐释了"百读不厌"作为文艺趣味标准的生成原理。"百读不厌"原意指经典的微言大义值得反复体味，在日常语用中语义发生滑动，演变为一种趣味标准，用以描述欣赏文艺作品能够获得趣味和快感，足以让人"不讨厌"以至于"不厌倦"②。朱自清精简地勾勒出"百读不厌"的对象、范围、用法、来源、古今异义，对其内涵和外延做了历史性限定和描述。在基本完成语义考辨后，朱自清进一步从文艺心理学的角度指出，诗文之所以让人"百读不厌"，是因为读者能够从吟诵的声调和音乐性成分中获得直接、本能的感觉享受，字面的影像也能

---

① 参见刘晶雯整理《朱自清中国文学批评研究讲义》，天津古籍出版社，2004，第175~177页。
② 朱自清：《论百读不厌》，载朱乔森编《朱自清全集》第三卷，江苏教育出版社，1988，第227页。

引起奇丽的感觉。就小说而言，超现实的幻想题材（神仙、武侠、才子、佳人）和曲折离奇的情节亦能增添趣味。①　于是，朱自清跳出文字考据的范畴，将"百读不厌"的讨论集中至声调、情节这两个文学要素之中，从艺术欣赏与快感的角度阐释"百读不厌"的心理学与生理学原理，对关键词的解释更有理论深度，现代科学色彩增强，学术视野也更加开阔。

第三篇文章《论逼真与如画》采取以艺论通关键词的方法，不再局限于"言意""形神""象外之境""文外之意"等文论范畴，而是从书、画、文的综合视野辨析"逼真""如画"这一组批评意念的发展史迹。这从朱自清援引的资源中也可见一斑：王鉴画论、张怀瓘书论、朱静元画论、苏轼的"写生"意念、董逌的"生意"说，等等②。中国古代传统文化本就包纳书、画、文的广阔艺术语境，批评意念往往在不同的艺术领域中跳跃、生成、碰撞、变化。局限于某一艺术领域，割裂地解释某一关键词，既不符合其生成的原初语境，也难以还原其丰富的历史语义。朱自清贯通书、画、文三家之言，立体地呈现了"逼真"与"如画"的丰富内涵，关键词的历史语义研究须得超以"文"外，方能得其环中，破一隅之见。

第四篇文章《论书生的酸气》则以文化研究通关键词，从文人群体的生活方式、行为作风、情感心态的角度考究"酸"的语义和语境。朱自清有自觉的方法论意识，他认为跨领域正是现代学术的进步之处，"现代知识的发展，让我们知道文化是和政治经济社会分不开的，若将文化孤立起来讨论，那就不能认清它的面目"③。在解释"酸"这一关键词时，朱自清深入当时的历史与文化语境中，注意到魏晋南北朝分别门第的政治变化、晋以来清谈与吟诵看重声调的名士作风、道学兴起后读书人的地位变化等多重背景。朱自清在此基础上勾勒出"酸"的历史、文化、社会内涵，既指读书人吟诵时故作悲凉态的"老婢声"，也指诗歌中叹老嗟卑、过分自伤乃至无病呻吟的风格，还指百无一用、自叹自嗟、满嘴"之乎者也"的行为

---

①　参见朱自清《论百读不厌》，载朱乔森编《朱自清全集》第三卷，江苏教育出版社，1988，第226～229页。

②　参见朱自清《论逼真与如画》，载朱乔森编《朱自清全集》第三卷，江苏教育出版社，1988，第233～243页。

③　朱自清：《现代人眼中的古代——介绍郭沫若著〈十批判书〉》，载朱乔森编《朱自清全集》第三卷，江苏教育出版社，1988，第202页。

作风。① 虽然 20 世纪 40 年代 "文化" 一词尚未获得 20 年后由伯明翰学派开启的文化研究中所具有的广泛含义，但朱自清对 "酸" 的解释与批评实与后来的文化研究有相通的旨趣、方法和视野，展现出对大众化时代脉搏的准确把握。

《论雅俗共赏》前四篇文章看似孤立的个案研究，实则构成较为完整的文章群，其潜体系性与整体性往往被文集的形式掩盖。全书广泛涉猎的特点，也容易让人忽视朱自清按性质布置的用意。实际上，这四篇文章构成了关键词研究的四种批评范式，朱自清将文字考据与文体史、文艺心理学、艺论、文化研究相结合，为发掘关键词解释与批评的多元方法提供了宝贵的方法论指导。

结　语

总体来看，《论雅俗共赏》展现出朱自清 20 世纪 40 年代中后期全新的关键词研究风范，他自觉调整学术研究的立场、视域和方法，以此承担时代赋予知识分子的新使命。对朱自清而言，学术不仅仅是象牙塔中的研究，而是一份 "工作"②，是无法直接参与革命行动的知识分子应该坚守的 "岗位"③，"文艺有社会的使命，得是载道的东西"④。朱自清试图以时代的需求与兴趣重新审视、进入和建构中国古典文论的关键词，从故纸堆中开出时代的药方，这也构成了 20 世纪上半叶中国阐释学的核心信念——既是求真，亦为载道。一代有一代之学术，朱自清《论雅俗共赏》的文论关键词研究，留与后人的不再是 "过去的永恒画面"，而是 "每一个现在""对过去的每一次经验"⑤。

---

① 参见朱自清《论书生的酸气》，载朱乔森编《朱自清全集》第三卷，江苏教育出版社，1988，第 244~252 页。

② 朱自清：《论且顾眼前》，载朱乔森编《朱自清全集》第四卷，江苏教育出版社，1990，第 517 页，第 519 页。

③ 朱自清：《论学术的空气》，载朱乔森编《朱自清全集》第四卷，江苏教育出版社，1990，第 490 页，第 495 页。

④ 朱自清：《什么是文学的 "生路"？》，载朱乔森编《朱自清全集》第三卷，江苏教育出版社，1988，第 165 页。

⑤ 〔德〕瓦尔特·本雅明：《爱德华·福克斯——收藏家和历史学家》，载王涌译《艺术社会学三论》，南京大学出版社，2017，第 104~105 页。

游艺体道：宗白华的"散步式"文论关键词研究

李美如

（武汉大学文学院）

摘　要：宗白华是20世纪中国美学的重要开拓者之一。宗白华的文论关键词研究贯通了多种艺术门类和审美实践，呈现为独具一格的"散步式"风格。其"散步"特质主要体现在艺、美、道三个层面：在"艺"的层面，宗白华的关键词研究，发源于自身的诗歌创作实践，借鉴了西方美学的思想资源，又回归中国独有的艺术精神，从而能出入中西古今之间；在"美"的层面，宗白华对美的思考始终围绕着"意境"这个核心关键词，并运用直觉、感悟的思维方式来分析；在"道"的层面，宗白华以生命体验为入道契机，以宇宙意识为终极追寻，以诗性精神为阐释实践，从而构建起散步式的学术人格和思想境界。宗白华的"散步式"研究出入中西，兼具感性与逻辑、自由与秩序，足可为今日学林之镜鉴。

关键词：宗白华；文论关键词；《美学散步》

作为 20 世纪中国美学的标志性人物，宗白华对中国文论关键词的发掘、探讨与阐释，在他的美学研究成果中有着相当重要的地位。宗白华对关键词意蕴的深入探索，随着艺术发展与生活体验的增加而不断丰富，正如其所说乃是"终身情笃于艺境之追求"①。在早年诗歌创作实践中，宗白华在"诗境"中对"镜""影""心""窗"等多种自然意象的捕捉与追寻，显露了其散步美学的基本雏形。留欧时期，宗白华得以沉浸在不同的美术馆与绘画雕塑中，并在柏林大学接受了系统的哲学与艺术学训练，初步具有中

---

① 宗白华：《艺境》前言，载《宗白华全集》第三卷，安徽教育出版社，1994，第 623 页。

西比较的关键词研究视域；回国后，中国文论关键词的研究则贯穿了宗白华中后期的多数文章。或许是担心灵感的一闪而过，宗白华少有鸿篇巨制的论著，而多以单篇文章结集成书，聚焦于特定的文论关键词，以诗意化的表述娓娓道来，但看似散漫的言说背后，又有着以关键词为网结，构建庞大的概念世界的写作意图。

因此，本文取宗白华代表作《美学散步》之名，将宗白华文论关键词研究的核心特质，定名为"散步"：宗白华文论关键词研究的出发点是"游于艺"，即他的关键词研究经历了从诗歌创作到理论研究、从西方理论到中国美学的创生历程，并兼顾了冷门领域和热门话题；宗白华文论关键词研究的核心是"悟于美"，即以"意境"关键词为核心，以直观可感的形象和语言探讨"美"的内涵；宗白华文论关键词研究的境界是"体于道"，即从生命体验、宇宙意识和诗性精神等角度，构建学术与人生合一的文化人格。

一　游于艺

在《美学散步》一书的小言中，宗白华就点明了"散步式"言说的特色——兼具"散步"的自由度和"美学"的逻辑性："散步的时候可以偶尔在路旁折到一枝鲜花，也可以在路上拾起别人弃之不顾而自己感到兴趣的燕石。无论鲜花或燕石，不必珍视，也不必丢掉，放在桌上可以做散步后的回念。"① 而对自己的成文风格，宗白华也戏说自己像达·芬奇一样在街边散步时随处"戏画"，主观上并不曾想"戏画"有朝一日会变为"画苑的奇葩"。所以，宗白华的关键词研究调和了直观与概念、感性与知性，择取的关键词既有时兴的热门论题（"鲜花"），也有当时少有涉及的论题（"燕石"）。从其一生写作的文章来看，宗白华从西方哲学入，由中国美学出，从概念世界入，从文艺实践出，经历了由关键词的概念世界逐渐走向哲学的美感境界的圆融过程，其在此过程中塑造了其独特的散步风格。

---

① 宗白华：《美学散步》，载《宗白华全集》第三卷，安徽教育出版社，1994，第 284～285 页。

（一）游艺：从直观意象到关键词

宗白华走向文论关键词研究的历程，发端于他早年的诗歌创作。如《流云》小诗中关键意象的使用，就可见出宗白华关键词研究与散步美学的雏形。在《流云》中，宗白华几乎不直抒感情，而是代之以具体的物体、景观等意象，如"虫""星流""月""微风""宇宙""朝霞"等。景物不再是纯粹的视像，而变成了宗白华胸臆的显现。例如在《深夜倚栏》中："一时间，觉得我的微躯，是一颗小星，莹然万星里，随着星流。一会儿，又觉得我的心，是一张明镜，宇宙的万星，在里面灿着。"① 宗白华将自己视作一颗小星，将个人放置到宇宙中，在体悟到宇宙的"空灵"后，内寻自身的"充实"，随后便有了"静照"万物的前提——自己有如一面"镜子"，万物的"象"在"我"中各得其所，充实、自在、自由，在"万物静观皆自得""空故纳万境"的物我交融之间呈现出"境界"。同样在《月的悲吟》中，有"啊，可爱的人间，我相思久了，如今又得相见！噫，可爱的人间，你怎么这样冷清清的，不表示一点声音？你歌咏我的诗人，何处去了？你颂扬我的弦音，怎不闻了？"与万物为友，又与人间相离。这正是 20 年后，宗白华所说的"美感的养成在于能空"②。

人间之所以可爱，是因为个体的不沾不滞，从而产生了"间隔"。就如况周颐《蕙风词话》所说"人静帘垂，灯昏香直。窗外芙蓉残叶飒飒作秋声，与砌虫相和答"③。于万物中环视一周，又与斯世留有距离，所以"即而察之，一切境像全失，唯有小窗虚幌，笔床砚匣"④。在似与人间"如隔蓬山"的境界中，宗白华自己也由"心远"到"真意"，自觉进入"覆卧在晓云"中的"空灵"中了。再如，宗白华在《诗》中曾叹："啊，诗从何处寻？在细雨下，点碎落花声！在微风里，飘来流水音！在蓝空天末，摇摇欲坠的孤星！"⑤ 这一问三答，在自然的美中寻诗，而在其后来的《美

---

① 宗白华：《深夜倚栏》，载《宗白华全集》第一卷，安徽教育出版社，1994，第 359 页。
② 宗白华：《论文艺的空灵与充实》，载《宗白华全集》第二卷，安徽教育出版社，1994，第 346 页。
③ 况周颐：《蕙风词话》，人民文学出版社，1960，第 9 页。
④ 况周颐：《蕙风词话》，人民文学出版社，1960，第 9 页。
⑤ 宗白华：《诗》，载《宗白华全集》第一卷，安徽教育出版社，1994，第 356 页。

从何处寻?》（1957 年）中，宗白华给出了更确切的答案——"隔"与"移"。"美"不仅有客观构成，还需要主观的美感准备，即"移我情"。于是美感的发生就是对客观的"静观"与主观情感的"移易"和"移入"。《流云》中的意象创构过程，就是心灵的实体化，心本就生于自然之中，以心写景，无非是心在自然物象上找到了自己的落脚点，情绪都寓于一片物象的直观体验中。

宗白华早年的诗歌创作既以诗歌意象的形式塑造了他遴选、考察关键词的学术眼光，又从感性层面塑造了他的学术风格。虽然宗白华后来逐渐转向美学理论研究，并不以诗名称于世，但诗歌创作的实践，无疑为他"散步式"关键词研究的方式奠定了基础。

（二）视域：从浮士德精神到魏晋人格

宗白华在留欧学习与创作实践中，逐渐生成了中西比较的视域，从而培养起走向文论关键词研究的自觉。宗白华留欧前并没有很强的中西比较意识[1]，在留欧前，还曾鼓励青年"把功夫放在学习欧文和阅读西书上面"[2]。归国后，宗白华的研究视域才逐渐由西方返向中国。宗白华早期的研究对象以歌德、康德、叔本华、柏格森等西方学者为主，其对歌德的研究最为深入，如 1920 年在与郭沫若的来信中就提及开始构思《德国诗人歌德的人生观和宇宙观》；在《流云》中，也有《题歌德像》（1922 年）："你的一双大眼，笼罩了全世界。但也隐隐的透出了，你婴孩的心。"歌德的人生与艺术，在宗白华看来是可以参透世界的"大眼"，可以像多重主题的交响乐一般演奏世界。浮士德精神里有如初生婴孩般激越的"动"，使

---

[1] 刘小枫在《湖畔漫步的美学老人——忆念宗白华师》中回忆宗白华时，提到宗白华的藏书中"外文书远远多于中文书"，"中国的书籍他看得不多，只是闲时翻翻，大量读的是外文书"。参见范侨等选编《二十世纪中国文化名人散文精品·名人纪念与回忆》，贵州人民出版社，1994，第 244~253 页。而在《自德见寄书》中宗白华自述曰："中国旧文化中实有伟大优美的，万不可消灭。譬如中国的画，在世界中独辟蹊径，比较西洋画，其价值不易论定，到欧后才觉得。所以有许多中国人，到欧美后反而'顽固'了，我或者也是卷在此东西对流的潮流中，受了反流的影响了。但是我实在极尊重西洋的学术艺术，不过不复藐视中国的文化罢了。"参见宗白华《美与人生》，北京理工大学出版社，2012，第 105 页。可见，留欧前宗白华或许对中国文化还有一点轻视的心理，而这种轻视心理在了解西方文化后逐渐改变了。

[2] 林同华：《宗白华生平著述年谱》，载宗白华《美学与意境》，人民出版社，1987，第 440 页。

浮士德在充满矛盾的人生经历中进入"迷途"，找寻"正道"，随后还可以"出逃"。在浮士德精神中，宗白华看到了其所具有的东方智慧的一面，既"表现了西方文明自强不息的精神又同时具有东方乐天知命宁静致远的智慧"①，认为其是一种基于和谐形式之下又"沉浸于理性精神之下层的永恒活跃的生命本体"②。

虽然深受歌德影响，但在转向中国美学研究时，宗白华也清晰认识到了中西对自由生命追求的不同——"中国人不是浮士德'追求'着'无限'，乃是在一丘一壑、一花一鸟中发现了无限，表现了无限，所以他的态度是悠然意远而又怡然自足的。他是超脱的，但又不是出世的"③。有感于此，在溯源中国美学时，宗白华首先将视野锁定到中国美学史上相当于浮士德精神中"婴孩的心"的时代——魏晋六朝。

在《论〈世说新语〉和晋人的美》（1940 年）中，宗白华从魏晋时期的"人物品藻"这块幽僻的"燕石"谈起，来切入魏晋美学研究。④ 他说："中国美学竟是出发于'人物品藻'之美学。美的概念、范畴、形容词，发源于人格美的评赏……中国艺术和文学批评的名著，谢赫的《画品》，袁昂、庾肩吾的《画品》，钟嵘的《诗品》，刘勰的《文心雕龙》，都产生在这热闹的品藻人物的空气中。后来唐代司空图的《二十四诗品》，乃集我国美感范畴之大成。"⑤ 由此可知宗白华从"人物品藻"入手来解析魏晋时人格人性之美时，就有意识地将"美"的概念、范畴、形容词等发源都纳入人物品评中，以喻物及己、推己及物的玄学意味体会自然，从山水意境中见出中国美学"山水美""深情""神韵"等关键词的审美网络。

论及魏晋人格，宗白华特别以"书法"为关键词和论述的重心。"中国独有的美术书法……是从晋人的风韵中产生的。"⑥ 行书点画自如，自在游

---

① 宗白华：《歌德之人生启示》，载《宗白华全集》第二卷，安徽教育出版社，1994，第 1~2 页。
② 宗白华：《歌德之人生启示》，载《宗白华全集》第二卷，安徽教育出版社，1994，第 7 页。
③ 宗白华：《介绍两本关于中国画学的书并论中国的绘画》，载《宗白华全集》第二卷，安徽教育出版社，1994，第 46 页。
④ 参看袁济喜《论宗白华的魏晋美学解读》，《中国人民大学学报》2003 年第 4 期。
⑤ 宗白华：《论〈世说新语〉和晋人的美》，载《宗白华全集》第二卷，安徽教育出版社，1994，第 269 页。
⑥ 宗白华：《论〈世说新语〉和晋人的美》，载《宗白华全集》第二卷，安徽教育出版社，1994，第 271 页。

行，体现的正是宗炳在室中画山水，意达"抚琴动操，欲令众山皆响"的玄远境界，行草恰是魏晋人格凝聚而成的书法。宗白华对"书法"关键词从概念和实践两个方面做了考察。在《中国书法里的美学思想》中，他将书法概念的起源向前追溯了五百年，从汉字"象"物说起。这时的字就不再单是一个概念符号，而是构成了空间单位、生命单位。所以后来书法中格外注重的"骨、筋、肉、血"，就是因为每个字都是一个生命体，"可喜可愕，一寓于书"（韩愈《送高闲人上序》）则构成了书法象形时构成的刚柔之态。① 宗白华还从艺术实践的角度陈说"书法"的内涵。在文中，宗白华以"用笔""结构""章法"三点入手，既谈书家在创作实践中的方法论，又论观者品读的欣赏法，呈现出怀抱一众"燕石"供读者把玩的态势。

在"用笔"中，宗白华先从"书"的字源再到"笔"的材料入手，解释书法巨细收纵的无穷变化。在"结构"中，从字的象形到后来的"孳乳浸多"，揭示了汉字内涵的"意境"生成，并列举出"结字三十六法"如排叠、避就、顶戴、穿插等具体"写法"（也可作"赏析法"）。在"章法"中，又从晋人王羲之的书法看章法美。至于美到何种境界，宗白华自己也赞叹："他（王羲之）自己也不能写出第二幅来，这里是创造。"② 此时的关键词不再纯是逻辑式概念，而成了经验式的，就像宗白华说"意境"就是在"沉挚里突然地创造性地冒出"③。宗白华以"书法"进入魏晋人格，以魏晋人格进入魏晋美学，在丰富的文艺实践、强烈的创作情感与深沉的思想碰撞之中，速写灵光中的关键词，形成了"燕石"与"鲜花"并举的格局。

从宗白华留欧时所接受的西方哲学，到《流云》小诗的创作实践，最后到美学中散步的游艺体道，可以见出其关键词研究中清晰的关键词取向。在早期的创作实践中，宗白华以诗歌创作的方式将胸中之情以意象述之，

---

① 参见宗白华《中国书法里的美学思想》，载《宗白华全集》第三卷，安徽教育出版社，1994，第 401 ~ 402 页。

② 宗白华：《中国书法里的美学思想》，载《宗白华全集》第三卷，安徽教育出版社，1994，第 424 页。

③ 《中国书法里的美学思想》的观念实质上与歌德论作品时"题材人人看得见，内容意义经过努力可以把握，而形式对大多数人是一秘密"的观点一样，宗白华多以小诗、单篇文章构成自己的美学思想可能也是由于如果不将瞬间性的所感马上书写下来，恐怕灵感就会消逝掉了。

虽然还未能形成明确的关键词意识，但是已经有了以自然意象为关键表述其心中艺术精神的趋势，并逐渐产生了鲜明的以关键词为主导的问题意识，走向关键词研究的自觉世界。宗白华将自己拾到的"燕石"变成了"宝玉"，也启发着后世学者在关键词研究中寻获自己的"燕石"。

二　悟于美

宗白华文论关键词的研究，是以具体艺术门类和创作实践来把握抽象的艺术生命，使之精神化、理想化，从而以"艺"逮"意"，以博见的眼光引领读者感悟"美"的本身。在宗白华的美学思想世界中，"意境"关键词是统摄一切"散步"的核心，也是"美"的呈现方式，正是对意境的追寻，使宗白华的研究有一贯穿其中的气脉，形散而神聚；同时，宗白华对"美"的言说，又是从具体的艺术实践、艺术现象中得出，并以直觉性的思维和语言来表述，从而调动起读者的感觉，使美的纵域与横域呈现互相的博见观照。

（一）以"意境"为美之核心

"散"本指"杂肉也"[1]，作为碎肉，其形式是零散、混乱、无中心、无方向的。"步"则有"寻"义。《后汉书·郅恽传》："吾足矣。初从生步，重华于南野。"李贤注："步犹寻也。"[2] 在步行中，两趾前后相继，有具体追寻的目的。抵达目的地后，止步于至善，从而尽兴而归。"散步"体现在宗白华的论说中，既是去留随心，无意营构，同时又暗含秩序和目的。

宗白华在留欧后就开始有意识地以"意境"为核心范畴统摄中国美学中的一系列关键词——"意境是艺术家要能拿特创的，是从他最深的'心源'和'造化'接触时突然的领悟和震动中诞生的……艺术家要能拿特创的'秩序'、'网幕'来把住那真理的闪光"[3]。以"意境"为起点，以诸多

---

① 徐铉校定《说文解字》，中华书局，2013，第84页。
② 《后汉书》第四册，中华书局，1973，第1029~1030页。
③ 宗白华：《中国艺术境界之诞生》（增订稿），载《宗白华全集》第二卷，安徽教育出版社，1994，第366页。

关键词为秩序网幕上的"绳结"，宗白华的关键词研究构成了一张大网。《文心雕龙·物色》篇中讲："窥情风景之上，钻貌草木之中。吟咏所发，志惟深远，体物为妙，功在密附。故巧言切状，如印之印泥，不加雕削，而曲写毫芥，故能瞻言而见貌，即字而知时也。"[1] 宗白华对美的把握，就是在先由意象构成文思，达到意以称物，再以关键词为文以逮意的路上建立的。

从 20 世纪 30 年代起，宗白华就将中国艺术精神的核心关键词确立为"意境"。宗白华认为，意境是"时空合一体"，又是动静结合、富有音乐节奏的，他甚至认为"中国绘画的精粹"就在"意境"中，"千言万语，也只是阐明此语"。意境是"画家诗人'游心之所在'，是他独辟的灵境，创造的意象，作为他艺术创作的中心之中心"[2]。意境早就置入了"宇宙意识"和"生命情调"之中，脱离了纯粹的艺术学界域，而彰显出具有普遍价值的艺术规律。宗白华将"意境"分为三个层次："直观感相的模写"、"活跃生命的传达"和"最高灵境的启示"[3]。在艺术的价值结构中对应"形"（形式价值）、"景"（描象价值）、"情"（心灵价值），成为真、善、美三种价值的结合体。中国各门类艺术在"意境"的统摄下又都具有"静照""留白""飞动""空灵、充实"等特性。当我们随着宗白华的言说漫步，可以发现无论他从哪一种艺术门类谈起，最终都能归回中华民族特有的宇宙意识所形成的"意境"。

以宗白华最常举例的艺术门类音乐为例。在《流云》中，宗白华对音乐已经有了感性的直观，如"我生命的流，是琴弦上的音波"（《生命的流》），"水上的微波，渡过了隔岸的歌声。歌声荡漾，荡着我的寸心，化成音乐的情海。情海的音波，充满了世界。世界摇摇，摇荡在我的心里"（《情海的音波》），"恋爱是无声的音乐"（《恋爱》）。但在后来对"意境"关键词的讨论中，宗白华对音乐有了更深入和系统的阐述。宗白华先从音乐的基本构造节奏、和声、旋律谈起，再论及"孔子闻韶乐，三月不知肉味"。宗白华开始认识到音乐中的善，并展开分析音乐的形式与社会等级制

---

① 刘勰著，范文澜注《文心雕龙注》，人民文学出版社，1962，第 694 页。

② 宗白华：《中国艺术意境之诞生》（增订稿），载《宗白华全集》第二卷，安徽教育出版社，1994，第 357 页。

③ 宗白华：《中国艺术意境之诞生》（增订稿），载《宗白华全集》第二卷，安徽教育出版社，1994，第 331 页。

度的联系。正因为"一切艺术都趋向音乐"①，宗白华开始内探音乐的境界，如《中国美学史中重要问题的初步探索》一文指出，"音乐的节奏是它们（道、艺、舞）的本体"②。"音乐"来源于情感的推动，难以抑制，于是先由"言"到"长言"，由"长言"再到"嗟叹"，最后抵达"手舞足蹈"。但这份情感来自何处？曰："社会的劳动生活和阶级的压迫。"③ 使逻辑语言发展为音乐语言，正是个性受压抑时的呐喊。这过程中伴随的是一种由"字"转向"声"的过程，"字"蕴含具体概念内容，而"声"则走到真正的艺术境界。在这个过程中就会有从思想性到艺术性的转化，宗白华看到了"字"与"声"两者在"咬字行腔"中的融合扬弃，形成了"声中无字，字中有声"④ 的规律。到了这一步，音乐就从音调与乐德过渡到了戏曲表演的层面。戏曲中声情与文情配合最精彩之处是"务头"，类似"诗眼"、画中的"主体"。而正是音乐中的"务头"让节奏具有了"虚实"变化，从虚实相接的音乐就化成了"生生节奏"。这节奏体现在中国的空间意识里，就是画者以乐舞和谐的眼睛观自然，达到"一草一木栖神明。忽如空中有物，物中有声"（《范山人画山水歌》）。自然万物也就变成了有情有势的有声自然。所以画中的音乐就如"物中有声"，诗中的音乐是"诗中有妙境，每字能如弦上之音"⑤。

从音乐的节奏，宗白华还引出了"气韵生动"这个重要命题。"气韵，就是宇宙中鼓动万物的'气'的节奏、和谐。绘画有气韵，就能给欣赏者一种音乐感。"⑥ 宗炳曾在画山水时"欲令众山皆响"⑦。这种生动的节奏体

---

① 宗白华：《论中西画法的渊源与基础》，载《宗白华全集》第二卷，安徽教育出版社，1994，第 112 页。

② 宗白华：《中国艺术意境之诞生》（增订稿），载《宗白华全集》第二卷，安徽教育出版社，1994，第 365 页。

③ 宗白华：《中国美学史中重要问题的初步探索》，载《宗白华全集》第三卷，安徽教育出版社，1994，第 472 页。

④ 宗白华：《中国美学史中重要问题的初步探索》，载《宗白华全集》第三卷，安徽教育出版社，1994，第 473 页。

⑤ 宗白华：《中国诗画中所表现的空间意识》，载《宗白华全集》第二卷，安徽教育出版社，1994，第 425 页。

⑥ 宗白华：《中国美学史中重要问题的初步探索》，载《宗白华全集》第三卷，安徽教育出版社，1994，第 465 页。

⑦ 王春天：《山水画笔墨技法》，天津人民美术出版社，2020，第 3 页。

现在中国建筑上，就形成了飞动之美，无论是建筑上的花纹图案还是飞檐的动态美感，都体现了"生生节奏"里虚中有实、实中有虚的律动感。律动感再加上线条之美，又形成了舞蹈的虎虎生气。舞蹈之中"气韵生动"的动态美感，暗含着与音乐相同的内在节奏，它又能与其他艺术形式联系起来。如裴旻舞剑，吴道子观之而能画；公孙大娘舞剑，张旭观之而能书。又如庄子言庖丁解牛，与桑林之舞相契合……这时"音乐"早已不再是由音符组成的韵律，而是化为了天地宇宙的诗境韵律，自然万物的物态天趣，艺术家人格的律动灵气。

除了有声的乐，宗白华还谈及无声之乐。所谓无声之乐，正如《庄子·天运》所言："逐丛生林，乐而无形，布挥而不曳，幽昏而无声，动于无方，居于窈冥……行流散徙，不主常声……充满天地，苞裹六极。"① 又如《道德经》第四十一章云："大音希声，大象无形。"宗白华称赞这无声之乐是"宇宙里最深微的结构型式"②，虽然无声，但却能引人领悟宇宙幽渺，离开了乐律的形式，反而回到了生命最深的起伏之中，看似是步向无穷的宁静，实则是回到了音乐境界的核心。这种往而又返的意境又能在"白贲"中找到影子。《贲》卦本身虽然意为文饰，但唯有《贲》卦上九的"白贲"才是美的最高境界。所谓"贲象穷白，贵乎反本"③，从雕饰返归于平淡素净的宇宙本体境界。在这里，宗白华又回到了"意境"这一原点。

（二）以"感悟"为言说方式

宗白华在《美学散步》中确立了关键词"意境"作为其美学体系的核心，而通向"意境"与美的方式则在于"感悟"，即通过品鉴具体可感的艺术形象、艺术现象、艺术实践，臻于美的境界。

宗白华尤其善于在具体问题、具体关键词的探讨中，获取对于"美"的直感。在《中国美学史中重要问题的初步探索》中，"错彩镂金"与"出水芙蓉"两种美感的划分、虚与实、气韵生动与迁想妙得、绘画中的线条、

---

① 陈鼓应：《庄子今注今译》，商务印书馆，2016，第 427 页。
② 宗白华：《中国古代的音乐寓言与音乐思想》，载《宗白华全集》第三卷，安徽教育出版社，1994，第 438 页。
③ 宗白华：《中国美学史中重要问题的初步探索》，载《宗白华全集》第三卷，安徽教育出版社，1994，第 458 页。

山水画中的以大观小、音乐中的字与声、园林建筑的空间，都是宗白华认为的中国美学史上的重要问题。面对重要问题，宗白华并不给出标准答案，而是提出这些问题，并将答案的裁定权留给读者。

同时，宗白华对具体审美现象的探讨并不是条分缕析的，而是带有模糊与象征的特点，需要读者来填补文本中的空白。如在《中西画法所表现的空间意识》里，宗白华对中西的不同的"空间意识"展开论述。因为"空间意识"是"直观觉性上的先验格式"①，其作为一种自觉意识，需要由视觉、触觉、动觉、体感等获得，所以对于中西的空间意识差异，宗白华也是从具体的艺术实践入手。比如西方的空间意识体现在几何学、光影、空气三种透视法中；中国的空间意识则在书法所延续的乐舞情操中体现——"八方点画环拱中心"的字就构成了一个"空间单位"，字的状物生动，又生成了"灵的境界"。于是西方画法中的空间意识就偏向科学写实：可以远至无穷，但不能与自然同冥，物我呈现紧张分裂状态；中国的空间意识则极力避免穷观摹写的"见不周"和"心往不返"，所以是以神见、以灵见的"返身而诚"②来描绘空间的生命神韵③。这种意识体现为一种模糊、隐约的状态，而读者则需要透过宗白华所举的象征来领悟，就像在另一篇论述"空间意识"的文章中宗白华所说的那般，"每一种独立的文化都有他的基本象征物，具体地表象它的基本精神。在埃及是'路'，在希腊是'立体'，在近代欧洲文化是'无尽的空间'"④。

综上，在美学的散步中，宗白华看似是不经意地在捕捉关键词，但在具体言说中却散中有序。宗白华的美学关键词研究，以"意境"为阐释美、通向美的必由道路，而他对"美"和"意境"等关键词的言说，则主要是通过"悟"的方式，用具体的艺术实践、象征化的语言来加以表述。

---

① 康德语，参见宗白华《中西画法所表现的空间意识》，载《宗白华全集》第二卷，安徽教育出版社，1994，第142页。
② 《周易》云："无往不复，天地际也。"宗白华认为中国绘画的空间可以绘无穷，但是还要有能由远及近、回返本体的流连盘桓。
③ 参见宗白华《中西画法所表现的空间意识》，载《宗白华全集》第二卷，安徽教育出版社，1994，第142~148页。
④ 宗白华：《中国诗画中所表现的空间意识》，载《宗白华全集》第二卷，安徽教育出版社，1994，第420页。

三　体于道

宗白华的文论关键词研究，与其切身的生命体验密切结合。在对生命意识的切身感悟中，宗白华逐渐构建起了他的人生观：不单纯是"艺"与"美"层面的审美观照，而是将美学与文论关键词研究，与个人的生命历程、人格塑造融为一体。对"艺"的摸索与对"美"的发掘，使宗白华逐渐能体会到内心的生命之道，塑造了其包罗天地的宇宙意识与呈现在行文中的诗性精神。

（一）天与我室地与我所——宗白华的生命体验

从宗白华1919年发表的《读柏格森"创化论"杂感》可以看出，他很早就接触到了柏格森的生命哲学思想。[①] 在吸收生命哲学思想的过程中，宗白华将西方生命哲学系统进行了中国化，即从关注外部的创造活力转向了事物内部的生命体验。钱锺书在《中国固有的文学批评的一个特点》中曾指出中国文学批评的一个特点是"把文章通盘的人化或生命化（animism）"[②]，而西方的文评方法亦重视"移情"："人类最初把自己沁透了世界，把心钻进了物，建设了范畴概念。"[③]"生命化"与"移情"的共同点，就在于审美活动与个人性情的密切结合，而宗白华在中西文评的对比中把握住了这一共同点，并将"艺以载道"贯彻于生命美学中的全部体验。从本土传统来看，宗白华所追求的生命的艺术化与艺术的生命化，根植于源远流长的老庄哲学、道家美学传统，尤其体现出明显的庄学特质。

在《庄子》中，"道"乃是宇宙本体，书中虽数次对"道"加以阐释，但始终对"道"之本体没下定说。《知北游》说"道"："（道）无处不

[①] 宗白华：《读柏格森"创化论"杂感》，载《宗白华全集》第一卷，安徽教育出版社，1994，第78页。

[②] 钱锺书：《中国固有的文学批评的一个特点》，载《写在人生边上 人生边上的边上 石语》，生活·读书·新知三联书店，2002，第119页。

[③] 钱锺书：《中国固有的文学批评的一个特点》，载《写在人生边上 人生边上的边上 石语》，生活·读书·新知三联书店，2002，第131页。

在……在蝼蚁……在稊稗……在瓦甓……在屎溺。"① 《庚桑楚》说"道"：
"道通，其分也，成也；其成也，毁也。"② 道生出万物，但万物一旦有了常
形，便不再具有生成潜质或说丧失了可能性，这就不是庄子的"道"了。
"不用纯自然的机械物理的规律去解释形式美"③ 的现实审美体验，庄子的
"道"中高度蕴含的是自然不断生成的能量，无论是生老病死还是旦夕祸
福，都可以用"得其环中，以应无穷"的实践态度，引导人们重新意识到
自身不被自然所束缚的伟大力量。"道"广远宏大、永恒、无限，使人认识
到了"无为"后的逍遥，进而不自觉地舍彼我之分，并自觉进入"游于大
通"的大道境界，进而在审美活动中发挥出"内可以乐志，外可以养身，
非外境之所可夺也"④ 的效果。

相较于庄子的向外延伸"以应无穷"的广大，宗白华则更具有"超以
象外，得其环中"的特点。例如，宗白华在举例说"舞"时，总提及张旭
观看公孙大娘剑器舞而悟书法、吴道子画壁请裴旻将军舞剑以助壮气。从
舞的实际操作中看到舞者的"实"与舞蹈之后的虚静空间，"通过高度的艺
术真实，表现出生活的真实"⑤。宗白华曾提出的"意境"概念，也是在其
一生中随身份变化与散步境地而有所移易与扩充。基于自身"报刊编辑、
留学生、学者、哲学家、大学教师"⑥ 的身份转变，宗白华在不同时期对关
键词的研究往往也会有微调和新的阐释，因其不同时期的生命体验最终呈
现出独特的有机性。宗白华所体悟的"道"是基于艺术实体而领悟出的物
态天趣。自由热烈的舞蹈背后，是中国艺术精神的附着，是人格精神同样
也是哲学精神。所以宗白华从具体的艺术形式背后看到生命体验，是一种
不同于庄子的"忘我"，是时刻以"我"的生命体验为基点的。

宗白华对道的感悟，反映到现实生活中，形成了他的"散步"人格。

① 陈鼓应：《庄子今注今译》，商务印书馆，2016，第 662 页。
② 陈鼓应：《庄子今注今译》，商务印书馆，2016，第 705 页。
③ 李泽厚、刘纲纪：《中国美学史》，中国社会科学出版社，1984，第 29 页。
④ 董棨：《养素居画学钩深》，载俞剑华《中国历代画论大观》第 7 编，江苏美术出版社，
2017，第 179 页。
⑤ 宗白华：《中国艺术表现里的虚和实》，载《宗白华全集》第三卷，安徽教育出版社，
1994，第 389 ~ 390 页。
⑥ 王怀义：《基于"境层"概念的意境结构分析——重探宗白华艺术意境论》，《中国文学批
评》2023 年第 1 期。

宗白华一生几乎未沾染偏激的学术或政治争论。20世纪50年代，学术界围绕"美是什么"的问题展开大讨论，但宗白华只以《谈〈论美〉后一些疑问》与《美从何处寻?》亮明了自己"美在客观"的立场，并纠正了高尔泰在讨论中的一些逻辑错误，并未在大讨论中过多发言，似乎与当时言辞激烈的诸多学者处于平行的审美时空，做"逍遥游"。

（二）虽由人作宛自天开——宇宙意识

宗白华在艺术实践、生命体验中，以"意境"为突破口探幽穷赜，从意境的创构及其层次结构，追溯宇宙意识这一生命本原。

宗白华的文论关键词研究，并非"一个劲地搞那种文化特性的分析，而没有把文化作为一种合成的整体来研究"①。在个体的生命经验与民族文化所形成的宇宙意识中，宗白华找到了"令人满意的结果"——艺术家以心灵摹写万物，体现出的是"主观的生命情调与客观的自然景象交融互渗"②，从而生出的"灵境"，这一境界不同于"始境"与"又境"，而是作为具有超时间性，能真正衡量艺术气格的"终境"。

在实际的创作中，"道"与"技"也需要达到要素之间的最优状态。"艺术意境之表现于作品，就是要透过秩序的网幕，使鸿蒙之理闪闪发光。这秩序的网幕是由各个艺术家的意匠组织线、点、光、色、形体、声音或文字成为有机谐和的艺术形式，以表出意境。……在这时只有'舞'，这最紧密的律法和最热烈的旋动，能使这深不可测的玄冥的境界具象化、肉身化。"③ 在"道"与"技"的和谐状态之中，"技"因"道"到达"究竟状态，且是宇宙创化过程的象征"④。宇宙创化的过程就体现在"虚室生白"和"唯道集虚"的深沉静照中。在宗白华的宇宙意识里，不再以传统中西方的物我关系为分化准绳，而是以意境追寻艺术主体精神在客体对象中的

---

① 蒲震元：《中国艺术批评模式初探》，北京大学出版社，2016，第4页。
② 宗白华：《中国艺术意境之诞生》（增订稿），载《宗白华全集》第二卷，安徽教育出版社，1994，第358页。
③ 宗白华：《中国艺术意境之诞生》（增订稿），载《宗白华全集》第二卷，安徽教育出版社，1994，第366页。
④ 宗白华：《中国艺术意境之诞生》（增订稿），载《宗白华全集》第二卷，安徽教育出版社，1994，第366页。

呈现，达到艺术的深邃。

在中国文化中，《周易》可以说是对宇宙观加以形象描述的首创："仰则观象于天，俯则观法于地，观鸟兽之文与地之宜。近取诸身，远取诸物。"在《中国诗画中所表现的空间意识》一文中，宗白华也曾以易学的一阴一阳为其宇宙意识作注：

> 中国人的宇宙观是"一阴一阳之谓道"，道是虚灵的，是出没太虚自成文理的节奏与和谐。……中国画中所表现的万象，正是出没太虚而自成文理的。画家由阴阳虚实谱出的节奏，虽涵泳在虚灵中，却绸缪往复，盘桓周旋，抚爱万物，而澄怀观道。[1]

宗白华还多次以具体的卦象，例如《革》卦、《鼎》卦与《既济》卦、《未济》卦之间体现的革故鼎新与辩证运动的联系，阐明有迹可循又变动不居的宇宙意识的构成。宗白华曾提出过"移我情"并且深刻地认识到了移情作用发生时"我"与"物"之间主体变换的"移易"与"移入"之别——不仅可以"移我情"以达到"抚琴动操，欲令众山皆响"，还可以"移世界"以"俯仰自得，游心太玄"，在现实时空中交互的"我"与"物"进入目视神游的审美境界。在物我之间以"阴阳之道"合一体而共同进入美的形象涌现的节奏和生命精神，达成了兼具"气韵""节奏""生命力"的宇宙观。

（三）匠心独运秘响旁通——诗性精神

叶维廉认为，"中国传统的批评是属于'点、悟'式的批评"[2]。宗白华言说的方式，轻体系而重直觉，点出关节之处，而留待读者自悟，这与传统批评中的直觉思维、点到即止的风格颇为相似。宗白华的"点悟"批评，使其关键词研究的言说方式具备了传统批评的诗性精神，赋予学术写作以审美的特质。

---

[1] 宗白华：《中国诗画中所表现的空间意识》，载《宗白华全集》第二卷，安徽教育出版社，1994，第440页。

[2] 叶威廉：《中国诗学》，生活·读书·新知三联书店，1996，第9页。

宗白华关键词研究的诗性特征，正如其论述意境时所说的"无字处皆其意"。"点"即是点到即止，"悟"即是余音绕梁。宗白华在窅然难言之处行不言之教，很大程度上受到《周易》中"观物取象"的启发，一字万境，不泛泛而论。《周易》本身就是具有"点悟"特征的文本。从"天垂象圣人择之"而留下八卦天地之象，周文王拘而演《周易》，孔子及其弟子作《易传》，"人更三圣，世历三古"，《周易》不断在后人之"悟"中生出新的含义。宗白华也很早就将"观物取象"之法熔铸到了自己的人生中，"求得宇宙观，以解万象变化之因，立一人生观"①。这足以见其对《周易》的重视。宗白华在对中国艺术予以分析时多次以具体一卦的美学思想入手。如宗白华论《离》卦，就体现出了他对关键词的遴选的特点。"离"有"明"一义，亦即"月亮照于窗上，是为明"②，从而使人联系到中国古代建筑，在窗内外有隔有通，形成了实中有虚的独特意境。正呼应了他本人曾提出的"'宇'是屋舍（空间），'宙'是由'宇'中出入往来（时间）"③这种自由往来的宇宙观。体现在山水画中，便形成了山水画面构图的"三远"的数层视点。不同于西方的焦点透视，中国山水画的焦点移易不定，体现"仰山巅，窥山后，望远山"的宇宙观，在折高折远中"似离而合"（华琳语）。《离》卦还兼有"丽"与"俪"二义。"丽"即具有形式之美，"离"则有气流动之空虚感，两个矛盾含义集合于一卦，这是"一阴一阳之谓道"的境界。"俪"指"并偶"，所以会有六朝"骈俪文"，中国建筑的中心对称也是骈俪之美。"离"还与"网"有关。《周易·系辞下》云："作结绳而为网罟，以佃以渔，盖取诸《离》。"渔网一方面要"以佃以渔"，另一方面要谨防"网疏则兽失"（《盐铁论·刑德》）。

又如，在《贲》卦中，宗白华认为"白贲"的本色之美，对后代的美学有指导作用。这也正是接续着"出水芙蓉"的美所说。玉的平淡美、想象的虚美、国画的计白当黑、戏曲的《刁窗》，等等，都构成白贲的无

---

① 宗白华：《说人生观》，载《宗白华全集》第一卷，安徽教育出版社，1994，第 17 页。
② 宗白华：《中国美学史中重要问题的初步探索》，载《宗白华全集》第三卷，安徽教育出版社，1994，第 461 页。
③ 宗白华：《中国诗画中所表现的空间意识》，载《宗白华全集》第二卷，安徽教育出版社，1994，第 431 页。

色美。① 但宗白华也并未混同"空"与"白"，白贲之所以美是因为"质地本身放光"，就如《周易》中的刚健、笃实、辉光六字。而"空"则是因"隔"而产生的"自足境界"。空白的画布、亭子四周的景色、剧台的帷幕，在"空灵"中有"充实"的可能性，所以陶渊明的"心远地自偏"正是由于"心远"才能抵达艺术境界中的"真意"。宗白华还曾论及《鼎》卦与《革》卦对中国艺术中时空观的影响。从《鼎》卦中见出了"鼎"为器义，从而产生了"空间之象"，在《革》卦中则见出革故生新的"时间之象"，在此不赘述。可见，宗白华在"点"出关键词时，是从"观物取象"入手，择取关键词为象，又在"制器尚象"中，将关键词用于具体的艺术作品的品评。

"悟"更偏向读者在阅读宗白华文本时的思想活动。在"意境"的创构中，宗白华以作家的"静照"为切入点，提出了"意境"诞生的"终极根据"乃是"追光蹑影之笔，写通天尽人之怀"（王夫之《古诗评选》）——像是诗家写诗，不求面面翔实，而是"追光""蹑影"，从静观万象着手，又在凝神寂照中"腾踔万象"，从诗家自己的"悟"回到"点"。从观者的角度，就是视线被诗家描绘出的意象及其所创构的意境包围，使意境在观者脑中自行显现，也就是由诗家的"点"进入观者的"悟"。例如《世说新语·容止》描述嵇康的样态："萧萧肃肃，爽朗清举""肃肃如松下风，高而徐引""嵇叔夜之为人也，岩岩若孤松立；其醉也，傀俄若玉山之崩"②。以自然之态喻人，有音有形，有情有景。虽然没有一锤定音的断语，但已然给嵇康本人构造出了一个灵动的意境，在不偏颇的基础上保证了原始意象的鲜活，又兼有读者审美空间的完整。这正是"悟"的一大特征。

宗白华充满诗性精神的言说方法亦是如此，在择取关键词时没有严格建构阐释与逻辑的体系，而是需要读者在阅读中不断搭建起自己的"意境"网络。宗白华以"静观"的方式观看作品，以个体经验把握整体印象，并以关键词提炼出印象的最恰当意境，以关键词的"点"启发读者的"悟"。宗白华以自己的"游艺体道"沟通了作者的点评与读者的体悟。这样"不

---

① 参见宗白华《中国美学史中重要问题的初步探索》，载《宗白华全集》第三卷，安徽教育出版社，1994，第458~460页。

② 张万起、刘尚慈：《世说新语译注》，中华书局，1998，第588页。

落理路，不落言筌"的言说方式，反而最大限度地保留了艺术的魅力。这种特征在宗白华多篇文章的结尾都可看出端倪，如《美学散步》末尾："……可供散步的朋友们参考，现在不再细说了。"《论素描》的结尾："写此短论，聊当介绍。"《美从何处寻?》篇末："我们寻到美了吗?"据此可见，宗白华的散步言说中透露出诗性的灵气，无怪林同华在回忆宗白华论文风格时称赞其为"哲学诗"①。

结　语

在20世纪，面对欧洲中心话语霸权的"失语"现象，宗白华以"散步式"的研究特点，在传统文论话语的模糊性、多义性与西方的逻辑体系中寻找平衡，以关键词为理路对文艺创作、美学展开的探讨，为我们关键词的研究方法提供了独特的借鉴意义。陈寅恪曾说过："凡解释一字，即是作一部文化史。"②关键词的演进，不仅体现历史文化的古今变化，也表征着社会语用实践的流衍。在这样的背景下，宗白华并未囿于对核心概念的生成、演化做历时性的流变考察，其在"散步"的途中，以"探路"为旨归而不以"寻源"为目的，呈现出了散步式关键词研究的创新之处。

从"艺"实践入手，进入"美"的意境世界，最后彰显在其文章之"道"与生活之"道"中，以"游艺体道"的方式构建关键词网络，是一项涉笔成趣又艰难的工作。宗白华的关键词研究方式，为我们提供了一种能征验于古与今、中与外的关键词研究选取方法和论说途径。宗白华在青年时期就曾说过"将来最真确的哲学就是一首'宇宙诗'，我将来的事业也就是尽量加入这首诗的一部分"③。如今，这份散步精神依然能穿透时空，只待我们共同加入这场美学的散步。

---

① 林同华：《宗白华生平著述年谱》，载宗白华《美学与意境》，人民出版社，1987，第459页。
② 陈寅恪：《致沈兼士的信》，《国学季刊》第3号，1935年。
③ 宗白华：《三叶集》，载《宗白华全集》第一卷，安徽教育出版社，1994，第225页。

词以通道：《文心雕龙创作论》的关键词研究

刘文翰

（武汉大学文学院）

　　摘　要：《文心雕龙创作论》以关键词释义来揭示文学普遍规律，可用戴震的"词以通道"概括。王元化将《文心雕龙》中"最普遍最根本"的文论术语遴选为关键词，遴选标准兼综文学的反映属性与艺术特性，并以关键词建立体系、结构问题。阐释方法上，王元化视中国文论关键词为萌芽状态，先从哲学观念溯源词的根柢意蕴出发，再发掘"唯务折衷"的兼性智慧中辩证统一的文艺思想，最后进行古今中外关键词的比较，会通文学规律的普遍历史。此后，王元化反思规律观念的逻辑先行，如"拟容取心"说就灌注了被普遍化的机械论，他删刘旧说，尊重词的历史语义，提出新说，从词义的民族特色上升到文化多元共存的"新普遍性"理想。《文心雕龙创作论》实践了"有思想的学术，有学术的思想"，为文论关键词研究留下了宝贵财富。

　　关键词：词以通道；《文心雕龙创作论》；王元化

　　《文心雕龙创作论》全书①，尤其是下篇"八说释义"部分，是雷蒙·威廉斯《关键词：文化与社会的词汇》传入之前，国内学界较为自觉的中

---

① 　《文心雕龙创作论》屡经作者删改、补充，版本较多。本文主要取王元化《文心雕龙创作论》（上海古籍出版社1984年版）。这是《文心雕龙创作论》的第二版，它基本上保留了1979年第一版（作者、出版社同前）的全部内容，但又补充了极具方法论意义的《第二版跋》，故本文主要参考这一版。后来作者大幅删改此书并改名为《文心雕龙讲疏》，补充了《序》，于1992年在上海古籍出版社出版，是为第三版；2004年广西师范大学出版社推出了被作者称为"定本"的《文心雕龙讲疏》，是为第四版。"定本"相对于前面版次新增、修改的内容，本文均参考王元化《文心雕龙讲疏》（华东师范大学出版社2017年版）。这一版和第四版（即"定本"）内容相同，不过出版社进行了重新排版，是较新且通行的版本。

国文论关键词研究代表性著作。它力图超越"释事不释义"的传统训诂①，被誉为世纪"龙学"的"义理坐标"②，所释之"义"，是《文心雕龙》关键词蕴含的文学普遍规律。作者王元化在1986年中国《文心雕龙》学会第二次年会的讲话上，以戴震为例讲治学应当独寻真知、敢于创造："戴震是经学家，但他破除了经生注经的传统，在注绎经义时把自己独到的哲学思想阐释出来。梁启超曾称颂他，倘无确凿证据，'虽圣贤父师之言不信也'。这种追求真理的精神是令人钦佩的。"③ 这也是夫子自道，因为王元化同样借阐释文化传统来树立思想、追求真理——在对《文心雕龙》关键词严谨、扎实的考辨之中，探讨"中外相通，带有最根本、最普遍意义的艺术规律和艺术方法"④。

　　《文心雕龙创作论》以关键词释义来揭示文学普遍规律，可用戴震"词以通道"一语加以概括，以关键词（概念、术语、范畴、命题）为本位，是戴震和王元化寻求真理共同的取径。戴震《与是仲明论学书》云："经之至者道也，所以明道者其词也，所以成词者字也。由字以通其词，由词以通其道，必有渐。"⑤ "词以通道"的研究理论，与《孟子字义疏证》的研究实践互为表里。《文心雕龙创作论》下篇为"八说释义"，是其关键词研究实践的主体，"八说"是《文心雕龙》中八个蕴含了文学普遍规律的命题或复合范畴（由两个重要范畴组合而成的新范畴），上篇的《刘勰的文学起源论与文学创作论》也有一部分文论范畴研究。下篇的《〈文心雕龙〉创作论八说释义小引》（下文简称《小引》），是具有范式意义的研究理论，后来又有《第二版跋》《〈文心雕龙讲疏〉日译本序》等一系列文章面世，相继提出了"清理和批判"⑥、"根柢无易其固，而裁断必出于己"⑦、"古今结

---

① 王元化：《文心雕龙创作论》，上海古籍出版社，1984，第315页。

② 李建中、罗柠：《世纪"龙学"的四大名著及理论范式》，载《中外文化与文论》第47辑，四川大学出版社，2020，第140～144页。

③ 王元化：《关于当前文学研究中的两个问题——在中国〈文心雕龙〉学会第二次年会上的讲话》，《安徽师大学报》（哲学社会科学版），1986年第3期。

④ 王元化：《文心雕龙创作论》，上海古籍出版社，1984，第96页。

⑤ 《戴震全书》第6册，黄山书社，1995，第370页。

⑥ 王元化：《文心雕龙创作论》，上海古籍出版社，1984，第97页。

⑦ 王元化：《文心雕龙创作论》，上海古籍出版社，1984，第95页。

合、中外结合、文史哲结合"①（也称"综合研究法"）、"揭示底蕴（mean-ing)"和"阐发意蕴（significance)"② 等方法论。这些治学箴言大抵都在谈如何从中国文论研究中探讨文学的普遍规律，都在关键词研究的实践之中发挥作用从而获得鲜活的意义。

《文心雕龙创作论》的《第二版跋》阐述了文论关键词与普遍文学规律的关系：

> 文学的范畴、概念，以至法则不是永恒的，而是变化的。但是作为文学最普遍最根本的规律和方法，却并没有随着时间的流逝而消亡。不过某些这类范畴和概念本身也在发展，并非停滞不变。例如从萌芽形态发展为成熟形态，从低级阶段发展到高级阶段，而且这种发展变化过程多半呈现了极为复杂的形式，有时甚至是很难辨察的。因此，一方面我们必须把那些随着历史进展而消亡的范畴、概念、方法、法则和最普遍最根本的范畴、概念、方法、规律严格地区别开来。另方面又必须把后者的萌芽形态和成熟形态与低级阶段和高级阶段所变化了的形式与性质严格区别开来，而不能一律相绳，采取简单比附的办法。③

这段话可引申出"词以通道"的三个问题。第一，词何以通道？据王元化的"区分"，文论术语（包括概念、范畴等）既有随着历史进展而消亡的，也有最普遍、根本的，那么如何遴选具有关键意义的文论术语，并使文论关键词与文学的普遍规律联系起来？第二，词如何通道？王元化对此再做"区分"，即使是关键词，也在发展过程中呈现出"变化了的形式与性质"，那么其中蕴含的普遍内涵如何分析？第三，王元化也承认"这种发展变化过程多半呈现了极为复杂的形式，有时甚至是很难辨察的"，那么持"普遍规律"信念的研究者如何应对这种复杂的状况？

---

① 王元化：《文心雕龙创作论》，上海古籍出版社，1984，第311页。
② 王元化：《文心雕龙讲疏》，华东师范大学出版社，2017，第211页。
③ 王元化：《文心雕龙创作论》，上海古籍出版社，1984，第312页。

一 词何以通道：遴选与结构文论关键词

普遍的文学或艺术规律在《文心雕龙创作论》的主要创作年代颇为流行，王元化深刻反思了理论界的时弊，借研究《文心雕龙》文论关键词走独寻真知的路。《文心雕龙创作论》1978 年定稿，初稿写于 1961～1966 年①。这一时期的文艺理论"主要表现为以反映论为文学的基础，以辩证唯物主义和历史唯物主义为评判文学历史发展的准则，强调阶级分析、人民性，注重文学的认识价值，推崇现实主义的创作方法等等"②。这一时期的文学规律，是指意识形态上正面的思想、准则、方法必然击败其反面的思想、准则、方法，影响到古代文论研究，则逐渐极端地以唯物、唯心两条路线的斗争比附古代思想的发展，以现实主义、反现实主义的斗争比附文论史的发展③。1953 年，王元化遭到隔离审查，人身管制带来的是心灵上的"大震荡"和"精神危机"。1954 年起，他系统阅读了黑格尔、马克思等德国哲学家的著作，完成了人生的"第二次反思"。④ 他在思想上认识到当时的学术研究属于"知性分析"⑤，并没有发展到理性的高度；在学术上则以《文心雕龙》为研究对象："当我开始构思并着手撰写它的时候，我的旨趣主要是通过《文心雕龙》这部古代文论去揭示文学的一般规律。"⑥ 通过对《文心雕龙》关键词的研究，王元化为"普遍规律"及一系列的流行理论话语注入了科学的、辩证的、理性的独特内涵。

（一）遴选对象："最普遍最根本"的文论术语

《文心雕龙创作论》的《第二版跋》有言："必须把那些随着历史进展

---

① 参见王元化《文心雕龙创作论》，上海古籍出版社，1984，第 303 页。
② 蒋述卓等：《20 世纪中国古代文论学术研究史》，北京大学出版社，2005，第 109 页。
③ 如郭绍虞改写旧作而成的《中国古典文学理论批评史》，将文论分成现实主义的和反现实主义的，认为古文论的历史就是现实主义的文学批评发生发展的历史，是与反现实主义文学批评斗争的历史。参见郭绍虞《中国古典文学理论批评史》，人民文学出版社，1959，第 5 页。
④ 参见王元化《王元化集 6：思想》，湖北教育出版社，2007，第 2～5 页。
⑤ 参见王元化《文心雕龙创作论》，上海古籍出版社，1984，第 315 页。
⑥ 参见王元化《文心雕龙讲疏·序》，华东师范大学出版社，2017，第 1 页。

而消亡的范畴、概念、方法、法则和最普遍最根本的范畴、概念、方法、规律严格地区别开来。"① 可见文论术语有了关于文学普遍规律的内涵才具有关键性，只有这类最普遍最根本的文论术语是"文论关键词"。这一意识的时代渊源，是新中国成立以后提倡批判地继承中国古典文艺理论遗产，从而"建立中国自己的马克思主义的文艺理论和批评"。② 用王元化自己的话说，就是"用科学的文艺理论去清理并阐明我国古代文论"③。在《小引》中，王元化提出了"清理和批判"的研究方法：在对文论关键词原意的揭示中探求其普遍内涵，以使古代文论思想具有现代价值。

《文心雕龙创作论》的成书过程就鲜明反映了王元化遴选文论术语的意识。《文心雕龙创作论》的前身为《文心雕龙柬释》。《说文解字》释"柬"："分别简之也。从束从八。"④ 段玉裁释："凡言简练、简择、简少者，皆借为柬也。柬训分别，故其字从八。"⑤ 可见柬释之"柬"字，常常被借用表示"简"的"拣选"之义，"柬"本身又有分别的意思，总之有分别、挑选之意。"柬释"也就是选出关键词，与整体的其他部分相分别，重点诠释其普遍意蕴。《〈明诗篇〉山水诗兴起说柬释》发表于1962年4月的《文艺报》，《〈神思篇〉虚静说柬释》发表于1963年《中华文史论丛》第3辑，聚焦于文学史术语"山水诗"、文论范畴"虚静"，以及"明诗""神思"两个篇名。1978年又发表一篇《释〈文心雕龙·比兴篇〉拟容取心说》，载《文学评论》1978年第1期，研究对象是形态更复杂的关键词——命题。

《文心雕龙柬释》的篇目并未全部发表，直到1979年经修改、补充，成书时名为"文心雕龙创作论"，"创作论"一词反映出更明确的以现代方法透视古代文论的倾向。作者将《文心雕龙》析为三个部分：总论、文体论、创作论。"在全书的三个部分中，都贯串了文学史的论述，文学批评的分析和文学理论的阐发……创作论是侧重于文学理论方面的。释义根据批判继承遗产、古为今用的方针，企图从《文心雕龙》中选出那些至今尚有

① 王元化：《文心雕龙创作论》，上海古籍出版社，1984，第312页。
② 《周扬文论选》，人民文学出版社，2009，第127页。
③ 王元化：《文心雕龙创作论》，上海古籍出版社，1984，第314页。
④ 许慎撰，段玉裁注《说文解字注》，上海古籍出版社，1981，第276页。
⑤ 许慎撰，段玉裁注《说文解字注》，上海古籍出版社，1981，第276页。

现实意义的有关艺术规律和艺术方法方面的问题来加以剖析，而这方面的问题几乎全部包括在创作论里面，这就是释义以创作论作为主要研究对象的原因。"① 由此可见王元化认为创作论部分蕴含着对文学最本质、最普遍的思考，创作论可以与文学理论对接，遴选出最普遍最根本的"八说"。他表明自己的愿望是"使我国古典文艺理论遗产更有利于今天的借鉴，也更有利于使它在世界之林中取得它本来应该享有的地位"②。与"普遍"相接通的文论术语，便能与"今天"相联系，让古代文论在当代依然保有生命力。

（二）遴选标准：反映属性与艺术特性

为了遴选出最普遍最根本的文论术语，王元化须确立一个足够普遍的标准，他的标准兼综了文学两方面的本质：以文学的反映属性为第一性，艺术特性为第二性。所谓反映属性，是指文学与其他科学相同的性质。认识世界、反映真实，因此反映论的审美主客体关系是文学的第一性原理；所谓艺术特性，是指文学在创作上具有特殊性，审美主体能动性为文学的第二性原理。试看"八说释义"的标题：

> 释《物色篇》心物交融说——关于创作活动中的主客关系
>
> 释《神思篇》杼轴献功说——关于艺术想象
>
> 释《体性篇》才性说——关于风格：作家的创作个性
>
> 释《比兴篇》拟容取心说——关于意象：表象与概念的综合
>
> 释《情采篇》情志说——关于情志：思想与情感的互相渗透
>
> 释《熔裁篇》三准说——关于创作过程的三个步骤
>
> 释《附会篇》杂而不越说——关于艺术结构的整体和部分
>
> 释《养气篇》率志委和说——关于创作的直接性③

"八说"各自涵盖了《文心雕龙》侧重的"心"与"物"两个方面。

---

① 王元化：《文心雕龙创作论》，上海古籍出版社，1984，第95页。

② 王元化：《文心雕龙创作论》，上海古籍出版社，1984，第98页。

③ 参见王元化《文心雕龙创作论》的目次，上海古籍出版社，1984，第1~4页。

"心物交融"、"杼轴献功"和"拟容取心"三个命题，以及"三准"这一范畴，在王元化的阐释中，都体现了审美主客体的对立统一关系，强调审美主体对审美客体的真切感知、准确认识，并以艺术形象的方式表现出来，属于较为经典的反映论，相关研究在成书前就已发表，恰当地代表了《文心雕龙》重视"物""理""形"的思想。"才性"和"情志"两个复合范畴，既张扬了审美主体的表现与创造，也强调了"理性认识""客观因素"；阐释"杂而不越"和"率志委和"这两个命题时，王元化在承认创作的规律性、整体性、积累性的基础上，专门为灵感、偶然等主体的能动现象做了正面说明，反映了《文心雕龙》"为文之用心"之"心"的一面。王元化选出的关键词涵盖了"心"和"物"两方面，也就涵纳了审美主客体的辩证关系的这一最根本、最普遍的问题，将辩证的内涵引入艺术形象、创作方法、文本内容等各个方面。

王元化的选词标准有着时代色彩和个人特征相结合的特点：以反映论为主，又吸收了黑格尔美学的辩证内涵。文学的反映属性来自唯物主义哲学作为真理的普遍性，用来解释文学创作的理性、客观的一面；但对于审美主体的能动性，王元化不全取机械论的观点，而是吸收黑格尔美学中辩证的思想和方法，用以解释审美主体的能动性，这也是"第二次反思"的收获之一。《文心雕龙·神思》的"文之思也，其神远矣"，本就强调心思超越客观局限，刘勰还提倡"秉心养术，无务苦虑，含章司契，不必劳情也""入兴贵闲""率志委和"，这类文章写作的"无法之法"，和创作的艺术性紧密相关。王元化遴选并专门论说了这一方面的关键词，消解机械论的偏狭与僵化，具有启蒙意义。在每一说中，王元化都指出了文学创作具有客观性、规律性，也阐明了创作主体的能动性，不同的文论关键词在这两方面各有侧重。综上，《文心雕龙创作论》的"八说"来自两重标准，第一性标准来自唯物哲学，继承反映论；第二性标准源于艺术特性，融会黑格尔美学。

（三）结构方式：建立系统与组织问题

在遴选出具有普遍与根本之意义的文论术语后，王元化通过重整《文心雕龙》创作论体系，用关键词呈现问题，所呈现问题与文学规律的普遍问题相通。

从以反映论为主的审美主客体关系出发，王元化运用范畴的辩证关系，总结出刘勰的创作论思想体系。在《文心雕龙创作论》的上篇《刘勰的文学起源论与文学创作论》中，王元化认为，尽管刘勰的哲学思想是以"心"为本的客观唯心主义，"但是他在创作论中却时常提到'心'和'物'的作用"①，形成了这样的创作论体系：以"心""物"关系为核心的艺术认识论思想，以"形""神"关系为核心的艺术创作和艺术形象思想，以"类"所统摄的"大小""少多""博一"等艺术形象塑造方法，以"文""质"和"内""外"为核心的形式与内容关系的思想。这一思想体系与"八说释义"互为经纬。

在创作论思想体系的基础上，王元化运用了"是"和"关于"的语义结构，用文论关键词呈现问题，所呈现问题与文学规律的关键问题相通。"是"的语义结构，引导了传统与现代文论关键词之间的语义对接。《文心雕龙创作论》往往会说，某个古代文论范畴可"解释作"一个普遍规律范畴，如"'物'可解释作客体，指自然对象而言；'心'可解释作主体，指作家的思想活动而言"②。"解释作"也即"是"，表示两个关键词的语义基本等价。从"八说释义"的标题，可以看出容—心与表象—概念、情—志与情感—思想，都具有这种等价关系；"关于"的语义结构，引导了古代文论关键词的内涵通向普遍规律。正如《小引》所说：

> 但是，另一方面，如果把刘勰的创作论仅仅拘囿在我国传统文论的范围内，而不以今天更发展了的文艺理论对它进行剖析，从中探讨中外相通、带有最根本最普遍意义的艺术规律和艺术方法（如：自然美与艺术美关系、审美主客关系、形式与内容关系、整体与部分关系、艺术的创作过程、艺术的构思和想象、艺术的风格、形象性、典型性等），那么不仅会削弱研究的现实意义，而且也不可能把《文心雕龙》创作论的内容实质真正揭示出来。③

---

① 王元化：《文心雕龙创作论》，上海古籍出版社，1984，第73页。
② 王元化：《文心雕龙创作论》，上海古籍出版社，1984，第103页。
③ 王元化：《文心雕龙创作论》，上海古籍出版社，1984，第96页。

"八说释义"标题的"关于"，代表了"最根本最普遍意义的艺术规律和艺术方法"的问题，这些关键问题不仅是透视关键词的现代视域，也是关键词内涵阐释的问题域，是文论关键词乘着文学发展的潮流必将实现的意义。

从"柬释"到"创作论"，王元化对文论术语的遴选与关键词的结构均突出了词以通道的理论诉求。文学的反映属性和艺术特性分别是第一性、第二性的标准，八个能反映文学普遍规律的关键词被遴选出来，兼顾《文心雕龙》创作论思想的"心"与"物"、主观性与客观性两个方面。文论关键词不仅重整了《文心雕龙》的创作论思想体系，还结构了关于文学普遍规律的八个最关键的问题，以"是"的语义结构完成古今对接，以"关于"通向普遍规律的广阔意义空间。当然，关键词的内涵如何分析，如何具有现代的内涵，如何揭示文学普遍规律，则有待特定的研究方法，这也是下文探讨的中心。

二　词如何通道：从萌芽状态探讨普遍规律

关键词的遴选与结构，主要解决了"可通道"的释义对象为何，本节则将探讨王元化的释词方法，即如何阐释文论关键词中蕴含的关系文学普遍规律的思想。正如前面引文所强调的，"必须把后者的萌芽形态和成熟形态与低级阶段和高级阶段所变化了的形式与性质严格区别开来"，王元化认为《文心雕龙》的文论关键词是普遍规律的萌芽形态，而阐释方法，就是对萌芽形态进行剖析，从中揭示出文学的普遍规律。当时的理论界惯于将反映论视为进步理论，机械地将进步与非进步的二元对立强加于古代文论的发展史，王元化认为这种"知性分析"方法会陷入形而上学。他吸收德国古典哲学的辩证方法，以历史的而不是形而上学的方式思考普遍规律，尤其接受了绝对精神在自我扬弃过程中实现自身的辩证观点，消亡的和普遍的术语、萌芽的和成熟的关键词，正是文学规律在扬弃的过程中发展的证明。这意味着文学的普遍规律自身也有发展的历史，是"有渐"的。规律之有渐，表现在关键词也有渐。在方法论和实践上，王元化都一以贯之地剖析萌芽状态中的普遍意涵：首先，实事求是地揭示作为萌芽的古代文论关键词的原意；其次，探索原有意蕴中的普遍内涵；最后，在普遍历史的比较与考辨中进行批判与验证。

（一）文哲结合：以哲学观念通文论根柢

厘清范畴本身的意蕴以及范畴间的联系，是词以通道的基础工作，王元化突破性地溯源文论思想的哲学观念来源，梳理了从哲学概念到文论关键词的流变轨迹，深入剖析了文论关键词的根柢。王元化说："在阐发刘勰的创作论时，首先需要以实事求是的态度揭示它的原有意蕴，弄清它的本来面目，并从前人或同时代人的理论中去追源溯流，进行历史的比较和考辨，探其渊源，明其脉络。"① 这意味着剖析词的确切意蕴，要采取历史的视角。王元化的"综合研究法"提倡"文史哲结合"，在理论阐释上特别提到文哲结合："事实上，任何文艺思潮都有它的哲学基础。……由于从事文艺理论工作的人，不在哲学基础上从美学角度去分析文艺现象，以致不能触及这些现象的根柢，把道理说深说透。"②

《文心雕龙创作论》能切实地追溯单个文论关键词的哲学根柢，如对"随物宛转"的考证来源于《庄子·天下》篇对慎到"任凭自然之势的思想"的描述③，更多是从哲学角度溯源文论关键词之间的关联。例如刘勰重视"心"和"物"的交互作用，王元化认为这种坚持感官作用的创作论，继承了荀子的"缘天官"说，因此能够不被"官知止而神欲行"的神秘思想浸染，具有反映真实的唯物倾向。王元化还提出刘勰的"形""神"观念和"体性"论的"气"观念，受到王充"自然元气论"的影响。这些考辨大都用于论述刘勰的创作论体系，也见于"八说释义"，高屋建瓴地打通了《文心雕龙》思想的整体性。

除了论证哲学观念与文论关键词的继承性，王元化还细致入微地考察了从哲学到文学的场域转换带来的关键词意蕴的改变。有论者轻易地将刘勰的才性说归源于玄学家的才性说，《释〈体性篇〉才性说——关于风格：作家的创作个性》认为这并不确切："具体地来说，《体性篇》才性说也不

---

① 王元化：《文心雕龙创作论》，上海古籍出版社，1984，第 96 页。
② 王元化：《文心雕龙创作论》，上海古籍出版社，1984，第 311 页。
③ 参见王元化《文心雕龙创作论》，上海古籍出版社，1984，第 102 页。

仅仅限于论述才和性这两个概念，而是通过这两个概念统摄了更广泛的内容。"① 随后论证了刘勰的才性说包括才、气、学、习四个方面，前两者属先天禀赋，后两者属后天素养，沿隐至显、因内符外地形成多样的艺术风格，这就突出了"才性"的意蕴从哲学层面的人性论到文学的创作个性论的改变。总体来看，王元化认为刘勰吸收了墨子、荀子的认识论和逻辑学和王充的元气论，而对于老庄的认识论、六朝玄学的才性论与言意论，则是摄取关键词、改换内容。《刘勰的虚静说》指出《神思篇》的"虚静"是唤起想象的起点，而老庄的"虚静"以虚无之境为归宿，与刘勰更接近的是荀子的"虚壹而静""不以夫一害此一"，分析精微，后来叶朗分析荀子的美学思想时也执此说②。

对哲学观念的溯源直接关系到文论关键词的意蕴与相互关联，通过文论关键词理清了刘勰对文学规律的理解，同时也反映了王元化对关键词的本体思辨，因而与一般的训释、考辨《文心雕龙》文辞出处的研究不同。王元化向来反对"释事不释义"，"只限于在典章文物名词术语上下功夫"，批评《文心雕龙》的注疏者往往不脱此习。③ 他所溯源的这些哲学观念，反映了刘勰对文学规律的本质认识，揭示了所谓文论萌芽状态的真实意蕴与理论深度。在这些阐释实践中，浮现出了王元化本人没有明言的语词本体思想：关键词的语义是历史产物，是观念的对话与交融的场所。

（二）现代观照：从"唯务折衷"到辩证统一

通过哲学观念的溯源会通了文论关键词的根柢意蕴，还只是单纯剖析了萌芽，如果不通过现代观照，就无法揭示出萌芽中的普遍意蕴。"唯务折衷"是刘勰的理论原则、阐释方法，是其兼性智慧的体现④，也是王元化所选释的文论关键词的共有特征。王元化因利乘便地发掘了"折衷"之说的辩证统一内涵，揭示出《文心雕龙》所反映的文学艺术普遍规律，搭建起了萌芽状态的底蕴（meaning）通向意蕴（significance）的桥梁。论者指出：

---

① 王元化：《文心雕龙创作论》，上海古籍出版社，1984，第 157 页。
② 参见叶朗《中国美学史大纲》，上海人民出版社，1985，第 137~138 页。
③ 参见王元化《文心雕龙讲疏》，华东师范大学出版社，2017，第 210~211 页。
④ 李建中、徐睿智：《〈文心雕龙〉的兼性智慧》，《江淮论坛》2022 年第 1 期。

　　《文心雕龙创作论》探索了八组审美范畴：审美主体—审美客体关系（心物交融说）、思想—情感关系（情志说）、表象—概念关系（拟容取心说）、艺术材料—艺术想象关系（杼轴献功说）、艺术整体—部分关系（杂而不越说）、自觉—非自觉关系（率志委和说）、创作过程三步骤（三准说）、风格—个性关系（才性说）。①

　　命题是范畴的更为复杂的叙述形式，如果说范畴为"是"，那么命题就叙述了"如何是"，命题是用范畴进行判断、推理而形成的更深入具体的思想。"八说"都是命题或者复合范畴，内在地隐含了两个关键词之间的关联。《序志篇》云："同之与异，不屑古今，擘肌分理，唯务折衷。"②《文心雕龙》的篇名往往由对立而又联系的关键词组合形成一个新的关键词，如王元化选释的《体性篇》《比兴篇》《情采篇》等；在行文时，刘勰善用骈文的对偶句式做兼和两端的论述，思想也凝聚在"随物宛转，与心徘徊"等折中的文论关键词之中。当辩证的两个现代文艺理论概念，对应折中的两个中国文论关键词，命题所叙述的关键词之间互相渗透、互相补充的关系，也就进入普遍规律的辩证层面。王元化在附释《心物交融说"物"字解》中，颇费一番训诂的功夫考证"物"字乃"万有不齐之庶物"，可以解释为外境、自然或万物，绝不能释为"事理"。③因此"物"与"心"才能解释作审美主体与客体，"心物交融"这一命题便有了"主体与客体之间对立统一过程"④的普遍内涵。

　　从辩证统一的文艺普遍规律剖析文论关键词，与中国文学批评史学科已有的传统相比，是一个重要新变：前者对文论思想采取现代哲学、美学层面的本体观照；后者多以"文学"为本位，注重结合文学史发展、文学创作实践诠解关键词。"文学""文学批评"等核心概念的界定是中国文学批评史发轫时的中心问题，黄侃在《原道篇》的札记中探讨了"文辞之封域"的问题⑤，刘永济在校释《文心雕龙》前写了《文学论》和《十四朝

---

① 王瑶主编《中国文学研究现代化进程》，北京大学出版社，1996，第592页。
② 刘勰著，范文澜注《文心雕龙注》，人民文学出版社，1958，第727页。
③ 参见王元化《文心雕龙创作论》，上海古籍出版社，1984，第110页。
④ 王元化：《文心雕龙创作论》，上海古籍出版社，1984，第103页。
⑤ 黄侃：《文心雕龙札记》，上海古籍出版社，2000，第10～11页。

文学要略》，其文学史视野是前后一贯的①。王元化论文艺理论的体系，认为从文学史、创作实践上探讨固是一个方面，"除此以外，我觉得更要从美学上去探讨"②。不同探讨角度所关注的重点也就不同，例如对于《情采篇》，黄侃注重从齐梁文坛"文胜质衰"的现象讲刘勰的"救正"得失③，刘永济则举了《卫风·硕人》篇和《秦风·小戎》篇具体论"因情敷采"的创作④。王元化关注的是情、志互文足义的情况，将情与志作为文学创作的两种根本构成因素，并指出刘勰熔铸了"情志"概念，代表文学创作中感性与理性因素的互相渗透，可与黑格尔美学中的"情志"概念互通。当然，王元化释"道""物""心物交融""杼轴献功"等词，曾与黄侃《文心雕龙札记》和刘永济《文心雕龙校释》对话，也称赞它们"不是墨守考据训诂的传统方法之作"⑤。三书都是阐释《文心雕龙》理论的经典之作，都顾及了文学创作的实际和理论剖析的逻辑性，只不过学缘相异、各有侧重。

（三）系统比较：以古今中西通普遍历史

王元化将古今中西的文艺理论关键词进行系统比较，印证了合逻辑的文学普遍规律，同样也有普遍历史的发展，为古代文论找到了世界性的意义。如果说文哲结合和现代观照主要是"清理"关键词的普遍意蕴，体例上主要归属释义部分，那么系统比较就是"批判"，批判对象是关键词在不同发展阶段"所变化了的形式与性质"，体例上主要归属附释部分，也分布在释义正文。王元化探索规律的信念来自黑格尔对理性认识能力的推崇；而普遍历史的发展，则来源于黑格尔的历史与逻辑统一的思想，使王元化坚信普遍的文学规律一定有普遍的历史发展与之对应。1997 年王元化说："这些年我几次在文章中提到逻辑和历史的一致性，就因为过去我对这个问题十分信服。"⑥

---

① 刘永济的《文学论》初版印行于 1922 年，《十四朝文学要略》分期刊载于 1928～1929 年，《文心雕龙校释》初次印行于 1935 年，参见《刘永济年表》，载陈文新、江俊伟《刘永济评传》，湖北人民出版社，2017。
② 王元化：《文学沉思录》，上海文艺出版社，1983，第 1 页。
③ 黄侃：《文心雕龙札记》，上海古籍出版社，2000，第 112～113 页。
④ 刘永济：《文心雕龙校释》，中华书局，2010，第 109 页。
⑤ 王元化：《文心雕龙创作论》，上海古籍出版社，1984，第 315 页。
⑥ 王元化：《王元化集 6：思想》，湖北教育出版社，2007，第 469～470 页。

　　王元化的系统比较是在普遍历史里同中辨异，异中求同的，既能体现出关键词意蕴的历史差异性，又能找到关键词所针对的相同问题域。系统比较分为两种情况。

　　其一是古今比较，梳理文论关键词如何形成文学普遍规律的发展轨迹。附释《王国维的境界说与龚自珍的出入说》认为，刘勰的"心物交融说"、龚自珍的"善入善出"说和王国维的境界说，"显示了我国文论关于审美主客关系理论探讨的演进流变的一条线索"①。这就形成了一段以文学普遍问题为核心、以文论关键词为纲目的微型批评史。

　　其二是在中西文论关键词的比较中增进对普遍规律的理解。总体来说，王元化把德国古典美学、19 世纪现实主义理论作为"更发展了的文论"，作为剖析萌芽状态的钥匙，还多次引用马克思的名言："人体解剖对于猴体解剖是一把钥匙。"（《1857—1858 经济学手稿》)②但必须注意到，他的阐释实践是中西互补互证，绝不盲目认为西优于中。附释《刘勰的譬喻说和歌德的意蕴说》认为《比兴篇》的命题"称名也小，取类也大"，"名"和"类"中蕴含了一般和个别的关系，但却是以儒家义理为成见，"把现实事物当作美刺箴诲的譬喻"。而歌德的"意蕴"说，倡导作家尊重现实，从对象本身的特殊性中看出一般性。中西比较之下，通过歌德映照出刘勰"以艺术形象反映真实"的思想处于萌芽状态，但也凸显了后者的伦理特色。《释〈养气篇〉率志委和说》认为关于"创作的直接性"这一普遍规律，柏拉图的"诗神凭附"说属于"扑朔迷离，多有凌虚蹈空之弊"一类，而刘勰的"率志委和"说把平日的辛勤积累和创作的直接抒写结合起来，"创作的直接性正是经历了极其复杂的间接历程才在创作活动中出现"③。在这个例子中，中国古代文论又是"更发展了的"一方。

　　在古今中西文论关键词的比较中会通文学普遍规律的历史发展，是有

---

① 王元化：《文心雕龙创作论》，上海古籍出版社，1984，第 114 页。王元化的结论原文，参见该书第 116 页：刘勰的心物交融说初步接触到审美的主客关系问题，还属于原始的朴素看法。龚自珍的善入善出说进了一步，在审美主客关系上提出了主体与客体的互相渗透。至于王国维的境界说，则从主客关系的"入乎其内"与"出乎其外"更进一步，在创作方法上标出写实与理想两大流派，并开始提出这两派相互可通。

② 《马克思恩格斯全集》第 30 卷，人民出版社，1995，第 47 页。

③ 王元化：《文心雕龙创作论》，上海古籍出版社，1984，第 285 页。

特殊理论意义的比较取向。比较文学研究有重理论阐发的"平行比较"，也有重实证考据的"影响比较"，王元化显然是前者。"平行比较"内部也有不同的取向，如"中国文学的抒情传统"强调中西之异，《道与逻各斯》强调中西之同，《管锥编》也"深入到文学问题的哲学本质，在许多条目中指出了中西文学的共同基础"①。王元化的比较，却认为古今中西都对文学的普遍规律有所认识，在普遍历史的基础上既辨别发展的差异性，辨明发展轨迹，又提炼其中的普遍意蕴，作为可比性的基础。1979 年《文心雕龙创作论》甫一出版就获得比较文学图书奖，是不虚此名的。

三 反者道之动：规律观念的不足与反思

20 世纪 90 年代，王元化开始了第三次反思，并将反思"规律观念"与文论关键词研究的变革结合起来。反思的动因有两方面：其一是对学术界"以论带史"的忧思，即"研究问题，不从事实出发，不从历史出发，而从概念出发，从逻辑出发"②。其二是对书本的思考，他发现黑格尔的缺陷是"刻板的、整齐划一的体系的追求和用人工强制手段迫使内容纳入它的模式的努力"③，也是概念、逻辑压过了事实、历史。王元化的反思进一步指向自己，审视了《文心雕龙创作论》中"我深受影响的规律观念"④。必须说明，本文的根本判断不会改变：剖析萌芽状态的方法是从历史根柢出发与逻辑相合，《文心雕龙创作论》大量扎实考辨与理论剖析的成果是不可磨灭的。那为何要反思呢？《老子》第四十章云："反者，道之动。"⑤ "反"兼有"反""返"二义⑥，既有"相反"的意思，指事物运动的规律是在对立的两方面之间进行，也有"返"的意思，即返归最本原的"道"。当一种学

---

① 赵毅衡：《〈管锥编〉中的比较文学平行研究》，《读书》1981 年第 2 期。

② 参见王元化《王元化集 6：思想》，湖北教育出版社，2007，第 470~471 页。

③ 王元化：《文心雕龙讲疏·序》，华东师范大学出版社，2017，第 3 页。

④ 王元化：《文心雕龙讲疏·序》，华东师范大学出版社，2017，第 3 页。

⑤ 王弼注，楼宇烈校释《老子道德经注校释》，中华书局，2008，第 110 页。

⑥ 王弼注"反者，道之动"曰："高以下为基，贵以贱为本，有以无为用，此其反也。"这是把"反"解作相反（见《老子道德经注校释》，中华书局，2008，第 110 页）。但同时，王弼注"与物反矣"曰："反其真也。"这是把"反"解作返归（见《老子道德经注校释》，中华书局，2008，第 168 页）。

术方法发展到极致，往往会以"反"的方式被超越，从而更加"返"近真理，这是学术发展的通变之道。因此，本节以王元化的自我反思为纲目，绝不是全盘推翻与否定，而是希望这一由"反"而"返"的求索过程，能对关键词研究发挥应有的启示作用。

（一）逻辑先行、机械论与普遍性：规律观念的三个局限

客观来说，规律观念为《文心雕龙》关键词的研究提供了新视角，破开了现代阐释的通途，它巨大的积极作用是本文前两节的中心，然而，规律观念在阐释上也有一定的局限性。王元化说："我读了黑格尔以后所形成的对于规律的过分迷信，使我幻想在艺术领域内可以探索出一种一劳永逸的法则。"①《文心雕龙创作论》将文论关键词蕴含的关于文学普遍规律的内涵视作"内容实质"，看似强调研究的客观性，然而王元化在《小引》中清楚地区分了"原有意蕴"和"内容实质"，凡是"那些随着历史进展而消亡的范畴、概念"，就不再属于内容实质。这一区分颇有《文心雕龙·诸子》篇"述道言治，枝条五经。其纯粹者入矩，踳驳者出规"②的意味，只有合道的"纯粹者"才是内容实质。

"规律"观念对关键词研究的局限，容易造成逻辑先行于历史事实，因而将机械论的逻辑普遍化，"灌注"到文论关键词的历史语义中。王元化自述对黑格尔的反思：

> 从历史的发展中固然可以推考出某些逻辑性规律，但这些规律只是近似的、不完全的。历史和逻辑并不是同一的，后者并不能代替前者。黑格尔哲学往往使人过分相信逻辑推理，这就会产生以逻辑推理代替历史的实证研究。无论哪一个从事理论研究的人，一旦陷入这境地，就将如同希腊神话中的安泰脱离了大地之母一样，变得渺小无力了。我读了黑格尔以后所形成的对于规律的过分迷信，使我幻想在艺术领域内可以探索出一种一劳永逸的法则。③

---

① 王元化：《王元化集 6：思想》，湖北教育出版社，2007，第 471 页。
② 刘勰著，范文澜注《文心雕龙注》，人民文学出版社，1958，第 308 页。
③ 王元化：《王元化集 6：思想》，湖北教育出版社，2007，第 471 页。

从以上反思中，可以细分"规律"观念的三个局限。第一，黑格尔方法，指的是逻辑先行于历史，以逻辑代替历史的实证研究，一旦逻辑脱离了历史的根柢，就会有"强制阐释"的问题存在。第二，普遍性理想，是指构建一个普遍适用的文学理论规律，将《文心雕龙》关键词的内涵与之接通，王元化曾反思道："但以为总念的普遍性可以将特殊性与个体性依据包括在自身之内，却是一种空想。"① 同样，《文心雕龙》作为一个独特的古代文论体系，它最有价值的内容，未必能被预设的普遍理论所包括。第三是王元化"深有感受并抱着警惕态度"② 的机械反映论，它是关键词遴选的第一性原理，很大程度上决定了关键词阐释的视域。王元化并没有在《文心雕龙创作论》中明言普遍规律的具体内容，然而在逻辑先行的方法中，这一"逻辑"往往不可避免地带有时代的色彩，甚至带有时代的局限性，当机械论被当作隐的普遍性规律，并以黑格尔方法将其"灌注"到古代文论关键词之中时，阐释出的"内容实质"便会与"根柢无易其固"的原则形成张力。

（二）《释〈比兴篇〉拟容取心说》：规律观念的一个例证

王元化对规律观念的反思十分深刻，但正如《第二版跋》所说，他"出于存真的考虑"，并未过多修改第一版的内容，目的是"使作者在特定历史条件下所写的文字保留原有风貌"。③《文心雕龙创作论》里未曾修改的缺陷，是王元化有意为反思的对象——规律观念留下的历史的见证。上文已然在方法论层面论述了王元化的反思，此处笔者不揣浅陋，兹以其《释〈比兴篇〉拟容取心说》为例，说明对"普遍规律"的"横通"现象，更具体地理解王氏的理论反思，以及规律观念在关键词释义上的局限。

王元化认为"比""兴"被刘勰合用成一个词，可以解释为一种艺术性特征，与反映论的重要概念"艺术形象"相近，"拟容取心"是指"塑造艺术形象不仅要模拟现实的表象，而且还要摄取现实的意蕴"，"容"是客体

---

① 王元化：《王元化集 6：思想》，湖北教育出版社，2007，第 468 页。
② 王元化：《文心雕龙讲疏·序》，华东师范大学出版社，2017，第 3 页。
③ 参见王元化《文心雕龙创作论》，上海古籍出版社，1984，第 307 页。

的名、象，"心"是客体的理、类。① 然而这里却有三个值得商榷的问题。

首先，刘勰把"比兴"合为一个概念了吗？从《比兴篇》来看，"比"和"兴"主要是两种文章写作的方法，"拟容"和"取心"，分别对应着"附理者切类以指事"和"起情者依微以拟议"②。"比显兴隐"之说，再进一步，的确可以将显视作表象、将隐视作内涵，但刘勰本人并未说出这样的意思。将比兴合用作为文学的艺术性特征，恐怕要到钟嵘《诗品序》的"若专用比兴，则患在意深，意深则辞踬"③ 才得见。

其次，"拟容取心"的"心"，可以被解释为"现实的意义是普遍的、概念的东西"④ 吗？这个解释体现了反映论的本质主义认识观，与刘勰"起情"之说的"情"这一主观因素不相容。王元化举了一些例子论证自己的观点：

> 《物色篇》所说的"志惟深远，体物密附"，《章句篇》所说的"外文绮交，内义脉注"，《隐秀篇》所说的"情在词外，状溢目前"，都是为了说明艺术形象的内意和外意相互结合。⑤

然而，情和志由人主观生发，表现在作品中则成为"义"，人的主观情志、文章的内容，似不能和客体的理、类等同。

最后，刘勰的"拟容取心"说究竟想表达什么？刘勰只是从《诗经》以比兴指事拟议的文学史事实出发，从文章应该写什么（符合政教伦理的内容）跃入文章应该怎么写（有所寄托，言之有物，寄情于物），这样的意义转折，和《文心雕龙》的大结构——从《原道篇》推崇五经的精义，再到《宗经篇》推崇五经文法，是相符合的。通观《物色篇》《情采篇》《隐秀篇》，以及上文所引王元化所举的例子，可知刘勰感叹"兴义销亡"，是因为徒知用比摹象的作品可能流于夸饰文辞，而"兴"体所立的寄托深婉、有真情志在的作品衰歇了，最终真宰弗存，文体解散。因此，刘勰的拟容

---

① 参见王元化《文心雕龙创作论》，上海古籍出版社，1984，第180页。
② 刘勰著，范文澜注《文心雕龙注》，人民文学出版社，1958，第601页。
③ 钟嵘著，陈延杰注《诗品注》，人民文学出版社，1961，第2页。
④ 王元化：《文心雕龙创作论》，上海古籍出版社，1984，第180页。
⑤ 王元化：《文心雕龙创作论》，上海古籍出版社，1984，第181页。

取心说，是想在文章写作上说明，精确的物色描摹和作者的真切情志相结合，而不是个别的形象与普遍的概念结合。

附释《刘勰的譬喻说和歌德的意蕴说》《再释〈比兴篇〉拟容取心说》，切实地考证了"称名也小，取类也大"以及"六诗"说的历史语境，发微抉隐，议论精辟，然而在正文释义中，却不免逻辑先行之嫌："我以为，文学从它诞生的那一天起，作为文学特征的形象性就已存在。如果说，有着悠久历史的我国古代文论对这一客观存在的事实竟会茫然无知，那是不可能的。"① 这样的信念使得"比兴"这一概念被拔高到了反映性的艺术形象层面。"规律"观念的局限，在上述释词案例中，是逻辑方法与历史原貌的张力、反映论资源与表现论对象的张力、普遍理想与特殊案例的张力，其借鉴意义并不比成功的实证性研究低。词与道不仅仅是载体与内涵、现象与本质的机械关系，文学普遍规律的发展，是活生生的历史所推动的，如果有词语层面的语义考辨，有宏观与微观相结合的历史实证，得出的普遍规律才是令人信服的。

（三）删刘与新说：反思的两种实践

正因为意识到了规律观念的局限性，以及通过关键词探求普遍规律的不足，王元化通过删刘与新说两种方式，实践了对先前方法论的种种反思，对词义"内容实质"的理解也不再执着于"普遍规律"。删刘是指在《文心雕龙讲疏》中删除旧版中的某些内容："《文心雕龙创作论》初版在论述规律方面所存在的某些偏差，第二版中仍保存下来，直到在这新的一版里，我才将它们刊除。"② 新说是指王元化在《文心雕龙创作论》之外，尚有一些讲演、访谈，更新了对《文心雕龙》关键词的认识，在凸显民族特色的基础上提出了新的文化理想。

王元化批判《文心雕龙》关键词的"唯心主义"思想的部分，在《文心雕龙讲疏》中被尽数删除，唯物主义和反映论不再是词义的唯一"内容实质"。其阐释效应是，客观揭示《文心雕龙》着重体物、摹象的一面，也不苛责《文心雕龙》强调神思、自然的一面，关键词的历史语义得以不加

---

① 王元化：《文心雕龙创作论》，上海古籍出版社，1984，第 207 页。
② 王元化：《文心雕龙讲疏·序》，华东师范大学出版社，2017，第 3 页。

偏见地被揭示出来。例如，附释《刘勰想象论的局限性》在《文心雕龙讲疏》中被全部删去，因为该文批评刘勰"片面夸大了想象活动具有突破感觉经验局限的性能。……那就会陷入唯心主义的错误"①。"神思"这一文论关键词是由服膺玄佛的艺术家所创制的，尤其受到宗炳的影响②，玄佛被划作"唯心主义"，王元化不再批判它的局限性，说明其对"神思"的"内容实质"有了更全面的认识。书名《文心雕龙讲疏》，取讲话和疏记两层意思，向着刘勰思想的整体和本原靠近，也是向着传统的学术路径靠近。

王元化在后来的讲演、谈话中补正了先前的观点，《文心雕龙创作论》的旧说强调普遍规律之下的中西互证，而后来的新说则突出中国文化的民族特色。从萌芽到成熟的历史发展观虽赋予中国文论以通向现代的路径，但这种现代意义却是相对"低级"的，这与黑格尔将中国文明视为初级阶段的观念不无关系。从 20 世纪 80 年代后半期开始，王元化强调中西文化的不同特质，但中西文化应是平等的地位，这一思想贯穿在他的关键词论说中。1986 年在中国《文心雕龙》学会第二次年会的讲话上，王元化提出从文化史来研究文学，比较了西方自然的模仿说和中国直观领悟的思维方式③；1988 年在广州《文心雕龙》国际研讨会上，王元化致闭幕词，认为《文心雕龙》的言意问题企图阐明文学的"写意性"④，写意性的民族特色鼓舞了想象，因此古文论中由暗示、隐喻、联想等手段形成的"比兴"之义特别发达，这与前述"客体之心"的解释相比是一个大转向，回到民族历史文化的"大地之母"。

删刘使得关键词阐释的"内容实质"逐渐从普遍性的实质回归历史性的实质，而新说则在发现词义民族特色的基础上，将文化的"多元化"视为"新普遍性"。王元化在访谈《传统资源：具体中的普遍性》中，举例说明刘勰的"心物交融说"反映了中国艺术在审美主客关系上与西方不同，主张主客观的和谐，而非主体绝对站在客体之外；又指出刘勰往往把对立的两个概念熔铸成一个范畴。王元化由此上升到另一种"普遍性"："多元

---

① 王元化：《文心雕龙创作论》，上海古籍出版社，1984，第 135 页。
② 参见张少康《刘勰及其〈文心雕龙〉研究》，北京大学出版社，2010，第 109~111 页。
③ 参见王元化《关于当前文学研究中的两个问题——在中国〈文心雕龙〉学会第二次年会上的讲话》，《安徽师范大学报》（哲学社会科学版）1986 年第 3 期。
④ 参见王元化《文心雕龙讲疏》，华东师范大学出版社，2017，第 196~197 页。

化是趋向一致的而不是同一的，是具有普遍意义的，但又保持了具体的差异性。"① "我们要舍弃的只是一种价值独断的世界。各种价值纷呈、对话、交流才是真实的世界。"② 从文论关键词的主客观和谐意蕴升华到多元共存的文化理想，中国文论关键词的意蕴重回民族特色，又参与到世界文化之中，铸造了一种"新普遍性"。

结　语

王元化在《学术集林》的后记中说："《学术集林》发表的文字，希望多一些有思想的学术和有学术的思想。"③ 这也成了王元化的一个标志性的论说。前述的反思又反思、释义又重释的历程，也揭示了王元化将学术与思想深度结合在关键词研究中的求索之路。"古文论的理论研究要摆脱当代意识与历史实感的关系问题几乎是不可能的"④，当代意识与历史实感的难题，或者用王元化的话说，逻辑（普遍规律）与历史（萌芽状态）的问题，成为《文心雕龙创作论》以学术支持思想、以思想促进学术的契机。回看王元化对戴震的推崇，他们在词以通道的学术路径上可谓异代知己，词以通道也是由学术通思想的一种实践方式，为文论关键词研究创立了难能可贵的研究范式。对于这一宝贵财富，我们也只有秉承王元化先生的学术精神，将继承与反思相结合，方能不负前人筚路蓝缕之功，将文论关键词研究提升到新的境界。

---

① 王元化：《王元化集 6：思想》，湖北教育出版社，2007，第 393 页。
② 王元化：《王元化集 6：思想》，湖北教育出版社，2007，第 394 页。
③ 王元化：《清园文存》第三卷，江西教育出版社，2001，第 412 页。
④ 罗宗强、卢盛江：《四十年古代文学理论研究的反思》，《文学遗产》1989 年第 4 期。

周振甫文论关键词研究的"例话"范式

朱钇淼

（武汉大学文学院）

摘　要： 厚重的文史功底和车载斗量的编辑工作，为"学者型编辑"周振甫从事文史、文选、文论的深入考究奠定了基础，并促使其创生出一套结合文学实例展开文论关键词阐释的"例话"范式——"例"由文论关键词及具体案例构成，"话"则以通俗化、比较辨析、对话互文的形式展开。在以《诗词例话》为代表的"例话"系列中，周振甫通过对"例"的遴选和"话"体阐释两条路径重新审视中国传统的"诗文评"，以重塑中国文学批评体系，实现会通古今、中西合璧的创造性转化，探索出中国文论关键词走向现代读者的普及之路。

关键词： 周振甫；《诗词例话》；例话；范式

自欧阳修《六一诗话》以降，东方诗话之作多袭用"诗话"之名。从北宋时期的《唐宋分门名贤诗话》到清代的《四库全书总目》及章学诚《文史通义·诗话》之论，诗话研究虽一直为历代学者所关注，却缺乏系统性的研究专著。20世纪末以来，东亚学界逐渐掀起诗话研究热潮，并出版了多部研究论著，在此背景之下，建立起独具特色的中国诗学文化体系与方法论体系至关重要。① 为此，民国以来的文化群体开始自觉溯源传统"诗文评"。作为现代出版文化事业的拓荒性奠基人之一的周振甫即是此方面的代表。数十年的编辑身份为其提供了充足的时间和空间反思中国文学批评体系之构建，促使其在飞速发展的现代出版事业和现代出版文化中形成独

---

① 参见蔡镇楚《中国诗话史》（修订本），湖南文艺出版社，2001，第1~5页。

具一格的视野和理念。《诗词例话》《文章例话》《小说例话》《文学风格例话》等"例话"系列的出版，无疑是周振甫对中国传统"诗文评"的一次整理与传承，更是对中国文学批评体系的一次探索与变革。

一　"例话"生成

中国古代诗歌源远流长，诗词创作累积到一定程度便会生发文学理论批评的自觉。南朝梁钟嵘的《诗品》是最早的论诗专著，北宋时欧阳修以《六一诗话》开启诗的漫谈，此后论诗之作多以"诗话"命名，逐渐发展为中国传统诗学的主要批评形式。自宋朝起已经出现专门编纂诗话的著作，如阮阅的《诗话总龟》、胡仔的《苕溪渔隐丛话》，元代方回的《瀛奎律髓》，明代钟惺、谭元春的《唐诗归》，清代收录朱彝尊、纪昀、何焯批语的《李义山诗集辑评》，何文焕的《历代诗话》以及 20 世纪以来的诸多诗话词话丛编辑评。不同于西方文论的理论性、思辨性，中国诗话多聚焦于对历代诗学的源流、方法、利病及观念范畴的考辨。周振甫的《诗词例话》以古代诗话词话为主体，从鉴赏、写作、修辞、风格、文艺论五个维度遴选出文论关键词，结合具体诗词范例阐释其语义根柢，挖掘出古典诗词在审美与创作上的普遍意义及现代价值。"例话"范式的生成，凝结了周振甫数十年以关键词的方式从事文学批评的自觉，是对中国文学批评史研究方法的一次重要探索。

（一）游学经历与"例话"范式的萌芽

1911 年，周振甫生于浙江嘉兴平湖县，六岁入私塾识字，此后辗转稚川初小、东吴高小多地求学，其间师承诗学大家唐剑花习得古文。唐剑花率性而为、有的放矢的授学方式让周振甫领略到诗词抒情、言志、叙事的独特魅力，此后，周振甫对古代诗歌辞赋产生浓厚兴趣，并于潜移默化中探索出个人的阐释路径，塑造出严谨的逻辑思维和缜密的行文风格。幼年时期的诗学启蒙为其后来的职业发展及理论研究埋下伏笔。周振甫青年时期考入无锡国专继续深造，跟随钱基博、冯振、唐文治等诸多国学耆旧学习国学。国专教学注重培养"读"与"写"能力，教师课堂讲授重阐述与引申，鼓励学生举一反三提炼出精到独特的见解，这为周振甫阐释思维的生发营造了良好的环境。钱基博深厚的学识和严谨的学风，为周振甫后来从事《文史通义》研究奠定了良好的学术基础。冯振在国专主讲《说文解字》和诗赋辞章理论，以浅易通俗的语言列举耳熟能详的例子帮助学生理解晦涩的诗词。周振甫深深受益于此，不断提高诗歌阅读量，提升分析概括的能力。唐文治则以诲人不倦的教学精神熏陶周振甫，使其逐渐形成脚踏实地的治学态度和平易近人的处事风度。国专时期的训练和熏陶，随时间流逝逐渐积淀为周振甫扎实的国学功底和求实创新的治学精神，并深刻反映在周振甫一生的学术追求上。[①]

《诗词例话》由“诗词”和“例话”两部分构成，诗词是研究对象，例话为研究方法。从周振甫青少年的求学经历，不难看出学生时代的古文训练奠定了其深厚扎实的国学功底。周振甫学习旧诗，唐剑花与其相唱和，引领他感受诗歌辞赋的隽美和旨趣，这一时期的诗学启蒙让周振甫逐渐形成诗词方面的审美自觉，并对诗话词话产生兴趣。《诗词例话》先引诗和词，再列诗话和词话，最后才是周振甫的例话。长期的诗词积累让周振甫形成了自己的审美原则，并以此为标准对诗词进行遴选归类，为《诗词例话》中的“诗”与“词”搭建框架。《诗词例话》中的“例”指遴选对象，“话”指阐释路径。考虑到读者受众的文化水平因素，如何满足读者期待将文论关键词阐释清楚成为一大难题，为此周振甫选择形象生动的“例”来完成“话”的阐释。这一方法深受冯振教学方式的启发。冯振倾向选择通俗易懂的语言和耳熟能详的例子阐释诗词，帮助缺乏古文、音韵基础的学生领会诗词意蕴。这一方法逐渐被周振甫内化为文论关键词的阐释路径，并在“例话”系列和“题解”系列等著作中融会贯通。此外，国专其他古文课程，如朱文熊按文章体裁，从用字造句上讲解《唐宋文醇》，唐文治继承刘勰“披文入情”和桐城派“因声求气”的理论教授文法等经验，都对其“例话”生成产生了影响。

（二）编辑生涯在“例话”范式中的印记

1932年经徐调孚介绍，周振甫从无锡国专肄业进入开明书店担任校对，

---

① 参见范军、曾建辉《中国出版家　周振甫》，人民出版社，2021，第1～31页。

从此迈入编辑职业生涯。少年时期的古文积累和数十年的出版工作经验将周振甫塑造成一位学者型编辑，其在此基础上创立独立的文学批评体系。由于古文功底扎实，周振甫一入开明书店即被委以重任——与宋云彬一同负责编校《辞通》。《辞通》中的字词涉及古文范围繁杂，有的甚至来源不明。为厘清字词源流，周振甫在浩如烟海的古籍中穷思博考，并在校对的过程中逐渐生发关键词研究的意识。《辞通》出版时，章太炎、刘大白、林语堂、钱玄同、胡适等诸位文史学界泰斗为其作序。章太炎认为"朱公之书，方以类聚，辨物当名，其度越《韵府》，奚翅什佰"；胡适指出此书的出版"不仅仅给了我们一部连语辞典而已，同时又给了我们许多训诂学方法的教材"；钱玄同认为《辞通》创见之多不亚于诸多前代关于语言文字学的著作，甚至超过了它们；时人评价亦颇高，赞其"内容繁征博引，取证旁通，堪称巨著"①。不妨说，周振甫编校《辞通》时期"例话"范式便已萌芽，在大量的词组分类与词义辨析中内含着独特的遴选方法与阐释原则。

1933年周振甫在《中学生》杂志发表《读诗偶得——情感和真实》②一文，正式开启编研一体的著述生涯。这篇文章已初见"例话"范式，提取"情感"与"真实"两个关键词论诗，强调情感真实才能引发共鸣，雕章琢句和典故堆砌只能作为技巧，并列举樊增祥和易顺鼎的诗作为反例，还摘录王国维在《人间词话》中对"境界"的阐释，通过对王国维阐释之阐释来论证诗词作品中情感真实的重要性。这与后来的《诗词例话》通过批评诗话词话之批评来阐释自己的诗学观有异曲同工之妙。此外，《诗词例话》也经常提取两个关联密切的关键词作为篇章标题来概括诗学理论之核心，譬如"完整与精粹""逼真与如画""仿效与点化"，可见"例话"范式在周振甫早期的文论研究方法中便已具雏形。

参与《二十五史人名索引》编纂时期，为避免张冠李戴，周振甫和卢芷芬两人须从史书纪、传、表中查明厘清人物出生时间及相关事件，为方便读者阅读，他们还优化索引体例。这个过程强化了周振甫考证辨讹的能力，为后来对诗话词话的细致考证夯实基础。其后，周振甫又承担《二十五史补编》校注工作，搜集历代学者注释、校订和补辑的著作以补充正史，

---

① 范军、曾建辉：《中国出版家　周振甫》，人民出版社，2021，第56~57页。
② 周振甫：《读诗偶得——情感和真实》，《中学生》第34期，1933年。

其文史功底及逻辑思辨能力再次得到提升。开明书店"编校合一"的工作传统无形中为编校人员提供了人际交往空间和信息交换平台,周振甫因此获得更多与郭绍虞、王伯祥、吕叔湘、周予同等大家的接触机会,并在他们的影响下树立自己的学术追求和文学抱负。除了各位前辈,主持开明书店编务的叶圣陶也对周振甫学术研究方法产生了重要影响。叶圣陶在《新少年》杂志上设置《文章展览》专栏,后将专栏文字汇编成《文章例话》。周振甫《诗词例话》中浅显易懂的语言风格和鞭辟入里的行文风格都可在《文章例话》中寻得踪迹。此外,《中学生》杂志也为周振甫在文学理论批评领域施展拳脚提供了平台。广博系统的批评理论和扎实朴素的编研基础促使他走上"学术通俗化"道路,也为"例话"系列的整体阐释风格奠定了基调。

1971 年周恩来总理重启"二十四史"整理出版工作,周振甫离开干校借调中华书局参与编纂,投身《明史》的校对工作,秉持"多查几种书"的校勘态度,逐渐形成"不唯上,不唯书,只唯实"的评文论史风格。其后,周振甫负责《管锥编》编校工作,在审稿过程中生发新的学术理念,为再版《诗词例话》提供了新的阐释视角。从"二十五史"到《管锥编》,周振甫从事编辑工作数十载,对文史、文选、文论的深入考究促使其不断贯通学术理念,形成了一套关键词研究方法,构建起关键词阐释的"例话"范式,并通过《诗词例话》《文章例话》《小说例话》《文学风格例话》等系列著作付诸实践。

(三)系列丛书对"例话"范式的规整

开明书店时期,在老辈学者兼编辑家的帮助指导下,周振甫顺利开启学者之路,并在往后数十年的学习工作之中累积写作经验,形成独特的理论体系和批评风格。1950 年底进入《语文学习》杂志社担任编辑后,周振甫的写作对象转向群众,旨在让普通群众掌握语言文字,自由开展写作活动。在杂志社累积大量修辞理论及阐释方法后,周振甫于 1956 年出版《通俗修辞讲话》,一面讲规则一面列病例的阐释风格渐趋成熟。受到当时报刊多有诗词解读文章的启发,周振甫决定用自己累积多年的古典文学知识编写一部关于诗词鉴赏的普及性图书。为此,周振甫埋首历代诗话词话整整一年,为《诗词例话》遴选范例,结合理论实际,融会分析鉴赏,为读者解读诗词立意及写作技巧，以便提升大众的诗词鉴赏能力。

1983 年，周振甫出版《文章例话》，该书作为《诗词例话》的姊妹篇，延续《诗词例话》分类原则及写作路径，将诗话换成文话，从阅读、写作、修辞和风格四个维度遴选文论关键词，并结合具体文章进行阐释。其中有诸多关键词与《诗词例话》重合，如"比较""立意""承转""开头""比喻""绮丽"等。周振甫采取相似的视角对例文进行分类，充分利用"例"与"话"的双向互动阐释其文学思想。《文章例话》是对《诗词例话》的继承与发展，将诗话词话的阐释路径移用于文话研究，结合文体观、修辞观、文律观、文德观及文章功能等多个层面探讨文章写读方法及鉴赏原则，大大推动"例话"范式走向成熟。《小说例话》和《文学风格例话》在前两者的基础上，结合小说和文学风格的独特性进一步深化"例"与"话"的阐释路径，不再简单延续阅读、写作、修辞、风格四个分类维度，而是根据研究对象遴选"例"，结合文本内容阐释"话"。《小说例话》选择有评语、眉批、句下批的小说，针对小说的批语、评语约略分类，结合小说内容阐释。《文学风格例话》从文体、作品、作家、流派、时代、地域和民族等多个角度探讨文学风格，尽可能拓宽遴选范围，采用多元阐释方法。

从《诗词例话》到《文学风格例话》，周振甫的"例话"创作经历长达数十年。综合周振甫"例话"系列创作进路，可将"例话"范式定义为结合实例展开阐释的批评方法，其中"例"由文论关键词及具体例子构成，"话"是以通俗化、比较辨析、对话互文为主的关键词阐释方法。《诗词例话》的出版标志着周振甫的"例话"范式走向成熟，贯穿其一生的诗学经验及编辑工作帮助他摸索出大众喜闻乐见的解读形式，为普通读者开辟了一条鉴赏古典文学的门径。《文章例话》《小说例话》《文学风格例话》三部著作的相继推出，进一步充实了"例话"范式。四部著作共同建立起相对成熟的关键词研究方法，为中国文学批评史研究提供了新的通俗化阐释路径。

二 "例"的遴选

《诗词例话》之"例"有两个主要对象：一是周振甫根据鉴赏、写作、修辞、风格、文艺论五个维度遴选出的文论关键词，二是从历代诗话词话中择取的诗词例证及其批评。早年阅读《历代诗话》《历代诗话续编》《清诗话》《人间词话》《蕙风词话》等书时，周振甫已注意到诗话词话中存在的一些问题，譬如诗话词话中寻章摘句的例子不具代表性，有断章取义之嫌，抑或是评价同一首诗词出现意见相左的诗话词话时，未以此为契机深入探讨。① 因此他充分利用深厚的古文基础并结合大量编辑经验摸索出一套遴选方法。

（一）版本变迁中"例"的更替

《诗词例话》最早为中国青年出版社 1962 年 9 月发行的版本，该版本由欣赏与阅读、写作、修辞和风格四个部分组成，共计 67 个文论关键词，约 15 万字。因出版后引发读者广泛关注，周振甫立即投入补充修订工作，并于 1979 年 5 月在中国青年出版社推出第二版，新版字数达 20 余万字，主体内容字数近乎首版两倍。欣赏与阅读部分增加"诗家语""形象思维""拔高与贬低""真切"四节；写作部分增加"赋陈"一节，删除"推敲"一节，并将"修改"一节移至修辞部分；修辞部分除增加"修改"一节外，还增加"兴起""喻之二柄""喻之多边""通感""用事"五节，并将"反用故事"一节的主要内容融进"用事"一节，将"取影"改为"衬托"，"重叠错综"改为"复叠错综"，"侧重"改为"侧重和倒装"，去除"比拟"，将其主要内容扩展为"比体和直言"；风格部分将"绮丽""工丽兼英爽"两节合为"绮丽和英爽"一节，并删除"风韵""浮薄"两节；再版时还增加了第五部分"文艺论"，包括"神韵说""格调说""性灵说""肌理说"四节。

从 1962 年初版问世到 1979 年再版发行，周振甫在文学批评领域 17 年笔耕不辍，先后在《新闻业务》《人民日报》《社会科学战线》《中国语文》《文学评论》等刊物上发表多篇文章，为《诗词例话》的补订而不断地学习与反思。从第二版的增补不难看出，周振甫在文论关键词的提取上更加凝练，类型划分也更加规范，修正了其中较为口语化的表达，采用"衬托""真切"等专有名词取代"取影""浮薄"等较为随意的词组搭配；更加注

---

① 参见周振甫《从〈诗词例话〉谈到我的学习》，《文史知识》1989 年第 2 期。

重对文论关键词的辨析，如探讨"比喻"这一修辞手法时，增加"喻之二柄"一节探讨比喻在褒贬、好恶异用时的情况，增加"喻之多边"一节，把不同作品中的比喻放在同一个维度进行比较，以探索写作的变化。这两节源自钱锺书在《管锥编》中的观点，1979 年《诗词例话》再版时，《管锥编》尚未正式出版，周振甫作为责编，在逐字阅读的过程中深受启发，并在钱锺书的支持下提前引用部分观点和材料，由此促成《诗词例话》的第一次补编。1979 年版的《诗词例话》除对原有文论关键词进行修补外，更重要的是增加了第五部分"文艺论"，从文艺理论层面对诗话词话进行划分并结合例证展开分析，以提升读者鉴赏诗词的逻辑思维能力。

1994 年台北五南图书出版有限公司与周振甫签约出版《诗词例话》，以大陆 1979 年修订本为底本适加增补，主要增加了词话，除采自《白雨斋词话》《词概》《复堂词话》外，还引用俞平伯的《读词偶得》《清真词释》及俞陛云的《两宋词释》。至于周振甫去世后由重庆大学出版社出版的《诗词例话全编》，系他生前已编好，其女儿、女婿根据手稿略加工整理而成。"全编"分上下册，主要区别有两点：一是诗词的引用，上编中所引诗词，以摘句为主，下编则引用全篇，目的是让读者"顾及全篇"地去鉴赏诗词的艺术性；二是诗话词话的引用，上编对诗话词话有详细讲解，下编仅简略指点，未多加说明。[①] 周振甫在学术研究领域一直贯彻高标准、严要求的原则，不断对作品进行补充修订，《诗词例话》中"例"的更替体现了周振甫在关键词遴选上的自觉，是对"例话"范式的一次探索，也为研究中国古代文论提供了新的阐释路径。

（二）诗话遴选路径的填补

周振甫认为历代诗话词话遴选存在三大问题：一是寻章摘句所致的片面性，二是文学批评意见相左导致的矛盾性，三是由于古人记忆模糊产生的错误性。[②] 因此《诗词例话》在选择诗词作品、辑录诗话词话时十分注重代表性和全面性。譬如"完整与精粹"一节探析诗歌的文艺性，周振甫摘取三种不同的诗话观：一是洪昇提倡的"诗如龙然，首尾爪角鳞一不具，

---

① 参见周振甫《诗词例话全编》上册，重庆大学出版社，2011，第 1 页。
② 参见周振甫《诗词例话》，中国青年出版社，1979，第 4 ~ 7 页。

非龙也";二是王士禛提倡的"诗如神龙，见其首不见其尾，或云中露一爪
一鳞而已，安得全体？是雕塑绘画者耳";三是赵执信提倡的"神龙者屈伸
变化，固无定体，恍惚望见者，第指其一鳞一爪，而龙之首尾完好，故宛
然在也。若拘于所见，以为龙具在是，雕绘者反有辞矣"。[①] 三种观点分别
代表完整、精粹、精粹要从完整中来三种不同追求，周振甫分别从三个角
度论述写诗的情况，并列举《沈园》和《古诗为焦仲卿妻作》来分析不同
情况下该如何处理完整与精粹之关系。又如"用事"一节中讨论诗词中的
用典情况，以李商隐和辛弃疾为范例讨论抒情诗能不能用典以及如何用典
的问题。选取的二位词人都非常具有个人风格，可当作抒情诗中的典型来
研究。诗词词话部分除引用何焯、朱彝尊、楼敬思的批注外，重点摘取钟
嵘和王国维的诗学观来辨析不同情况下该如何用典抒情。此外，还列举反
用典故的情况来讨论反用和反衬手法在诗词中的作用。由此可见，周振甫
在阐释文论关键词时绝非一概而论，遴选诗话词话时要确保诗词观的多元
性，从不同视角分情况具体探讨，遴选诗词时最注重诗词是否具有代表性
和典型性，选取经典诗词以探讨其创作方法的广泛适用性。

　　至于文学批评意见相左的情况，周振甫认为不同的文学批评各有可取
之处也各有不足之处，正可以并列起来共同探讨。譬如其在"拔高与贬低"
一节中提出读者对诗词的评价有时偏高有时偏低，以岑参《寄左省杜拾遗》
中"圣朝无阙事，自觉谏书稀"为例，清朝纪昀评此句为愤语，是婉转的
讽刺，纪昀之前的黄彻则批评此句为阿谀奉承。周振甫对同一诗句摘取两
种截然相反的批评并深入分析其原因：结合杜甫《奉答岑参补阙见赠》中
"故人得佳句，独赠白头翁"可推断出杜甫已老，因此岑参诗中的"青云羡
鸟飞"并非羡慕杜甫而是羡慕青云高官，联系上下文不难解读出诗人对做
官的渴望，在这种心境下写出的"圣朝无阙事"应是替唐朝掩饰的颂圣之
辞而非规讽。周振甫由此得出纪昀读诗不全面，未联系上下文，以致在批
语中过于拔高末联立意的结论，帮助读者重新审视诗意。据此可见，周振
甫在遴选诗话词话的范例时，倾向于将正例反例一同纳入，通过正反比较
扩大诗词解读的张力，以便更全面地鉴赏诗词意境。这也进一步引起周振

---

①　周振甫：《诗词例话》，中国青年出版社，1979，第 12 页。

甫对全面阅读诗词的重视，编纂《诗词例话全编》时在下册采用全篇引用的方法，以保证读者顺利联系上下语境，全面解读鉴赏诗词。

面对古人记忆模糊导致的错误，周振甫在遴选时格外慎重，借助多年编辑经验以及深厚的文史功底对诗词进行细致考证。譬如"描状"一节摘取的诗话认为王摩诘的"漠漠水田飞白鹭，阴阴夏木啭黄鹂"系窃取李嘉祐诗"水田飞白鹭，夏木啭黄鹂"，周振甫考证二人所处时代，指出摩诘处盛唐，嘉祐处中唐，应是嘉祐采用摩诘之诗而非摩诘受嘉祐点化，纠正前人在诗评中的片面说法。周振甫以存在争议的诗话词话为契机，凭借扎实的史学功底去伪存真，在考证的同时比较二者艺术形式，总结艺术手法，从中归纳出普遍性的写作原则。又如"侧重和倒装"一节提到《漫叟诗话》将杜甫的"香稻啄余鹦鹉粒"写成"红豆啄残鹦鹉粒"，周振甫纠正其引诗，但保留其诗评。古代诗话词话中难免出现错漏，对此周振甫一分为二地看待，于诗词要确保其准确性，于诗话词话则侧重其批评性。

（三）诗话摘选的古今之变

《诗词例话》主要从《诗品》《碧鸡漫志》《诗话总龟》《苕溪渔隐丛话》《历代诗话》《词话丛编》等摘选诗话词话。《诗品》从上中下三品对诗人进行分类，遴选出具有代表性的诗词并展开评述，每品之下主要参照时代顺序筛选排序。《碧鸡漫志》将词的起源论和艺术本体论相结合，着重强调乐与词之间的紧密联系，以性情、自然、中正、雅、韵为审美标准展开阐释。《诗话总龟》旨在依事存诗，以诗话体制为标准，广泛征引笔记小说中的诗话性条目，把脍炙人口的诗歌类而总之。《苕溪渔隐丛话》是评诗论诗的故事总辑，有意识地进行诗话汇编，遴选范例以严肃性和学术性为主。《历代诗话》主要收录自萧梁至明的诗话之作，《词话丛编》专收评述词人、词作、词派及言本事之书。诗话体制整体呈现从"以资闲谈"向体系化迈进的趋势，其理论性不断加强，诗话的概念也日益宽泛。

周振甫通过广泛阅读古典诗话作品，积累大量诗话词话的审美经验，并从中发现历代诗话词话遴选中存在的问题，结合现代读者阅读习惯选择欣赏与阅读、写作、修辞、风格、文艺论五个维度作为划分文论关键词的依据，并在此框架下遴选所需的诗词及诗话词话。《诗词例话》在继承古典诗话体系发展趋势的基础上融入现代审美经验，通过聚焦诗词的鉴赏形式、表现手法、修辞技巧及创作方法，从古典诗话作品中提取出相应的诗话词话，结合具体诗词作品解读其思想性和艺术性，进一步规范遴选的标准和例话的体系。

《诗词例话》中"例"的遴选，一方面表现为文论关键词的逐渐系统化，一方面表现为诗词及诗话词话的逐渐规范化。周振甫遴选关键词有一套严格的体系，主要按照欣赏与阅读、写作、修辞、风格和文艺论五个维度展开，并在此基础上不断完善规整理论框架，保证选词的系统性。周振甫在诗词及诗话词话的遴选上则各有侧重，为避免历代诗话词话中出现的三大问题，他主张遴选诗词时必须考虑其代表性和准确性，遴选诗话词话时必须注重其多元性和批评性，对于意见相左或出现错误的诗话词话，取其精华去其糟粕，采取兼容并包的态度，从不同视角阐释中国古代文论，系统梳理传统诗学的批评体系。

三　"话"体阐释

伏案数十年的编辑工作促使周振甫辨章学术、考镜源流，从"编辑"转型为"学者型编辑"，并逐渐形成别具一格的学术视野和阐释风格。在他看来，诗话词话不单是对诗词的鉴赏，更是对写作的归整，对诗话词话的阐释可以在原有基础之上推陈出新，衍生出新的创作方法和审美意境。若以"诗话词话"为研究对象并展开文论阐释，揭示其掩盖的创作规律和审美原则，便不能只是简单借鉴前人经验，而要从语义上追根溯源，关注其历史引申义，并在此基础上做跨语际比较。[①]《诗词例话》充分考虑到读者接受情况，为提升读者阅读体验，培养读者鉴赏能力，周振甫逐渐形成一套独特的阐释体系，并在此体系下解读文论关键词，反思传统"诗文评"的批评体系。

（一）通俗化的表达

通俗化是周振甫最重要的阐释路径之一。《诗词例话》的主要受众为中

---

① 　参见李建中《键闭与开启：中国文论的关键词阐释法》，《甘肃社会科学》2016年第1期。

等文化程度的年轻人，不同于学者型读者，青年学子的逻辑思维能力和批评鉴赏视野有限，考虑到古典诗话词话表述较为深细，为更好地帮助读者理解诗意及诗论，"例话"系列采用通俗易懂的"以资闲谈"①代替严肃工整的话语模式。话语表达表面上看是一个语言问题，实际上涉及研究范式、研究方法等诸多问题。古典诗话词话的阐释路径比较晦涩，语言表达上也容易产生歧义，找到一种更确切、更适合普通读者的表达方式和叙述模式至关重要。

《诗词例话》尽量以通俗的话语模式对诗话词话展开阐释，用浅显易懂的语言代替晦涩艰深的文论，帮助读者打破文言文的阅读壁垒。通过一些反问或自问自答的行文模式拉近与读者的距离，启发读者主动思考，与读者形成对话。譬如"逼真和如画"一节，文章开头向读者抛出问题："究竟作品像真的事物好呢，还是真的事物像作品好呢？"②循序渐进，将话题引至"究竟'逼真'好，还是'如画'好"这一核心论题上。正文举例论证时也采用设问作为段落开头，从提问到解答，由表及里引发读者思考，帮助读者辨析"逼真"与"如画"的特点。这一手法在《诗词例话》中十分常见，有利于同读者产生互动。

古代诗话词话中的句子结构多转折，不利于读者理解句意。《诗词例话》将短句作为主要行文句型，由多个短句共同构成章节段落，尽量规避长难句给读者造成的阅读障碍。譬如"形象思维"一节，论述部分皆由短句构成，语言流畅通顺，句与句之间衔接紧密，段与段之间逻辑清晰，分形象、思想、形象与思想结合三个层面叙述，论述结构一目了然。利用短小精悍的句式阐释晦涩复杂的诗论，可帮助读者重新理解文言文中的批评理论，在一定程度上降低了阅读门槛。短句通俗易懂能够有效维系读者的阅读耐心，提高读者阅读效率，充分顾及受众的文化水平和理解能力。此外，结合分点论述的行文模式层层递进，可在一定程度上强化文章系统性，由浅入深地阐释批评理论，引导读者鉴赏诗词。

通过不断地打磨与修订，周振甫逐渐形成一套通俗化的阐释体系，呈

---

① "以资闲谈"最初指欧阳修《六一诗话》的创作旨归，此处代指周振甫通俗易懂的语言风格。参见宫臻祥《"以资闲谈"：〈六一诗话〉的创作旨归》，《文艺评论》2011年第8期。
② 周振甫：《诗词例话》，中国青年出版社，1979，第15页。

现出相对固定的语言风格和行文结构,这些均深刻反映在"例话"系列作品之中,成为"例话"范式的重要组成部分。

(二)在比较中辨析

通过比较有利于更好地鉴别研究对象的本质与特点,于差异中总结出普遍性的规律和原则。《诗词例话》中不仅有关键词与关键词之比较,还有例与例之间的比较以及古今批评体系之比较。周振甫通过相似性与差异性的对比,重新返回诗词与诗话词话的历史语境,利用多元视角阐发诗论,开阔读者的审美视野,帮助读者更好地鉴赏诗词。

从章节名称不难看出,周振甫倾向于对相近或相反的文论关键词展开辨析,譬如"逼真和如画""加倍和进层""倒插、逆换""衬垫和衬跌"等,这一类属于相似性辨析。讨论"逼真与如画"时,周振甫分别选择艺术品和风景两种不同形式下的审美情景,由此区分使用逼真和如画的具体语境。又如"完整与精粹""隔与不隔""拔高与贬低""婉转与直率"等,这一类属于相反性辨析,将截然相反的范例放置同一维度,帮助读者更深入地理解诗词创作手法和诗话词话的批评方法。"婉转与直率"列举了不同场合下婉转与直率两种风格的诗词,以便读者辩证地看待诗词风格与评判标准。《诗词例话》在篇目编排顺序上也十分注重这一点,更倾向于将相似或相反的篇目编排在一起,譬如讨论诗词中的忌讳问题时,将"忌穿凿""忌执着""忌片面"三节连置,讨论诗词中的比喻手法时,将"比喻""博喻""喻之二柄""喻之多边""曲喻"依次安置,如此编排有利于强化读者阅读印象,帮助读者细致区分不同的创作方法与写作风格,提升诗词审美的专业性。

周振甫遴选时侧重诗词的代表性和诗话词话的多元性,为阐释文论关键词提供了广阔的比较视野。每一节的论述中,既有诗词与诗词间的对比,也有诗话与诗话间的比较。在欣赏与阅读部分,倾向于在同一审美概念下罗列多元诗论观点,以此为契机展开讨论。例如"忌片面"一节,就选取多位学者对杜甫诗词意境的解读:

《学林新编》云:"《杜鹃》诗上四句非诗,乃题下自注,后人误写。"

东坡云："南都王谊伯谓'西川有杜鹃，东川无杜鹃，培万无杜鹃，云安有杜鹃'盖是题下注，断自'我昔游锦城'为首句。谊伯误笑。且子美诗备诸家体，非必率合程度侃侃者然也。"

《王直方诗话》云："《杜鹃诗》识者谓前四句非诗也，乃题下注而后人写之误耳。余以为不然。此正与古谣谚无以异，岂复以韵为限耶？"①

通过比较不同视野下对诗歌创作的批评，告诫读者阅读时应尽量避免片面的判断。在写作与修辞两部分中，周振甫摘选多组诗词讨论同一写作要点或修辞手法，通过对比总结出部分具有普遍性的创作原则。例如"开头"一节，列举了即景生情、气氛烘托、笼罩全篇、发端突兀四种开头方式：

境界阔大，即景生情的，像谢朓《暂使下都夜发新林至京邑赠西府同僚》："大江流日夜，客心悲未央。"

刻划气氛，用作烘托的，如曹植《七哀》，"明月照高楼，流光正徘徊"。

大气包举，笼罩全篇的，如高适《送浑将军出塞》，"将军族贵兵且强，汉家已是浑邪王"。

发端突兀，出人意外的，一开头用精警的话来打动读者，力避平扇。如曹植《赠徐干》，"惊风飘白日，忽然归西山"。②

通过具体的诗词案例，帮助读者理解不同开头方式所产生的艺术效果，引导读者回到诗词原本的意境中评价其好坏。在风格这一部分中，周振甫常常针对同一风格选择不同诗词，比较其写作手法、修辞技巧、表达意境上的差异。譬如"雄奇"一节中列举了李贺、杜甫、李白等诸位诗人的名句，虽同为雄奇风格但他们在写作技法上存在诸多差异，一种是信笔挥洒写得自然流畅，一种是写得费劲但意义深远，一种是写得费力且意义不大，

---

① 周振甫：《诗词例话》，中国青年出版社，1979，第65~66页。
② 周振甫：《诗词例话》，中国青年出版社，1979，第168~169页。

由此将雄奇风格的诗词分为三等并从中探索写作规律。这一部分主要通过对比分析不同风格的诗词，从中总结写作经验深入分析其创作方法，为完善诗歌表达意境开拓路径。在文艺论这一部分中，周振甫搜集不同学者的文艺理论观，分析其中关于诗词内容、体制及风格的批评，客观看待其批评体系的优缺点及对后人产生的影响。

古今互文也是周振甫的比较方法之一，《诗词例话》中辑录的批评材料，不仅引用古人著述，也重视近现代学者的研究观点，摘录了钱锺书、唐圭璋、王国维、梁启超、鲁迅等人的诗评词评作品十余种。譬如"喻之二柄""喻之多边"两节中的观点均来自钱锺书《管锥编》。周振甫的编辑工作与文学创作相辅相成，编纂文稿为他提供了反思空间，促使他熟悉不同领域的批评理论。又如"平淡"一节中对诗词风格的界定，即引用了《韵语阳秋》《苕溪渔隐丛话》中对平淡作品的看法，又借鉴了钱锺书在《谈艺录》中对梅尧臣的评价，充分融合古今两种研究视阈，比较诗词审美风格及创作方法，从不同角度阐释鉴赏诗词。综合上述阐释路径不难看出，无论是诗词作品、诗话词话，还是诗论诗学观，周振甫的阐释体系中都离不开比较。比较视野下的多元文艺观的碰撞为阐释诗词提供了更多的表达路径，也为"例话"系列生成构建了话语体系。

（三）批评中的对话意识

《诗词例话》的话语阐释模式倾向于返回历史语境展开话体批评，周振甫在探讨诗话词话可行性时逐渐生发对话意识，与各路话体批评家形成对话。此外，通俗化的表达方式可在一定程度上增强读者在场感，让作者与读者之间产生对话并以此召唤读者进入批评场域，引发读者批评自觉。

周振甫展开话体批评时，对于古今学者之批评，并非仅仅将其作为引证，而是通过批评与他们形成对话，由此扩大话体批评的张力。《诗词例话》中的对话主要源自遴选诗话词话时产生的触动，由此发出的追问与批评家形成对话。譬如王国维的"隔"与"不隔"理论一直在学界饱受争议，周振甫在"隔与不隔"一节中对此观点进行回应，与王国维对话。王国维的"隔与不隔"是从艺术审美的直观性出发，强调诗词要让读者获得真切之感受，周振甫由此提出疑问："抒情写景怎样才写得真切不隔？怎样就有隔膜？"① 反驳王国维及诸多文人认可的像《古诗十九首》一样把真情写出来就是好诗的观点，强调作者志趣高低也会给读者阅读造成影响，不可只看表达是否真切。② 追问的目的不是要求作者回应，批评家之间的交流可为话体批评提供更多解读路径。周振甫对"隔与不隔"引发的用典问题展开探析，分别列举用典"隔"与用典"不隔"的诗词，重新评定用典对诗词"隔与不隔"产生的影响。③ 周振甫与王国维的对话，拓宽了读者的联想空间，延展了诗话词话的审美维度，使文论关键词的阐释更加立体丰富。周振甫与古今学者之间的对话随处可寻，对话意识的萌发是其批评自觉的重要表现，也是其话体阐释的重要风格之一。

《诗词例话》除与古往今来的批评家对话外，还会模拟与读者交流的场景，站在读者立场展开对话。周振甫的语言并不算精练，却朴实亲切，阐释的过程经常预设读者问题并耐心分析。文中话语类似老师向学生解题，举例时多用"这里找了一首……""就这首诗看……""另一个例子是……""通过这个例子……"等句式，将具体批评理论条分缕析，从不同层面举例说明。阐释时常用"我们"一词，将自己与读者放在同一维度，拉近彼此间的距离以便交流。提前预设与读者的对话，有利于照顾读者的理解能力及阅读兴趣，引发读者的批评自觉。

通俗化、比较辨析以及对话意识都是《诗词例话》中"话"体阐释的重要路径，周振甫将"例"与古今文艺理论融会贯通，形成独特的阐释"话"体，并通过不断的修正补订完善"例话"范式。"例话"范式是周振甫成功运用的关键词研究方法，为研究中国古代文论及传统"诗文评"提供了新的阐释路径。

---

① 周振甫：《诗词例话》，中国青年出版社，1979，第28页。
② 参见周振甫《诗词例话》，中国青年出版社，1979，第28页。
③ 参见周振甫《诗词例话》，中国青年出版社，1979，第29页。

·成果总目·

整理说明：文献的搜集与整理是学术史研究的基础。20 世纪以来，分为概念、术语、范畴、命题等路径的中国文论关键词个案研究，与借鉴经典阐释学、历史语义学、思想史、观念史、概念史的中国文论关键词方法论研究，积累下为数众多的研究成果，亟须对此做适时且全面的总结。之所以这么说，是因为国内外对哪些中国文论关键词进行了怎样的研究，其中的利弊得失如何，这个基础问题一直未得到很好的回答。目前，研究者只能从体量庞大的综合索引或其他相关索引中择取所需信息，费时耗力还易遗漏。尽管数据库不断更新，信息检索日益便捷，但整合各类成果，求全求新，编著内含关键词遴选、类分（子目）、附录（著者与出处索引）的成果总目依然有必要，并且无可替代。有鉴于此，课题组从清点既有成果、编制文献索引入手，利用各种检索工具逐年顺查、倒查，辅以追溯法、复合交替法、间隔交替法、抽查法，参照 GB3793—83《检索期刊条目著录规则》，并结合学科特点，以发表年月为序，著录相关文献的题名、责任者、出版项、载体形态项、附注项等信息。本辑发布《文学评论》《文艺研究》《文学遗产》刊载的中国文论关键词研究成果目录（从创刊至 2022 年），希望能为研究者提供助益。各本刊物的相关信息经署名整理者录入与互校，刘纯友和吴煌琨复核，袁劲终审。如发现疏漏之处，恳请致信指正（电子邮箱：zgwlgjc@163.com）。

《文学评论》相关论文（1957—2022）

刘纯友　戴雨江　彭　博　整理

郭绍虞：《中国文学批评理论中"道"的问题》，1957 年第 1 期。

刘永济：《释刘勰的"三准"论》，1957 年第 2 期。

沈祖棻：《关于清代词论家的比兴说》，1957 年第 2 期。

郭绍虞：《论陆机〈文赋〉中之所谓"意"》，1961 年第 4 期。

廖仲安、刘国盈：《释"风骨"》，1962 年第 1 期。

钱锺书：《通感》，1962 年第 1 期。

陆侃如：《〈文心雕龙〉术语用法举例——书〈释"风骨"〉后》，1962 年第 2 期。

寇效信：《论"风骨"——兼与廖仲安、刘国盈二同志商榷》，1962 年第 6 期。

王元化：《释〈比兴篇〉"拟容取心"说——关于意象：表象与概念的综合》，1978 年第 1 期。

文铨：《关于"比"、"兴"的一点浅见》，1978 年第 3 期。

曾祖荫：《对〈释"拟容取心"说〉的商榷》，1978 年第 3 期。

郭绍虞、王文生：《论比兴》，1978 年第 4 期。

敏泽：《论魏晋至唐关于艺术形象的认识——兼论佛学输入对于艺术形象理论的影响》，1980 年第 1 期。

牟世金：《中国古代文学艺术的形神问题》，1980 年第 1 期。

邱世友：《张惠言论词的比兴寄托——常州词派的寄托说之一》，1980 年第 3 期。

袁行霈：《论意境》，1980 年第 4 期。

王冰彦：《欧阳修的"道"及其对文学创作的影响》，1980 年第 6 期。

钱锺书：《诗可以怨》，1981 年第 1 期。

范宁：《关于境界说》，1982 年第 1 期。

陈约之：《〈庄子〉谈艺言美》，1982 年第 1 期。

葛晓音：《王维·神韵说·南宗画——兼论唐代以后中国诗画艺术标准的演变》，1982 年第 1 期。

杨海明：《论"以诗为词"》，1982 年第 2 期。

胡明：《论袁枚诗性灵说》，1982 年第 6 期。

黄晓令：《〈典论·论文〉中的"齐气"一解》，1982 年第 6 期。

张安祖：《"兼济"与"独善"》，1983 年第 2 期。

周振甫：《释"建安风骨"》，1983 年第 5 期。

蔡钟翔：《〈典论·论文〉与文学的自觉》，1983 年第 5 期。

曹道衡：《〈典论·论文〉"齐气"试释》，1983 年第 5 期。

林东海：《论诗诗论》，1984 年第 1 期。

刘乃昌：《宋词的刚柔与正变》，1984 年第 2 期。

胡国瑞：《诗词体性辨》，1984 年第 3 期。

许子东：《文学批评中的"入"与"出"》，1984 年第 3 期。

刘振东：《论司马迁之"爱奇"》，1984 年第 4 期。

杨光治：《〈人间词话〉"境界"说寻绎》，1984 年第 6 期。

禹克坤：《意境与非意境》，1985 年第 3 期。

石文英：《论汉儒美刺言诗》，1985 年第 4 期。

杨明：《〈典论·论文〉"书论宜理"解》，1985 年第 4 期。

王先霈：《试说"诗人兴会"》，1985 年第 5 期。

李泽厚：《古典文学札记一则》，1986 年第 4 期。

王玮：《文学的"一"——关于艺术哲学的自我论辩录》，1986 年第 4 期。

钱南秀：《传神阿堵——〈世说新语〉塑造人物形象的艺术手法》，1986 年第 5 期。

肖瑞峰：《论刘禹锡诗的个性特征》，1987 年第 1 期。

张首映：《哲学范畴与文艺学范畴——对建构文艺学体系的思维方式的思考》，1987 年第 1 期。

肖驰：《中国古代山水诗的三重境界》，1987 年第 2 期。

鲁枢元：《"神韵说"与"文学格式塔"——关于文学本体论的思考》，1987 年第 3 期。

王齐洲：《象征主义——中国文学的传统方法》，1988 年第 1 期。

陶东风：《言不尽意与美感经验的特殊性》，1988 年第 6 期。

吴小如：《说"赋"——〈中国历代赋选〉序》，1989 年第 2 期。

马德富：《苏诗以意胜》，1989 年第 2 期。

龚鹏程：《说"文"解"字"——中国文学艺术发展的结构》，1989 年第 3 期。

李建中：《论魏晋六朝作家"文心"与"人心"的分裂》，1989 年第 5 期。

王英志：《论"神化"说的两层涵义》，1989 年第 5 期。

齐天举：《文学的自觉时代》，1990 年第 1 期。

邱世友：《张炎论词的清空》，1990 年第 1 期。

朱水涌：《历史传奇：史传传统与史诗模式》，1990 年第 2 期。

刘安海：《语言痛苦：意翻空而易奇，言征实而难巧》，1990 年第 3 期。

张伯伟：《摘句论》，1990 年第 3 期。

李伯敬：《"词起源于民间"说质疑》，1990 年第 6 期。

蒋寅：《走向情景交融的诗史进程》，1991 年第 1 期。

张晶：《陶诗与魏晋玄学》，1991 年第 2 期。

吴调公：《"神韵"内涵与民族文化》，1991 年第 3 期。

吴承学：《辨体与破体》，1991 年第 4 期。

曹虹：《从"古诗之流"说看两汉之际赋学的渐变及其文化意义》，1991 年第 4 期。

陶文鹏：《意象与意境关系之我见》，1991 年第 5 期。

余凌：《论中国现代散文的"闲话"和"独语"》，1992 年第 1 期。

蔡镇楚：《中国诗话与日本诗话》，1992 年第 5 期。

陶尔夫：《"稼轩体"：高峰体验与词的高峰》，1993 年第 1 期。

刘尊明：《"词起源于民间"说的重新审视与界说》，1993 年第 1 期。

陈国球：《简论唐诗选本与明代复古诗说》，1993 年第 2 期。

李少雍：《经学家对"怪"的态度——〈诗经〉神话脞议》，1993 年第 3 期。

束景南：《活法：对法的审美超越》，1993 年第 4 期。

吴承学：《生命之喻——论中国古代关于文学艺术人化的批评》，1994 年第
　　1 期。

洛地：《"词"之为"词"在其律——关于律词起源的讨论》，1994 年第 2 期。

许结：《论小品赋》，1994 年第 3 期。

陈跃红：《语言的激活——言意之争的比较诗学分析》，1994 年第 4 期。

葛兆光：《近体诗中一种语言现象的分析——论虚字》，1994 年第 5 期。

刘石：《试论尊词与轻词——兼评苏轼词学观》，1995 年第 1 期。

吴承学：《评点之兴——文学评点的形成和南宋的诗文评点》，1995 年第
　　1 期。

韩湖初：《"生命之喻"探源——对一个中、西共同的美学命题的认识与思
　　考》，1995 年第 3 期。

张国庆：《儒家诗教的历史遭际和古今意义》，1995 年第 3 期。

黄卓越：《晚明性灵说之佛学渊源》，1995 年第 5 期。

陈建中：《关于吴宓的"三境"说》，1995 年第 5 期。

吴相洲：《文以明道和中唐文的新变》，1996 年第 1 期。

于迎春：《"雅""俗"观念自先秦至汉末衍变及其文学意义》，1996 年第
　　3 期。

吴承学：《论谣谶与诗谶》，1996 年第 2 期。

李建中：《魏晋文学的人格生成》，1996 年第 2 期。

季羡林：《门外中外文论絮语》，1996 年第 6 期。

党圣元：《中国古代文论的范畴和体系》，1997 年第 1 期。

李春青：《论"自然"范畴的三层内涵——对一种诗学阐释视角的尝试》，
　　1997 年第 1 期。

陈洪、沈立岩：《也谈中国文论的"失语"与"话语重建"》，1997 年第
　　3 期。

张晶：《禅与唐宋诗人心态》，1997 年第 3 期。

吴承学：《论晚明清言》，1997 年第 4 期。

蒋述卓：《论当代文论与中国古代文论的融合》，1997 年第 5 期。

李康化：《从清旷到清空——苏轼、姜夔词学审美理想的历史考察》，1997

年第 6 期。

周发祥：《试论西方汉学界的"西论中用"现象》，1997 年第 6 期。

曹文彪：《论诗歌摘句批评》，1998 年第 1 期。

郜元宝：《"胡适之体"和"鲁迅风"》，1998 年第 1 期。

徐文茂：《陈子昂"兴寄"说新论》，1998 年第 3 期。

王力坚：《清初"本位尊体"词论辨析》，1998 年第 4 期。

沈家庄：《宋词文体特征的文化阐释》，1998 年第 4 期。

张国星：《永明体"新变"说》，1998 年第 5 期。

刘宁北：《"求奇"与"求味"——论贾姚五律的异同及其在唐末五代的流
    变》，1999 年第 1 期。

潘建国：《"稗官"说》，1999 年第 2 期。

李春青：《"吟咏情性"与"以意为主"——论中国古代诗学本体论的两种
    基本倾向》，1999 年第 2 期。

喻大翔：《周作人言志散文体系论》，1999 年第 2 期。

李时人：《小说观念与〈全唐五代小说〉的编纂》，1999 年第 3 期。

曹顺庆、吴兴明：《替换中的失落——从文化转型看古文论转换的学理背
    景》，1999 年第 4 期。

蔡镇楚：《诗话研究之回顾与展望》，1999 年第 5 期。

谢桃坊：《宋人词体起源说检讨》，1999 年第 5 期。

胡遂：《论苏词主气》，1999 年第 6 期。

王先霈：《中国古代文学中的"绿色"观念》，1999 年第 6 期。

詹福瑞：《中古文学理论范畴的形成及其特点》，2000 年第 1 期。

张晶：《论中国古典诗歌中"理"的审美化存在》，2000 年第 2 期。

汪涌豪：《中国古代文论范畴的统序特征》，2000 年第 3 期。

赵晓岚：《论姜夔的"中和之美"及其〈歌曲〉》，2000 年第 3 期。

蒋寅：《对王维"诗中有画"的质疑》，2000 年第 4 期。

陈祥耀：《苏轼与"宋四六"》，2000 年第 5 期。

吴兴明：《中国传统文论的概念质地》，2000 年第 6 期。

毛崇杰：《论作为文学批评标准之"善"》，2001 年第 1 期。

吴承学：《先秦盟誓及其文化意蕴》，2001 年第 1 期。

莫砺锋：《从经学走向文学：朱熹"淫诗"说的实质》，2001 年第 2 期。

林继中：《情志·兴象·境界——传统文论之重组》，2001 年第 2 期。

陈平原：《现代中国的述学文体——以"引经据典"为中心》，2001 年第
    4 期。

解志熙：《"和而不同"：新形式诗学探源》，2001 年第 4 期。

朱德发：《现代理性话语：茅盾"人的文学"观念建构》，2001 年第 5 期。

古风：《从关键词看我国现代文论的发展》，2001 年第 5 期。

王国健：《晚明浪漫文学思潮与小说"虚实"理论》，2001 年第 5 期。

李春青：《文化诗学视野中的古代文论研究》，2001 年第 6 期。

戴燕：《从"民间"到"人民"——中国文学史上的正统论》，2001 年第
    6 期。

高楠：《论"情"在中国古代文学艺术中的原创意义》，2002 年第 1 期。

蒋寅：《语象·物象·意象·意境》，2002 年第 3 期。

陈文新：《明代诗学的逻辑进程与主要理论问题》，2002 年第 3 期。

顾祖钊：《论中西文论融合的四种基本模式》，2002 年第 3 期。

李有亮：《关于古代文论中"形"与"象"的考辨》，2002 年第 4 期。

陈建森：《戏曲"代言体"论》，2002 年第 4 期。

查洪德：《元代理学"流而为文"与理学文学的两相浸润》，2002 年第
    5 期。

刘方喜：《"一体三用"辨：汉语古典抒情诗理论系统分析》，2002 年第
    5 期。

朱志荣：《中国古代文学鉴赏知音论》，2002 年第 6 期。

曹苇舫、吴晓：《诗歌意象功能论》，2002 年第 6 期。

胡大雷：《关于传统文论的特质及"当代化"的理论思考》，2003 年第
    1 期。

李清良：《从〈艺概〉看古代文论思维方式的现代转化》，2003 年第 1 期。

杜卫：《"无用之用"：王国维"学术独立"论辨析》，2003 年第 2 期。

韩经太、陶文鹏：《也论中国诗学的"意象"与"意境"说——兼与蒋寅先
    生商榷》，2003 年第 2 期。

陈玉兰：《论"境界"说及其对新诗批评理论建设的意义》，2003 年第

2 期。

汪春泓：《关于〈文心雕龙〉"江山之助"的本义》，2003 年第 3 期。

陈平原：《"元气淋漓"与"绝大文字"——梁启超及"史界革命"的另一面》，2003 年第 3 期。

黄霖、杨绪容：《"演义"辨略》，2003 年第 6 期。

康金声：《谐音双关：诗"兴"义探赜一隅》，2003 年第 6 期。

陈忻：《中国唐宋诗词与日本和歌意境的"实"与"虚"》，2004 年第 1 期。

赵新林：《寻象以求中西言意通达之径》，2004 年第 1 期。

夏静：《文质原论——礼乐背景下的诠释》，2004 年第 2 期。

陈炎：《走出"失范"与"失语"的中国美学和文论》，2004 年第 2 期。

葛晓音：《论〈诗经〉比兴的联想方式及其与四言体式的关系》，2004 年第 3 期。

方长安：《形成、调整与质变——周作人"人的文学"观与日本文学的关系》，2004 年第 3 期。

张晶：《广远与精微——中国古代诗学的一对辩证命题》，2004 年第 4 期。

叶岗：《〈汉志〉"小说"考》，2004 年第 4 期。

傅道彬：《"诗可以观"——春秋时代的观诗风尚及诗学意义》，2004 年第 5 期。

李健：《钟嵘的感物美学》，2004 年第 5 期。

刘方喜：《"声情"研究方法论的现代启示》，2004 年第 6 期。

郑杰文：《先秦〈诗〉学观与〈诗〉学系统》，2004 年第 6 期。

杨景龙：《主情、主知与主趣——试论新诗发展史上的唐诗、宋诗和元曲路径》，2004 年第 6 期。

李剑波：《清代诗学的话语分析》，2005 年第 1 期。

陈飞：《"发言为诗"说》，2005 年第 1 期。

方锡球：《论方以智诗学思想的文化美学特色》，2005 年第 1 期。

蒋寅：《对"失语症"的一点反思》，2005 年第 2 期。

金雅：《梁启超"趣味"美学思想的理论特质及其价值》，2005 年第 2 期。

杨子彦：《论"老"作为文论范畴的发生与发展》，2005 年第 3 期。

胡遂：《论义山诗之理事情》，2005 年第 3 期。

陶礼天：《“词味”论析要》，2005 年第 3 期。

彭亚非：《原“文”——论“文”之初始义及元涵义》，2005 年第 4 期。

鲁枢元：《汉字“风”的语义场与中国古代生态文化精神》，2005 年第 4 期。

李洲良：《春秋笔法的内涵外延与本质特征》，2006 年第 1 期。

詹志和：《好借禅机悟“文诀”——佛学对刘熙载文艺美学观的影响浸润》，2006 年第 1 期。

詹福瑞、赵树功：《论“寄”的审美特征——关于一个古典美学重要范畴的文化考察》，2006 年第 1 期。

尚永亮、李丹：《“元和体”原初内涵考论》，2006 年第 2 期。

李贵：《言尽意论：中唐—北宋的语言哲学与诗歌艺术》，2006 年第 2 期。

肖锋：《百年“春秋笔法”研究述评》，2006 年第 2 期。

张小元：《“似”：隐喻性话语——传统汉语诗学的基本言说方式》，2006 年第 3 期。

吴子林：《金圣叹与“魏晋风流”》，2006 年第 3 期。

张先飞：《发生期新文学科学“人学”观念的建构》，2006 年第 3 期。

邓国光：《古文批评的“神”论——茅坤〈史记钞〉初探》，2006 年第 4 期。

饶龙隼：《两汉气感取象论》，2006 年第 4 期。

邓乔彬：《进士文化与诗可以群》，2006 年第 4 期。

余连祥：《绝缘·苦闷·情趣——丰子恺美学思想的特征》，2006 年第 4 期。

栾栋：《文学归化论——说“圆通”》，2006 年第 4 期。

姚爱斌：《论中国古代文体论研究范式的转换》，2006 年第 6 期。

肖锋：《百年“春秋笔法”研究述评》，2006 年第 2 期。

蒲震元：《“人化”批评与“泛宇宙生命化”批评——中国传统艺术批评模式中的两种重要批评形态》，2006 年第 5 期。

章必功、李健：《中国古代审美创造“物化”论》，2007 年第 1 期。

谭帆：《“俗文学”辨》，2007 年第 1 期。

刘泉：《论王国维的“新学语”与新学术》，2007 年第 1 期。

周波：《论狂狷美》，2007 年第 2 期。

李清良：《钱钟书"阐释循环"论辨析》，2007 年第 2 期。

王明建：《从老庄到刘克庄："自然"美学观的发展之路》，2007 年第 2 期。

查洪德：《元代诗学性情论》，2007 年第 2 期。

陈平原：《有声的中国——"演说"与近现代中国文章变革》，2007 年第 3 期。

朱寨：《艺术思维是意象思维》，2007 年第 3 期。

马茂军：《中国古代"散文"概念发生研究》，2007 年第 3 期。

夏静：《"中和"思想流变及其文论意蕴》，2007 年第 3 期。

栾栋：《说"文"》，2007 年第 4 期。

刘尊明：《论唐宋词中的"闲情"》，2007 年第 4 期。

普慧：《佛教对中古议论文的贡献和影响》，2007 年第 4 期。

张海鸥：《从秀句到句图》，2007 年第 5 期。

陈飞：《古"文"原义——"人本"说》，2007 年第 5 期。

韩经太：《中国诗学的语言哲学内核与语言艺术模式》，2007 年第 5 期。

孙维城：《清季四大词人词学取向与重拙大之关系》，2007 年第 5 期。

李咏吟：《诗言志与诗言神及文明的价值信念》，2007 年第 5 期。

林继中：《"布衣感"新论》，2007 年第 6 期。

曹顺庆、靳义增：《论"失语症"》，2007 年第 6 期。

胡家祥：《简论"气韵"范畴的基础理论意义》，2007 年第 6 期。

刘毓庆、李蹊：《郑玄诗学理论及其对传统诗论的转换》，2007 年第 6 期。

孙蓉蓉：《"以盛唐为法"与民族审美认同》，2007 年第 6 期。

陈志扬：《阮元骈文观嬗变及历史意义》，2008 年第 1 期。

薛永武：《"乐由中出"：〈乐记〉对乐的生命本体论阐释》，2008 年第 1 期。

高华平：《诗言志续辨——结合新近出土楚简的探讨》，2008 年第 1 期。

罗书华：《志与事：中国诗学与叙事学比较论》，2008 年第 1 期。

徐安琪：《柳永词学思想述论——由"骫骳从俗"的审美趣尚谈起》，2008 年第 1 期。

曹建国、张玖青：《赋心与〈诗〉心》，2008 年第 2 期。

栾栋：《辟文学通解——兼论文学非文学》，2008 年第 3 期。

王洁群、王建香：《"风骨"的语境还原》，2008 年第 3 期。

刘毓庆：《〈诗〉学之"兴"的还原与背离》，2008 年第 4 期。

古风：《刘勰对于"锦绣"审美模子的具体运用》，2008 年第 4 期。

罗时进：《破立之际：韩愈"文人之诗"的诗史意义》，2008 年第 4 期。

牛月明：《何谓"中国文论"？》，2008 年第 4 期。

王英志：《〈文心雕龙〉与袁枚性灵说》，2008 年第 5 期。

吴承学、何诗海：《从章句之学到文章之学》，2008 年第 5 期。

朱立元、栗永清：《试论现代"文学学科"之生成》，2008 年第 5 期。

曾繁仁：《试论〈周易〉"生生为易"之生态审美智慧》，2008 年第 6 期。

叶舒宪：《本土文化自觉与"文学"、"文学史"观反思——西方知识范式对
    中国本土的创新与误导》，2008 年第 6 期。

李洲良：《春秋笔法与中国小说叙事学》，2008 年第 6 期。

杨隽：《周代乐官与典乐诗教体系》，2008 年第 6 期。

黄伟、周建忠：《曾国藩古文理论平议》，2008 年第 6 期。

张伯伟：《中国文学批评的抒情性传统》，2009 年第 1 期。

段江丽：《譬喻式阐释传统与古代小说的"缀段性"结构》，2009 年第
    1 期。

王小盾：《论汉文化的"诗言志，歌永言"传统》，2009 年第 2 期。

张重岗：《"言志"论与现代诗学的转向》，2009 年第 2 期。

李建中：《论古代文论批评文体的无体之体》，2009 年第 2 期。

普慧：《〈文心雕龙〉审美范畴的佛教语源》，2009 年第 3 期。

夏静：《关于〈文心雕龙·原道〉的"惟人参之"》，2009 年第 3 期。

曾明：《"性灵"语源探——兼论〈文心雕龙〉重"天才"》，2009 年第
    3 期。

王秀臣：《文言的礼仪属性及其元文学理论意义》，2009 年第 4 期。

钟明奇：《"自为一家"：李渔文学创作的核心思想》，2009 年第 4 期。

张然：《肌理说：中才诗人的学诗指南——翁方纲诗歌论述的发轫点和取
    向》，2009 年第 4 期。

李天道：《中国美学的"朴"与"归朴"之域及其构成》，2009 年第 5 期。

周远斌：《宋前散文"文言"的发展演变》，2009 年第 5 期。

彭玉平：《论王国维"隔"与"不隔"说的四种结构形态及周边问题》，

2009 年第 6 期。

张丽华：《〈时报〉与清末"评"体短篇小说》，2009 年第 1 期。

曹旭、朱立新：《宫体诗的定义与裴子野的审美》，2010 年第 1 期。

查洪德：《理、气、心与元代文论家的理论建构》，2010 年第 1 期。

郑利华：《屠隆与明代复古派后期诗学观念》，2010 年第 1 期。

张松建：《抒情之外：论中国现代诗论中的"反抒情主义"》，2010 年第 1 期。

任遂虎：《分层析理与价值认定——"文如其人"理论命题新论》，2010 年第 2 期。

张炳蔚：《论唐宋时期的文道关系说——从郭绍虞的失误说起》，2010 年第 2 期。

王本朝：《"文以载道"观的批判与新文学观念的确立》，2010 年第 1 期。

郭守运：《古典美学"机"范畴探微》，2010 年第 2 期。

易闻晓：《自然与工力：中国诗学的体用之思》，2010 年第 3 期。

王水照、朱刚：《三个遮蔽：中国古代文章学遭遇"五四"》，2010 年第 4 期。

侯文宜：《文气说辨——从郭绍虞〈文气的辨析〉的局限说起》，2010 年第 5 期。

刘石：《中国古代的诗画优劣论》，2010 年第 5 期。

夏静：《对待立义与中国文论话语形态的建构》，2010 年第 6 期。

李洲良：《诗之兴：从政教之兴到诗学之兴的美学嬗变》，2010 年第 6 期。

钟仕伦：《论〈乐记〉的"和乐"美学思想》，2010 年第 6 期。

杨绪容：《"演义"的生成》，2010 年第 6 期。

杨景龙：《试论"以诗为文"》，2010 年第 4 期。

章建文：《明末清初尚朴的文学思潮》，2010 年第 4 期。

刘东方：《中国现代歌诗概念初探》，2010 年第 6 期。

李丹：《通感·应和·象征主义——兼论中国象征主义诗论》，2011 年第 1 期。

曾明：《胡宿诗学"活法"说探源》，2011 年第 2 期。

李春青：《中国文论中"文统"观念的文化渊源》，2011 年第 2 期。

杨景龙：《用典、拟作与互文性》，2011 年第 2 期。

武道房：《黄宗羲的学术思想与诗文批评》，2011 年第 3 期。

郭自虎：《白话与性情——从元白诗派、性灵派至新文学白话诗歌之走向》，
　　2011 年第 3 期。

蒋寅：《略论王夫之的文本有机结构观》，2011 年第 3 期。

吴中胜：《"肌理说"与翁方纲的诗学精神》，2011 年第 4 期。

王秀臣：《"礼仪"与"兴象"——兼论"比""兴"差异》，2011 年第
　　4 期。

王培友：《两宋"理学诗"辨析》，2011 年第 5 期。

屈光：《中国古典诗歌意脉论》，2011 年第 6 期。

唐善林：《"心本"：邓以蛰美学命名的一种尝试》，2011 年第 6 期。

谭帆、王庆华：《"小说"考》，2011 年第 6 期。

孙蓉蓉：《谣谶与诗学》，2011 年第 6 期。

易闻晓：《论汉代赋颂文体的交越互用》，2012 年第 1 期。

郭守运：《宋词"无语"修辞的审美考察》，2012 年第 1 期。

张宝明：《学科转型语境下的五四"文学"选择》，2012 年第 2 期。

普慧：《佛教思想与文学性灵说》，2012 年第 2 期。

孙少华：《西汉诸子的"尚新"传统与"新学"渊源》，2012 年第 2 期。

彭玉平：《词学史上的"潜气内转"说》，2012 年第 2 期。

李春青：《"文人"身份的历史生成及其对文论观念之影响》，2012 年第
　　3 期。

武道房：《王畿"现成良知"说与公安派文论的形成》，2012 年第 3 期。

韩高年：《春秋时代的文章本体观念及其奠基意义》，2012 年第 4 期。

赵树功：《论乐府"趋""送"与六朝文学"写送"说的关系》，2012 年第
　　4 期。

马茂军：《中国古典散文义味说》，2012 年第 4 期。

徐钺：《文学革命时期的"国语"与"白话"——以胡适与黎锦熙为中
　　心》，2012 年第 4 期。

王明建：《明代复古派诗论的言情观》，2012 年第 5 期。

赵彦芳：《"以审美代宗教"与"以审美代伦理"》，2012 年第 5 期。

罗晓静：《"群"与"个人"：晚清政治小说与五四问题小说之比较研究》，2012年第6期。

刘尊举：《"以古文为时文"的创作形态及文学史意义》，2012年第6期。

王小舒：《王氏四兄弟与清初神韵诗潮》，2012年第6期。

顾明栋：《中国美学思想中的摹仿论》，2012年第6期。

蒋寅：《袁枚性灵诗学的解构倾向》，2013年第2期。

韩伟：《〈乐纬〉"气"论考释》，2013年第2期。

张福贵：《鲁迅"世界人"概念的构成及其当代思想价值》，2013年第2期。

罗军凤：《文本与礼仪：早期中国文化研究与礼仪理论》，2013年第3期。

胡大雷：《从"谈说之术"到"文以气为主"——文气说溯源新探》，2013年第3期。

肖鹰：《自然为真：袁宏道的审美论》，2013年第3期。

李瑞卿：《苏轼易学与诗学》，2013年第3期。

彭玉平：《有我、无我之境说与王国维之语境系统》，2013年第3期。

易闻晓：《类推思维的文学推衍》，2013年第4期。

张晶：《中国古代诗学中"偶然"论的审美价值意义》，2013年第4期。

莫道才：《骈文文论：从辞章之论到气韵之说——论朱一新"潜气内转"说的内涵、来源与价值》，2013年第4期。

王炜：《不必"执古"，不可"骛外"——从钱基博论"集部之学"到文学学科的赓续与转型》，2013年第4期。

李春青：《略论"意境说"的理论归属问题——兼谈中国文论话语建构的可能路径》，2013年第5期。

侯文学：《"奇"范畴的生成演变及其诗学内涵》，2013年第5期。

石雷：《方苞古文理论的破与立——桐城"义法说"形成的文学史背景分析》，2013年第5期。

罗小凤：《诗言"感觉"——20世纪30年代新诗对古典诗传统的再发现》，2013年第6期。

李章斌：《韵律如何由"内"而"外"？——谈"内在韵律"理论的限度与出路问题》，2013年第6期。

陈大康：《论"小说界革命"及其后之转向》，2013 年第 6 期。

曾繁仁：《"气本论生态——生命美学"的发现及其重要意义——宗白华美学思想试释》，2014 年第 1 期。

沙红兵：《分化与逆分化：〈文心雕龙〉新论》，2014 年第 1 期。

王秀臣：《"诗言志"与中国古典诗歌情感理论》，2014 年第 2 期。

郑伟：《"诗文道流"说的人文意蕴与儒学文论史价值》，2014 年第 2 期。

罗宏梅：《郑珍"学人之诗"与"诗人之诗"合一的理论主张》，2014 年第 2 期。

何诗海：《明文"极于弘治"说刍议》，2014 年第 2 期。

韩仪：《永明新变与形式主义诗学的语言转向》，2014 年第 3 期。

戴伟华：《唐代小说的事、传之别与雅、俗之体》，2014 年第 3 期。

许总：《以文为诗：唐宋诗格的创变与整合》，2014 年第 3 期。

钟振振：《南宋张炎〈词源〉"清空"论界说》，2014 年第 3 期。

童庆炳：《〈文心雕龙〉"道心神理"说新探》，2014 年第 4 期。

闫月珍：《容器之喻——中国文学批评的一个特点》，2014 年第 4 期。

许结：《民国赋论"文学性"问题考察》，2014 年第 5 期。

胡大雷：《六朝诗歌用典论——兼论"诗言志"与集体无意识》，2014 年第 5 期。

洪之渊：《郭象玄学与东晋赏物模式的确立——兼及山水诗发生之理据问题》，2014 年第 5 期。

陈飞：《唐代进士科"策体"发微——"内容体制"考察》，2014 年第 5 期。

张江：《强制阐释论》，2014 年第 6 期。

吴光兴：《论唐人"文章即诗歌"的文学观念》，2014 年第 6 期。

丁晓原：《论"报章体"的体性和流变》，2014 年第 6 期。

刘锋杰：《"文以载道"再评价——作为一个"文论原型"的结构分析》，2015 年第 1 期。

罗宗强：《说"气韵"与"神韵"》，2015 年第 1 期。

陕庆：《章太炎：典籍分类、文类与现代文学》，2015 年第 2 期。

侯体健：《〈谈艺录〉："宋调"一脉的艺术展开论》，2015 年第 2 期。

徐楠：《明代格调派诗歌情感观再辨析——以考察该派对诗歌情感价值、限度的判断为中心》，2015 年第 3 期。

孙络丹：《汉文圈的多重脉络与黄遵宪的"言文合一"论——〈日本国志·学术志二·文字〉考释》，2015 年第 4 期。

杜卫：《论中国现代美学与儒家心性之学的内在联系》，2015 年第 4 期。

郝敬：《唐传奇名实辨》，2015 年第 4 期。

周兴陆：《"文笔论"之重释与近现代纯杂文学论》，2015 年第 5 期。

冯学勤：《梁启超"趣味主义"的心性之学渊源》，2015 年第 5 期。

孙少华：《汉代赋论的文学实践与时代转换——以赋心、赋神、赋情为中心》，2015 年第 5 期。

夏静：《〈文心雕龙〉与气学思辨传统》，2015 年第 5 期。

吴光兴：《诗赋·辞赋·赋颂——两汉辞赋文学的方向性及其认同问题》，2015 年第 6 期。

胡大雷：《"文笔之辨"与中古政治、文化——中古"文""笔"地位升降起伏论》，2015 年第 6 期。

易闻晓：《"赋亡"：铺陈的丧失》，2015 年第 3 期。

董炳月：《"文章为美术之一"——鲁迅早年的美术观与相关问题》，2015 年第 4 期。

高华平：《先秦的"小说家"与楚国的"小说"》，2016 年第 1 期。

吴伏生：《隐喻、寓言与中西比较文学》，2016 年第 2 期。

李遇春：《"传奇"与中国当代小说文体演变趋势》，2016 年第 2 期。

朱志荣：《论中华美学的尚象精神》，2016 年第 3 期。

韩伟：《乐与中华美学的和谐精神》，2016 年第 3 期。

张晶：《三个"讲求"：中华美学精神的精髓》，2016 年第 3 期。

刘锋杰：《"还其本来面目"——钱锺书的"文以载道"论》，2016 年第 4 期。

管琴：《七律的放翁诗法——从"律熟"的评价说起》，2016 年第 4 期。

王怀义：《汉诗"缘事而发"的诠释界域与中国诗学传统——对"中国抒情传统"观的一个检讨》，2016 年第 4 期。

李晓峰：《"五经"含文——刘勰"文体解散"论辨析》，2016 年第 5 期。

彭玉平：《论词之"松秀"说》，2016 年第 5 期。

陈广宏：《近代中国文学概念转换的历史语境与路径》，2016 年第 5 期。

刘运好：《"文外之旨"：从佛学到诗学的意义转换》，2016 年第 5 期。

吴承学：《中国早期文字与文体观念》，2016 年第 6 期。

冯学勤：《从"主静"到"主观"——梁启超与儒家静坐传统的现代美育流
　　变》，2016 年第 6 期。

高晓成：《试论晚唐"物象比"理论及其在诗歌意象化过程中的意义》，
　　2016 年第 6 期。

李翰：《陈世骧"抒情传统说""反传统"的启蒙底色及其现代性》，2016
　　年第 6 期。

张志平：《文学批评也是一门艺术——论"五四"以来中国"批评文学"》，
　　2016 年第 5 期。

王昌忠：《百年中国"审美"概念的历史沿革及其意义》，2017 年第 1 期。

陈建森：《"九龄风度"与唐代文学的审美取向》，2017 年第 1 期。

罗时进：《李白"薄声律"本义与"将复古道"的诗学实践》，2017 年第
　　2 期。

王杰泓：《中日近代术语对接的复象现场与历史经验——以"文学""艺术"
　　"文艺"为例》，2017 年第 2 期。

李莎：《"Aura"和气韵——试论本雅明的美学观念与中国艺术之灵之会
　　通》，2017 年第 2 期。

李春青：《论"中国的抒情传统"说之得失——兼谈考量中国文学传统的标
　　准与方法问题》，2017 年第 4 期。

赵益：《孙德谦"说理散不如骈"申论——兼论骈文的深层表达机制》，
　　2017 年第 4 期。

韩高年：《论"诗骚传统"》，2017 年第 5 期。

付祥喜：《从融合到分途："文学之文"与"应用之文"之关系考论》，
　　2017 年第 5 期。

夏晓虹：《晚清"新小说"辨义》，2017 年第 6 期。

葛晓音：《杜甫七绝的"别趣"和"异径"》，2017 年第 6 期。

刘青海：《李商隐"元气自然论"及其尚真、任情的诗歌思想》，2017 年第

6 期。

宋丽娟：《"才子书"：明清时期一个重要文学概念的跨文化解读》，2017 年
　　第 6 期。

韩伟：《唐代"音象"刍论》，2017 年第 6 期。

蒋寅：《杜甫与中国诗歌美学的"老"境》，2018 年第 1 期。

黄键：《还原"间距"——王国维"境界"说的文化身份辨析》，2018 年第
　　2 期。

郭鹏：《从"学诗"到"诗学"——中国古代诗学的学理转换与特色生
　　成》，2018 年第 2 期。

季剑青：《"声"之探求：鲁迅白话写作的起源》，2018 年第 3 期。

常森：《"思无邪"作为〈诗经〉学话语及其意义转换》，2018 年第 3 期。

李科：《"诗史"说本义辨》，2018 年第 3 期。

马大勇：《"性灵说"的当代回响——以启功、许白凤为例》，2018 年第
　　3 期。

傅道彬：《中国文学的君子形象与"君子曰"的思想话语》，2018 年第
　　4 期。

潘务正：《清代"古文辞禁"论》，2018 年第 4 期。

殷国明：《从"欲新民"到打造"舆论之母"——20 世纪初中国文学批评
　　转型的一个环节》，2018 年第 4 期。

王怀义：《近现代时期"观物取象"内涵之转折》，2018 年第 4 期。

刘保云：《"活记忆"与"死记忆"——钱锺书记忆研究的中式范例》，
　　2018 年第 5 期。

赵黎明：《"境界"传统与中国新诗学的建构》，2018 年第 5 期。

沈松勤：《柳永"屯田体"的特质及其词史意义》，2018 年第 5 期。

袁志成：《比附：一种跨文体的文学批评》，2018 年第 6 期。

郭英德：《"以经术、文章主持风会"——阮元"文章之学"新诠》，2018
　　年第 6 期。

林桢：《唐"格律"考辨》，2018 年第 6 期。

焦欣波：《论"化装讲演"及其"式微"》，2019 年第 1 期。

颜淑兰：《夏丏尊的"会话"理论与夏目漱石〈文学论〉》，2019 年第 1 期。

李晓红：《截句论》，2019 年第 1 期。

张隆溪：《从比较的角度说镜与鉴》，2019 年第 2 期。

姜荣刚：《现代"意境"说的形成：从格义到会通》，2019 年第 2 期。

都轶伦：《重审公安派之思想与文学——"真"及其导向阐论》，2019 年第 2 期。

于治中：《现代性与"文学"的诞生——从朱自清与现代文学学科的创建谈起》，2019 年第 3 期。

张桃洲：《诗人的"手艺"——一个当代诗学观念的谱系》，2019 年第 3 期。

何光顺：《中日哀感美学的时空结构与伦理向度》，2019 年第 4 期。

许徐：《陈独秀与中国现代文学观念的发生》，2019 年第 4 期。

孙尧天：《"偏至"、"复古"与文明再造——早期鲁迅对历史进步论的接受与抵抗》，2019 年第 4 期。

郑伟：《严羽的诗歌哲学及其美学史意义》，2019 年第 4 期。

史伟：《"社会学转向"与章太炎的"文学"界定》，2019 年第 4 期。

周兴陆：《"文学"概念的古今榫合》，2019 年第 5 期。

李春青：《论文人的"相轻"与"自轻"》，2019 年第 5 期。

李建军：《宋人"稗说观"的演进趋向与小说学史价值》，2019 年第 5 期。

何宗美：《〈四库全书总目〉的小品批评——以明代子部提要为中心》，2019 年第 5 期。

成玮：《"韵"字重释与文学观念的流转——六朝文笔之辨在晚清民国》，2019 年第 5 期。

黄念然：《中国古代艺术时空观及其结构创造》，2019 年第 6 期。

李建中：《通义：汉语阐释学的思想与方法》，2019 年第 6 期。

刘佳慧：《别开生面的诗学探寻——朱自清〈赋比兴说〉略论》，2019 年第 6 期。

王庆华：《论中国古代作为文类概念之"寓言"》，2019 年第 6 期。

王勇：《"浮华"观念的意义转移与汉魏思想的进路——兼论"浮华"与汉魏文学》，2019 年第 6 期。

郭雪妮：《〈典论·论文〉与九世纪初日本文学诸问题——基于"文章经国"

思想的考察》，2020 年第 1 期。

许结：《汉赋"象体"论》，2020 年第 1 期。

宋莉华：《中国古代"小说"概念的中西对接》，2020 年第 1 期。

刘文龙：《"义""法"离合与方苞的评点实践》，2020 年第 1 期。

朱军：《"爱先生"与"赛先生"：近现代科学言说的形上之维》，2020 年第 2 期。

查洪德：《"起承转合"与律诗的章法问题》，2020 年第 3 期。

郭西安：《变位与参鉴："经"的当代英译及其跨语际协商》，2020 年第 4 期。

王确：《汉字的力量——作为学科命名的"美学"概念的跨际旅行》，2020 年第 4 期。

柏奕旻：《走向"世界美学空间"的"美育"——一个"明治—五四"的概念史考察》，2020 年第 4 期。

康保成：《〈金批《西厢》〉中的"无"字及其"绮语谈禅"解谜探源》，2020 年第 5 期。

萧盈盈：《"兴"是象征？——从葛兰言的〈诗经〉研究说起》，2020 年第 6 期。

赵奎英：《从"名"与"逻各斯"看中西文化精神》，2021 年第 1 期。

胡琦：《明清文章学中的"调法"论》，2021 年第 1 期。

林少阳：《现代文学之终结？——柄谷行人的设问，以及"文"之"学"的视角》，2021 年第 1 期。

孙晶：《黄承吉"雕虫篆刻"与扬雄之微意论》，2021 年第 1 期。

赵毅衡：《从文艺功能论重谈"境界"》，2021 年第 1 期。

戴文静：《〈文心雕龙〉"风骨"范畴的海外译释研究》，2021 年第 2 期。

张勇耀：《"元气"论与金元之际的文学传统建构》，2021 年第 3 期。

王怀义：《钱锺书对朱光潜意象美学观的批评——20 世纪中国美学史上一桩被忽视的公案》，2021 年第 5 期。

刘湘兰：《尊经与重文：中国古代文体分类的两个思想维度》，2021 年第 5 期。

吴海洋：《〈摩罗诗力说〉与鲁迅的文章观》，2021 年第 5 期。

冯庆：《"超社会"的挫折——朱光潜审美启蒙观的内在困难》，2021 年第 6 期。

丁乙：《钱锺书"虚色"论的下位论点》，2021 年第 6 期。

蒋振华：《两个场域中的中国古代"性灵"文学思想之分合际遇》，2021 年
第 6 期。

付佳奥：《王闿运"唐人好变，以骚为雅"说发微》，2021 年第 6 期。

伏煦：《刘师培"反集为子"说发覆》，2021 年第 6 期。

许结：《赋为"漆园义疏"说》，2022 年第 1 期。

张弛：《晚清维新运动与中国"文学"观念的演进》，2022 年第 1 期。

周兴陆：《现代"国文"教育中的文化思想与文体观念》，2022 年第 1 期。

朱志荣：《意象创构中的观物取象》，2022 年第 2 期。

杨也：《汉字美学的本体起源探微——兼论"意象"的语言学内涵》，2022
年第 2 期。

许云和：《"富艳"的史学和文学批评意义》，2022 年第 3 期。

张伟：《属辞比事：王夫之〈楚辞通释〉的阐释原则与实践》，2022 年第
3 期。

谢琰：《论章太炎的文体学》，2022 年第 4 期。

胡俊：《神经美学与审美意象理论的创构》，2022 年第 5 期。

石玲：《从"评诗""品味"看袁枚持论的民间立场》，2022 年第 5 期。

戴文静：《英语世界〈文心雕龙〉"神思"范畴的译释》，2022 年第 6 期。

屠友祥：《Aufheben：钱锺书和黑格尔核心观念熔铸的考察》，2022 年第
6 期。

汤凌云：《论宗白华意境说建构对华严佛理的融摄与转化》，2022 年第 6 期。

《文艺研究》相关论文（1979—2022）

吴煌琨　刘文翰　雷娇娃　整理

杜文远、陶伯华等：《谈灵感》，1979 年第 4 期。

蓝华增：《说意境》，1980 年第 1 期。

韩瑞亭：《美与刺》，1980 年第 1 期。

王文生：《真善美——文艺批评的标准》，1980 年第 2 期。

刘朝骏：《艺术中的拙与巧》，1980 年第 3 期。

温廷宽、陈少丰：《传神——中国古代雕塑的可贵特征》，1980 年第 4 期。

周楞伽：《谈谈古代文论研究的不足处》，1980 年第 5 期。

郭瑞：《我国古典美学思想的一个突破——金圣叹的人物"性格"说》，1982 年第 2 期。

林方直：《论〈红楼梦〉的"实象"与"假（借）象"——对中国古典文学艺术形象构成的一点探讨》，1982 年第 3 期。

郎绍君：《早期文人写意三题——兼谈苏轼的绘画美学思想》，1982 年第 3 期。

蒲震元：《萧萧数叶 满堂风雨——试论虚实相生与意境的构成》，1983 年第 1 期。

敏泽：《中国古典意象论》，1983 年第 3 期。

曹顺庆：《"物感说"与"摹仿说"——中西美学思想研究札记》，1983 年第 4 期。

樊莘森、高若海：《阴柔之美与阳刚之美》，1983 年第 4 期。

潘秀通：《含蓄美与"朦胧"》，1983 年第 4 期。

张隆溪：《诗无达诂》，1983 年第 4 期。

周畅：《我国古代音乐美学中的"情"论》，1983 年第 5 期。

游焜炳：《归真返朴 艺术极致》，1984 年第 1 期。

朱颖辉：《张庚的"剧诗"说》，1984 年第 1 期。

潘知常：《从意境到趣味》，1985 年第 1 期。

李文初：《说"自然"》，1985 年第 3 期。

张善文：《"自然成文"说的美学意蕴》，1985 年第 3 期。

郭道晖：《鲁迅的伟美观》，1985 年第 4 期。

韩羽：《闲话形、神》，1986 年第 1 期。

祁志祥：《平淡》，1986 年第 3 期。

郭外岑：《意象本质上不是比喻、象征、寄托》，1986 年第 3 期。

曹顺庆：《和谐说与文采论》，1986 年第 4 期。

缪家福：《禅境意象与审美意象》，1986 年第 5 期。

修海林：《"乐"之初义》，1986 年第 5 期。

胡伟希：《意象理论与中国思维方式之变迁》，1986 年第 5 期。

洪毅然：《形象与意象》，1987 年第 4 期。

许自强：《谈疏野》，1987 年第 5 期。

嘉川：《〈中国古代美学范畴〉》，1987 年第 5 期。

牛枝慧：《东方艺术美学体系中的"禅"》，1988 年第 1 期。

朱良志：《"虚静"说》，1988 年第 1 期。

潘知常：《游心太玄——关于中国传统美感心态札记》，1988 年第 1 期。

张小元：《从接受的视角看意境》，1988 年第 1 期。

张国庆：《论中和之美》，1988 年第 3 期。

吴调公：《神韵论与意象主义》，1988 年第 3 期。

修海林：《"和"——古代音乐审美的理想境界》，1988 年第 4 期。

蒋述卓：《佛经翻译理论与中古文学、美学思想》，1988 年第 5 期。

于民：《论中国美学思想的基础——气化论谐和论的产生》，1988 年第 6 期。

朱良志：《"象"——中国艺术论的基元》，1988 年第 6 期。

季羡林：《关于神韵》，1989 年第 1 期。

吴琦幸：《汉字的符号功能》，1989 年第 1 期。

郭外岑：《印度"韵论"和中国"神韵"小议》，1989 年第 3 期。

曹顺庆：《大美无言——老庄的雄浑观》，1989 年第 3 期。

李平：《〈神思〉创作系统论》，1989 年第 5 期。

葛兆光：《意脉与语序——中国古典诗歌语言的札记》，1989 年第 5 期。

高岭：《"真放本精微"的传神理论——苏轼绘画美学思想研究之一》，1989
年第 5 期。

郁沆：《论艺术形神论之三派》，1989 年第 6 期。

于民：《空王之道助而意境成——谈佛教禅宗对意境认识生成的作用》，
1990 年第 1 期。

章利国：《中国古代绘画美学中的静气说》，1990 年第 2 期。

马建华：《"情景交融"原型说——中国古代诗歌审美发生学探源之一》，
1990 年第 5 期。

周来祥、彭修艮：《中西美学范畴的逻辑发展》，1990 年第 5 期。

杨坤绪：《中西美学融会的启端——王国维融会中西美学思想历程的考察》，
1991 年第 1 期。

肖鹰：《论中西美学的差异》，1991 年第 1 期。

陶礼天：《鼻观说：嗅觉审美鉴赏论》，1991 年第 1 期。

郑淑慧：《钱钟书的"禅境"说》，1991 年第 1 期。

唐满城：《中国古典舞"身韵"的"形、神、劲、律"》，1991 年第 1 期。

沈尧：《戏曲的美学品格》，1991 年第 3 期。

邓新华：《"品味"的艺术接受方式与传统文化》，1991 年第 4 期。

张小平：《老子"道"论的艺术精神》，1991 年第 6 期。

张东焱：《论"反常合道"——中国古典心理诗学研究》，1991 年第 6 期。

蒲震元：《一种东方超象审美理论》，1992 年第 1 期。

陈文忠：《论理趣——中国古代哲理诗的审美特征》，1992 年第 3 期。

李亮：《中和审美说与诗画同源论》，1992 年第 3 期。

黄广华：《"大音希声"的理论意义》，1992 年第 3 期。

张国庆：《中和之美的几种常见表现形式》，1992 年第 4 期。

朱良志：《〈周易〉阳刚的美学精神及其对中国美学的影响》，1992 年第
4 期。

刘琦、徐潜：《言意之辨与魏晋南北朝文学思维理论的发展》，1992 年第
4 期。

周武彦：《释"大音希声"》，1992 年第 4 期。

袁伯诚：《〈庄子〉寓言——以"无"为本的艺术》，1992 年第 5 期。

金丹元：《论禅思与唐宋诗中的意境之构成》，1992 年第 5 期。

黄南珊：《"丽"：对艺术形式美规律的自觉探索》，1993 年第 1 期。

李顺刚：《"文"与中国古代的文学观念》，1993 年第 1 期。

郑淑慧、吴绍钬：《钱钟书论古典艺术美——"圆"》，1993 年第 2 期。

朱万曙：《王国维的"戏曲意境"说》，1993 年第 3 期。

饶昱崴：《"气"——中国文化和审美意识的基因》，1993 年第 4 期。

殷杰：《中华古典美学三题》，1993 年第 5 期。

黄宝生：《禅和韵———中印诗学比较之一》，1993 年第 5 期。

石海峻：《"中和"与"合一"——中印文学的阴柔气质》，1993 年第 5 期。

赵铭善：《评意境研究中的两种倾向》，1993 年第 6 期。

田军亭：《意境：审美经验的高度凝练及其沟通与融合》，1993 年第 6 期。

谭德晶：《意境新论》，1993 年第 6 期。

孙维城：《对王国维"隔"与"不隔"的美学认识》，1993 年第 6 期。

叶舒宪：《"诗言寺"辨》，1994 年第 2 期。

蒲震元：《生气远出 妙造自然——论气、气之审美与意境深层结构》，1994
    年第 4 期。

张节末：《美学史上群己之辨的一段演进——从言志说到缘情说》，1994 年
    第 5 期。

吴廷玉：《虚静思维之规律：坐忘—坐驰—见独》，1994 年第 5 期。

张国伟：《化象论》，1994 年第 6 期。

郭外岑：《意似：中国文艺本质真实观》，1994 年第 6 期。

朱良志：《论中国书法的生命精神 》，1995 年第 2 期。

雒启坤：《诗言志与兴、观、群、怨考》，1995 年第 4 期。

钱中文：《简评中国诗学的"五"、"四"说》，1995 年第 5 期。

方蔚林：《中国古典艺术理论的移情观》，1995 年第 5 期。

王明居：《易经的隐形美学范畴》，1995 年第 6 期。

陈良运：《司空图〈诗品〉之美学构架》1996 年第 1 期。

党圣元：《中国古代文论范畴研究方法论管见》，1996 年第 2 期。

曹顺庆、李思屈：《重建中国文论话语的基本路径及其方法》，1996 年第 2 期。

王宇根：《诠释循环对于中西比较诗学的意义》，1996 年第 2 期。

孙维城：《〈艺概〉对〈人间词话〉的直接启迪——王国维美学思想的传统文化精神》，1996 年第 3 期。

贺建成：《对仗：中和之美的范型》，1996 年第 5 期。

刘承华：《从与意、味、气的关系看中国艺术中的韵》，1996 年第 6 期。

张立文：《关于和合美学体系的构想》，1996 年第 6 期。

金声：《近十年文艺意象研究述评》，1997 年第 2 期。

蒲震元：《从范畴研究到体系研究》，1997 年第 2 期。

王振复：《方法与对象的适应——与党圣元商榷》，1997 年第 2 期。

潘显一：《论道教的"尚文"美学观》，1997 年第 3 期。

陶礼天：《〈文心雕龙〉与六朝审美心物观》，1997 年第 4 期。

黄卓越：《晚明情感论：与佛学关系之研究》，1997 年第 5 期。

曹顺庆：《道与逻各斯：中西文化与文论分道扬镳的起点》，1997 年第 6 期。

刘承华：《中国艺术之"韵"的时间表现形态》，1997 年第 6 期。

叶朗：《说意境》，1998 年第 1 期。

薛富兴：《意境：中国古典艺术的审美理想》，1998 年第 1 期。

党圣元：《传统文论范畴体系之现代阐释及其方法论问题》，1998 年第 3 期。

张节末：《先秦的情感观念》，1998 年第 4 期。

童庆炳：《〈文心雕龙〉"感物吟志"说》，1998 年第 5 期。

普慧：《慧远的禅智论与东晋南北朝的审美虚静说》，1998 年第 5 期。

叶朗：《再说意境》，1999 年第 3 期。

童庆炳：《〈文心雕龙〉"风清骨峻"说》，1999 年第 6 期。

张国庆：《再论中和之美》，1999 年第 6 期。

詹福瑞：《李白诗中的"自然"意识》，1999 年第 6 期。

张节末：《法眼、"目前"和"隔"与"不隔"——论王国维诗学的一个禅学渊源》，2000 年第 3 期。

周裕锴：《绕路说禅：从禅的诠释到诗的表达》，2000 年第 3 期。

张晶：《论王夫之诗歌美学中的"神理"说》，2000 年第 5 期。

崔海峰：《王夫之诗学中的"兴会"说》，2000 年第 5 期。

刘骁纯：《绘画意境论》，2000 年第 5 期。

李旭：《高度成熟的中国诗学范畴：风骨》，2000 年第 6 期。

张燕：《论中国艺术的比德观》，2000 年第 6 期。

蒋寅：《至法无法：中国诗学的技巧观》，2000 年第 6 期。

刘绍瑾：《自然：中国古代一个潜在的文学理论体系》，2001 年第 2 期。

陈永国、顾明栋：《中西之"一"——作为中西研究之共同理论基础的道与
 逻各斯》，2001 年第 3 期。

钟家骥：《"笔墨"问题新视角——析传统笔墨与非传统笔墨》，2001 年
 第 3 期。

陆越子：《遗貌取神与笔在意先》，2001 年第 4 期。

袁济喜：《兴：魏晋六朝艺术生命的激活》，2001 年第 5 期。

姜耕玉：《论"外师造化，中得心源"的艺术创构与心理体验深度》，2001
 年第 5 期。

陈文新：《从格调到神韵》，2001 年第 6 期。

蒲震元：《"由人复天"、"艺与道合"及其他》，2002 年第 1 期。

李学勤：《谈〈诗论〉"诗亡隐志"章》，2002 年第 2 期。

廖群：《"乐亡（毋）离情"：〈孔子诗论〉"歌言情"说》，2002 年第 2 期。

陈良运：《"美"起源于"味觉"辨正》，2002 年第 4 期。

王小舒：《中国古典诗学的二元体系》，2002 年第 5 期。

张强：《言意之辨发生的历史及其文学阐释》，2002 年第 5 期。

王齐洲：《"一代有一代之文学"文学史观的现代意义》，2002 年第 6 期。

丁厚祥：《形毕肖中求生韵："形似"琐议》，2003 年第 3 期。

周保欣：《"文学"祛蔽与现代性起源》，2003 年第 4 期。

周均平：《"比德""比情""畅神"——论汉代自然审美观的发展和突破》，
 2003 年第 5 期。

黄克剑：《"悲"从何来？——就悲剧之"悲"对中、西文学人文趣向的一
 个比较》，2004 年第 3 期。

丁厚祥：《自然："气韵生动"之本源》，2004 年第 3 期。

张锡坤：《中国古代诗歌"以悲为美"探索三题》，2004 年第 3 期。

胡遂：《论义山诗之"隔"》，2004 年第 4 期。

张海明：《中国古代朴素美理论的发展及在美学史上的意义》，2004 年第
 5 期。

祁海文：《"先王乐教"与中国早期美育的发展》，2004 年第 5 期。

詹福瑞：《古代文论中的体类与体派》，2004 年第 5 期。

徐国荣：《关于"以悲为美"问题的误解及其澄清——兼与张锡坤等先生商
 榷》，2004 年第 5 期。

尚永亮、王蕾：《论"以意逆志"说之内涵、价值及其对接受主体的遮蔽》，
 2004 年第 6 期。

许建平：《李贽非理性主义文学思想论——以万历十九年夏至二十四年夏为
 论述中心》，2004 年第 6 期。

关爱和：《义法说：桐城派古文艺术论的起点和基石》，2004 年第 6 期。

肖国崇：《宁拙毋巧辨》，2005 年第 1 期。

王文生：《王国维的"无我之境"与艾略特的"无个性文学"》，2005 年第
 2 期。

赵晓岚：《从"气盛言宜"到"以气使词"——从"养气"说论辛弃疾对
 韩愈的文学认同》，2005 年第 4 期。

董炳月：《开掘日本现代性的古层——评林少阳〈"文"与日本的现代
 性〉》，2005 年第 4 期。

陶礼天：《六朝"文笔"论与文学观——〈文心雕龙〉"文笔之辨"探微》，
 2005 年第 5 期。

张锡坤：《再论中国古代诗歌的"以悲为美"——兼答徐国荣先生》，2005
 年第 8 期。

杜道明：《禅宗"顿悟"说与中国古代美学嬗变》，2005 年第 9 期。

左东岭：《元明之际的"气"论与方孝孺的文学思想》，2006 年第 1 期。

罗钢：《著一"闹"字而境界全出——王国维"境界说"探源之三》，2006
 年第 3 期。

赵逵夫：《本乎天籁，出于性情——〈庄子〉美学内涵再议》，2006 年第
 3 期。

冯民生：《"天人合一"与中国传统绘画的表现特点》，2006 年第 4 期。

陈书录：《"随其所宜而适"——徐渭雅俗文学理论的哲学基础》，2006 年第 5 期。

张节末：《中国诗学中的大传统与小传统——以中古诗歌运动中比兴的历史命运为例》，2006 年第 6 期。

邵宏：《谢赫"六法"及"气韵"西传考释》，2006 年第 6 期。

郑敏惠：《从概念到语义：审美语词研究维度的转换——以唐朝画论"气韵"为例》，2007 年第 1 期。

童庆炳：《〈文心雕龙〉"杂而不越"说》，2007 年第 1 期。

王能宪：《和谐的意蕴：从"和而不同"到"世界大同"》，2007 年第 2 期。

刘松来、乐帧益：《〈牡丹亭〉"至情"主题的历史文化渊源》，2007 年第 3 期。

邓乔彬：《进士文化与"诗可以兴"》，2007 年第 4 期。

赵辉：《易象思维的特征及文化表达》，2007 年第 6 期。

王齐洲：《观乎天文：中国古代文学观念的滥觞》，2007 年第 9 期。

肖鹰：《被误解的王国维"境界"说——论〈人间词话〉的思想根源》，2007 年第 11 期。

尤西林：《"分别说"之美与"合一说"之美——牟宗三的伦理生存美学》，2007 年第 11 期。

姚小鸥：《"诗三百"正义》，2007 年第 11 期。

傅道彬：《"诗可以怨"吗？》，2007 年第 11 期。

郭杰：《一个哲学悖论的诗学消解——论老子"道"本体的无限性及其审美转向》，2007 年第 11 期。

戴艳萍、李静：《形象、气韵及用笔——从韩非的画论谈起》，2008 年第 1 期。

王文生：《论周济的"寄托"说》，2008 年第 3 期。

周瑾：《"通"的体知——〈庄子〉思想的身体之维》，2008 年第 5 期。

曾大兴：《况周颐〈蕙风词话〉的得与失》，2008 年第 5 期。

徐安琪：《花间词学本色论新探》，2008 年第 6 期。

何明星：《言不尽意与诠释循环》，2008 年第 6 期。

宋静：《"哀音"考论》，2008 年第 6 期。

柯小刚：《画道、易象与古今关系》，2008 年第 7 期。

王琢：《从"美术"到"艺术"——中日艺术概念的形成》，2008 年第 7 期。

徐楠：《漫兴精神——成化至正德间苏州诗人的创作观》，2008 年第 8 期。

张惠民：《王国维词学思想的潜体系》，2008 年第 11 期。

李圣华：《汪琬的古文理论及其价值刍议》，2008 年第 12 期。

詹杭伦：《〈文心雕龙〉"文笔"说辨析——附论"集部"之分类沿革》，2009 年第 1 期。

黄维樑：《以〈文心雕龙〉为基础建构中国文学理论体系》，2009 年第 1 期。

查洪德：《元曲"蛤蜊味"说献疑》，2009 年第 2 期。

叶经文：《从"意"与"象"到"意象"》，2009 年第 6 期。

胡家祥：《气韵：艺术风格学研究的突破口》，2009 年第 9 期。

刘石：《诗画平等观中的诗画关系——围绕"诗中有画"说的若干问题》，2009 年第 9 期。

陈书录：《王廷相诗歌意象理论与气学思想的交融及其意义》，2009 年第 9 期。

伏涤修：《清代词家"比兴寄托"说的词学意义与学理不足》，2009 年第 10 期。

贾奋然：《论〈文心雕龙〉文体论中的"文德"思想》，2009 年第 11 期。

康震：《关陇集团与隋唐之际的文学观念》，2010 年第 4 期。

刘绍瑾：《周代礼制的"文"化与儒家美学的文质观》，2010 年第 6 期。

夏静：《古代文论中的"象喻"传统》，2010 年第 6 期。

李军均、曾垂：《宋代小说思想三题》，2010 年第 7 期。

李桂奎：《"以画拟稗"意识与中国古代小说批评》，2010 年第 7 期。

王达敏、徐庆年：《"精神蜕迹"与"文史通义"——钱钟书对"六经皆史"说的超越》，2010 年第 8 期。

王南：《"文学性"与"文学自觉说"》，2010 年第 9 期。

冯黎明：《理论同一性之梦的破灭——关于〈关键词〉们的关键问题的反思》，2010 年第 10 期。

田蔚：《〈史记〉"重言"现象解析》，2011 年第 5 期。

谭帆：《术语的解读：中国小说史研究的特殊理路》，2011 年第 11 期。

肖鹰：《由法而情的美学转进——明代自然情论诗学观的萌发》，2012 年第
    2 期。

李建中：《龙学的困境——由"文心雕龙文体论"论争引发的方法论反思》，
    2012 年第 4 期。

徐楠：《"文如其人"命题探微——以考察其思想基础、思维方式为中心》，
    2012 年第 4 期。

韩胜：《"遣情"理论与王夫之的诗学思想》，2012 年第 4 期。

张法：《"文艺"一词的产生、流衍和意义》，2012 年第 5 期。

陈文新：《"小说"与子、史——论"子部小说"共识的形成及其理论蕴
    涵》，2012 年第 6 期。

纪德君：《明清小说接受中"不善读"现象探论》，2012 年第 6 期。

陈理宣：《先秦儒家"养心"美育思想》，2012 年第 9 期。

吴寒、吕明烜：《"文学自觉说"反思》，2012 年第 12 期。

易晓闻：《汉赋"凭虚"论》，2012 年第 12 期。

陈志平：《"文字禅"与北宋"诗文书画一体"——以黄庭坚的论述为中
    心》，2012 年第 12 期。

罗钢：《暗夜里的猫并非都是灰色的——关于"情景交融"与"主客观统
    一"的一种对位阅读》，2013 年第 1 期。

余开亮：《刘勰"虚静"说理论来源再辨》，2013 年第 2 期。

刘勉：《神思：神的下降与思的上升——刘勰神思论的哲学背景及理论内
    涵》，2013 年第 2 期。

肖鹰：《以梦达情：汤显祖戏剧美学论》，2013 年第 8 期。

张法：《"文学"一词在现代汉语中的定型》，2013 年第 9 期。

文韬：《雅俗与正变之间的"艺术"范畴——中国古典学术体系中的术语考
    察》，2014 年第 1 期。

徐正英：《上博简〈孔子诗论〉"文亡隐意"说的文体学意义》，2014 年第
    6 期。

冯庆：《"有情"的启蒙——"抒情传统"论的意图》，2014 年第 8 期。

查洪德：《不二古今：元代诗学之"师古"与"师心"论》，2014 年第
8 期。

郝文倩：《赞体的"正"与"变"——兼谈〈文心雕龙〉"赞"体源流论中
存在的问题》，2014 年第 8 期。

冯学勤：《"无所为而为"：从儒家心性之学到中国现代美学》，2015 年第
1 期。

彭玉平：《王国维的"忧世"说及其词之政治隐喻》，2015 年第 4 期。

查正贤：《论"境"作为中国古代诗学概念的含义——从该词的梵汉翻译问
题入手》，2015 年第 5 期。

李建中：《中国文论大观念的语义根源——基于 20 世纪"人"系列关键词
的考察》，2015 年第 6 期。

莫砺锋：《"文以载道"价值重估——以杜甫为例》，2015 年第 10 期。

肖鹰：《意与境浑：意境论的百年演变与反思》，2015 年第 11 期。

陈文新：《刘永济〈文学论〉的三重视野》，2015 年第 12 期。

萧晓阳：《宗白华意境说的江南地域诗学渊源》，2015 年第 12 期。

路成文：《论邵祖平的"词心"说》，2015 年第 12 期。

傅道彬：《"变风变雅"与春秋文学的精神转向》，2016 年第 2 期。

赵树功：《论古代文艺思想中的文才尊奉观念》，2016 年第 2 期。

宋静：《〈溪山琴况〉"清"况新论——兼论中国古代音乐尚"清"的审美
倾向》，2016 年第 6 期。

潘华：《论〈文心雕龙〉"风骨"之内涵》，2016 年第 8 期。

许江：《意匠——关于体道、技艺与意心》，2016 年第 9 期。

蒋寅：《"正宗"的气象和蕴含——沈德潜新格调诗学的理论品位》，2016
年第 10 期。

吴寒：《古典诗学的现代转向——从晚清民初中国文学史著中的〈诗经〉书
写出发》，2016 年第 10 期。

蒋寅：《"正宗"的气象和蕴含——沈德潜新格调诗学的理论品位》，2016
年第 10 期。

沙先一：《尊体意识与典范追求——以清词序跋为中心》，2016 年第 12 期。

管琴：《宋代"穷而后工"论之异说考》，2016 年第 12 期。

牟利锋：《从"意力"到杂文的"政治性"——鲁迅杂文话语的建构》，
　　2017 年第 5 期。

易闻晓：《赋、比、兴体制论》，2017 年第 6 期。

徐正英：《上博简〈孔子诗论〉"颂"论及其诗学史意义》，2017 年第 8 期。

夏静：《中国文学思想史上的"文德"论》，2017 年第 10 期。

赵树功：《道贯"三才"与骋才创体——论以"才"为核心的〈文心雕龙〉
　　理论体系》，2017 年第 10 期。

梁晓萍：《"妙"范畴探微》，2017 年第 10 期。

朱良志：《论苏轼的"无还"之道》，2017 年第 11 期。

余祖坤：《古代文法理论中的"正衬"概念及其理论价值》，2017 年第
　　12 期。

宋岫远：《山色无非清净身——禅宗"法身"思想对中国古代艺术理论的影
　　响》，2018 年第 3 期。

黄念然：《"折"与中国古代艺术结构创造》，2018 年第 3 期。

何诗海：《清代骈文正名与辨体》，2018 年第 4 期。

李程：《同题共赋与话语竞争："擅场"的诗学考察》，2018 年第 4 期。

彭再生：《中国书法中"势"的含义生成与表现》，2018 年第 5 期。

谈晟广：《王国维与现代中国"美术"观念的起源》，2018 年第 7 期。

王炜：《"演义"流变考》，2018 年第 10 期。

李溪：《古雅：宋人对古铜器的"文人态度"》，2018 年第 10 期。

黄克剑：《老子玄言之美寻微》，2018 年第 12 期。

刘志伟、李小白：《"诗圣"杜甫"圣"化论》，2018 年第 12 期。

过常宝：《春秋赋诗及"断章取义"》，2019 年第 4 期。

庄威：《论康德美学中的"共通感"思想及其理论效应——兼及中国思想中
　　"情"的问题》，2019 年第 6 期。

叶朗：《从"美在意象"谈美学基本理论的核心区如何具有中国色彩》，
　　2019 年第 8 期。

袁劲：《"以射喻怨"与"诗可以怨"命题的意义生成》，2019 年第 8 期。

冯庆：《"情性"的古今之变——从儒家政治哲学到"情本体"美学》，
　　2019 年第 8 期。

左东岭：《闲逸与沉郁：元明之际两种诗学形态的生成及原因》，2019 年第
　　9 期。

赵树功：《成体之道：〈文心雕龙〉〈体性〉〈风骨〉篇关系重估》，2019 年
　　第 9 期。

彭玉平：《"清疏"：王国维与况周颐相通的审美范式》，2019 年第 10 期。

寇鹏程：《论王国维〈人间词话〉的"人间性"》，2020 年第 2 期。

郭英德：《论〈四库全书总目〉的古文观》，2020 年第 2 期。

潘华：《论〈文心雕龙·物色〉之内涵及定位》，2020 年第 2 期。

沈松勤：《"苏辛变体"在 12—14 世纪初词坛的运行》，2020 年第 6 期。

武君：《从"铁雅"到"铁崖"——杨维桢诗学的自我构建与他人重建》，
　　2020 年第 9 期。

戴路：《得句：宋代诗学创作论的一种考察》，2020 年第 12 期。

党圣元：《〈文心雕龙〉文字发展观与美学观探微》，2020 年第 12 期。

张廷银：《魏晋"文学自觉"再说——基于多元化文学场域张力的考察》，
　　2020 年第 12 期。

冯庆：《从"古雅"到"美丽之心"——王国维学术转向的审美启蒙旨
　　趣》，2021 年第 1 期。

刘成纪：《论中国中古美学的"天人之际"（上）》，2021 年第 1 期。

刘成纪：《论中国中古美学的"天人之际"（下）》，2021 年第 2 期。

闵丰：《"深美闳约"：张惠言的词学典范理论及意义》，2021 年第 2 期。

倪春军：《〈历代词人考略〉的体例、性质及词史观念——兼谈况周颐回归
　　北宋"清疏"风格之问题》，2021 年第 2 期。

蒋绍愚：《唐宋诗词的意象和意境》，2021 年第 5 期。

余开亮：《魏晋人物品藻的观看之道与传统视觉艺术精神》，2021 年第
　　10 期。

刘茜：《先秦礼乐文化与〈诗大序〉"诗言志"再阐释》，2021 年第 11 期。

马东瑶：《论周必大的"士大夫文统"观》，2021 年第 12 期。

程苏东：《诗赋异源说与"贤人失志之赋"的建构——以刘歆〈遂初赋〉为
　　中心》，2022 年第 2 期。

熊忭：《"诗言志"话语的意涵演变：从先秦两汉到魏晋南北朝》，2022 年

第 4 期。

姚爱斌：《文艺观念的会通与六朝艺论范式的演变》，2022 年第 4 期。

沈松勤：《明清之际的词统建构及其词学意义》，2022 年第 6 期。

王怀义：《象与 mimesis——〈周易〉与西方摹仿美学比较》，2022 年第
　　7 期。

吴寒：《残局之为开局：论王国维古雅说与美之第二形式》，2022 年第 7 期。

沈相辉：《论扬雄"拟经"与"作赋"之互动》，2022 年第 10 期。

张晶：《审美感兴与中国古代诗词的气氛之美》，2022 年第 12 期。

《文学遗产》相关论文（1954—2022）*

李　猛　黄秀慧　尚　晓　整理

王达津：《释"风"名》，《文学遗产》1954 年第 22 期。

刘乾：《评王瑶先生论"词"》，《文学遗产》1955 年第 71 期。

王瑶：《答刘乾同志论词》，《文学遗产》1955 年第 72 期。

郭绍虞：《关于"文心雕龙"的评价问题及其它》，《文学遗产》1956 年第 121 期。

萧涤非：《关于"乐府"》，《文学遗产》1957 年第 139 期。

阎简弼：《陆放翁论诗文》，《文学遗产》1957 年第 141 期。

胡忌：《从"元曲"谈到戏曲的问题》，《文学遗产》1957 年第 146 期。

李泽厚：《"意境"杂谈》，《文学遗产》1957 年第 160 期。

李泽厚：《"意境"杂谈（续）》，《文学遗产》1957 年第 161 期。

毛任秋：《关于刘勰的文学批评理论与实践——评郭绍虞对"文心雕龙"的评价》，《文学遗产》1957 年第 166 期。

郭绍虞：《答毛任秋"关于刘勰的文学批评理论与实践"》，《文学遗产》1957 年第 170 期。

陈咏：《略谈"境界"说》，《文学遗产》1957 年第 188 期。

舒直：《刘勰文学理论的中心问题》，《文学遗产》1958 年第 191 期。

---

* 《文学遗产》创刊于 1954 年，至 1963 停刊；1980 年复刊并延续至今。1954—1963 年间《文学遗产》为《光明日报》下属副刊，采用周刊形式；1980 年复刊后独立发行，并改为季刊；1992 年改为双月刊并延续至今。另有《文学遗产增刊》以单行本形式发行，1957—1963 年间出版十三辑；1981 年《文学遗产增刊》复刊，至 1991 年停刊，出版五辑：总计出版十八辑。本统计收录《文学遗产》1954—1963 及 1980 年至今的中国文论关键词研究成果，并附录《文学遗产增刊》的相关论文。

黄海章：《谈严羽的"沧浪诗话"》，《文学遗产》1958 年第 199 期。

叶秀山：《也谈王国维的"境界"说》，《文学遗产》1958 年第 200 期。

李万春：《林庚的"盛唐气象"批判》，《文学遗产》1958 年第 224 期。

炳宸：《曹丕的文学理论——释"体"与"气"》，《文学遗产》1958 年第 232 期。

苑民声，马圣贵等：《"建安风骨"是怎样形成的》，《文学遗产》1959 年第 243 期。

夏承焘：《评李清照的"词论"——词史札丛之一》，《文学遗产》1959 年第 261 期。

舒直：《略谈刘勰的"风骨"论》，《文学遗产》1959 年第 274 期。

商又今：《风骨的意义究竟是什么?》，《文学遗产》1959 年第 278 期。

王达津：《试谈刘勰论风骨》，《文学遗产》1959 年第 278 期。

景卯：《关于〈文心雕龙〉一些问题的商榷》，《文学遗产》1959 年第 280 期。

黄墨谷：《谈"词合流于诗"的问题——与夏承焘先生商榷》，《文学遗产》1959 年第 284 期。

《文学遗产》编辑部：《关于"风骨"的解释——来稿综述》，《文学遗产》1959 年第 290 期。

晏震亚：《如何评价〈文赋〉?》，《文学遗产》1959 年第 293 期。

胡国瑞：《论陆机的〈文赋〉》，《文学遗产》1960 年第 309 期。

徐翰达：《〈人间词话〉"境界"说的唯心论实质》，《文学遗产》1960 年第 317 期。

复旦大学中文系中国文学批评史魏晋南北朝小组：《〈文心雕龙〉创作方法》，1960 年第 331 期。

志洋：《释"齐气"》，《文学遗产》1960 年第 339 期。

李伯勋：《论钟嵘〈诗品〉》，《文学遗产》1961 年第 348 期。

曹道衡：《刘勰的世界观和文学观初探》，《文学遗产》1961 年第 359 期。

吴调公：《刘勰的风格论》，《文学遗产》1961 年第 376 期。

贾文昭：《漫谈"意"》，《文学遗产》1961 年第 376 期。

刘遗贤：《关于李清照〈词论〉中的"别是一家"说的一点不同的看法》，

《文学遗产》1961 年第 380 期。

詹锳：《齐梁文艺批评中的风骨论》，《文学遗产》1961 年第 392 期。

舒直：《关于刘勰的风格论》，《文学遗产》1961 年第 392 期。

段熙仲：《〈文心雕龙·辨骚〉的从新认识》，《文学遗产》1961 年第 393 期。

熊寄湘：《刘勰是怎样谈创作过程的？——〈文心雕龙〉探义之一》，《文学遗产》1961 年第 393 期。

胡国瑞：《文"意"笔谈》，《文学遗产》1962 年第 396 期。

潘辰：《关于散文的范畴》，《文学遗产》1962 年第 404 期。

郭晋稀：《试谈"文骨"和"树骨"在〈文心雕龙〉中的重要意义》，《文学遗产》1962 年第 407 期。

曹冷泉：《略谈黄季刚先生的〈文心雕龙札记〉及风骨问题》，《文学遗产》1962 年第 417 期。

张文勋：《刘勰对文学创作的形象思维特征的认识——读〈文心雕龙〉札记之一》，《文学遗产》1962 年第 443 期。

振甫：《〈文心雕龙〉的〈原道〉》，《文学遗产》1962 年第 445 期。

刘永济：《论"风骨"答某君（节录）》，《文学遗产》1962 年第 445 期。

孤烟：《"入话"的结构意义——小说琐谈之一》，《文学遗产》1963 年第 456 期。

周来祥：《是古典主义 还是现实主义——从意境谈起》，1980 年第 3 期。

牟世金：《刘勰论"图风、势"——〈文心雕龙译注〉引论之一》，1981 年第 2 期。

孙逊：《我国古典小说评点派的传统美学观》，1981 年第 4 期。

陈植锷：《曹丕"文气"说刍议》，1981 年第 4 期。

邓乔彬：《论姜夔词的清空——姜词艺术析论之一》，1982 年第 1 期。

周鸿善：《论古代诗论中的意境说》，1982 年第 1 期。

程天祜、孟二冬：《〈文心雕龙〉之"神理"辨——与马宏山同志商榷》，1982 年第 3 期。

张永芳：《试论"新诗"》，1982 年第 4 期。

裴斐：《诗缘情辨》，1983 年第 2 期。

骆玉明：《论"不歌而诵谓之赋"》，1983 年第 2 期。

张震泽：《〈诗经〉赋、比、兴本义新探》，1983 年第 3 期。

丁福林：《试论鲍照诗歌的"俊逸"特色》，1983 年第 3 期。

刘文忠：《〈文心雕龙〉有关"写真实"问题的论述》，1984 年第 1 期。

吴调公：《论王渔洋的神韵说与创作个性》，1984 年第 2 期。

武显漳：《浅谈钟嵘的"直寻"说》，1984 年第 2 期。

王毅：《魏晋时期的"自然"说与晋诗之风貌》，1984 年第 4 期。

刘德重：《"长庆体"名义辨说》，1985 年第 1 期。

吕艺：《孔子"兴、观、群、怨"本义再探》，1985 年第 4 期。

方胜：《论冯梦龙的"情教"观》，1985 年第 4 期。

李时人：《"词话"新证》，1986 年第 1 期。

吴予敏：《刘勰文学"通变观"的历史文化考察》，1986 年第 2 期。

黄坤：《道学家论文与文学家论道》，1986 年第 2 期。

白敦仁：《宋初诗坛及"三体"》，1986 年第 3 期。

陈良运：《意象、形象比较说》，1986 年第 4 期。

毛毓松：《关于孔子"诗可以兴"的再商榷》，1987 年第 1 期。

吴调公：《心灵的远游——诗歌神韵论思潮的流程》，1987 年第 3 期。

张鸣：《诚斋体与理学》，1987 年第 3 期。

吴迪：《经学家的诗论——肌理说的美学特征》，1987 年第 3 期。

王启兴：《论儒家诗教及其影响》，1987 年第 4 期。

万云骏：《王国维〈人间词话〉"境界说"献疑》，1987 年第 4 期。

裴斐：《情理中和说质疑》，1987 年第 5 期。

张国星：《慷慨·哀美·人——也说建安诗风》，1987 年第 6 期。

赵仁珪：《苏轼"以诗为文"论》，1988 年第 1 期。

张海明：《论冲淡美》，1988 年第 2 期。

禹克坤：《中国文学的比兴原则》，1988 年第 2 期。

王锡九：《试论"七言古诗"含义的演变》，1988 年第 2 期。

张立伟：《韩愈"气盛言宜"新探——兼论"古文"的艺术特征》，1988 年
    第 4 期。

陈元锋：《〈诗〉赋、比、兴古义发微》，1988 年第 6 期。

汤斌：《颂为武舞之首容说》，1988 年第 6 期。

张节末：《王夫之诗歌情感论发微》，1988 年第 6 期。

徐俊：《试论"许浑千首湿"》，1989 年第 1 期。

郭建勋：《汉人观念中的"辞"与"赋"》，1989 年第 3 期。

曹顺庆：《返虚入浑 积健为雄——唐代诗风与司空图的雄浑观念》，1989 年
　　第 4 期。

王兆鹏：《论"东坡范式"——兼论唐宋词的演变》，1989 年第 5 期。

胡绪伟：《"乐人易，动人难"辨》，1989 年第 6 期。

谢柏梁：《明代戏曲的悲剧观：怨谱说》，1989 年第 6 期。

张晶：《宋诗的"活法"与禅宗的思维方式》，1989 年第 6 期。

汪涌豪：《论唐代风骨范畴的盛行》，1990 年第 1 期。

叶太平：《论气势》，1990 年第 1 期。

周先民：《自然·空灵·简淡·幽静——唐代僧诗的艺术风格管窥》，1990
　　年第 2 期。

葛兆光：《禅意的"云"——唐诗中一个语词的分析》，1990 年第 3 期。

夏晓虹：《古典诗歌艺术的现代诠释——读〈汉字的魔方〉札记》，1990 年
　　第 4 期。

章尚正：《从趣的演化看唐宋词的审美流向》，1991 年第 1 期。

张海明：《风骨新探》，1991 年第 2 期。

胡晓明：《尚意的诗学与宋代人文精神》，1991 年第 2 期。

宋效永：《略论儒家的文学理性原则》，1991 年第 2 期。

韩经太：《韵味与诗美》，1991 年第 3 期。

吴承学：《人品与文品》，1992 年第 1 期。

戴伟华：《初唐诗赋咏物"兴寄"论》，1992 年第 2 期。

李晖：《论唐诗意境的新开拓》，1992 年第 3 期。

吴琦幸：《歌诗源起论：文字与歌诗的双度关系》，1992 年第 4 期。

蒋述卓：《说"飞动"》，1992 年第 5 期。

孙立：《"诗无达诂"论》，1992 年第 6 期。

王兆鹏：《建构灵性的自然——杨万里"诚斋体"别解》，1992 年第 6 期。

陈祥耀：《论杜诗直起法》，1993 年第 1 期。

王季思：《略谈比兴与形象思维》，1993 年第 2 期。

周振甫：《释刘勰的"风骨"与"奇正"》，1993 年第 3 期。

吴承学：《集句论》，1993 年第 4 期。

王南：《"沉郁顿挫"论》，1993 年第 4 期。

〔日〕清水凯夫：《〈诗品〉是否以"滋味说"为中心——对近年来中国〈诗品〉研究的商榷》，1993 年第 4 期。

朱靖华：《论苏轼诗风主流"高风绝尘"》，1993 年第 5 期。

钱志熙：《论黄庭坚的兴寄观及黄诗的兴寄精神》，1993 年第 5 期。

杲如：《姜白石"骚雅"词风小议》，1993 年第 6 期。

石昌渝：《"小说"界说》，1994 年第 1 期。

〔法〕雷威安：《唐人"小说"》，1994 年第 1 期。

卢佑诚：《也谈"神思"与"沈思"兼及其他》，1994 年第 3 期。

许结：《明代"唐无赋"说辨析——兼论明赋创作与复古思潮》，1994 年第 4 期。

马自力：《中国古代清淡诗风与清淡诗派》，1994 年第 6 期。

陶尔夫、刘敬圻：《"易安体"：古代女性文学高峰及其成因》，1994 年第 6 期。

束忱：《朱彝尊"扬唐抑宋"说》，1995 年第 2 期。

萧驰：《论"文行之象"——中国古代文论中一个被忽视的传统》，1995 年的 3 期。

杨海明：《唐宋词中的"富贵气"》，1995 年第 5 期。

张宏生：《元祐风的形成及其特征》，1995 年第 5 期。

陈居渊：《论孙原湘的性灵说》，1995 年第 6 期。

周裕锴：《自持与自适：宋人论诗的心理功能》，1995 年第 6 期。

洪本健：《略论"六一风神"》，1996 年第 1 期。

谢桃坊：《词为艳科辨》，1996 年第 2 期。

曹保合：《谈陈廷焯的本原论》，1996 年第 4 期。

杜贵晨：《古代数字"三"的观念与小说的"三复"情节》，1997 年第 1 期。

党圣元：《传统文论范畴体系研究的新收获》，1997 年第 3 期。

〔韩〕安熙珍：《苏轼诗歌的至境——自然》，1997 年第 3 期。

吴兆路：《沈德潜"温柔敦厚"说新解》，1997 年第 4 期。

施议对：《论"意＋境＝意境"》，1997 年第 5 期。

葛兆光：《"神授天书"与"不立文字"——佛教与道教的语言传统及其对
　　中国古典诗歌的影响》，1998 年第 1 期。

吴承学：《古代兵法与文学批评》，1998 年第 6 期。

张安祖：《韩愈"古文"含义辨析》，1998 年第 6 期。

沈松勤：《北宋党争与"荆公体"》，1999 年第 4 期。

欧明俊：《论晚明人的"小品"观》，1999 年第 5 期。

周勋初：《文学"一代有一代之所胜"说的重要历史意义》，2000 年第
　　1 期。

敏泽：《钱锺书先生谈"意象"》，2000 年第 2 期。

张仲谋：《吴之振对神韵说的异议》，2000 年第 4 期。

黎烈南：《童心与诚斋体》，2000 年第 5 期。

常玲：《论诚斋谐趣诗的"三味"》，2000 年第 5 期。

程芸：《沈璟"合律依腔"理论述评》，2000 年第 5 期。

邓乔彬：《论宋词中的"骚"、"辩"之旨》，2001 年第 1 期。

康保成：《戏曲术语"科"、"介"与北剧、南戏之仪式渊源》，2001 年第
　　2 期。

李中华：《晚唐"三十六体"辨说》，2001 年第 2 期。

方锡球：《许学夷对宋人"以才学为诗"二重性的认识》，2001 年第 2 期。

袁济喜：《论"兴"的审美意义》，2002 年第 2 期。

谭帆：《"演义"考》，2002 年第 2 期。

王运熙：《文质论与中国中古文学批评》，2002 年第 5 期。

伏俊琏：《〈汉书·艺文志〉"杂赋"臆说》，2002 年第 6 期。

张安祖，杜萌若：《〈河岳英灵集叙〉"神来、气来、情来"说考论》，2003
　　年第 3 期。

吴承学：《现存评点第一书——论〈古文关键〉的编选、评点及其影响》，
　　2003 年第 4 期。

颜翔林：《论〈碧鸡漫志〉的词学思想》，2003 年第 4 期。

邓国光：《香草·美人·琼佩——〈离骚〉瑝美义蕴述论》，2003 年第
　　4 期。

高小康：《活的历史与活的美学——论吴调公的中国文艺美学史研究方法》，
　　2003 年第 4 期。

曾枣庄：《论宋代律赋》，2003 年第 5 期。

纪德君：《"按鉴"与历史演义小说文体之生成》，2003 年第 5 期。

赵昌平：《回归文章学——兼谈〈文心雕龙〉的文章学架构》，2003 年第
　　6 期。

周裕锴：《惠洪与换骨夺胎法——一桩文学批评史公案的重判》，2003 年第
　　6 期。

莫砺锋：《再论"夺胎换骨"说的首创者——与周裕锴兄商榷》，2003 年第
　　6 期。

富世平：《变文与变曲的关系考论——"变文"之"变"的渊源探讨》，
　　2004 年第 2 期。

张安祖：《杜甫"沉郁顿挫"本义探原》，2004 年第 3 期。

张晶：《惊奇的审美功能及其在中国古典诗词中的呈现》，2004 年第 3 期。

曹虹：《言意之辨与辞赋创作》，2004 年第 4 期。

康保成：《"务头"新说》，2004 年第 4 期。

刘畅：《三不朽：回到先秦语境的思想梳理》，2004 年第 5 期。

陈君：《释"伫中区以玄览"》，2004 年第 5 期。

崔炼农：《〈乐府诗集〉"本辞"考》，2005 年第 1 期。

陈飞：《唐代文学概念的确立与实现——以早期史学为中心》，2005 年第
　　1 期。

韩经太：《诗艺与"体物"——关于中国古典诗歌的写真艺术传统》，2005
　　年第 2 期。

胡家祥：《况周颐所谓的"词境"辨识》，2005 年第 2 期。

吴晟：《黄庭坚"以剧喻诗"辨析》，2005 年第 3 期。

郑园：《说东坡词中的"清"》，2005 年第 3 期。

陈伯海：《释"诗言志"——兼论中国诗学"开山的纲领"》，2005 年第
　　3 期。

谭佳：《从"风骨"研究看古代文论的困境》，2005 年第 4 期。

王运熙：《〈文心雕龙〉的艺术标准》，2005 年第 5 期。

高华平：《"四声之目"的发明时间及创始人再议》，2005 年第 5 期。

刘真伦：《从明道到载道——论唐宋文道关系理论的变迁》，2005 年第 5 期。

谷曙光：《论王珪的"至宝丹"体诗》，2005 年第 5 期。

赵树功：《魏晋六朝"文义"考释》，2005 年第 6 期。

陈伯海：《从古代文论到中国文论——21 世纪古文论研究的断想》，2006 年第 1 期。

鲁洪生：《论郑玄〈毛诗笺〉对兴的认识》，2006 年第 1 期。

严迪昌：《姚鼐立派与"桐城家法"》，2006 年第 1 期。

林东海：《说"南"与"风"》，2006 年第 1 期。

徐翠先：《说箴》，2006 年第 1 期。

萧瑞峰、刘成国：《"诗盛元祐"说考辨》，2006 年第 2 期。

王利民：《濂洛风雅论》，2006 年第 2 期。

富世平：《变相之"变"》，2006 年第 2 期。

黄鸣奋：《论以兵喻文》，2006 年第 3 期。

李定广：《论"晚唐体"》，2006 年第 3 期。

沈松勤：《杨万里"诚斋体"新解》，2006 年第 3 期。

梅向东：《论况周颐词学的"艳骨"说》，2006 年第 3 期。

夏静：《乐教与中国文论的发生特征》，2006 年第 3 期。

祝尚书：《论宋代理学家的"新文统"》，2006 年第 4 期。

廖群：《"说"、"传"、"语"：先秦"说体"考索》，2006 年第 6 期。

张震英：《论贾岛诗歌的"僧衲气"》，2006 年第 6 期。

黄伟：《曾国藩诗学理论平议》，2006 年第 6 期。

马萌：《〈诗品〉"风人"辨正》，2006 年第 6 期。

陈伯海：《"言"与"意"——中国诗学的语言功能论》，2007 年第 1 期。

万光治：《论"吴均体"》，2007 年第 1 期。

曾枣庄：《论宋启》，2007 年第 1 期。

朱崇才：《论张綖"婉约—豪放"二体说的形成及理论贡献》，2007 年第 1 期。

张兵、王小恒：《厉鹗与浙派诗学思想体系的重建》，2007 年第 1 期。

张灯：《刘勰的"风格论"与布封的〈论风格〉》，2007 年第 2 期。

王明建：《刘克庄美政"记"体文及其文学史意义》，2007 年第 2 期。

王立增：《乐府诗题"行"、"篇"的音乐含义与诗体特征》，2007 年第 3 期。

刘明华、张金梅：《从"微言大义"到"诗无达诂"》，2007 年第 3 期。

钟涛：《试论晋唐启文的体式嬗变》，2007 年第 4 期。

张仲谋：《释"钩勒"》，2007 年第 5 期。

张晶：《皎然诗论与佛教的中道观》2007 年第 6 期。

方锡球：《从"兴趣"到"意兴"——许学夷论盛唐诗歌纵深发展的审美方向》，2007 年第 6 期。

周勋初：《〈文心雕龙〉书名辨》，2008 年第 1 期。

王长华、郗文倩：《汉代赋、颂二体辨析》，2008 年第 1 期。

王水照：《况周颐与王国维：不同的审美范式》，2008 年第 2 期。

刘勉：《〈雄浑〉疏证与阐释》，2008 年第 2 期。

罗军凤：《方苞的古文"义法"与科举世风》，2008 年第 2 期。

陈忻：《宋代理学家"记"类短文的理趣》，2008 年第 2 期。

刘怀荣：《20 世纪以来赋、比、兴研究述评》，2008 年第 3 期。

余恕诚：《李清照〈词论〉中的"乐府"、"声诗"诠解》，2008 年第 3 期。

张晖：《况周颐"校词绝少"发微》，2008 年第 3 期。

徐大军：《说"调话"》，2008 年第 3 期。

叶嘉莹：《论词之美感特质的形成及反思与世变之关系》，2008 年第 4 期。

马银琴：《孟子诗学思想二题》，2008 年第 4 期。

黄宝华：《从"透脱"看诚斋诗学的理学义蕴》，2008 年第 4 期。

易闻晓：《黄庭坚诗学与宋人诗话的论诗取向》，2008 年第 4 期。

王奎光：《方回的"吴体"诗论及其诗学批评意义》，2008 年第 4 期。

李天道：《老子的"无味"之"味"说与中国文艺美学"淡"范畴》，2008 年第 5 期。

许结：《说"渊懿"——以西汉董、匡、刘三家奏议文为例》，2008 年第 5 期。

张立兵：《赞的源流初探》，2008 年第 5 期。

刘石：《"诗画一律"的内涵》，2008 年第 6 期。

赵辉：《"言之无文，行而不远"辨》，2008 年第 6 期。

孙克强：《词学史上的清空论》，2009 年第 1 期。

邓红梅：《论"格调"》，2009 年第 1 期。

胡元翎：《"词之曲化"辨》，2009 年第 2 期。

曹辛华：《论杜诗"遣兴体"及其诗史意义》，2009 年第 3 期。

俞国林：《宫词的产生及其流变》，2009 年第 3 期。

孙纪文、郭丹：《论"宗经立义"》，2009 年第 4 期。

马世年：《〈荀子·赋篇〉体制新探——兼及其赋学史意义》，2009 年第 4 期。

沈松勤：《论宋体四六的功能与价值》，2009 年第 5 期。

邓国军、曾明：《诗学"活法"说不始于吕本中——兼论胡宿对西昆体的继承与突破》，2009 年第 5 期。

鲁洪生：《汉赋源于〈周礼〉"六诗"之赋考》，2009 年第 6 期。

肖占鹏、刘伟：《唐代文论中生命化批评的人文意蕴》，2009 年第 6 期。

连燕堂：《梁启超对于国学研究的开创性贡献》，2009 年第 6 期。

任竞泽：《论宋代"语录体"对文学的影响》，2009 年第 6 期。

范松义：《岭南词风"雅健"辨》，2009 年第 6 期。

徐公持：《"义尚光大"与"类多依采"——汉代礼乐制度下的文学精神和性格》，2010 年第 1 期。

周裕锴：《〈沧浪诗话〉的隐喻系统和诗学旨趣新论》，2010 年第 2 期。

张进：《况周颐的"词心"说与古代文论中的"不得已"之论》，2010 年第 2 期。

王小盾：《〈文心雕龙·乐府〉三论》，2010 年第 3 期。

谢琰：《论宋代诗学中的"格卑"观念》，2010 年第 4 期。

左东岭：《良知说与王阳明的诗学观念》，2010 年第 4 期。

傅道彬：《"六经皆文"与周代经典文本的诗学解读》，2010 年第 5 期。

汪涌豪：《涩：对诗词创作另类别趣的范畴指谓》，2010 年第 6 期。

董志广：《汉代辞赋观念的生成与演变》，2010 年第 6 期。

李瑞卿：《王勃易学及其诗学思想》，2010 年第 6 期。

王术臻：《从严羽的诗学批评方法看〈沧浪诗话〉的写作意图》，2010 年第 6 期。

李玫：《明清戏曲中"小戏"和"大戏"概念刍议》，2010 年第 6 期。

李定广：《"声诗"概念与李清照〈词论〉"乐府声诗并著"之解读》，2011 年第 1 期。

刘宁：《叙事与"六一风神"——由茅坤"风神"观切入》，2011 年第 2 期。

王昊：《论金词与元词的异质性——兼析"词衰于元"传统命题》，2011 年第 2 期。

彭国忠：《中国诗学批评中的"直致"论》，2011 年第 3 期。

卢盛江：《蜂腰论》，2011 年第 3 期。

谭帆、杨志平：《中国古典小说文法术语考论》，2011 年第 3 期。

孙昌武：《早期中国佛法与文学里的"真实"观念》，2011 年第 4 期。

蒋寅：《王夫之对诗歌本质特征的独特诠释》，2011 年第 4 期。

彭玉平：《论词之"哀感顽艳"说》，2011 年第 4 期。

杜书瀛：《论"诗文评"》，2011 年第 6 期。

胡大雷：《论"语体"及文体的前"文体"状态》，2012 年第 1 期。

周裕锴：《古代文学研究中的"右文说"》，2012 年第 2 期。

杨明：《黄侃先生补〈隐秀〉篇蠡测》，2012 年第 3 期。

赵辉：《先秦文学主流言说方式的生成》，2012 年第 3 期。

〔美〕柯马丁著，刘倩译：《说〈诗〉：〈孔子诗论〉之文理与义理》，2012 年第 3 期。

周裕锴：《以战喻诗：略论宋诗中的"诗战"之喻及其创作心理》，2012 年第 3 期。

董乃斌：《〈艺概·诗概〉的诗歌叙事理论——刘熙载叙事观探索之一》，2012 年第 4 期。

马银琴：《子思及其〈诗〉学思想寻迹》，2012 年第 5 期。

刘运好：《论慧远之"神趣"说》，2012 年第 6 期。

罗书华：《"散文"概念源流论：从词体、语体到文体》，2012 年第 6 期。

胡大雷：《"言笔之辨"刍议》，2013 年第 2 期。

梅显懋：《论"序"体在汉代的产生及其时代背景》，2013 年第 2 期。

王宏林：《论"四唐分期"的演进及其双重内涵》，2013 年第 2 期。

李瑞卿：《杨万里"去词去意"论发微》，2013 年第 2 期。

陈维昭：《何良俊的戏曲批评与其"文统观"》，2013 年第 3 期。

王思豪：《一个被遮蔽的语体结构选择现象——论汉赋用〈诗〉"〈诗〉曰"的隐去》，2013 年第 4 期。

余来明：《"文学"观念转换与 20 世纪前期的中国文学史书写》，2013 年第 5 期。

陈伯海：《唐人"诗境"说考释》，2013 年第 6 期。

钱志熙：《唐诗境说的形成及其文化与诗学上的渊源——兼论其对后世的影响》，2013 年第 6 期。

韩高年：《春秋卜、筮制度与解说文的生成》，2013 年第 6 期。

刘成国：《宋代字说考论》，2013 年第 6 期。

沈松勤：《古代文学的"和合"秉性与"和合"研究》，2014 年第 1 期。

左东岭：《文体意识、创作经验与〈文心雕龙〉研究》，2014 年第 2 期。

黄若舜：《"游戏"与"规范"：谈论中的宋代诗学》，2014 年第 3 期。

彭国忠：《〈乐记〉：宋代词学批评的纲领》，2014 年第 5 期。

赵树功：《李杜优劣论争与才学、才法论》，2014 年第 6 期。

李金松：《诗人之诗、才人之诗与学人之诗划分及其诗学意义》，2015 年第 1 期。

袁济喜：《"正始之音"再解读》，2015 年第 1 期。

谢琰：《诗中"诗"的历史源流与诗学意义》，2015 年第 1 期。

何新文：《从"辞赋不分"到"以赋论赋"——古代赋文体论述的发展趋势及当代启示》，2015 年第 2 期。

胡大雷：《从"诗笔之辨"到文体三分——论"赋"在南北朝的再发现与其文体学意义》，2015 年第 2 期。

晁福林：《"思无邪"与〈诗〉之思——上博简〈诗论〉研究拾遗》，2015 年第 3 期。

黄琪：《"上官体"的诗歌史价值重估》，2015 年第 3 期。

许浩然：《南宋词臣"文统"观探析——以周必大书序文为线索》，2015 年第 3 期。

郗文倩：《成相：文体界定、文本辑录与文学分析》，2015 年第 4 期。

许云和：《经典建构：〈隋书·经籍志〉总集的范式意义》，2015 年第 4 期。

曹虹：《异辕合轨：清人赋予"古文辞"概念的混成意趣》，2015 年第 4 期。

熊良智：《赋体形成与起源考索》，2015 年第 6 期。

韩高年：《"文类"视阈下的先秦预言及其文学意义》，2015 年第 6 期。

王洪军：《"天地之心"与谶纬〈诗〉学理论的会通》，2015 年第 6 期。

钱志熙：《唐人比兴观及其诗学实践》，2015 年第 6 期。

吴光兴：《以"集"名书与汉晋时期文集体制之建构》，2016 年第 1 期。

田玉琪：《唐宋词调字声与"又一体"》，2016 年第 1 期。

赵伯陶：《偷句、偷意与借境：王士禛诗创作神韵举隅》，2016 年第 1 期。

〔马来西亚〕郭思韵：《谶纬、符应思潮下"封禅"体的与时因变——以〈文选〉"符命"类为主线》，2016 年第 2 期。

邵杰：《〈剧秦美新〉"帝典"论与汉新之际士人心态》，2016 年第 2 期。

傅宇斌：《龙榆生的唐宋词研究》，2016 年第 2 期。

潘华：《〈典论·论文〉之"气""体"辨正》，2016 年第 3 期。

左东岭：《"话内"与"话外"——明代诗话范围的界定与研究路径》，2016 年第 3 期。

吴承学：《"九能"综释》，2016 年第 3 期。

解玉峰：《汉唐"乐府诗"辨证》，2016 年第 4 期。

熊湘：《"势""脉"关系多维阐释与文论内涵》，2016 年第 4 期。

武道房：《圆∴：方以智诗学的哲学路径》，2016 年第 4 期。

何海燕：《清代〈诗经〉的文学阐释及其文学史意义》，2016 年第 5 期。

鲁洪生：《民国时期的赋、比、兴研究》，2016 年第 5 期。

赵辉：《从汉代"传书"看正史向历史演义的衍化》，2016 年第 5 期。

师雅惠：《"遇"与性灵：谭元春的文学接受理论——以〈遇庄〉为个案的考察》，2016 年第 5 期。

吴夏平：《试论中唐"六经皆文"观念的生成》，2016 年第 6 期。

谢琰：《〈宋景文公笔记〉的字学好尚与文章观念——兼论唐宋散文发展中的语言革新问题》，2016 年第 6 期。

许结：《赋体骈句"事对"说解》，2017 年第 1 期。

刘运好：《至虚为宗：论〈列子注〉的美学意义》，2017 年第 1 期。

葛晓音：《杜甫长篇七言"歌""行"诗的抒情节奏与辨体》，2017 年第 1 期。

管琴：《论南宋的"词科习气"及其批评》，2017 年第 2 期。

宋展云：《诗教传统与刘履〈选诗补注〉诗学诠释论》，2017 年第 2 期。

过常宝：《祭告制度与〈春秋〉的生成》，2017 年第 3 期。

李冠兰：《论先秦的文体并称与文体观念》，2017 年第 3 期。

王启玮：《论北宋庆历士大夫诗文中的"众乐"书写》，2017 年第 3 期。

侯体健：《"江湖诗派"概念的梳理与南宋中后期诗坛图景》，2017 年第 3 期。

仲瑶：《"立身先须谨慎，文章且须放荡"观念溯源》，2017 年第 4 期。

黄卓颖：《茅坤古文选本与批评——"逸调"的提出、运用及其意义》，2017 年第 4 期。

魏耕原：《毛公标兴分类普查与取义特征》，2017 年第 5 期。

叶黛莹：《从"源出小雅"谈起——兼论阮籍之于"兴"义的价值》，2017 年第 6 期。

彭玉平：《晚清民国词学的明流与暗流——以"重拙大"说的源流与结构谱系为考察中心》，2017 年第 6 期。

马黎丽：《赋序的生成与文体特征的确立》，2018 年第 1 期。

蔡宗齐：《唯识三类境与王昌龄诗学三境说》，2018 年第 1 期。

何诗海：《"文章莫难于叙事"说及其文章学意义》，2018 年第 1 期。

孙学堂：《李攀龙"诗可以怨"说探论》，2018 年第 1 期。

潘务正：《清代对立文风融合论》，2018 年第 1 期。

刘晓军：《小说文体之争的一段公案——"才子之笔"与"著书者之笔"综论》，2018 年第 1 期。

钟仕伦：《"圆照"：从佛教术语到诗学概念》，2018 年第 2 期。

刘雅萌：《以注为论——由〈文心雕龙·论说〉论魏晋注体的文体价值》，

2018 年第 2 期。

孙福轩：《赋学义理批评谫论》，2018 年第 2 期。

谭帆：《"叙事"语义源流考——兼论中国古代小说的叙事传统》，2018 年
　　第 3 期。

田淑晶：《"不执一端而圆"思想渊源考辨与比较分析》，2018 年第 3 期。

普慧：《文学经典：建构、传播与诠释》，2018 年第 4 期。

邱江宁：《苏门山文人群与元代的"通经显文"创作取向》，2018 年第
　　4 期。

陈广宏：《诗论史的出现——〈诗源辩体〉关于"言诗"传统之省察》，
　　2018 年第 4 期。

田胜利：《汉赋用〈易〉与赋体艺术》，2018 年第 5 期。

吴建国：《歌终而语——语的礼乐形态研究》，2018 年第 6 期。

崔媞：《自注"来诗"与诗歌空间的扩容》，2018 年第 6 期。

张毅：《朱子的"格物游艺"之学与"中和"之美》，2018 年第 6 期。

段江丽：《中国古代"小说"概念的四重内涵》，2018 年第 6 期。

刘尊举：《真我·破体·摆落姿态：徐渭散文的文体创格》，2019 年第 1 期。

何诗海：《清代非韩论及其对"文以载道"的冲击》，2019 年第 1 期。

蒋寅：《肌理：翁方纲的批评话语及其实践》，2019 年第 1 期。

颜庆余：《"杂诗"的文献学考察》，2019 年第 2 期。

闵丰：《有厚人无间：常州词派创作心法探论》，2019 年第 2 期。

周文俊：《"优文"考释》，2019 年第 2 期。

岳进：《论晚明"逸品"的诗学内涵与视觉美感》，2019 年第 3 期。

钱志熙：《汉魏六朝"诗赋"整体论抉隐》，2019 年第 4 期。

付佳奥：《险圆与奇正：南朝至唐一组诗学观念的展开》，2019 年第 4 期。

李泊汀：《"颜谢""鲍谢"与"陶谢"——唐人元嘉诗史观的考察》，2019
　　年第 4 期。

张知强：《桐城派的"义法"实践与古文删改》，2019 年第 5 期。

傅谨：《李渔"立主脑"小识》，2019 年第 5 期。

王楚：《〈文选〉"符命"类名诠解》，2019 年第 6 期。

孙学堂：《韩孟派影响与司空图的艺术追求——以"撑霆裂月"说和诗歌创

作为核心》，2020 年第 1 期。

徐昌盛：《〈文章流别集〉与总集典范的建立》，2020 年第 1 期。

邱江宁：《东平文人群与元初文坛的"中州元气"论》，2020 年第 1 期。

武道房：《"天机说"与唐顺之诗学思想的演进》，2020 年第 1 期。

程苏东：《从贵族仪轨到布衣文本——晚周〈诗〉学功能演变考论》，2020 年第 2 期。

黄伟豪：《以书论为文论——〈文心雕龙·练字〉"单复"概念与六朝书论及其审美之关系》，2020 年第 2 期。

杨旭辉：《晚清"危言体"散文的文学史审辨》，2020 年第 2 期。

罗军凤：《〈左传〉君子曰"毛诗传、郑笺之文"辨正》，2020 年第 2 期。

刘成敏：《汉赋文本的辩学精神》，2020 年第 3 期。

宋学达：《宋词"自述本事"的演进与词史意义》，2020 年第 3 期。

傅道彬：《"〈书〉文似礼"与〈尚书〉"六体"的文学性书写》，2020 年第 4 期。

宋健：《乐语"道古"的诗礼应用及文学意义》，2020 年第 4 期。

张峰屹：《"气命"论基础上的王充文学思想》，2020 年第 4 期。

巩本栋：《〈古文关键〉考论》，2020 年第 5 期。

韩经太：《论中国诗学主体精神的创新建构——从元典阐释与原点问题出发的理论思考》，2020 年第 5 期。

许结：《汉代"文术"论》，2020 年第 6 期。

李敏：《〈文心雕龙·物色〉"如印之印泥"疏证》，2021 年第 1 期。

张树国：《漏卮与〈庄子〉卮言探源》，2021 年第 1 期。

张晶：《从范畴到命题——从文艺美学回望中国古代文艺理论》，2021 年第 2 期。

刘洋：《从性情说看明代理学家诗法论的多重向度》，2021 年第 2 期。

徐大军：《体用离合之间：清末时期小说类群的建构》，2021 年第 2 期。

杨允：《汉代前期文艺思想转型的实践与动因——以从"敦朴"到"巨丽"的转化为例》，2021 年第 3 期。

曹明升：《"游词"的生存与清词的演进》，2021 年第 3 期。

莫崇毅：《读者之心：论周济"词史"思想在清季的实现》，2021 年第

3 期。

过常宝：《"以意逆志"：先秦儒家话语方式的创变》，2021 年第 4 期。

黄金灿：《声韵与神韵：王士禛诗学的实与虚》，2021 年第 4 期。

昝圣骞：《词为声学：晚清词学的基础观念》，2021 年第 4 期。

武君：《教习维度中的元代诗法及其范式构建》，2021 年第 5 期。

周游：《诙诡之趣：晚近桐城派的韩文阐释趣味》，2021 年第 6 期。

沈松勤：《论"周姜体派"》，2022 年第 1 期。

马将伟：《文气论与明末清初之文风》，2022 年第 1 期。

李秉星：《钱谦益"香观说"中的感官隐喻与明诗批评》，2022 年第 1 期。

陈勇：《王夫之诗学批评观与〈庄子〉"朝彻"之境》，2022 年第 1 期。

胡琦：《言文之间：汉宋之争与清中后期的文章声气说》，2022 年第 1 期。

杜晓勤：《唐代"格诗"体式考原》，2022 年第 2 期。

唐启翠：《〈荀子〉"文学"观的譬喻化建构及影响》，2022 年第 4 期。

谭帆：《论小说文体研究的三个维度》，2022 年第 4 期。

陶冉：《声与文：明代琴歌的配词与入乐》，2022 年第 4 期。

裴云龙：《寓正于奇：茅坤对韩愈散文典范性的重构》，2022 年第 4 期。

曹明升：《清代词学中的性灵说——一种"非主流"词学理论的生存状态与
　　词史错位》，2022 年第 5 期。

李晨：《"有无"与"深浅"：论〈人间词话〉的批评层次问题》，2022 年第
　　5 期。

蔡丹君：《理来情无存：谢灵运山水诗的篇体思想》，2022 年第 5 期。

刘廷乾：《歌行体之"歌体"与"行体"根源论》，2022 年第 6 期。

胡念贻：《诗经中的赋比兴》，《文学遗产增刊》一辑，作家出版社，
　　1955 年。

杨柳桥：《"离骚"解题》，《文学遗产增刊》一辑，作家出版社，1955 年。

杨公骏、张松如：《论商颂》，《文学遗产增刊》二辑，中华书局，1956 年。

张朝柯：《诗经诗的"兴"及其起源》，《文学遗产增刊》二辑，中华书局，
　　1956 年。

马茂元：《论"九歌"》，《文学遗产增刊》五辑，作家出版社，1957 年。

浦江清：《论小说》，《文学遗产增刊》六辑，作家出版社，1958 年。

徐赓陶：《〈离骚〉"乱曰"的本义》，《文学遗产增刊》八辑，中华书局，
　　1961 年。

杨增华：《从"养气"说到"风骨"论——中国古代文学理论批评中的作家
　　个性与作品风格问题》，《文学遗产增刊》八辑，中华书局，1961 年。

吕美生：《试论晚清"诗界革命"的意义》，《文学遗产增刊》八辑，中华
　　书局，1961 年。

陈赓平：《袁枚的性灵说——读〈随园诗话〉》，《文学遗产增刊》八辑，中
　　华书局，1961 年。

杨明照：《从〈文心雕龙·原道·序志〉两篇看刘勰的思想》，《文学遗产增
　　刊》十一辑，中华书局，1962 年。

郭味农：《关于刘勰的"三准"论——与熊先生商榷》，《文学遗产增刊》
　　十一辑，中华书局，1962 年。

李树尔：《论风骨》，《文学遗产增刊》十一辑，中华书局，1962 年。

潘辰：《关于〈文心雕龙·风骨篇〉的"骨"字》，《文学遗产增刊》十一
　　辑，中华书局，1962 年。

俞元桂：《刘勰对文章风格的要求》，《文学遗产增刊》十一辑，中华书局，
　　1962 年。

佩之：《〈文心雕龙〉的批评论》，《文学遗产增刊》十一辑，中华书局，
　　1962 年。

黄展人：《〈知音〉初探——〈文心雕龙〉札记》，《文学遗产增刊》十一
　　辑，中华书局，1962 年。

黄墨谷：《关于李清照"词别是一家"说的理解》，《文学遗产增刊》十二
　　辑，中华书局，1963 年。

褚斌杰：《论赋体的起源》，《文学遗产增刊》十四辑，中华书局，1982 年。

林东海：《化静为动——〈诗法举隅〉之一》，《文学遗产增刊》十四辑，
　　中华书局，1982 年。

王镇远：《论翁方纲的肌理说》，《文学遗产增刊》十七辑，中华书局，
　　1991 年。

国家社会科学基金重大招标项目"中国文论关键词研究的历史流变及其理论范式构建"开题

吴煌琨

（武汉大学文学院）

2023 年 4 月 8 日上午，国家社会科学基金重大招标项目"中国文论关键词研究的历史流变及其理论范式构建"（22&ZD258）开题报告会在武汉大学文学院顺利召开。开幕致辞环节由武汉大学文学院副院长程芸教授主持，武汉大学人文社会科学研究院副院长张发林、武汉大学文学院院长于亭教授现场致辞。专家评议环节由专家组组长、中国社会科学院大学阐释学高等研究院院长张江教授主持，课题组首席专家李建中教授做开题汇报，专家组北京外国语大学詹福瑞教授、暨南大学蒋述卓教授、中国社会科学院大学党圣元教授、深圳大学高建平教授、清华大学刘石教授、华中师范大学胡亚敏教授、华南师范大学李春青教授、华东师范大学朱志荣教授相继发表意见。课题组成员中国人民大学袁济喜教授、赣南师范大学吴中胜教授、中南财经政法大学张金梅教授、东华理工大学李小兰教授，及武汉大学高文强教授、王怀义教授、刘金波教授、袁劲副研究员现场参会。中国社会科学杂志社马涛编辑、社会科学文献出版社杜文婕编辑、遵义师范学院李猛教授、华中师范大学李远讲师，及武汉大学李松教授、刘春阳教授、朱俐俐讲师、李佳奇讲师等学者与会。

张发林副院长肯定了课题为中国文学学科体系、中国文论学术体系与中国文论关键词研究话语体系建设提供的传统智慧与"中国方案"，并期待课题组能够为中国文论自主知识体系建构呈一家之说、助一篑之功。于亭院长指出，李建中教授团队继承了武汉大学文学院的优良传统，持续致力于推动本土文论批评话语与中国文化建设走向的结合，契合构建中国特色、中国风格、中国气派的哲学社会科学的方向与目标。

课题组首席专家李建中教授从研究现状和选题价值、总体思路和预期目标、内容框架与研究方法、重点难点和创新之处等四个方面做开题汇报。李建中教授着重指出，课题的关键在于贯通中国文论关键词研究的古今历史与实践范式，从而破解以西律中的"强制阐释"和专业主义的"端性思维"，构建起以"兼性理论""兼性阐释"为核心的中国文论关键词研究理论范式。

评审专家詹福瑞教授、蒋述卓教授、党圣元教授、高建平教授、刘石教授、胡亚敏教授、李春青教授、朱志荣教授分别就重要概念的定义、研究范式的构建、西洋方法与本土知识的融合、关键词自发研究与自觉研究的辨析，以及数据库等现代方法的综合运用提出了宝贵的建议。最后，专家组组长张江教授宣读表决意见，肯定了课题在梳理关键词研究学术史和提炼标识性概念方面的重要价值，强调了"兼性"理论对于构建中国自主知识体系的创新意义，同时对本课题"范式"内涵的古今兼和及思维与言说的一贯融通提出了更高的要求。

"韵"的概念史与研究史

黄金灿

（安徽师范大学中国诗学研究中心）

摘　要： "韵"是中华字文化重要组成部分，有必要对其进行全面深入研究。"韵"字创制于汉代，本义为"均"，与音乐关系密切。"韵"的概念史与研究史经历了从多义"韵"学转向专门"韵学"的过程，前者包含"韵"的诸多义项，后者则发展为一门"声韵之学"。从形式诗学透视"韵"，是当前研究的薄弱环节。这一研究思路首先注重"形式"，由此区别于古代文论"韵"范畴研究，其次注重"诗学"，由此区别于语言学的"用韵"研究范式。中西学者的相关论述表明，从形式诗学透视"韵"确是一种新方法与新思路。

关键词： 韵；韵学；声韵；形式诗学

如欲对一个学术问题有所推进，必须先找准它在学术史中的定位，并明确研究的视角和方法。拙著《"韵"之韵——从形式诗学透视》①重点关注"押韵"（Rhyme）和"音韵学"（Phonology）意义上的"韵"，而非"格韵"（Style）、"风韵"（Charm）意义上的"韵"。两个层面的意义构成"韵"意涵的"双核"，在中国文学、语言学、文化学史上都有充分的发展，副标题使用"形式"（Form）一词，就是为了强调前者而区别后者。虽然重点关注"韵"的前一层面，但研究方法却是文学的、诗学的而非语言学的，副标题使用"诗学"（Poetics）一词，就是为了强调研究的诗学范式并区别于语言学范式。将"形式"与"诗学"组合成"形式诗学"（Formal poet-

---

① 《"韵"之韵——从形式诗学透视》全书 20 万字，将由武汉大学出版社出版。

ics/ Portry of formism） 一词，是以形式主义文论（Formalist literary theory）
为依托，这一理论有着丰富的诗韵阐释实践，故而也并不缺乏理解的基础。
从"形式诗学"透视"韵"，可以发现一片既不同于古代文论"韵"范畴
研究，又有别于语言学"用韵"范式研究的新园地。由于拙著主体部分是
从"形式诗学"透视"韵"，亦即只研究了"韵"的一个维度，故而有必
要先对"韵"的所有维度及其生成史加以介绍，以构成对主体部分的补充
并提供一定程度的"前理解"。

一　"韵"字起源及本义考辨

古人在关于"韵/韻"字起源的叙事中，古无"韵/韻"字是一般都会
提及的一句话。[①] 然而这个"古"的上限是何时代，却不得而知。南宋薛尚
功《历代钟鼎彝器款识法帖》载，"方城范氏"藏有一曾侯钟，其上有铭文
曰："惟王五十有六祀，徙自西阳，楚王韵章作曾侯乙宗彝，置之于西阳，
其永时用享。"[②] 铭文载楚王名"韵章"，此"韵"字篆书作类似于左"音"
右"匀"的字形。薛氏论曰："右二钟，前一器藏方城范氏，皆得之安陆。
古器物铭云'惟王五十六祀，楚王韵章'，按楚惟惠王在位五十七年，又其
名为章，然则此钟为惠王作无疑也。"[③] 考楚惠王，芈姓，熊氏，名章，《吕
氏春秋》《列女传》皆名"熊章"，此铭何以作"韵章"？

清人徐文靖《竹书统笺》、陈逢衡《竹书纪年集证》征引薛说时皆作
"韵章"，梁学昌更是据以主张楚惠王"可补'韵章'之名"[④]。既然如此，
认为"韵"字最早见诸春秋晚期、战国初期的曾侯乙钟铭似言之有据。清
人吴省钦《六书音均表序》即谓："古言均，今言韵也，韵、韻皆不见于

---

① 或许在今人看来，"韻"与"韵"，不过是繁体字与简化字的区别，实际上二字古人皆常使
　用，只是使用"韻"字的频率更高些，"韵"则多作为异体字使用。当然，需要特意强调
　二字区别的情况除外。下文在普通行文或一般引述时根据出版需要使用简体"韵"字，在
　强调二字共同的处境时使用"韵/韻"，在二字有区别时或用"韵"，或用"韻"。
② 薛尚功：《历代钟鼎彝器款识法帖》卷六，清文渊阁四库全书本，第8页。
③ 薛尚功：《历代钟鼎彝器款识法帖》卷六，清文渊阁四库全书本，第9页b。按此处引文
　"惟王五十六祀"无"有（又）"字，乃薛氏漏略，下引赵明诚之语同。
④ 梁学昌：《庭立记闻》卷一，清嘉庆刻清白士集本，第9页a。

《说文》，而韵字则见于薛尚功所载曾侯钟铭是也。"[1] 民国学者黄永镇先生所撰《古韵学源流》一书，开篇论古韵起源，亦从薛氏所录"楚王韵章"之文，认为"韵字初见于钟鼎"[2]。如此一来，此说似已无质疑的必要。

然而，此说实有不可不辨之疑窦。与薛尚功几乎同时甚至更早的赵明诚，其《金石录》卷十二"楚钟铭"条曰："右楚钟铭，藏方城范氏，云'惟王五十六祀，楚王（下一字不可识）章'，按楚惟惠王在位五十七年，又其名为章，然则此钟为惠王作无疑也。"[3] 语句、观点与薛文大同小异，薛文极可能是抄录赵书后略参己意而成，最不同者在于赵氏"不可识"之字被薛氏断为"韵"字。那么这个连金石专家赵明诚都觉得"不可识"之字，被法帖编者薛尚功当作"韵"字过录，就成为颇可怀疑之点。

综合比勘"熊"字与"韵"字的传抄古文字字形后会发现，二字的篆体在结构上有相似之处，尤其是"熊"字的写法变化极多，其中一种简写体与"韵"字的字形结构相当接近。可以合理地推测，是薛尚功将"熊"字的一种与"韵"字字形结构接近的省便体误断为"韵"字，楚钟铭文更可能作"熊章"而非"韵章"。清人钱坫即认为古"能"字通"熊"，此字为"能"字之省变。其说为阮元称引，阮元跋曾侯钟铭文时曰："章上一字不可识。钱献之以为古能字通熊，此字为能字之省变。"[4] 杨守敬所编《湖北金石志》虽亦引述《金石录》"下一字不可识"之语，但在对钟面文字进行释文时，也将"章"字前一字隶定为"能"字，亦曰："钱献之以为古'能'字之省变，通'熊'。楚君之名每冠以'熊'字，是也。"[5] 可见，阮元、杨守敬都认同钱坫之说。

特别幸运的是，1978 年出土于湖北随县曾侯乙墓的楚王熊章镈上亦有相似的铭文："惟王五十又六祀，返自西阳，楚王酓（熊）章作曾侯乙宗彝，奠之于西阳，其永持用享。"[6] 郭沫若先生认为："酓假为熊，近出《楚

① 吴省钦：《白华前稿》卷十一，清乾隆刻本，第 2 页 b。
② 黄永镇：《古韵学源流》，商务印书馆，1934，第 1 页。
③ 赵明诚：《金石录》卷十二，四部丛刊续编景旧抄本，第 3 页 a。
④ 王厚之：《钟鼎款识》，中华书局，1985，第 68 页。
⑤ 杨守敬：《湖北金石志》卷一，民国 10 年（1921）朱印本，第 7 页 b。
⑥ 参见罗运环《楚王酓章镈铭文疏证》，载《出土文献与楚史研究》，商务印书馆，2011，第 125 页。

王鼎》幽王熊悍作酓忓，正为互证。"① 古字通假多取音同或音近者，故罗运环先生进一步论证曰："酓，从西今声，在上古属于侵部影纽，熊为蒸部匣纽，二字音近，故可通用。"② 可见，郭沫若先生的音近通假之说与清人钱坫的字形省变之说不同，却殊途同归。即使"章"前之一字是否为"酓"字仍待商榷，但其并非"韵"字，是可以确认的。

既然薛氏"韵章"之说不可靠，那么就不能据以断定"韵"字出现在战国初期的楚惠王五十六年（前431年）之前。换言之，"韵"字出现的时间上限还须另行推定。"韵"字从"音"从"匀"，"韻"字从"音"从"員"，二字对于明清人而言皆是于古有征的古字，但相对于汉人而言却皆是后起的俗体。李兆洛《声韵问》曰："十三经无'韵'（韻）字，即《说文》亦无'韵'（韻）字。"③ 换言之，西汉及西汉之前已经陆续成书的"十三经"中无此二字，编撰于东汉和帝永元十二年（100年）到安帝建光元年（121年）间的《说文解字》中亦无此二字。

黄永镇先生认为"韵"字初见于曾侯乙钟铭，前文已言其说之不确，他又据汉无名氏纬书《乐叶图征》"挥之天下，注之音韻"之文，谓"韻"字"初见于纬书"④。此说亦有问题。日本学者所辑《纬书集成·乐叶图征》曰："稽天地之道，合人鬼之情，发于律吕，计于阴阳，挥之天下，注之音韵。有窃闻者，则其声自间。"⑤ 此书为繁体字版，而"韵"字特作从"音"从"匀"者，当是从所据汉籍之原文。故而《乐叶图征》所用本字是"韻"还是"韵"，仍是问题，不可遽谓"韻"字"初见于纬书"。

既然十三经与《说文解字》俱无"韵/韻"字，那么可以断定"韵/韻"字并非汉以前之古文字。十三经中无，尚可言非是行文必需，《说文解字》乃专收古篆籀之书，若为汉以前已通行之字，渊博专深如许慎，不可能不见、不收。然而汉无名氏《乐叶图征》既已使用"韵""韻"二字中的某一字，表明至少二字中的一种已在汉代出现，《说文解字》不收，最合理的解

① 郭沫若：《两周金文辞大系图录考释》第8册，北京科学出版社，1958，第166页。
② 罗运环：《楚王酓章镈铭文疏证》，载《出土文献与楚史研究》，商务印书馆，2011，第125页。
③ 李兆洛：《养一斋集·文集》卷二十，清道光二十三年（1843）活字本，第4页a。
④ 黄永镇：《古韵学源流》，商务印书馆，1934，第1～2页。
⑤ 〔日〕安居香山、〔日〕中村璋八辑《纬书集成》中，河北人民出版社，1994，第562页。

释是该字是汉代人新创制的新体、俗体，无论许慎见与未见，都不可能收入
《说文解字》。

清人陈庆镛即认为"'韵'字乃俗作"。其《苗仙露检韵图记》曰：
"余近考齐侯罍铭，识得𣓀昀二字，窃谓𣓀即七，昀即韵，古多假𣓀为七，
𣓀昀犹七均，即七始也。"① 陈氏认为古并非无"韵"字，只是写法不同。
他指出，《说文解字》中有"从言从匀"之篆文、籀文，其所见钟鼎文亦有
类似字形，这些字中都有"介乎言与口之间"的相似构件，故而都"当即
韵字"。据他推断，"盖古文简约，从口匀声，作昀"，而籀文、小篆与钟鼎
文则各有繁简变化，实则"从口、从言、从音，皆一义也"，并认为"惟韵
字乃俗作"。陈氏这一判断，正好可与笔者的推测呼应。

汉末蔡邕《琴赋》曰："清声发兮五音举，韵宫商兮动徵羽。"② 又曰：
"繁弦既抑，雅韵复扬。"③ 文中亦皆用"韵"字。魏人宋均注《乐叶图征》
"挥之天下，注之音韵"句曰："音韵得其时，则悠扬不绝。"④ 用"悠扬"
形容"音韵"，精确而自然，令人颇觉其对"音韵"二字已习以为常。刘勰
《文心雕龙·章句》篇曰："昔魏武论赋，嫌于积韵，而善于资代。"⑤ 曹操
亦汉末人，年辈略晚蔡邕，揣刘勰文意，似乎操已能用"积韵"批评辞赋。
可见，"韵/韻"作为汉代人新制之字，在汉代的大部分时间虽未通行，但
到汉末、曹魏时，已渐呈常用之势。其后晋人吕静撰《韻集》，"韻"字作
为书名公行天下，正式成为通行字。

古人在关于"韵"字本义的阐述中，"韵者，均也"是一般都会首先表
达的一层含义。《文选》载晋人成公绥《啸赋》，中有"音均不恒，曲无定
制"之句，李善注曰："均，古韵字也。《鹖冠子》曰：'五声不同均，然其
可喜一也。'晋灼《子虚赋注》曰：'文章假借，可以协韵。'均与韵同。"⑥
李善首倡此说。北宋徐铉校定《说文解字》，将"韻"字作为新附字添入，

---

① 陈庆镛：《籀经堂类稿》卷二十，清光绪九年（1883）刻本，第 10 页 b。
② 严可均辑《全上古三代秦汉三国六朝文》，中华书局，1958，第 854 页。
③ 严可均辑《全上古三代秦汉三国六朝文》，中华书局，1958，第 854 页。
④ 安居香山、中村璋八辑《纬书集成》中，河北人民出版社，1994，第 562 页。
⑤ 刘勰撰，范文澜注《文心雕龙注》，人民文学出版社，1958，第 571 页。
⑥ 萧统编，李善注《文选》，中华书局，1977，第 263 页。

并释曰："和也。从音员声。裴光远云：'古与均同。'未知其审。王问切。"① 按裴光远，唐懿宗时人，精书法。裴说当是据李善之说。据《新唐书》载，杨收亦言："夫旋宫以七声为均，均言韵也，古无韵字，犹言一韵声也。"② 其意为"均"即"韵"义，由于古无"韵"字，故而当时"韵"字之义由"均"字来表达。

清代论及"韵"与"均"之关系的学者甚多，或专就此一问题发表意见，或从"韵与均同"出发敷衍他说。桑调元《答鲁君论诗经韵书》曰："韵者，均也，必众音汇于一宫，而乃能均。"③ 李兆洛曰："十三经无韵字，即《说文》亦无韵字。治古文者以六均之均字当之，深得其理矣。"④ 陈庆铺曰："或疑古无韵字，段氏茂堂以均代韵，几于刘郎之不敢题糕。"⑤ 王鸣盛曰："（《说文解字》）音部新附'韵'字注：'裴光远云古与均同'；《啸赋》云'音均不恒'，李注'均，古韵字也'。然则古无'韵'字。"⑥ 罗有高《古韵标准序》曰："古无'韵'字。江氏言：'韵者，通俗文也。'顾炎武因裴光远之云，明'韵'之为'均'。"⑦ 李调元曰："韵者，均也。《鹖冠子》曰：'五均不同声。'谓宫、商、角、徵、羽，声本不同，且即一均之中，亦有不同者。盖以不均为均，而韵名焉。"⑧ 陈锦《与汪晓堂论诗经音注叶读书》曰："《诗》三百篇宜是音韵鼻祖，而当时并不知有韵。篆文韵者，均也。偏旁造字，义取匀员，皆其后起者矣。"⑨ 又《分均（自注：古韵字）通四声说》曰："古无韵书，韵者，均也。五音不同声，而各汇为一宫，取而均之名曰韵。"⑩ 可以肯定地说，经过清儒的阐发，"韵"的本义乃至前身为"均"，是没有疑问的。

值得注意的是，若严格从造字本义上来说，"韵者，均也"之"韵"只

---

① 许慎撰，徐铉校定《说文解字》，中华书局，2013，第52页。
② 欧阳修：《新唐书》，中华书局，1975，第5393页。
③ 桑调元：《弢甫集》卷十五，清乾隆刻本，第5页a。
④ 李兆洛：《养一斋集·文集》卷二十，清道光二十三年（1843）活字本，第4页a。
⑤ 陈庆铺：《籀经堂类稿》卷二十，清光绪九年（1883）刻本，第10页b。
⑥ 王鸣盛：《蛾术编》卷二十一，清道光二十一年（1841）世楷堂刻本，第8页b。
⑦ 王昶辑《湖海文传》卷二十二，清道光十七年（1837）经训堂刻本，第16页a。
⑧ 李调元：《童山集·文集》卷二，清乾隆刻《函海》道光五年（1825）增修本，第13页a。
⑨ 陈锦：《勤馀文牍》卷二，清光绪四年（1878）刻本，第23页a。
⑩ 陈锦：《勤馀文牍·续编》卷一，清光绪四年（1878）刻本，第31页a。

能是从"音"从"匀"者，因为只有意旁"匀"对应的才是"均"，取音之分布均匀者曰韵之义。而"韻"字的造字本义则是"音之圆者曰韻"。屈大均《怡怡堂诗韵序》曰："音之圆者曰韻，韻字从员，员为天规。"① 范方《诗传闻疑自序》曰："孔氏所谓诗之大体，必须依韻，非此同韻之不成章，讴之不和应，此音员之为韻也。"② 二人行文中使用从"音"从"员"之"韻"字，十分精确。其实如果承认"均"为本义，那么"韵"字当是先于"韻"字被创制，因为"韵"与"均"在字形、意义上都有直接的关联。此外，创字之始，音之匀者是从发音机制上立意，音之圆（员）者是从审美感受上立意，先发音而后审美，先质实而后空灵，也符合人类的认知规律。

"韵"字后来的诸种引申义都是从"均"这个音乐性本义生发而来。《王力古汉语字典》将"韵"的义项归纳为六种：和谐的声音；字的去除声母的部分，又指诗赋中押韵的字；指文章；人的风度、情趣，又指艺术品的风格；风雅；美。③ 第一个义项显然是与"均"对应的本义。此外的诸种引申义都是从"和谐的声音"所产生的均衡感、节奏感和悠扬隽永的意味派生出的。汉末至六朝，"韵"的本义与诸种引申义基本都渐次出现。汉无名氏的"注之音韵"，蔡邕的"雅韵复扬""韵之激发"，魏人宋均的"音韵得其时"，所用都是"韵"之本义，在出现时间上恰好也是最早的。由刘勰转引的曹操"嫌于积韵"之"韵"即是指诗赋中押韵的字，出现时间也较早；西晋初吕静撰《韵集》，已能将押韵之字分别部居，在研究意识与研究方法上已经颇为自觉和成熟。这些表明，诗韵之"韵"亦即押韵之"韵"、韵书之"韵"，是"韵"字出现较早且非常重要的引申义。

二 从多义的"韵"学到专门的"韵学"

所谓多义的"韵"学，主要是指古人关于文之韵、人之韵与乐之韵等

① 屈大均：《翁山文钞》卷一，清康熙刻本，第13页b。
② 范方：《默镜居文集》卷一，清乾隆刻本，第10页b。
③ 参见王力《王力古汉语字典》，中华书局，2000，第1639~1640页。

层面的论述。西晋陆机《文赋》："收百世之阙文，采千载之遗韵。"①"阙文"之"文"与"遗韵"之"韵"互文见义，俱指文章。《文选》六臣注："善曰：'《论语》：子曰吾犹及史之阙文。'铣曰：'遗韵，谓古人阙而未述，遗而未用者，收而采之。'"张铣释"遗韵"连带"阙文"言之，正是将"韵"也视为"文"。顾炎武《音论》曰："今考自汉魏以上之书并无言韵者，知此字必起于晋宋以下也。"自注论证之曰："晋陆机《文赋》曰：'收百世之阙文，采千载之遗韵。'文人言韵，始见于此。"②按上文已证，汉魏并非无言"韵"者，陆机言"韵"亦非文人言"韵"之始。阎若璩曰："顾氏《音学五书》言文人言韵莫先于陆机《文赋》，余谓《文心雕龙》'昔魏武论赋，嫌于积韵而善于资代'，《晋书·律历志》'魏武时，河南杜夔精识音韵，为雅乐郎中令'，二书虽一撰于梁，一撰于唐，要及魏武、杜夔之事，俱有'韵'字，知此学之兴，盖于汉建安中，不待张华论韵，何况士衡？故止可曰古无'韵'字，不得如顾氏云起晋宋以下也。"③按魏武之语，颇有刘勰直接引用的痕迹，尚可作为一证；而"河南杜夔精识音韵"显然为史家叙述言语，如用于证明魏武时已有"韵"字，难免牵强。虽然陆机不是第一个使用"韵"字的人，也不是第一个言"韵"的文人，但却很可能是第一个用"韵"代指文章从而拓展"韵"字义项的人。

晋宋以降，"韵"字的"风韵""风雅""风格""韵味"等义项逐渐被开发出来，并产生了不少今人仍耳熟能详的语料。东晋陶渊明《归园田居》其一曰："少无适俗韵，性本爱丘山。"④此"俗韵"之"韵"指人的情趣⑤。南朝宋刘义庆《世说新语·任诞》曰："阮浑长成，风气韵度似父，亦欲作达。"⑥此"韵度"之"韵"即指人的风度。北齐颜之推《颜氏家训·名实》："命笔为诗，彼造次即成，了非向韵。"⑦此"韵"即指文章的风格、韵味。又，《世说新语·言语》："或言道人畜马不韵。"⑧此"不韵"

① 萧统编，李善注《文选》，中华书局，1977，第240页。
② 顾炎武：《音学五书》，上海古籍出版社，2012，第23页。
③ 阎若璩：《尚书古文疏证》卷五，清乾隆眷西堂刻本，第15页a。
④《宋本陶渊明集》，国家图书馆出版社，2018，第25页。
⑤ 宋本一作"愿"，如原本作"愿"字，则不能作为例证。
⑥ 刘义庆撰，余嘉锡笺疏《世说新语笺疏》，中华书局，2015，第810页。
⑦ 颜之推撰，王利器集解《颜氏家训集解》，中华书局，1993，第309页。
⑧ 刘义庆撰，余嘉锡笺疏《世说新语笺疏》，中华书局，2015，第134页。

之"韵"即指人行为举止的风雅、优雅。根据《王力古汉语字典》的归纳，只有"美"这个义项新起于两宋。例如北宋王黼《明节和文贵妃墓志》："六宫称之曰韵。"① 此指人之意态之美。南宋辛弃疾《小重山·茉莉》："莫将他去比荼蘼，分明是，他更韵些儿。"② 此指花之意态之美。

"韵"由专指文学、艺术作品的"风韵""格韵""韵味"之"韵"，逐渐发展成为一种重要的文学、艺术审美范畴，与"道""气""神""象""意"等一众概念共同建构起了中国古典文学、艺术批评的话语系统、理论体系。生当北宋末期的范温，在其《潜溪诗眼》中有一篇关于"韵"的专论，篇幅之长、概括之全、议论之微可谓前无古人。全篇以范氏与王偁的对话形式展开。王偁常诵黄庭坚"书画以韵为主"之言，范氏据以问韵之形貌。王偁依次提出"不俗之谓韵""潇洒之谓韵""笔势飞动""简而穷其理"等多种"韵"的定义或情形，都被范氏一一否定。最后范氏提出"有余意之谓韵""（韵）生于有余"的观点，并从"韵"的概念发展史、审美内涵之层次、代表作家与作品、适用范围等多维角度进行了阐述、延展，颇为精彩。③ 早自南齐，谢赫提出的"气韵生动"的美学命题，成为中国古代绘画艺术的最高追求之一；晚至清代，王士禛力倡神韵诗学，依旧得借助"韵"的深厚含义来探寻中国古典诗学的最高美学理想。

由于"韵"字天然与音乐具有密切关联，故而在较早的时候就又引申出"声韵"概念。"声韵"亦作"声均"，本义指乐调。《三国志·魏书·杜夔传》曰："夔令玉铸铜钟，其声均清浊多不如法，数毁改作。"④ 《晋书·律历志上》曰："考以正律，皆不相应，吹其声均，多不谐合。"⑤ 这些史料中的"声均"古人多认为即是"声韵"的同义词。同是《晋书》，在别处又曾使用"声韵"一词表达相同的意思。《晋书·乐志上》曰："泰始九年，光禄大夫荀勖始作古尺，以调声韵。"⑥ 可见，"声韵"最早是一个乐学概念。如果人类发出的声音与音乐的特点具有某种相似性，自然也可以

---

① 周煇撰，刘永翔校注《清波杂志校注》，中华书局，1994，第274页。
② 辛更儒笺注《辛弃疾集编年笺注》，中华书局，2015，第1013页。
③ 郭绍虞：《宋诗话辑佚》，中华书局，1980，第372~375页。
④ 《三国志》，中华书局，1982，第806页。
⑤ 《宋书》，中华书局，1974，第213页。
⑥ 《晋书》，中华书局，1974，第676~677页。

用"声韵"形容。例如，《魏书·崔光韶传》曰："光韶性严毅，声韵抗烈，与人平谈，常若震厉。"[1]《北齐书·元文遥传》曰："文遥历事三主，明达世务，每临轩，多命宣敕，号令文武，声韵高朗，发吐无滞。"[2] 这都是指人的声音特征。

若将其用于形容文学内部的音乐性，则又可指诗文的声律、韵律。《南齐书·文学传》："汝南周颙，善识声韵。"[3] 意为周颙擅于辨别文词的声律。梁刘勰《文心雕龙·章句》曰："然两韵辄易，则声韵微躁；百句不迁，则唇吻告劳。"[4] 则用"声韵"描述韵文的韵律效果。又可以指诵读时因文字声、韵、调的完美配合而形成的听觉效果。例如，《高僧传·经师》："（昙迁）常布施题经，巧于转读，有无穷声韵。"[5] 这种对文学声韵的探讨、钻研形成一定规模并达到一定深度，就可称为"声韵之道"。正如《封氏闻见记·声韵》所言："时王融、刘绘、范云之徒，皆称才子，慕而扇之，由是远近文学转相祖述，而声韵之道大行。"[6] 可见，"声韵"确是由"韵"字衍生出的一个重要概念。与"声韵"概念颇有重叠的"音韵"概念，在六朝时也有较高的使用频率。无论是"声韵"还是"音韵"，如果专就文本层面往深处研究，最终都会触及文字声、韵、调的配合规律。例如清人研究古音学、古韵学或诗韵学的著作，往往就以"声韵"名书。毛先舒《声韵丛说》、戴震《声韵考》、顾淳《声韵转移略》、庄瑶《声韵易知》、谭宗《声韵辨》都是如此。

所谓专门的"韵学"，是就"音韵学"范畴而言，研究内容或研究意图偏向于"音"则称"音学"，偏向于"韵"则称"韵学"。今人所熟知的语言学的一个分支部门，即研究语音结构系统和语音演变历史及其规律的"音韵学"，仍有"声韵学"的别称。姜亮夫先生《中国声韵学》是早期讨论中国音韵学的代表著作之一，书凡四编十五章，历论"音之生理基础""声之原理""韵之原理""《广韵》之研究""反切之原理与方法"等音韵

① 《魏书》，中华书局，1974，第1482页。
② 《北齐书》，中华书局，1972，第504页。
③ 《南齐书》，中华书局，1972，第898页。
④ 刘勰撰，范文澜注《文心雕龙注》，人民文学出版社，1958，第571页。
⑤ 释慧皎撰，汤用彤校注，汤一玄整理《高僧传》，中华书局，1992，第501页。
⑥ 封演撰，赵贞信校注《封氏闻见记校注》，中华书局，2005，第13页。

学的核心问题，与罗常培先生《汉语音韵学导论》、王力先生《汉语音韵》等"音韵学"名著在研究对象上并无显著差别。当然，"音韵学"之名也是渊源有自。晚清张百熙《奏定大学堂章程·各分科大学科目章》的"中国文学门科目"已设立了"音韵学"学科门类，并对该学科的教学内容进行了规定："音韵学：群经音韵，周秦诸子音韵，汉魏音韵，六朝音韵，《经典释文》音韵，《广韵》《唐韵》《集韵》《宋礼部韵》，平水韵，反切，字母，双声，六朝反语，三合音，东西各国字母，宋元明诸家音韵之学，国朝顾炎武、江永、戴震、段玉裁、王引之诸家音韵之学。"① 这是近现代意义上的"音韵学"学科诞生的标志之一，其规定的"音韵学"研究对象兼顾"音""韵"，两者交叉互渗，兼顾古今中西，颇为系统。

北宋沈括是较早使用"韵学"概念的学者。他在《梦溪笔谈》中说："古人文章自应律度，未以音韵为主，自沈约增崇韵学……自后浮巧之语，体制渐多。"② 论中又引述沈约论文之语，宫羽、低昂、浮声、切响、音韵、轻重诸与韵学相关概念具在。沈括所列之诗文"体制"又有双声叠韵、四声八病之类，皆与韵学密切相关。孙觌在《切韵类例序》中更是三次使用"韵学"概念，历论"六书、韵学之废""弘农杨公（杨中修）博极群书，尤精韵学""昔仁宗朝诏翰林学士丁公度、李公淑增韵学"。③ 此后的元明清诸朝，"韵学"更日益成为学术研究中的高频词语。

可见，大约自魏晋南北朝韵书兴起至北宋沈括使用"韵学"一词之前的这个时间段内，已有"韵学"之实而尚无"韵学"之名；大约在汉魏时期，虽已创制出"韵"字并使用渐多，但尚无自觉而系统的"韵学"；而在汉以前，"韵"字很可能尚未创制。不过需要特别注意的是，早在没有"韵"字的时代，却已处处有"韵"的事实。原因很简单，中国是诗歌的国度，而中国古代诗歌绝大多数都押韵。像《诗经》《楚辞》这样的诗歌经典自不待言，就连《周易》《老子》这样的哲学著作也都有着成熟的用韵系统与高超的押韵技巧。

与说"古无韵字"时对"古"的疑不能明情形不同，前人说"古无韵

---

① 张百熙撰，谭承耕、李龙如校点《张百熙集》，岳麓书社，2008，第215页。
② 沈括撰，金良年点校《梦溪笔谈》，中华书局，2015，第151页。
③ 孙觌：《鸿庆居士集》卷三十，清文渊阁四库全书本，第8a～9a页。

书"时，"古"的时限倒是相对明确的。这个时限就是魏晋之前。因为魏晋南北朝正是切实可考的韵书勃兴时代。魏李登《声类》、晋吕静《韵集》、晋孟昶《韵会》、南朝宋李概《音谱》《修续音韵决疑》、北齐阳休之《韵略》、周研《声韵》、段弘《韵集》、张谅《四声韵林》、梁王该《文章音韵》《五音韵》、佚名《群玉典韵》、佚名《声谱》等都是见诸记载的魏晋南北朝韵书。随后的隋代还有潘徽《纂韵》、释静洪《韵英》问世，尤其是陆法言博综诸家而成的《切韵》，更成为后世韵书的不祧之祖。

韵学文献兴起于魏晋南北朝时期，押韵艺术批评也兴起于这一时期。西晋陆云《与兄平原书》诸篇有"思不得其韵，愿兄为益之"①，"'彻'与'察'皆不与'日'韵，思惟不能得，愿赐此一字"②，"李氏云'雪'与'列'韵，曹便复不用"③ 等详商押韵之语。沈约在《宋书》中概括南朝宋谢庄《明堂歌》的用韵特征曰："右《迎神歌诗》（自注：依汉郊祀迎神，三言，四句一转韵）。"④ 这当是对古典诗歌创作中的韵部转换之法最早的准确描述。其后萧子显在《南齐书》中也开始用转韵概念论诗："寻汉世歌篇，多少无定，皆称事立文，并多八句，然后转韵。时有两三韵而转，其例甚寡。张华、夏侯湛亦同前式。傅玄改韵颇数，更伤简节之美。近世王韶之、颜延之并四韵乃转，得赊促之中。"⑤ 相比于沈约对单一诗篇渊源与特点的描述而言，此论提及从汉世歌篇至张华、夏侯湛、傅玄等的创作，更具诗史的纵深感和当代批评意识。刘勰《文心雕龙》引述曹操"积韵"评语外，另有"贾谊枚乘，两韵辄易"等多处针对押韵技巧的批评与总结。这个时期的诗人在创作时也有明确的押韵意识。例如，何逊就有一首题为《拟青青河畔草转韵体为人作其人识节工歌》的诗作，全诗 12 句，前 8 句每两句一换韵，最后 4 句为一韵。⑥ 这种换韵形式在何逊之前并非没有，但何逊在诗题中郑重其事地强调这首诗是"转韵体"，表明他突出此诗体制特征的意识是自觉而明确的。至于讲求声病的"永明体"、曹景宗的"竞病

---

① 陆云：《陆士龙集》卷八，《四部丛刊》本，第 6 页。
② 陆云：《陆士龙集》卷八，《四部丛刊》本，第 8 页。
③ 陆云：《陆士龙集》卷八，《四部丛刊》本，第 14 页。
④ 《宋书》，中华书局，1974，第 569 页。
⑤ 《南齐书》，中华书局，1972，第 179 页。
⑥ 李伯齐校注《何逊集校注》，中华书局，2010，第 317 页。

诗"、萧恺的"剧韵诗"、陈后主"逐韵多少，次第而用"的"披钩赋诗"，都是源远流长的押韵传统在这一时期的"新变"。

魏晋时期韵文文本传统的延续与新变、韵学文献与押韵批评的勃兴，正式开启了后世文本、文献、批评齐头并进的"韵学"发展进程。文本方面，唐诗、宋诗、元诗、明诗，乃至宋词、元曲及历代箴、铭、赋、颂，无不在延续押韵传统的同时追求着各种新变。文献方面，《唐韵》《广韵》《礼部韵略》《平水韵略》《洪武正韵》《佩文诗韵》等韵书，作为各代"官韵"被奉为楷式，而《刊谬补缺切韵》《韵海镜源》《集韵》《韵镜》《古今韵会》《韵府群玉》《五车韵瑞》《中原音韵》《佩文韵府》《诗韵含英》《词林正韵》则或以学术性或以实用性风靡一时且影响深广，至于《韵补》《毛诗古音考》《屈宋古音义》《音论》《柴氏古韵通》《古韵标准》《先秦韵读》等书则是历代精研音学、韵学的代表作。理论批评方面，历代各种诗法、诗话著作几乎无不言韵者，《文镜秘府论》《苕溪渔隐丛话》《诗话总龟》《沧浪诗话》《诗薮》《诗源辩体》《带经堂诗话》《原诗》等大量著作，或对韵法进行细腻的阐释，或对各种用韵掌故进行广泛搜罗，或对押韵文本进行独到的批评，或对诗韵艺术史进行系统的总结，简直如入五都之市，令人目不暇接。至于历代文集中的专文、散论，其他专著、杂著中的涉韵内容、说韵条目也是层出不穷。

可以说，中国古代"韵学"是文本、文献、理论批评"三位一体"的存在。欲全面研究"韵学"，必须在多维视域下展开。当然，在具体研究过程中，允许有所侧重。侧重文本，则可研究诗赋等韵文文本的用韵规律、押韵技巧，从而归纳出"文学的理论"；侧重文献，则可研究韵书的编纂史、传承史及与之相关的科举史、文化史，亦可研究韵学专著的学理系统及其所展示的韵学原理；侧重批评，则可研究韵学向度中的诗学、诗学向度中的韵学以及二者在交融互渗中产生的各种论断。

三 "韵"研究的新方法与新思路

如欲对"韵学"进行全面而系统的现代性理论建构，那么西方学者的相关研究也必须作为重要参照。西方学者研究"韵"（Rhyme）多是从形式诗学透视。在国外理论界论述诗韵的学者中，贡献最突出的当属雅各布森。雅各布森《选集》（共四卷）的第一卷就叫《音韵学研究》（*Phonological Studies*），另外还有《音韵学和语言学》（与哈利合著，1956 年）一书。雅各布森曾在 1942 年至 1946 年任教于纽约自由高等研究学院，还讲授过《普通韵律学》《诗韵学导论》《比较诗韵学》《斯拉夫和印欧诗韵学》《语音和意义》《音位学》等与诗韵密切相关的课程，具有学科建设的示范意义。雅各布森的一些具体表述也颇具启发性。例如，他论诗歌的"相似性原则"时有言："在诗歌当中支配一切的原则是相似性原则；诗句的格律对偶和韵脚的音响对应关系引起了相似性和语义相悖性的问题；譬如，有合乎语法的韵脚，也有违背语法的韵脚，但从未有过无语法的韵脚。"① 雅各布森的理论对俄国形式主义的影响极大，而后者正是将"音韵、词义、语境以及含混、隐喻、张力、反讽等修辞手段"作为"他们最关心的话题"。② 该学派又进而启发了以韦勒克为代表的新批评派的"文学内部研究"。

韦勒克将押韵视为"语言声音系统的一种组织""诗节模式的组织者"，非常具有理论深度。他认为："对于许多讲究修饰的散文和所有的韵文而言就更是如此，因为从定义上说，韵文就是语言声音系统的一种组织。"③ 他还指出："押韵在审美上远为重要的是它的格律的功能，它以信号显示一行诗的终结，或者以信号表示自己是诗节模式的组织者，有时甚至是唯一的组织者。但至为重要的是押韵具有意义，因此，是一部诗歌作品全部特性中重要的一环。押韵把文字组织到一起，使它们相联系或相对照。"④ 他与沃伦合著的《文学理论》还引述了布里克《声音图示》、兰茨《押韵的物理性基础》、韦姆萨特《押韵和理性的关系》、韦尔德《从萨里到蒲柏的英诗押韵研究》、内斯《莎士比亚戏剧中韵脚的使用》、日尔蒙斯基《押韵：历史与理论》、布吕索夫《论押韵》、理查森《英文押韵研究》、凯泽《哈尔

---

① 〔美〕雅各布森：《隐喻和转喻的两极》，张祖建译，载张德兴主编《世纪初的新声》，《二十世纪西方美学经典文本》第一卷，复旦大学出版社，2000，第 243 页。

② 赵宪章：《形式的诱惑》，山东友谊出版社，2007，第 15 页。

③ 〔美〕勒内·韦勒克、奥斯汀·沃伦：《文学理论》，刘象愚、邢培明等译，文化艺术出版社，2010，第 169 页。

④ 〔美〕勒内·韦勒克、奥斯汀·沃伦：《文学理论》，刘象愚、邢培明等译，文化艺术出版社，2010，第 171 页。

斯德费尔的声音绘画》、格拉蒙《法国诗歌的表达方式和和谐》等一系列诗韵研究文献，颇具参考价值。

此外，沃尔夫冈·凯塞尔认为："韵本质上不属于诗。散文中也可能出现韵；另一方面也有无韵的诗。古代的诗和古日耳曼的诗对于韵都是陌生的。虽然如此，韵可不仅是一种纯粹的声音的装饰。我们在成对押韵诗句中已经看见，韵强有力地支持了各行的联系和沟通。"① 另外，他对西方诗歌的尾韵、头韵、半谐韵、成对的韵、十字韵、交叉韵、曲线韵、行内韵、连接韵等押韵形式都有介绍。罗曼·英加登指出："用严格的韵文形式写作的诗歌，例如一首古典八行体诗，重复的节奏强烈地影响了读者，所以他期待着同样节奏的重现并且在某些程度上'听到'它们在临近，而无须看韵文的书写形式。"② 罗兰·巴尔特《符号学原理》认为："押韵在声音的层次即能指层次上产生了一个关联域。韵也有自己的纵聚合体。与这些纵聚合体有关的有韵话语显然是由延伸到一个横组合平面的系统的一部分所组成。"③ 萨丕尔甚至直接论述了中国诗的韵律特点："汉语的诗沿着和法语差不多的道路发展。音节是比法语音节更完整、更响亮的单位；音量和音势太不固定，不足以成为韵律系统的基础。所以音节组——每一个节奏单位的音节的数目——和押韵是汉语韵律里的两个控制因素。第三个因素，平声音节和仄声（升或降）音节的交替，是汉语特有的。"④ 细绎诸家之说可见，西方学者对诗韵的研究相较于中国古代的诗韵批评而言更具理论色彩，故而也具有更为强烈的思维刺激效果。有了这样的参考系，再来看明人许宗鲁"韵者诗之矩也"、清人陈仅"韵学者诗之本"的论断，就颇具结构主义诗学色彩，从而提示研究者不能将古人的某些理论表述与一般评点材料等量齐观。

对"韵学"的综合研究要以文本、文献、理论批评诸层面的分别研究

---

① 〔瑞士〕沃尔夫冈·凯塞尔：《语言的艺术作品——文艺学引论》，徐诠译，上海译文出版社，1984，第116页。

② 〔波兰〕罗曼·英加登：《对文学的艺术作品的认识》，陈燕谷、晓未译，中国文联出版公司，1988，第106页。

③ 赵毅衡编选《符号学文学论文集》，百花文艺出版社，2004，第322页。

④ 〔美〕爱德华·萨丕尔：《语言论——言语研究导论》，陆卓元译，陆志伟校订，商务印书馆，2011，第211页。

与文学、文献学、语言学诸学科的分别研究为基础。就近年来学界已有的成果而言，上述诸层面、诸学科的研究都有。但是，其中却有冷热之分。以诗人"用韵"研究为例，这是当前最常见的诗韵研究范式，研究成果非常丰硕，甚至出现选题日趋重复、细碎化的势头。这种研究范式属于语言学本位的诗韵文本研究，通过对诗歌韵脚字的归纳、系联，总结出某位诗人或某个时代的诗人群体的用韵特点，并最终为研究对应时代的语音特点提供依据。但是这类研究对韵文文本的押韵技法、押韵艺术及相关批评基本未予关注，最多以曲终奏雅的形式提及其文学价值。可以说，在这一语言学研究范式中，文学研究是缺席的。而这些韵文文本、文献与批评的研究价值，在文学研究领域也并未得到应有的重视。很长一段时期内，文学研究者似乎存在这样一种误解，即认为诗韵是语言学研究的对象，又似乎存在这样一种偏见，即认为诗韵仅是文学的形式要素而已。也许正是上述误解与偏见，导致文学本位的诗韵研究长期不足，更是难以与语言学本位的诗韵研究相提并论。这种研究现状表明，当前语言学本位的诗韵研究已陷入某种困境并显示出某些不足，而文学本位的诗韵研究不仅具有广阔的空间与前景，更具有弥补当前研究之不足的迫切性。笔者结合研究现状所采取的研究路径是：以文献学为基础，以语言学为参考，以文学为本位（其中又以西方理论为参照系、以中国"文学的理论"与"文学理论"为指归）。拙著即是对这一研究路径的初步实践。

从"形式诗学"透视"韵"，虽然既区别于文论、诗论的"韵"范畴研究，又区别于语言学特别是音韵学、语音学的"音韵"范式研究。但是文论、诗论特别是语言学也并未完全忽视"形式诗学"的维度。

文论、诗论领域，刘方喜先生的观点可为代表。刘先生认为："'声'之'韵'标示的是声韵之'美'，形式层研讨之；'情'之'韵'标示的是声韵之'能'，功能层研讨之；'神'之'韵'标示的是声韵之'神'，超越层研讨之。"① 体现了颇为深刻的结构主义诗学思想，特别是强调"韵"具有"形式层"，为拙著从"形式诗学"透视"韵"提供了明确的理论依据。在探讨声韵研究的"形式层"时还着重强调"四声"的形式意义："四

---

① 刘方喜：《声韵·情韵·神韵："韵"之三层结构论》，《陕西师范大学学报》（哲学社会科学版）2010 年第 3 期。

声的发明使汉语独立的语音形式美从诗乐交融传统中脱化出来……没有对汉语形式美的大发现、大创造，就不可能有声情茂美、意象丰富的盛唐诗。"① 进一步表明"形式"在中国古典诗歌史、诗学史上的基础性、功能性价值，以及之于整个中国古典诗歌美学的独特价值。

语言、音韵方面，沈祥源先生的贡献尤值得重视。沈先生所著《文艺音韵学》一书在一众音韵学专著中堪称另类，因为它主要着意于"文艺音韵学"的建构，虽然落脚点仍在音韵学，但研究视角却是文艺学的。正如沈先生所言："文艺音韵学是文艺学和语言学相结合的一门新兴学科，也是我国传统音韵艺术理论的继承和发展，它以全面系统地研究文艺领域里的语音美为主要课题。"② 全书通过系统深入的论证，勾勒出了一门结构清晰、内容充实的"文艺音韵学"学科，首次颇为全面地回应了学界研讨音韵学的文艺性特别是其文学性、诗学性的强烈诉求。尤其值得注意的是，这一研究具有强烈的"形式诗学"意味，为拙著从"形式诗学"透视"韵"的设想提供了有力证明。

此外，冯胜利先生提出的"汉语韵律诗体学"和"汉语韵律文学史"理论，虽然与拙著的研究对象有所区别，但其视角与方法，特别是其理论建构的过程和呈现形态，却可以作为从"形式诗学"透视"韵"的一种依据。冯先生如是阐释"韵律文学艺术史"："韵律文学艺术史以发掘韵律形式的艺术属性为旨归，其研究方法从韵律规则及其变异方式入手，揭示和发现不同节律形式和规则的不同艺术效能。"③ 此论体现了鲜明的"形式诗学"色彩。由于诗韵与韵律具有天然的内在联系，故而此处声调理论的提炼对诗韵理论的建构具有启发意义。

直接从"形式诗学"透视"韵"的成果虽然不够丰富、系统，但是文学特别是诗学领域的研究专著、论文，往往也会涉及。特别是近年来出现了一些宏观性的理论思考，值得重视。如张中宇先生对汉语诗韵的节奏意义进行了发掘："韵可用于控制高层节奏的长短、缓急变化，可以生成不同

---

① 刘方喜：《声韵·情韵·神韵："韵"之三层结构论》，《陕西师范大学学报》（哲学社会科学版）2010 年第 3 期。
② 沈祥源：《文艺音韵学》，武汉大学出版社，2000，第 2~4 页。
③ 冯胜利：《汉语韵律文学史：理论构建与研究框架》，《中国社会科学》2022 年第 11 期。

的艺术效果。'韵节奏'使词、曲既具有整齐、对称的精警，又具变化多姿的灵活，避免单一呆板，可以说是通常称之为长短句的词以及曲常用的调控手法。"① 用严谨的理论表述勾勒出了"韵"之于诗、词、曲等韵文节奏的关键作用，为拙著从"形式诗学"透视"韵"提供了又一理论支撑。

综上可见，从"形式诗学"透视"韵"，既有研究必要性也有理论合法性。拙著即是建立在"韵"的概念史与研究史基础上，从"形式诗学"透视"韵"的一次初步尝试。不过"形式诗学"只是从整体上起方法论指导作用的理论视角，不同于具体的操作方法。拙著没有采用"刮腻子"的思路，追求面面俱到的研究，而是采用"多孔钻探"的思路，有选择、有重点地进行深入研究。全书分为上、中、下三编，每编五章。上编采用关键词的方法研究诗韵形式问题，选择"次韵""叶韵""趁韵""险韵"等关键词进行重点探讨，将它们纳入与自身相关的学术话题之中，通过对学术话题的研究，凸显它们的关键词意义。中编采用批评史方法研究诗韵艺术问题，将声韵诗学在魏晋南北朝的自觉、险韵诗创作在宋代的流行、南宋杨万里"诚斋体"的生成路径、元人杨维桢乐府诗对叶韵的使用、清人李调元的声韵诗学及其体系建构纳入研究视野，侧重用诗韵批评阐释诗韵艺术、用诗韵艺术整合诗韵批评。第三编采用文化诗学方法研究诗韵文献问题，从植物文化学方向发掘《广韵》的多样性价值、从研究论著中勾勒宋代诗韵研究的热点问题、从学术史角度探索平水韵研究的方法与路径，从话语生态视角审视《佩文韵府》编纂与传播的话语建构意义，侧重以诗韵文献、材料为基础观照诗韵的文化形态、文化语境和文化诗学特色。

最后，拙著的基本逻辑思路和学术目标可归结为：通过十五个"小专题"（即三编、十五章）实证"大专题"（从"形式诗学"透视"韵"）的价值，进而通过"大专题"丰富"总题"（作为中华字文化重要组成部分的"韵"）的内涵，最终为进一步推进此一"总题"研究贡献力量。

---

① 张中宇：《汉语诗韵三大功能及其文学价值——兼论"聚合"力对诗歌跳跃结构的平衡作用》，《广东社会科学》2021 年第 4 期。

稿　约

　　《关键词》是武汉大学文学院主办的学术集刊，依托国家社会科学基金重大项目"中国文论关键词研究的历史流变及其理论范式构建"课题组，由社会科学文献出版社出版发行，每年出版两辑。本刊关注海内外关键词研究的最新走向，主要刊发关键词研究（尤其是中国文化及文论关键词研究）的最新成果，设有学术史、方法论、学者论、要籍叙录、成果总目、文化及文论关键词考察、学术动态等栏目，诚邀海内外专家学者惠赐佳作。相关情况说明如下。

　　一、本刊实行匿名审稿和三审制，坚持"以质取文"，鼓励学术争鸣，注重扶植学术新人，欢迎具有学术性、前沿性、思想性的稿件。

　　二、来稿字数请控制在10000～15000字，特殊稿件可放宽至20000字。译稿须附原文及原文作者的授权证明。若有图片，请提供清晰度在300dpi以上的jpg格式电子版。

　　三、来稿请采用word电子文本，发送至本刊电子邮箱：zgwlgjc @ 163. com。请附上作者简介：姓名、性别、出生年月、所在单位（具体到院系或研究所）、职务或职称、单位所在省市、邮编、联系电话。

　　四、通过初审的稿件，将由编辑部送请专家匿名评审。稿件若被采用，编辑部将及时联系，并寄赠样刊两册。未用稿件，恕不退稿。若两个月内未接到用稿通知，作者可自行处理。请遵守学术规范，勿一稿多投。

　　五、本刊对采用的稿件有删改权，作者如不同意，请在来稿时书面说明。本刊已许可中国知网以数字化方式传播，如有异议，亦请在来稿时说明。

六、格式要求

（一）字体

标题使用黑体小二号，二级标题使用宋体小三号加粗，并以一、二、三顺序列出；三级标题使用宋体小四号加粗，并以（一）（二）（三）顺序列出。正文内中文内容使用宋体小四号，英文内容使用 Times New Roman 小四号。独立引文请另起一行并左缩进两格排版，且上下各空一行，使用楷体小四号。所有行距为固定值 20 磅。脚注为宋体小五号。

（二）数字

1. 公历世纪、年代、年、月、日、时刻、图表序号使用阿拉伯数字。如，公元前 5 世纪、公元前 841 年、20 世纪 40 年代、2023 年 8 月 1 日。

2. 非公历纪年，一律用汉字数字标示，但应采用阿拉伯数字括注公历。如，秦文公四十四年（前 722）、唐高祖武德九年（626）。

3. 文章中请勿使用"今年""去年""明年""最近""上世纪"等时间词。

（三）注释

本刊不另列参考文献，相关参考与引用文献皆在注释中说明。一律采用脚注，每页编号自为起止，使用①、②、③标示。

脚注中引证文献标注项目一般规则为：中文文章名、刊物名、书名、报纸名等用书名号标注；英文中，文章名用双引号标注，书名以及刊物名用斜体标注。

责任方式为著时，"著"字可省略，用冒号替代，其他责任方式不可省略；如作者名之后有"著""编""编著""主编""编译"等词语时，则不加冒号。如作者名前有"转引自""参见""见"等词语时，文献与作者之间的冒号省略。责任者本人的选集、文集等可省略责任者。

1. 中文文献

（1）专著

××（作者）：《×××》（书名）×（卷册），××××（出版社），××××（年份），第×页。示例：

李建中：《元典关键词研究的理论范式》，人民出版社，2021，第 320～328 页。

（2）论文集、作品集及其他编辑作品

××（作者）：《××××》（篇名），载××（作者）《×××》（书名），××××（出版社），××××（年份），第×页。示例：

徐中玉：《古代文论中的"出入"说》，载中国古代文学理论学会编《古代文学理论研究》第1辑，上海古籍出版社，1979，第19页。

（3）期刊

××（作者）：《×××》（文章名），《×××》（期刊名）××××年第×期。示例：

汪晖：《关键词与文化变迁》，《读书》1995年第2期。

（4）报纸

××（作者）：《×××》（文章名），《×××》（报纸名）××××年×月×日，第×版。示例：

明海英：《关键词研究：一部别样视角的文化史》，《中国社会科学报》2014年3月26日，第2版。

（5）学位论文

××（作者）：《×××》（论文名），××（博士或硕士学位论文），××××（作者单位），××××（年份），第×页。示例：

刘金波：《礼以节情　乐以发和 ——〈礼记〉文论关键词研究》，博士学位论文，武汉大学，2009年，第8页。

（6）会议论文

××（作者）：《×××》（论文名），××（会议名称），××××（会议地点），××××年×月（召开时间），第×页。示例：

刘绍瑾：《研究台港及海外华人美学的意义》，"文明互鉴与对话：文艺理论的中国问题"学术研讨会，湖北武汉，2019年12月，第116~122页。

（7）古籍刻本

××（作者）编（辑，等）《×××》（书名）×（卷册），××××（版本），第×页。示例：

张金吾编《金文最》卷一一，光绪十七年江苏书局刻本，第18页b。

（8）古籍点校本、整理本

××（作者）编（辑，等），××点校（整理，等）《×××》（书名）

××（卷册）《×××》（卷册名），××××（出版社），××××（年份），第×页。示例：

苏天爵辑，姚景安点校《元朝名臣事略》卷一三《廉访使杨文宪公》，中华书局，1996，第 257 ~ 258 页。

（9）古籍影印本

××（作者）：《×××》（书名）×（卷册）《×××》（卷册名），×××（出版社），××××（年份）影印本，第×页。示例：

杨钟羲：《雪桥诗话续集》卷五上册，辽沈书社，1991 年影印本，第461 页下栏。

2. 译著

标准格式：〔×〕（国籍）××（作者）著（编，等）《×××》（书名），××（译者），××××（出版社），××××（年份），第×页。示例：

〔英〕雷蒙·威廉斯：《关键词：文化与社会的词汇》，刘建基译，生活·读书·新知三联书店，2016，第 1 页。

3. 外文文献

（1）专著：作者，书名（斜体）（出版地点：出版社，出版时间），页码。示例：

Polybius, *The Histories* （New York：Oxford University Press，2021），pp. 10 – 11.

（2）期刊论文：作者，文章名（加引号），期刊名称（斜体）卷册（出版时间）：页码。示例：

Cheng Leonard K., Wei Xiangdong, "Boya education in China：Lessons from liberal arts education in the U. S. and Hong Kong," *International Journal of Educational Development*, Vol. 84 （2021）：84.

以上说明未尽之处，请参照《社会科学文献出版社作者手册》，网址：https：//www. ssap. com. cn/upload/resources/file/2016/09/12/120283. pdf。

邮箱：zgwlgjc@ 163. com。

地址：湖北省武汉市武昌区八一路 299 号武汉大学文学院《关键词》编辑部。

图书在版编目（CIP）数据

关键词. 第一辑, 要籍叙录与成果总目 / 李建中主
编. -- 北京: 社会科学文献出版社, 2024.1
ISBN 978 - 7 - 5228 - 2813 - 8

Ⅰ. ①关… Ⅱ. ①李… Ⅲ. ①中国文学 - 文学理论 -
文集 Ⅳ. ①I206 - 53

中国国家版本馆 CIP 数据核字（2023）第 219462 号

关键词（第一辑）
要籍叙录与成果总目

主　　编 / 李建中

出 版 人 / 冀祥德
组稿编辑 / 李建廷
责任编辑 / 杜文婕
文稿编辑 / 田正帅
责任印制 / 王京美

出　　版 / 社会科学文献出版社 · 人文分社 （010）59367215
　　　　　　地址：北京市北三环中路甲 29 号院华龙大厦　邮编：100029
　　　　　　网址：www.ssap.com.cn
发　　行 / 社会科学文献出版社 （010）59367028
印　　装 / 三河市龙林印务有限公司

规　　格 / 开 本：787mm × 1092mm　1/16
　　　　　　印 张：18.5　字 数：293 千字
版　　次 / 2024 年 1 月第 1 版　2024 年 1 月第 1 次印刷
书　　号 / ISBN 978 - 7 - 5228 - 2813 - 8
定　　价 / 128.00 元

读者服务电话：4008918866